# 绝对权力

## 纪念版

**ABSOLUTE POWER**

周梅森

·著·

作家出版社

作者近照

**周梅森** 作家、编剧，中国作家协会第七、八、九、十届主席团委员，江苏省作协副主席。著有小说《人民的名义》《中国制造》《国家公诉》《绝对权力》等，出版有《周梅森文集》《周梅森政治小说读本》《周梅森反腐小说精品》等，改编制作电视连续剧《人民的名义》《人间正道》《忠诚》等。曾获全国优秀中篇小说奖、国家图书奖、全国"五个一工程"奖、飞天奖、金鹰奖、金鼎奖、澳门国际影视最佳编剧奖、互联网最具影响力影视作品奖、工匠中国影视最佳编剧奖、金数据影视大奖、华语原创小说最受欢迎作品大奖、中国数字阅读大奖等数十种。《人民的名义》《绝对权力》《中国制造》等被翻译成英、法、德、俄、日、韩、阿拉伯等多种语言在海外出版发行。

# 目 录

# 第一章　惊魂之夜

## 1

波音 747 在上海浦东国际机场一降落，镜州市委书记齐全盛便意识到，又一次海外为客的短暂日子结束了，紧张忙碌又要开始了。一把手的感觉自动归位，不用任何人提醒，齐全盛已自觉置身于昔日那个强大的权力磁场中了。

率团到西欧招商十三天，旋风似的跑了六个国家，引资项目合同签了十三个，高科技合作项目敲定了两个，成果实实在在，令人欣慰。更让齐全盛高兴的是，此行还为镜州市四大名牌服装进一步拓宽了国际市场，今年的第四届国际服装节又要好戏连台了。服装业是镜州传统支柱产业之一，这些年对镜州经济的贡献不小，随着我国加入 WTO，尚待挖掘的经济效益还将日渐显现出来。因此，不论是在罗马或巴黎，在外事活动那么紧张的情况下，齐全盛还就一批洋布料的进口问题亲自给海关关长打过两次电话。

身在海外，权力并没有失控。率团出国前，齐全盛在常委会上明确交代过：凡涉及到干部任免和重大决策问题，在他出国期间一律不议。突发性事件和拿不准的原则问题，必须通过安全途径向他汇报。这一来，国内每天都有消息传过来，远在万里之外做着欧洲洋人的贵宾，镜州市的动态仍尽收眼底。在法国马赛总领馆做客那天下午，他竟一下子接到三份加密电传。

飞机在跑道上滑行，速度仍然很快，机身轻微地震颤着，让人有一种落了地的踏实感。同行的秘书李其昌不顾空姐的广播警告，已从经济舱走过来帮他收拾行李了，身边的副市长周善本也整理起了随身携带的黑皮包，齐全盛却坐在头等舱的座位上没动，连安全带都没解开。

座位是靠窗的。从窗口向外望去，天色昏暗，雨雾迷蒙，加之窗玻璃上凝挂着泪珠般的雨点，机场的景状显得十分模糊。齐全盛不禁皱起了眉头：下机后马上赶回镜州是否妥当呢？以往四五个小时的车程，在这种江南五月的阴雨之夜只怕要开六七个小时了，与其这样，倒真不如在镜州市政府驻沪办事处好好休息一夜，倒倒时差了。在巴黎戴高乐国际机场上飞机时，驻沪办事处白主任曾在电话里建议这么安排，被他一口否决了。

真是心系祖国哩！随着一个个招商项目的结束，齐全盛的心早就飞回了国内。

作为镜州市委书记，他的责任太重大了。一个经济高度发达的大市，又是省里出了名的政治地震带，让他日日夜夜不敢掉以轻心。改革开放二十二年，不少政治新星从镜州市升起，在改变镜州历史面貌的同时，也改变了自己的政治地位。可也有些同志不幸栽在了镜州。尽管这些同志同样为镜州经济发展和今日的辉煌做出过不可抹杀的贡献，最终却像流星一样陨落了。齐全盛心里很清楚，从九年前上任那天开始，就有人虎视眈眈盯着他了，各种议论都有。有些政治对手就希望他一脚踏空，跌入万劫不复的深渊。所以，在任职镜州市委书记的九年中，他无时无刻不保持着应有的政治敏感和警觉。也正因为如此，在这个以他为轴心的权力磁场中，他才必须做强有力的磁极，迫使进入磁场的每一粒铁屑都按照他的政治意志运行。这样做不仅仅是对自己的政治生命负责，更是对镜州改革开放的成果负责。

齐全盛认为，镜州市作为本省政治地震带的历史在这个新世纪应该结束了。

前拥后呼走出机场出口，看着越落越大的雨迟疑了片刻，齐全盛还是下决心连夜赶回镜州。前来迎接的驻沪办事处白主任热情洋溢，请领导们到办事处吃顿晚饭，顺便汇报一下工作，说是已经安排好了。齐全盛没同意。白主任当过政府接待处副处长，是个细致周到的人，似乎料到了这种情况，没再坚持，和手下人员一起，把早已分装好的水果食品搬上了领导们的座车。

浩浩荡荡的车队由镜州市公安局的一辆警车开道，从上海浦东国际机场冒雨直开镜州市，齐全盛无意中看了一下表：这时是二〇〇一年五月十日十七时十五分。

车队离开机场，驰上沪镜高速公路，用了大约半个小时，时间应该在十七时四十五分左右，放在秘书李其昌身上的手机响了——是女市长赵芬芳打来的。

李其昌一听是赵芬芳，说了声："等等。"忙把手机递给了身后的齐全盛。

齐全盛接过手机，马上听到了赵芬芳熟悉的笑声和问候。

赵芬芳在电话里乐呵呵地说，她原准备到上海接机的，因为临时接待一位中央首长，没脱开身。齐全盛说，一个班子里的同志少搞这种客套也好。又敏感地询问了一下那位中央首长来镜州的情况。赵芬芳心里有数，随即汇报说，中央首长是考察邻省路过镜州的，提了点希望，没做什么具体指示，还把首长在这一天内的行程和活动安排细说了一遍。

说到最后，赵芬芳才以不经意的口气汇报了一个新情况："……哦，对了，齐书记，您在国外期间出了点小事：蓝天科技聘任的总经理田健受贿三十万，我让检察院立案了。"

齐全盛并没在意——一个经济发达市总免不了出几个不争气的腐败分子，这种事经常发生，已经有点见怪不怪了，便说："赵市长，你就让检察院去依法办事吧，啊，我们少插手，对这种偶发的个案最好不要管得这么具体，免得人家说三道四。"

赵芬芳说："齐书记，不具体不行啊，人家告到我面前来了，你又不在家。"

齐全盛没当回事，应付说："好，好，赵市长，你想管就管吧，只要你有那个精力，我不反对。"合上手机，才觉得哪里不太对头：这个总经理田健的名字好像很熟呀？便问秘书李其昌："其昌，咱们蓝天科技公司那个总经理田健，是不是德国克鲁特博士的那位学生啊？"

李其昌正就着矿泉水吃面包，一怔："是啊！怎么？齐书记，咱检察院抓的是他呀？"

齐全盛也怔住了，过了好一会儿，才生气地说："这个女市长，和我开玩笑啊？我们招商团在法兰克福刚和克鲁特博士的研究所签订了合作意向书，要引进人家的生物工程技术，家里就发生了这种事，竟然抓了人家的得意门生，这不是故意捣乱吗？啊！"

李其昌咽下嘴里的那口面包，提醒道："齐书记，田健不光是克鲁特博士很欣赏的学生，还是您批准引进的人才，读过 MBA，十个月前是您亲自批示蓝天科技董事会聘他为总经理的。赵市长怎么没向您汇报就让检察院先抓了？这是不是有点……"他看了齐全盛一眼，没再说下去了。

齐全盛的脸沉了下来，略一沉思，让李其昌给赵芬芳打电话。

电话通了，齐全盛强压着心头的不满说："赵市长，刚才电话里你没提，我也就没想起来。你说的那个田健不是我批示引进的人才吗？怎么说抓就抓了呀？你说的经济问题是不是确凿呀？搞错了怎么办？聘任田健时，我们的宣传声势可不小哩！另外，还有个新情况也要向你通报一下：我们这次欧洲招商，有个生物工程项目是和德国克鲁特研究所合作的，克鲁特博士最欣赏的一个中国学生就是田健，你们不经汇报就突然抓了他，搞得我很被动哩！"

说这话时，齐全盛就想，这不是个好兆头：这女市长怎么敢对他亲自批示引进的人才先斩后奏？田健有没有经济问题是一回事，对他权威的挑战是另一回事，就算田健要抓，也必须经他点头，如果连这一点都搞不懂，她还在镜州当什么市长！

赵芬芳显然明白齐全盛话中的意思，解释说："齐书记，什么研究所和克鲁特博士我可真不知道，案发时您在国外，这期间您又让我临时主持市里的工作，我也就眼一闭当这回家了。齐书记，这个田健不抓真不行。电话里说不清楚，齐书记，我还是当面向您汇报吧！"

齐全盛心里冷笑：一朝权在手，就把令来行，大事不汇报，小事天天报，连海关扣了一批进口布都汇报到国外来，真不知道你打的什么主意，难道你赵芬芳也想做权力磁场的一极吗？！嘴上却说："那好，那好，赵市长，你准备一下吧，啊，这个汇报我要认真听听！"

关上手机后，李其昌赔着小心说："齐书记，不是我多嘴，这个汇报恐怕您还真要好好听听。蓝天科技是蓝天集团下属的一家上市公司，这两年搞了几次重组，公司却越搞越糟糕。好不容易重金请来个MBA，十个月却把人家送到大牢里去了，真是太不可思议了！"

齐全盛哼了一声，"别说了，如果田健当真受贿三十万，那位克鲁特博士也救不了他。"

李其昌笑了笑，"齐书记，你想可能吗？如果贪这三十万，田健何必回国？何必到我市蓝天科技公司应聘？像他这样的MBA在国外全是年薪几十万、上百万的主儿！"

齐全盛有些不耐烦了，挥挥手，"如今商品社会，什么见利忘义的事不会发生？啊？在没把问题搞清楚前，少说这种不负责任的话，赵市长并没做错什么！"

二人没再就这个话题谈下去，齐全盛吃了点东西，闭眼养起了精神。

尽管浑身疲惫，眼皮困涩，齐全盛却一点也睡不着。赵芬芳和镜州许多干部的面孔时不时地出现在面前，睁眼闭眼都看得见。高速公路两旁，一座座灯火闪亮的城市和村镇在车轮的沙沙声中一一闪过，五颜六色的光带让他一阵阵警醒。

思绪像野草一样在五月江南的雨夜里疯长起来。

擅抓田健这类问题绝不应该发生，他的权力和权威不该面对这样公然的挑战。镜州班子早不是过去那个杂牌班子了嘛，七年前最后一场政治地震造就了镜州今日的权力格局。在那场政治地震中，该垮的垮了，该走的走了，包括最早和他搭班子的市长刘重天。尽管现在刘重天从条条线上又上来了，做了省纪委常务副书记，一步步接近了权力中枢，可刘重天是个非常明白的人，就是想对他下手，也得等待恰当的时机。毕竟他树大根深，不是那么容易扳倒的。而且刘重天即使要扳倒他这棵大树，也不会在一个招聘经理身上做文章嘛！

结论只有一个：这位女市长胆子太大了，已经有点摆不正自己的位置了！

这当儿，手机再一次响了，响了好几声。已打起了瞌睡的李其昌猛然惊醒，慌忙接了，"喂"了两声以后，把手机递过来，"齐书记，北京陈老家的电话！好像是秘书小钊。"

这时应该是二〇〇一年五月十日十九时左右，车已过了沪镜高速公路平湖段，平湖市的万家灯火正被远远抛在身后，化作一片摇曳缥缈的光带。

齐全盛接过手机，呵呵笑着接起了电话，"哦，哦，小钊啊，怎么这时候打电话来了？我在哪里？嘿，我从欧洲招商刚回国呀，对呀，刚下飞机嘛，正在赶回镜州的路上。陈老身体还好吗？春天了，身体允许的话，就请陈老到我们镜州来看看吧，啊……"

小钊不太礼貌地打断了齐全盛的话，言语中透着不祥，"齐书记，你别和我闲扯了，我可没这个心情啊！知道吗？陈老今天在医院里摔了两个茶杯，为你的事发了大脾气！"

齐全盛愕然一惊，但脸面上却努力保持着平静，"哦，怎么回事啊，小钊？"

小钊叹口气，"齐书记，事情都闹到这一步了，你还瞒着陈老啊？你想想，陈老过去是怎么提醒你的：一再要你管好自己老婆孩子，你老兄管好了没有啊？老婆、女儿都在经济上出了问题，你还在这里打哈哈呀！齐书记，我和你透露一下：陈老可是说了，就算中纪委、省委那边你过得去，他老爷子这里你也别想过去！陈老对镜州发生的事真是痛心疾首啊！"

雨更大了，夹杂着电闪雷鸣，像似塌了天，四处是令人心惊肉跳的水世界。

伴着电闪雷鸣，小钊仍在说，声音不大，一字字一句句却胜过车窗外的炸雷："……陈老对李士岩和刘重天同志说了，成克杰、胡长清都枪毙了，你这个镜州市委书记算什么啊？不要自认为是什么铁腕人物，这个世界少了谁地球都照样转动，坐地日行八万里。所以，你老兄就不要心存幻想了，一定要配合省委把你们家和镜州的事情都搞搞清楚，给中央一个交代！"

电话里小钊的声音消失了，什么时候消失的，齐全盛竟然不知道。

是秘书李其昌的轻声呼唤将齐全盛从极度震惊造成的痴呆状态中拉了回来。

齐全盛这才发现：自己就任镜州市委书记九年来，头一次在下属面前失了态。

李其昌显然发觉了什么，说话益发小心，"齐书记，你……你没事吧？"

齐全盛掩饰道："哦，没事！这鬼天气，真不该连夜赶路的！"

李其昌略一迟疑，"也是，在驻沪办事处住一夜多好，还能在电话里和陈老好好唠唠！"像似突然想起来似的，"哎，齐书记，要不我们掉头回浦东国际机场吧，今夜就飞北京看陈老！陈老身子骨可是一天不如一天了，咱家乡人看一次也就少一次了……"

多机灵的孩子，竟然从他片刻失态中发现了这么多。

齐全盛心中不禁一动，几乎要下令回浦东国际机场了，可话到唇边又咽了回去。

现在去北京还有什么用？该报的信小钊已经代表陈老报过了，你还要人家怎么样？既然你老婆、女儿一起出了事，说明问题已经很严重了，陈老那边肯定是无力回天了。

现在要紧的不是任何莽撞的行动，而是冷静。

冷静地想一下才发现：问题尽管很严重，但还没闹到让他失去自由的地步。如果中纪委和省委决定对他实行"双规"，那么，他两个多小时前就走不出浦东国际机场了。既然他能自由地走出浦东国际机场，就说明事情还没闹到完全绝望的地步！他仍然是中共镜州市委书记，也许还有能力组织一场固守反攻，以自己的政治智慧对付这场突如其来的政治大地震。

真有意思，原以为镜州作为本省政治地震带的历史要在他手上，在这个新世纪里结束了，没想到说来还是来了，来得这么突然，这么凶猛，人家竟然在他老婆、女儿身上下手了！怪不得老实听话的女市长赵芬芳突然摆不正位置了。却原来是权力的磁场在动摇，在瓦解，背叛已经开始了，他在国外十三天，镜州市竟然换了人间。这种经常发生在美洲、非洲小国家总统身上的事，今天在他身上发生了——一次出国竟造成了一场成功的"政变"！

有什么办法呢？没有什么更好的办法，树欲静而风不止嘛，只有正视，只有应战，陈老当年说的何等好啊，是战士就要倒在阵地上，他齐全盛现在还在阵地上哩！

不知什么时候，车停了，不但是他的专车，好像整个车队都停了。

齐全盛正要问是怎么回事，开道警车在大雨中缓缓倒了过来，一个年轻英俊的警官从警车里伸出头，仰着湿淋淋的脑袋喊："齐书记，雨太大，高速公路已经全线封闭，我们必须在这个出口下路，是不是就地在塘口镇休息一下，等雨小一些再走啊？"

齐全盛想都没想，便说："不必了，下路后走附道，就是下刀子也得走！"

警官应了一声"是"，脑袋缩了回去，警车也缓缓开走了。

李其昌咕噜了一句，显然话中有话，"齐书记，您……您这是何必呢！"

齐全盛也没明说，身子一仰，淡然道："该来的总要来，该斗的还要斗啊！"他带着父亲般的慈祥，拍了拍李其昌的肩头，意味深长地说："其昌啊，你也不要瞎揣摩了，我的事你管不了，好好休息一下吧，回到镜州还不知要忙成什么样呢！"

话刚落音，又一道白亮的闪电划过夜空，将前方的道路映照得如同白昼，许久以后，一个闷雷炸响了，尽管在预料之中，齐全盛心中仍然禁不住一阵战栗……

# 2

镜州市阴霾重重，细雨绵绵，却没什么雷鸣电闪，夜幕降临之后仍像往常一样平静。

在长达三个多小时的询问中，齐全盛的女儿蓝天集团公司董事长兼总经理齐小艳不时地越过市纪委女处长钱文明的脑袋去看窗外，从天光朦胧的下午一直看到霓虹灯闪亮的夜晚。

霓虹灯装饰着解放路对过那座三十八层的世纪广场大厦，夜空中五彩缤纷。如丝如雾的细雨不但无伤镜州之夜特有的辉煌，倒是给这个不夜的大都市增添了一种湿漉漉的情调。如果不是省纪委常务副书记刘重天带着专案组悄然赶到了镜州，如果市纪委这位钱处长不突然找她谈话，她现在应该坐在父亲的00001号车里，陪着父亲从上海浦东国际机场直达镜州，也许此刻正穿行在夜镜州五彩的细雨之中哩。

父亲在电话里说了，是亲口对她说的：国航班机十七时降落在上海浦东国际机场，现在是二十时零五分，从上海到镜州四个多小时的车程，父亲此刻应该快进入镜州旧城区了。

这么胡思乱想时，齐小艳情不自禁扭头看了一下挂在侧面墙上的电子钟。

女处长钱文明注意到了这一细节，沙哑的声音又响了起来："……齐小艳，你看什么钟啊？我告诉你，你就不要心存幻想了，齐书记回来也救不了你，你必须对组织端正态度！任何人都没有超越党纪国法的特权，不管是你，还是你母亲！"

齐小艳傲慢地笑了笑，"钱处长，我从没认为我和我母亲有超越党纪国法的特权，我只是觉得很奇怪：你们怎么都成了刘重天的狗了？他叫你们咬谁你们就咬谁！"

钱文明脸面上挂不住了，桌子一拍，站了起来，"齐小艳，你……你也太猖狂了！"

齐小艳用指节轻轻敲了敲面前的茶几，"钱处长，请你注意一下自己的态度，别在我面前耍威风！"缓了口气，又说："对不起，我收回刚才说的话，这话污辱了你的人格。"她目光又一次越过钱文明的头顶移向了窗外，"但是，钱处长，你这个同志到底有没有人格？你是老同志了，不是不知道省纪委刘重天和我父亲的历史矛盾，你不能有奶就是娘啊！"

钱文明脸上没有任何表情，"齐小艳，这么说，你仍然认为自己没有问题？"

齐小艳摇摇头，"是的，我仍然认为你们搞错了，起码对我是搞错了。白市长的事我不知道，我只能保证我自己，保证我和我领导下的蓝天集团不出问题……"

钱文明冷冷一笑，"你那个蓝天集团没有问题？齐小艳，你敢说这种话？"

齐小艳略一沉吟，"这话可能不准确，可蓝天科技股份公司出的问题不是我的问题，知道总经理田健受贿，还是我让报的案，这事赵市长知道的，我最多负领导责任吧。"她不无苦恼地叹了口气，又解释了一下："钱处长，你们也清楚，蓝天集团是个生产汽车的大型国企，下属公司除在上交所上市的蓝天科技外，还有十二个大小生产经营性公司，干部成千，员工上万，谁也不能保证一个不出问题。

都不出问题，我们也不必设纪委、反贪局了，是不是？"

钱文明脸色好看了些，口气也缓和多了，"齐小艳，那么，我们就来谈谈这个上市公司蓝天科技好不好？你是怎么发现田健受贿的？在这个受贿案中，你这个集团董事长兼总经理到底扮演了什么角色啊？我希望你能实事求是说清楚。"

齐小艳又沉默起来，再次扭头去看电子钟，眼神中透着一种明显的企盼。

钱文明无可奈何地摇了摇头，站了起来，"齐小艳，这对你是最后的机会了，你一定要珍惜呀，你不要再看表了好不好？就是齐书记现在到了镜州，就是站在你面前了，也救不了你！"她走到齐小艳面前，踌躇了一下，还是说了，声音低下去很多，显然是怕门外的人听见，"我可以告诉你：这次齐书记也被拖累了，省委常委会专门召开紧急会议研究了镜州问题！"

齐小艳怔了一下，像挨了一枪，直愣愣地看着钱文明，好半天没醒过神来。

钱文明又回到自己办公桌前坐下了，口气和表情恢复了常态，"说吧，说吧，齐小艳，争取主动嘛，你很清楚，不掌握一定的证据，我们是不会把你请到纪委来谈话的，你看看，我和省纪委的同志轮换着和你谈呀，啊，谈了三个多小时。不是刘重天书记指示要慎重，我们用不着费这么大的精神嘛，完全可以在今天下午一见面就向你宣布'双规'！"

世纪广场上的霓虹灯黯然失色，不再绚丽，五月的夜空变得一片迷蒙。

齐小艳眼中的泪水不知不觉落了下来，声音也哽咽了，"钱处长，你……你帮我个忙，和……和刘重天说说行不？让……让我回去以后想想，好好想想，我……我现在心里很乱，真的很乱，这……这事来得太突然了……"

钱文明摇摇头，"你知道这不可能，刘重天书记和省纪委都不会答应！"

齐小艳直到这时才彻底清醒了，属于她的自由日子即将结束，不论她现在如何选择，"双规"的结局都不可避免。省纪委常务副书记刘重天一直是父亲的政敌，此人既不会放过她们母女，也不会放过她父亲齐全盛，一场你死我活的政治大厮杀事实上已经在三小时前甚至更早的时候就开始了，除了铤而走险，她已没有任何退路了。

墙上的电子钟发出清晰的"滴答"声，屋内的空气压抑得让人心悸。

齐小艳的心狂跳着，脑子里翻来覆去都是四个字：铤而走险，铤而走险。省纪委的那个男处长出去吃饭还没回来，机会就在面前，只要她走出这间办公室，以百米冲刺的速度冲下三楼，冲出市纪委大门，一切就会变样了，镜州市这场政治斗争的历史也许会改写，父亲也就有了组织力量从容反击的最大余地。

抹去了脸上的泪水，齐小艳尽量平静地开了口："那好吧，钱处长，我说。对蓝天科技田健受贿一案，我负有不可推卸的责任，不仅是领导责任，还有包庇犯罪分子的情节。我怕家丑外扬，案发后我……我曾经暗示田健一走了之……"就说到这里，她突然站了起来，"哦，钱处长，对不起，我今天不方便，要……要上趟洗手间。"

钱文明皱了皱眉头，"好，好，我陪你去。"说着，也站了起来。

洗手间在楼梯口，距钱文明的办公室很远。已经是夜里了，走廊上空无一人，四处静悄悄的。齐小艳按捺住心的狂跳，和钱文明一起出了门，向楼梯口的洗手间走去，走到洗手间门口，突然一把推倒钱文明，风也似的急速下了楼。

钱文明怎么也想不到一个市委书记的女儿竟会来这一手，自己坐倒在地上后，竟没闹明白是怎么倒下的，更没想到齐小艳是要逃跑。更要命的是，倒地时，近视眼镜又掉了下来，待她摸到眼镜重新戴上，拼命追下来时，齐小艳已冲到了楼下大厅。

站在楼梯上，透过布满裂纹的眼镜片，钱文明亲眼看到齐小艳用放在门旁的红色灭火器"轰"的一声砸开了紧锁着的玻璃大门，没命地冲了出去。

钱文明一边叫着"来人"，一边跟在后面追，穿过那扇玻璃门时，手被划伤了。

大门口的门卫被钱文明急切的呼叫声唤了出来，可门卫还没明白是怎么回事，就被冲到面前的齐小艳故意撞倒了。齐小艳一个踉跄，也差点儿栽倒在边门旁。边门偏巧是开着的，齐小艳扶着边门的铁栅栏略一喘息，便箭一样义无反顾地射进了车水马龙的解放大街，消失在江南五月的夜雨中了……

不可思议的"齐小艳逃跑事件"就这样发生了！

镜州市纪委三处处长钱文明跳进黄河也洗不清了……

## 3

听到镜州市纪委王书记的电话汇报，专案组组长、省纪委常务副书记刘重天极为震惊。

这时是二○○一年五月十日夜二十一时五十一分，刘重天记得很清楚。

在以后几个月的办案过程中，刘重天再也不会忘了这个令他沮丧的时刻。这个历史时刻本该十分圆满，可却因为这一意外事件的骤然发生变得有些灰暗而潮湿了，后来事态的发展和血的事实证明，齐小艳逃跑造成的后果是相当严重的。

手机响起时，刘重天正坐在指挥车里，按省委指示布置执行对镜州市委常委、秘书长林一达和市委常委、常务副市长白可树的抓捕行动。他的指挥车从省公安厅新圩海滨疗养中心出发，正行进在中山南路和四川路的交会口上，身边坐着他的老部下，当年镜州市政府办公厅副主任，现任省检察院副检察长兼反贪局局长的陈立仁。

陈立仁得知齐小艳逃跑的消息后，黑脸一拉，立即冲着刘重天大吼起来："……什么意外逃跑？我看这是放纵，是别有用心！简直是天下奇闻，犯罪嫌疑人在他们镜州市纪委办公室正谈着话突然跑了！他们镜州纪委是干啥吃的？为啥要这么谈话？那个钱文明是不是齐全盛一手提起来的干部？刘书记，这一定要查查清楚！"

刘重天并没附和陈立仁，短暂的思考过后，马上按起了手机，边按边说："老陈，你冷静点，不要这么大喊大叫的，也不要擅下结论，和齐小艳谈话时，不是还有我们省里的同志参加吗？现在只能当意外事件对待！"

手机通了，刘重天对着手机说了起来："赵厅长吗？我是刘重天啊，出了点意外的事：蓝天集团齐小艳脱逃，就是刚才的事，在纪委大楼脱控后冲上了解放大街。你立即布置一下，让镜州市公安局配合，堵住各主要出口，连夜彻查，发现线索随时向我报告！"

打过这个电话，指挥车和几辆警车已沿四川路开进了镜州市委宿舍公仆一区。

早一步赶到的省市纪委和反贪局人员已在市委秘书长林一达和常务副市长白可树家的二层小楼前等待，现场气氛于平静之中透出些许紧张来。白可树有涉黑嫌疑，在镜州的关系盘根错节，势力庞大，不谨慎不行。专案组在最后一分钟才决定了深夜上门的行动方案。

林、白两家的小楼是挨在一起的，林家是十四号楼，白家是十五号楼，两座小楼现在已被作为一个总目标团团围住。两家之间是一片绿地，绿地当中也站了几个穿便衣的年轻干警。

雨还在下，淅淅沥沥越来越大，现场执勤的干警们浑身上下全湿透了。

刘重天把车停在十四号楼门前，在身着便衣的陈立仁和镜州市纪委王书记的陪同下，一步步向十四号楼走去，突然间竟有了一种回家的感觉——七年前在镜州市政府做市长时，十四号楼是他住的，那时林一达只是市委副秘书长兼办公厅主任，还没有资格享受这种市级住房待遇。多少次了，他在漫长的市委常委会或是市长办公会开完之后，拖着疲惫不堪的身子回家，门前的灯总是亮着，不论多晚夫人邹月茹和儿子贝贝总在等他。那时，邹月茹没有瘫痪，还在市委办公厅保密局做着局长，行政级别副处。有一个健康夫人和活泼的儿子，十四号楼才像一个真正的家。现在，都成为回忆了。七年前齐全盛把他赶出了镜州，彻底改变了他的生活——调离搬家时又发生了一场意外车祸，儿子贝贝死了，夫人瘫痪了，命运差一点击垮了他。

轻车熟路走进楼下客厅，家的印象完全没有了，昔日亲切熟悉的感觉像水银泻地一样消失了，刘重天恍惚走进了一座豪华宾馆。林家刚装修过，举报材料上说，是蓝天集团下属的彩虹艺术装潢公司替他装修的，光材料费一项就高达二十六万，这位中共镜州市委常委、市委秘书长一个大子没付，住得竟然这么心安理得。

　　此刻，这位昔日的老同事已挺着腆起的肚子站在他面前了，还试图和他握手。他只当没看见，接过秘书递过来的文件夹，照本宣科，代表省委向林一达宣布"双规"决定，要求林一达从现在开始在规定的时间，规定的地点交代自己的问题。

　　省委的决定文件读完，林一达怯怯地喊了声："刘……刘市长……"

　　刘重天本能地"哦"了一声，问："林一达，你还有什么不明白的？"

　　林一达看看客厅里的人，欲言又止，"刘市长，我……我想单独和你说几句话。"

　　刘重天摆摆手，淡然道："不必了，有什么话就在这里说吧！"

　　林一达苦苦一笑，"那……那就算了吧！"

　　然而，走到门口，当他从林一达身边擦肩而过时，林一达一把抓住他的手，急促地说了一句："刘……刘市长，你可别搞错了，我……我一直不是齐全盛的人，真的！"

　　刘重天一把甩开林一达的手，逼视着林一达，"林一达，你什么意思？你的经济问题和齐全盛同志有什么关系？不论你是谁的人，是你的问题你都得向组织说清楚！走吧！"

　　在十五号楼白家却发生了另外的一幕：被齐全盛一手提起来的市

委常委、常务副市长白可树不是软蛋，"双规"决定宣布之后，这位本省最年轻的常务副市长冷冷地看着刘重天，带着不加掩饰的敌意说了句："有能耐啊，刘重天，你到底还是带着还乡团杀回来了！"

刘重天冲着白可树讥讽地笑了笑，"白区长，我当年做市长时没少批评过你呀，没想到这些年你还是不长进嘛，狗嘴里仍然吐不出象牙来！又说错了吧？不是我回来了，也不是还乡团回来了，是党纪国法回来了！"说罢，他收敛了笑容，冲着身边的工作人员一挥手，"带走！"

精心安排了几天的收捕行动不到半小时全结束了，林一达、白可树和齐全盛的夫人高雅菊全到他们该去的地方去了，惊动中纪委和中组部的镜州腐败案的主要犯罪嫌疑人在二〇〇一年五月的这个雨夜全部落网，唯一的遗憾的是：齐全盛的女儿齐小艳脱逃。

准备上车离开市委宿舍时，省公安厅赵副厅长来了个电话，汇报说：警力已布置下去，镜州市主要交通要道已派人盯住了，齐小艳可能落脚的地方都派了人监视，马上还准备对全市重点娱乐场所好好查一查。刘重天交代说，娱乐场所可以查，但要有策略一些，不要搞得满城风雨，免得被别有用心的人钻空子，镜州目前的情况比较复杂。

陈立仁马上接过话题，"不是比较复杂，是太复杂了！刘书记，我怀疑市纪委那个女处长故意放走了齐小艳！你说说看，女处长为什么就追不上齐小艳？她是真追还是假追？啊？"

刘重天先没作声，上了车，才沉下脸批评说："老陈啊，你怎么还是这么没根没据的乱说一气呀？刚才你没听到吗？白可树已经骂我们是还乡团了！你能不能少给我添点乱啊？！"沉默了一下，才又说，"别说那个女处长了，我看就是你陈立仁也未必就能追上齐小艳，齐小艳上中学时就是全市短跑冠军，一起搭班子的时候，老齐没少给我吹过！"

陈立仁叹了口气，"齐小艳这一跑，蓝天科技公司的案子可就难办了。"

这么说着，车已启动了，转眼间便开到了市委宿舍大门口。

又一桩意想不到的事发生了：就在刘重天挂着省城牌号的警车要驰出大门时，没想到，镜州市 00001 号齐全盛的车正巧驰入了大门。双方雪亮的车灯像各自主人的眼睛，一下子逼向了对方，两车交会的一瞬间，车内的主人彼此都看清了对方熟得不能再熟的面孔。

像似有某种默契，两辆车全停下了，车刹得很急，双方停车的距离不足三米。

刘重天摇下车窗，喊了声："哎，老齐！"先下了车，毫不迟疑地走到了雨水中。

齐全盛迟疑了一下才下了车，也站到了雨水中。

似乎是为了弥补那不该发生的迟疑，齐全盛主动向刘重天走了两步，呵呵笑着，先说了话："哦，重天啊，怎么半夜三更跑到我这儿来了？我这该不是做梦吧？啊！"

说着，齐全盛挺自然地握住了刘重天的手。

刘重天双手用力，回握着齐全盛的手，"老齐，是我做梦哟，前几天还梦着和你在市委常委会上吵架哩！哎，怎么听说你率团到欧洲招商去了？今天刚回来吧？"

齐全盛像不知道发生了什么，笑眯眯地道："刚回来，咱市驻上海办事处要我在上海休息一夜，倒倒时差，我没睬他们，镜州这摊子事我放心不下呀，马上又要筹备国际服装节了！"

刘重天笑道："是啊，是啊，你老伙计的干劲谁不知道？啊？早上一睁眼，夜里十二点，跟你搭了两年班子，我可是掉了十几斤肉！这次来看看才发现，咱镜州的变化还真不小，同志们都夸你做大事做实事哩！哦，对了，月茹要我务必代她向您这老领导问好哩！"

齐全盛怔了一下，"哦，也代我向月茹问好，说真的，我对月茹的记挂可是超过对你老伙计的记挂哩！"他略一停顿，又说："重天，你也别光听这些好话呀，现在想看我笑话，想整我的人也不少，我呢，想得很开，千秋功罪自有后人评说，不操这份无聊的闲心！你说是不是？"

刘重天脸上的笑容僵住了，"老齐，你这话我听出音了！你回来得正好，有个情况我得先和你通通气，按说秉义同志、士岩同志会代表省委、省纪委正式和你通气，可这不巧碰上了，就先打个招呼吧！走，走，到我车上说！"

齐全盛站着不动，脸上仍挂着笑意，"重天，你说，说吧，这雨不大。"

刘重天真觉得难以开口，苦苦一笑，"老齐，真是太突然，也太意外了，镜州出了起经济大案，涉及到市委、市政府一些主要领导干部，秉义同志和省委常委们开了个专题会，决定由士岩同志牵头，让我组织了一些同志扎在镜州具体落实办案。根据目前掌握的情况，也涉及到了你夫人高雅菊和小艳，所以，省委和秉义同志的意见是……"

齐全盛没听完便转身走了，上车前才又扭过头大声说："重天，你不要说了，你回来抓镜州案子，好，很好，你就按省委和士岩同志的意见办吧，我回避就是！"

刘重天冲着齐全盛的车走了两步，"老齐，你……你可千万别产生什么误会！"

齐全盛从车里伸出头，一脸不可侵犯的庄严神圣，"我不会误会，重天，该出手时就出手嘛，对腐败分子你还客气什么？就是要穷追猛打，高雅菊和齐小艳也没有超越法律的特权！"

说罢，齐全盛的车一溜烟开走了，车轮轧出的泥水溅了刘重天一身。

## 4

房间的灯——亮了，是秘书李其昌跑前跑后按亮的。

李其昌这孩子心里啥都有数，却什么都不问，什么都不说。

小伙子把客厅和几个房间搞得一片明亮之后，又及时打开了饮水机电源，准备烧水给齐全盛泡茶。因为李其昌的存在，齐全盛空落落的心里才有了一方充实，这个让他痛苦难堪的长夜才多了一丝温暖的活气。

如果没有这场突如其来的政治地震，老婆高雅菊和女儿小艳此刻应该守在他身边，和他一起分享又一次小别之后的团聚，这座两层小楼的每一个角落都将充满她们的欢声笑语。

然而，却发生了这么巨大的一场变故！他的老婆、女儿都落到了老对手刘重天手中，都被刘重天以党纪国法的名义带走了，只把她们生命的残存气息留在了楼内的潮湿空气中。

刘重天这回看来是要赶尽杀绝了！此人从镜州调到省里工作后，七年不回来，每次路过镜州都绕道，这次一回来就如此猛下毒手，由此可见，刘重天的到来意味深长，此人回来之前恐怕不是做了一般的准备，而是做了周密且精心的准备，这准备的时间也许长达七年，也许在调离镜州的那一天就开始了。他太大意了，当时竟没看出来，竟认为刘重天还可以团结，竟还年年春节跑到省城去看望这条冻僵的政治毒蛇！

电话响了，响得让人心惊肉跳，齐全盛怔怔地看着，没有接。

李其昌正在电话机旁收拾出国带回来的东西，他投来了征询的目光。

齐全盛沉吟了片刻，示意李其昌去接电话。

李其昌接起了电话，"对，齐书记回来了，刚进门，你是谁？"

显然是个通风报信的电话，齐全盛的心一下子揪了起来。

接下来的几分钟，李其昌不住地"哦"着，握着话筒听着，几乎一句话没说。

放下话筒，李其昌不动声色地汇报说："齐书记，是个匿名电话，打电话的人不肯说他是谁，口音我也不太熟，估计是小艳的什么朋友。打电话的人要我告诉您，小艳逃出来了，现在很安全，要您挺住，不要为她担心。"

齐全盛嘴角浮出一丝不易察觉的笑意，拍拍李其昌的肩头，"好了，小李，你也别在这里忙活了，快回去吧，啊？你看看，都快半夜一点了！"

李其昌笑了笑，"齐书记，既然这么晚了，我就住在您这儿吧！"

齐全盛心头一热，脸上却看不出啥，"别，别，出国快半个月了，又说好今天回去的，不回去怎么行啊？小王不为你担心啊？走吧，走吧，我也要休息了！"

李其昌不再坚持，"那好，齐书记，我把洗澡水给您放好就走！"

齐全盛说："算了，小李！我自己放吧，这点事我还会干！"

李其昌不听，洗了浴缸，放好一盆热气腾腾的洗澡水，才告辞走了。

唯一一丝活气被李其昌带走了，房间里变得空空荡荡。窗外的风声雨声不时地传来，使长夜的狰狞变得有声有色。如此难熬的时刻，在齐全盛迄今为止的政治生涯中还从没出现过。齐全盛一边慢吞吞地脱衣服，准备去洗澡，一边想，难熬不等于熬不过去，人生总有许多第一次，只不过他的这个第一次来得晚了一点罢了。

齐全盛不相信女儿齐小艳会有什么经济问题。自己的女儿自己知道。女儿志不在此，她要走他走过的路，辉煌的从政之路，用权力改变这个世界。今天的事实证明，女儿很有政治头脑，知道自己落到刘重天手里可能会顶不住，没事也会被整出事来，所以才一走了之。

女儿走得好啊，不但给刘重天出了难题，也为他赢得了思考和巩固阵地的时间。

那么，老婆高雅菊呢？会陷到经济犯罪的泥潭中去吗？也不可能。老婆不是贪财的人，否则，当年不会嫁给他这个来自星星岛的渔家穷小子了。结婚三十二年了，不管日子过得多么艰难，也从没听她抱怨过啥。随着他地位越来越高，该有的又全有了，高雅菊也越来越受到人们的尊重，心里是满足的。再说，她也早在三年前退休了，不可能涉及到什么经济案件中去。就是退休以后，他对她的教育和提醒也没放松，她不但听进去了，也照着办了。他亲眼看到高雅菊把送礼的人从家里无情地赶出去，态度比他还严厉。就在半年前吧？市委秘书长林一达主动带着人到家里搞装修，高雅菊一口回绝了，事先都没征求他的意见，他是事情过去好久以后，才从林一达口中知道的。高雅菊对林一达说，一个市委书记家里装修得像宾馆，老百姓会怎么想？影响不好嘛！老婆这么注意影响，不太可能授人以柄，他应该对她有信心。

躺在浴缸里洗澡时，电话又一次响了起来。

齐全盛想了想，觉得这个电话应该是女市长赵芬芳打来的，事情闹到这一步，这位女市长应该以汇报的名义向他报丧了。伸手抓过话筒一听，倒有些意外，来电话的不是女市长赵芬芳，却是和他一起出国招商又同机回国的副市长周善本。

周善本在电话里叫了两声"齐书记"，似乎难以开口，停顿了半天才说："怎么……怎么听说这十几天咱家里出大事了？齐书记，情况你……你都知道了吧？"

齐全盛努力镇定着情绪，"什么大事啊？善本？天塌地陷了？啊？"

周善本讷讷说："我看差不多吧！咱们的市委常委、秘书长林一达和常务副市长白可树全进去了，听说就是今天夜里的事，还有……还有您家高雅菊同志和……"

齐全盛镇定不下去了，"善本，我家里的事刘重天同志和我说了，你不要再提了，林一达和白可树出事我还真不知道——你都听说了些什么？啊？给我细说说，不要急。"

周善本讷讷着，"说……说法不少，在电话里几句话恐怕也说不清楚……"

齐全盛说："那就到我这儿来一趟吧，啊？当面说。"

周善本提醒道："齐书记，您又忘了？我家可是在新圩港区。"

齐全盛这才想了起来：周善本根本不住在市委公仆楼，做副市长八年了，仍然住在当年港区破旧的工人宿舍，于是便和气地道："好，好，那……那就算了，明天再说吧！"

周善本又问："齐书记，出了这么大的事，咱们明天的总结会还开吗？"

齐全盛想都没想，"照常开，我这市委书记既然还没被免掉，那就该干啥还干啥！"

周善本叹了口气，"那好，我准时到会。"停了一下，又安慰说："齐书记，您也把心放宽点，您对咱镜州是有大贡献的，我看省委会凭良心对待您的！"

齐全盛哼了一声，"别说了，善本，这次我准备被诬陷！"说罢，默默放下了电话。

真没想到，第一个主动打电话来安慰他的副市级干部竟会是周善本，更没想到周善本在这个灰暗的时刻竟能说出这么让他感动的话！一个班子共事八年了，这次又一起出国十三天，这个脾气古怪的副市长除了正常工作，从没和他说过任何带有个人感情色彩的话。当赵芬芳、林一达、白可树这些人扮着顺从的笑脸，围着他团团转时，周善本离他远远的，有时甚至是有意无意躲着他，现在却把电话主动打过来了，还谈到了良心……

刘重天有良心吗？如果有良心的话，能这么心狠手辣赶尽杀绝吗？当上省纪委常务副书记，就处心积虑拿镜州做起大块政治文章了，什么事发突然？什么省委？秉义同志、士岩同志？别有用心做文章的只能是你刘重天！你还好意思说通气！你是不讲良心，也不顾历史！

他们在镜州斗争的历史证明，错的是刘重天，而不是他齐全盛，如果不是时任省委书记的陈百川同志和省委当年果断调整镜州领导班子，就没有今天这个稳定发展的新镜州。

历史的一幕幕，一页页，即时地浮现在齐全盛面前……

# 第二章　历史旧账

## 5

　　镜州是个依山傍海的狭长城市，位于清溪江的入海口。城区分为两大块，一块叫"镜州老区"，一块叫"新圩区"，两区间隔四十二里。据史志记载，隋唐之前海岸线在古镜州城下，嗣后，海岸线不断后退，才把镜州抛在了大陆上，才有了镜州和新圩各自不同的历史存在。清朝到民国的三百多年间，镜州和新圩是各不相属的两个独立县治所在，直到五十年代，国务院区划调整，两地才合为一处，定名"镜州"，变成了一个专区。专区的行政中心一直放在古镜州，建设重心也在古镜州，位于海滨的新圩只是一个海港。改革开放后，镜州市成了国家最早的对外开放城市之一，新圩的重点建设才提上了议事日程。根据国家长期发展规划，省委、省政府决定加大对新圩的投资和招商引资力度，制定了一系列优惠政策，新圩区的开发一时间成了本省的最大热点。也就是从那时起，省内外出现了镜州市行政中心东移新圩的呼声。

　　面对迅速崛起的海滨城市新圩，地处内陆的镜州落伍了，受地域环境的限制，没有多少发展空间，显得死气沉沉。时任镜州市委书记的陈百川注意到了上上下下的议论和呼声，因势利导，组织海内外专家反复论证，为镜州市未来发展做了一个总体规划，决定将镜州市行政中心由镜州老城东移至新圩。这一决定被国家和省里批准后，陈百川大笔一挥，在新圩滩涂上圈地三千亩，准备大兴土木，打造全新的镜州党政机关。齐全盛当时是新圩区委副书记，亲眼目睹了那难忘的历史一幕：陈百川率着市委、市政府和各部委局办党政干部去看地盘，手臂一挥，指着东面绵延十几公里的黄金海岸和波涛起伏的大海，说了这么一番话——

　　"……同志们，今天，我们在创造历史，一个古老城市的崭新历史。镜州市从此以后将面对海洋，绝不能退缩在内陆上做旱鸭子。既然改革开放的时代给了我们这个机遇，我们就得牢牢抓住，就要勇敢地跳到海里去拼搏，去创造属于我们这代人的辉煌！"

　　然而，陈百川和他的班子却没能最终创造出一个海洋时代的辉煌，改革开放毕竟刚刚开始，要干的事太多了，要用钱的地方也太多了，镜州党政机关的新大楼一幢没竖起来，一纸调令，陈百川便去了省城，出任省委副书记兼省城市委书记，三年后做了省委书记。

　　嗣后，在省城鹭岛国宾馆，已做了省委书记的陈百川曾和即将出任镜州市委书记的齐全盛说过，当时，他真不想提拔进省城，就是想好好在镜州干点事，做梦都梦着把一个东方海滨的大都市搞起来。说这话时，陈老情绪不无感伤。老爷子怎么也没想到，他离任后推荐的头一位接班人会这么不争气，会把镜州的事情搞得这么糟糕。

　　陈百川提名推荐的头一位接班人是卜正军，一个山东籍的黑脸汉子，曾是省内呼声很高的政治新星，出任镜州市委书记时时年四十岁，当时是省内最年轻的市委书记了。卜正军颇有陈老的那股拼命精神，思想比陈老还要解放，遇到红灯绕着走。镜州在卜正军时代再次得到了超常规发展，镜州至新圩的十车道的快速路修通了，建筑面积近十万平方米的市委新大楼主体在新圩滩涂上竖起来了，新办公区的基础建设大部分完成，市政府大楼也建到了一半，乡镇企业和个体经济大发展，镜州的经济排名从全省第五位一举跃升为全省第二名，把省城和历史上的经济重镇平湖都抛在了后面。但也正是这个卜正军时代，镜州出了个大乱子：假冒伪劣产品不但占领了国内市场，还冲出国门走向了世界；再一个就是走私，主要是走私汽车。

一封封举报信飞向北京，中央震惊了，下令彻查严办。

一夜之间。卜正军时代结束了，镜州市委、市政府两套班子同时垮台，负有领导责任的卜正军和市长被同时撤职，主管副市长、海关关长、公安局局长和一些基层单位的负责人共五十余人被判刑入狱。卜正军这颗政治新星也从灿烂的星空中无奈地陨落下来，不是陈百川暗中保护，没准也要在牢里住上几年。陈百川其时刚做了省委书记，给了卜正军应有的党纪政纪处分之后，安排卜正军到省委政策研究室做了研究员。两年之后，卜正军肝癌去世，去世时竟穷得身无分文，家徒四壁。留下的最后一句话是：对不起陈老，对不起省委。陈老得知后泪如雨下，从中央开会回来，家都没回，就直接去了殡仪馆，冲着卜正军的遗体深深三鞠躬。

几天后到镜州检查工作时，陈老动情地说："卜正军犯了很多错误，甚至是犯了罪，可我仍要说这是个好同志！我们改革就是探索，探索就不可能没有失误，有了失误必须纠正，必须处理，也就是说，做出失误决策的领导者，必须做出个人牺牲，必须正确对待。过去战争年代，我们掩埋了同志的尸体，踏着同志的血迹前进，今天的改革开放，也要有这种大无畏的精神！允许犯错误，不允许不改革，想自己过平安日子的同志请给我走开！"

陈老在镜州检查工作大发感慨的时候，镜州经济正处在一个短暂的停滞期。卜正军之后的继任市委书记王平消极接受了卜正军的教训，明哲保身，不求有功，但求无过。这位名叫王平的同志也真够"平"的，四平八稳，有棱角，敢闯敢冒的干部一个不用，在职两年没干成一桩正事，连新圩市政办公新区的建设都因资金问题停下来了。招商引资头一年是零增长，次一年竟出现了负增长，整个镜州像被霜打后的茄子园，弥漫着一片死气和晦气。

也正因为受了王平排挤，在镜州没法干事，齐全盛才私下里做工作，从镜州市委副书记的任上调到省政府做了秘书长。

调整镜州班子的问题由陈老及时提到了省委常委会上。这个决定镜州历史的省委常委会断断续续开了三天，最后决定了：市委书记王平和市长全部调离，将经济大市平湖的市长刘重天调任镜州市长，将他从省政府调回镜州任镜州市委书记，连夜谈话，次日上任。

这是一九九三年二月三日的事，小平同志南方谈话发表没多久。

镜州市的齐全盛时代就这么开始了，开始得极为突然，也极不协调。省委做出这个决定前，并没有和他进行过深入谈话，他对即将和他搭班子的刘重天并没有多少了解，只是在省里的一些会议上见过面。和陈老的关系也淡得很，不但没有什么个人私交，连工作接触都比较少。可陈老竟是那么了解他，说你这个同志啊，在新圩区做区委副书记时就干得不错嘛，卜正军过去汇报工作时也没少提起过你。你年富力强，有正军同志的那种闯劲，生长在镜州，又长期在镜州工作，我和省委都认为你是最合适的人选。

他是合适的人选，刘重天是合适的人选吗？刘重天到镜州来究竟干了些什么？！

# 6

"我在镜州干了些什么？当然是干了一个市长该干的事，我尽心了，尽力了！离开镜州七年了，今天我仍然敢拍着胸脯说：我刘重天对得起省委，对得起镜州八百万人民！你齐全盛可以好大喜功，可以打着省委书记陈百川同志的旗号狐假虎威，一手遮天，我刘重天不能！作为一个负责任的一市之长，我刘重天必须实事求是，不唯上，只唯实！"

一九九三年二月的镜州市是个什么情况啊？卜正军自己把自己搞垮了，班子也垮了，涉嫌走私的主管副市长和五十一个科以上干部被判了刑，六个市级领导干部受到了党纪政纪处分，被调离现岗位。卜正军引发的一场政治大地震刚过去，余震不断，王平不称职的短命班子又散了，书记、市长双双调离，又一场政治大地震开始了。陈百川代表省委主持的全市党政干部大会刚开过，他和齐全盛就接到了市委、市政府好几个负责干部的请调报告。那些王平提起来的干部在看他们，也在试探他们，看他们是不是搞一朝天子一朝臣，是不是搞家天下。

齐全盛是怎么做的呢？明白无误地搞家天下。第一次和他交心时就毫不掩饰地说："王平提起的干部，想走的全让他们走，赖在茅坑上不拉屎的，就是不想走我们也要请他挪挪窝！对想干事能干事又受到王平排挤的干部，要尽快提上来，摆到适当的岗位上去，镜州必须有个新局面，这是陈百川书记和省委对我们的期待。"

说着这些堂而皇之的漂亮话，过去的老朋友、老部下，全被齐全盛提起来了，包括林一达和白可树。刘重天记得，齐全盛在一个月后的一次讨论干部问题的市委常委会上一下子就任命了一百二十三个县处级干部。他一直在平湖工作，对镜州的情况不熟悉，这些干部对他来说都是名字，齐全盛却熟得很，连组织部部长的情况汇报都没听完就拍了板，就在任命名单上签了字，权力在此人手上简直像一件玩具。

后来才发现，有些干部是用错了，下面意见和反映都很大，他好心好意地私下提醒齐全盛，要齐全盛在干部问题上慎重一些。齐全盛嘴上应付，心里根本不当回事，反而认为他想抓权，几次婉转地告诉他：一把手管干部既不是从他开始的，也不是从现在开始的。

干部使用问题上的分歧往往是最深刻的分歧，谁都知道当领导就是用干部，出主意嘛！班子的裂痕从那一刻起就不可避免地产生了。接下来，在新圩市委新办公区建设问题上，矛盾公开爆发了。齐全盛要求政府这边一年内完成新圩办公区的全部在建和续建工程，保证市委、市政府和下属部门在年底全从镜州老城区迁到新圩办公。齐全盛打出的旗号又是陈百川，在市委、市政府的党政办公会上说，要请省委陈书记到镜州新市委过大年。这谈何容易？如果容易，王平那届班子还不早就办了？资金缺口高达五十亿，市面一片萧条，走私放私和伪劣产品带来的双重打击还没使镜州经济恢复元气，他上哪里去搞这五十个亿？去偷去抢吗？！

他把问题摆到了桌面上，齐全盛的回答倒轻松："事在人为嘛，你当市长的去想办法！"

办法想了多少啊，为这五十个亿，他真是绞尽了脑汁。结果令人失望，没有什么好办法，在一年内搞到五十亿，完成行政中心的整体东移是不现实的，也是不可能的。他郁郁不乐地请齐全盛拿个高招出来。齐全盛只说了一句话，"碰到红灯绕着走嘛。"再多的就不说了。后来才知道，齐全盛那时就把他当政治对头，防着他一手了，逼着他去玩违规的游戏。

违规的游戏不能玩，红灯绕不过去绝不能闯，卜正军的例子摆在那里了。他只好和齐全盛摊牌，明确提出："我们的工作不是做给陈百川同志和省委看的，一定要实事求是，当务之急不是要完成行政中心的整体东移，而是要尽快恢复镜州的经济元气和活力。发挥镜州市集体经济和私营经济较强的优势，在坚决堵住造假源头的同时，引进国内外高新技术，引进竞争机制，把市场真正搞活做大，让镜州以健康的身姿走向全国，走向世界。"

齐全盛心里火透了，嘴上却不好说，笑眯眯地连声说好，再不提行政中心东移的事。

没想到，从那以后齐全盛便不管不顾一头扎到了新圩工地上，把个新圩区区委差不多弄成了第二市委，日夜泡在那里。时任区委副书记的白可树就此贴上了齐全盛，几乎和齐全盛形影不离。结果，没多久市委新大楼和附属建筑恢复施工，也不知是从哪弄来的钱。当年年底，市委机关全搬到了新大楼办公去了，当真在气派非凡的新大楼里接待了省委书记陈百川一行。

这就使矛盾公开到社会上了，市委在新圩办公，政府在镜州老城区办公，中间隔了四十二里的快速路，开个党政办公会，商量个事都不方便。省里风言风语就传开了，说镜州有两个中心，一个以市委书记齐全盛为中心，一个以市长刘重天为中心，是一城两制。直到今天，刘重天还坚持认为：这是齐全盛挤走他的一个阳谋，恶毒而又工于心计。明明是齐全盛权欲熏心，不顾大局，却给省委造成了他摆不正位置，闹不团结，闹独立的假象。

搞了这番阳谋还不算，阴谋手段也上来了，抓住他秘书祁宇宙收受股票贿赂的事大做文章，刮他的臭风，目的只有一个，把他从镜州市挤走，后来事情的发展充分证明了这一点。

嗣后，齐全盛开始一趟趟跑省城，名义上是找陈百川和省委汇报工作，实则是不断告他的状。行政中心整体东移是陈百川在任时定下的规划，他没执行得了，齐全盛执行了，公理的天平从一开始就是倾斜的，陈百川和省委的态度可想而知。齐全盛抓住这个由头，大谈班子的团结问题，向陈百川要绝对权力，说是没有绝对权力和钢铁意志，他很难开拓局面干大事。陈百川和当时的省委竟然也就相信了齐全盛的鬼话，竟然一纸调令将他从镜州调到省冶金厅去做厅长。他接到调令那天在干什么呢？他正在镜州最大的针纺织品批发市场带着一帮工商人员保护十二家浙江纺织品批发商，在为重塑镜州经济和镜州商品的形象实实在在地工作着！

这十二家来自外地的批发商用价廉质优的产品将镜州地产针纺织品打得落花流水，从国营到集体、私营几十家纺织厂、服装厂被迫停产，成千上万的本地工人丢了饭碗。愤怒的工人们围住这些浙江批发商，要他们滚蛋，要求镜州市政府保护镜州人的商业利益和生存空间。面对这种群情激愤的骚动场面，他的回答是："这是不可能的！政府要保护的是竞争，是先进的生产力，绝不保护落后！镜州人的商业利益和生存空间要在竞争中去争取！"

这些话和他的这种开放式的经济思想，后来都变成齐全盛的"发明"赫然写进了"镜州模式"的先进经验中去了，文章连篇累牍，从《人民日报》到省里的大报小报，登的四处都是。更有意思的是，离开镜州两年后的一个春节，齐全盛笑呵呵地跑来看他，还给他带来了几套镜州服装。说是你刘市长虽然离开了，发展经济的好想法却坚持下来了，过时机器过时货这两年全让我们陆续砸了，我们镜州可真是在市场竞争中发展了先进的生产力啊！

他当时真想好好骂齐全盛一通，可却一句没骂，还让厅办公室安排了一顿饭，请齐全盛喝了瓶五粮液。席间说了些镜州干部的情况，得知林一达和白可树要进市委常委班子了，他心里冷笑说，这个齐全盛看来真有绝对权力了，镜州恐怕快要改齐州了！

失去有效监督的绝对权力必然导致绝对腐败，今天的事实已经证明了这一点。

更让他刻骨铭心的，还有调动工作引发的那场导致他家破人亡的车祸——

事过七年了，他仍记得很清楚：他和夫人邹月茹的调令是同一天接到的，他去省冶金厅做厅长，邹月茹去省民政厅办公室做副主任。因为接到调令的那天是个星期天，省委主持的全市党政干部大会要在次日上午召开，他便在镜州市长的位置上多留了一天。偏巧那天针纺织品批发市场商贩突然闹事，他听到汇报便赶去处理了。正要走时，市政府办公厅联系好的两辆给他们搬家的大卡车开到了市委宿舍十四号楼门口。儿子贝贝吊在他脖子上不放他走，夫人邹月茹也劝他不要再去多管闲事了。他没听，说是全市党政干部大会还没开，省委的免职文件还没宣布，他现在还是市长，对这种事不能不管。说罢，硬扳开贝贝娇嫩的小手，在贝贝的号啕声中上车走了。车已启动了，邹月茹又追了上来，说既然如此，干脆过几天再搬家吧。他没同意，厉声说："就今天搬，明天全市党政干部大会一散，我马上到省城，一天也不在镜州多待！"

这个赌气的决定嗣后让他悔恨万端，他怎么也没想到，搬家的卡车会在镜州至省城的路上出车祸！那时，镜州至省城的高速公路还没修通，路况很不好，走在前面的那辆卡车急转弯翻到了河沟里，年轻司机和儿子贝贝当场身亡，夫人邹月茹重伤瘫痪，再也站不起来了。

噩耗传来，他泪水长流，差点儿昏了过去，这打击太沉重了，真是船破又遇顶头风啊。

因为尚未到省民政厅报到，邹月茹仍算镜州市委干部，镜州市委办公厅在市委书记齐全盛的亲自主持下专门开了一个会，郑重决定：对邹月茹作因公负伤处理，保留出事前保密局局长的行政级别和待遇不变，生养死葬，绝不推诿。当齐全盛赶到省城，把这个打印好的文件递到他手上，向他表示慰问时，他满眼是泪说了一句话："老齐，我会永远记住镜州的！"

## 7

齐全盛知道，刘重天记住的绝不会是镜州和镜州市委对邹月茹的精心安排和照顾，而是在镜州遭遇的挫折——政治上的挫折和生活上的挫折。

　　事实证明，刘重天一到镜州就心存异志，想另立山头。此人在平湖当了四年市长，难道不知道一把手管干部的道理？他是装糊涂，是想抓权，是心里不服气。如果省委安排刘重天做镜州市委书记，他齐全盛做市长，也许就没有后来那么多尖锐复杂的矛盾了。当然，这只是他私下的推测，在任何场合，任何人面前都不好摊开来说。

　　正是因为考虑到刘重天资历不在他之下，考虑到今后合作共事的大局，他对刘重天才尊重有加。刘重天四处说他到任后一次任命了一百二十三名县处级干部，却从没说过这一百二十三名县处级干部中有十八名是从平湖市调来的，是他刘重天的老部下，还有六名镜州干部也是刘重天提名任命的。嗣后不久，省里要镜州市委推荐两名副市长人选，他提名推荐了市经委主任赵芬芳，刘重天却提名推荐了自己冶金学院的大学同学周善本。他虽然不喜欢周善本这个怪人，但也知道周善本很本分，是个能干活的干部，也就顺水推舟，在不违反原则的前提下，给了刘重天一个天大的面子。天理良心，他齐全盛当时真没有任何私心，就是想维护新班子的团结，齐心协力干工作，能让步的地方全做了让步。

　　刘重天呢？也没有私心吗？他是私心作祟，故意捣乱！行政中心整体东移是省委书记陈百川决定的，而且，经过卜正军那届班子几年建设，已初具规模，努努力不是完不成，此人就是不干，危言耸听，开口五十个亿，闭口五十个亿，存心看他的笑话。刘重天的心思他当时就看得很清楚，此人就是要看着陈老把板子打到他一把手的屁股上。有什么办法呢？他只好接受林一达和白可树的私下建议，带着市委先走一步了。这么干之前，他还和刘重天说过："要顾全大局，不但是班子的大局，还有镜州改革开放的大局。我们的建设重心在新圩，面对海洋已是现实了，新港区、保税区、旅游度假区，全在上马，让人家中外商家和基层同志为一个个公章一天几趟跑镜州老城区也太说不过去了吧？起码软环境就不好嘛！"刘重天置之不理，甚至在市委搬入新办公区后，仍在市长办公会上扬言政府这边两年内不考虑搬迁，气得他拍了几次桌子。

偏在这时，刘重天的秘书祁宇宙在经济上出了问题，在筹划蓝天股份公司上市的过程中，收受了公司五万股原始股。蓝天股份一上市，祁宇宙悉数抛出，八十万人民币入了私囊。搅进这个案子里的处级以上干部，还有市政府相关部门领导，从市政府副秘书长到经委主任，有十几个，其中市政府副秘书长和经委主任全是刘重天从平湖调过来的同志。他们多的拿了十几万股，少的也拿了一万股，有的人按一元一股的票面价格付了钱，有的当时根本没付钱，是案发后才匆忙按每股七元的发行价补的漏洞。案子也不是从祁宇宙身上爆发的，所以，后来有人说他借蓝天股票案整刘重天和刘重天的人马是没有多少事实根据的。

案件材料现在都在，任何人有怀疑都可以去查嘛！

事实情况是：蓝天股份改制上市时，公司高层内部分赃不均，捅出了送股内幕。一位副总经理向市委和市纪委写了举报信。他在举报信上批示彻查。一查才知道，竟然把刘重天的秘书祁宇宙和政府院里好几个干部牵涉进去了。他大吃一惊，几乎不敢相信这是事实。祁宇宙和刘重天调来的那几个干部到镜州工作不过两年啊，胆子怎么就这么大？就敢把黑手向蓝天公司伸？他当晚向刘重天做了通报，好心地提醒刘重天："重天，你可要注意啊，像秘书这种身边同志一定要管好！"又善意地和刘重天商量怎么处理这个案子。刘重天黑着脸说："老齐，这还有什么好商量的？该杀的杀，该抓的抓，按党纪国法办事吧！"临走时又说："既然案子已经涉及到我身边的工作人员，我请求向省委做个汇报，让省委对我本人进行严格审查。"

刘重天意气用事，坚持要向省委汇报，他也只好奉陪了。汇报的结果是，省委终于痛下决心，将这个不合作的市长调离。虽然七年过去了，汇报时的情景，他还记得很清楚：是在省城鹭岛国宾馆，陈老刚会见过非洲哪个国家的总统，带着一脸疲惫之相接待了他们。听完刘重天的汇报和自我批评后，陈老呵呵笑着对刘重天说："蓝天股票案的情况我听说了，和你本人没什么关系！不过，这种事影响总是不好，我个人的意见还是换个工作环境吧！"刘重天似乎早就料到了要离开镜州，没多说什么。陈老脸一拉，却骂起了他："全盛，重天同志做了半天自我批评，我怎么没听到你吭一声？你对蓝天股票的事就没有责任吗？我告诉你，你要记住：作为一把手，镜州出了任何问题都是你的责任，头一板子都得打到你身上！"继而又告诫说："重天搞经济的那套好思路，你要好好总结，好好推广，今后镜州搞不好，省委唯你是问！"

这就是陈老，真实而可敬的陈老，公道正派，而又十分注意工作方法。

当晚，陈老请他和刘重天到自己家里吃了一顿便饭，气氛和谐得如同一家人。老爷子身体不好，早就不喝白酒了，那天却破例陪着刘重天喝了三杯，语重心长地对刘重天说："重天，用人可是门艺术呀，把一个人摆在了合适的位置上，这个人可能是块金子，摆在不合适的位置上，金子也会变成石头。你是学冶金的，我个人的意见，还是到省冶金厅去吧，铆在那里给我好好发光发热，啊！你夫人小邹呢，我来安排，除了冶金厅，省里的厅局任你们挑……"

刘重天想了几天，为自己夫人邹月茹挑了个民政厅，好像是去做厅办公室副主任。

说良心话，和刘重天的矛盾闹到这种份上，他对邹月茹仍保持着良好的印象。邹月茹为人温和善良，整天笑眯眯的，市委办公厅的保密局长做得很称职。市委和政府两个大院矛盾这么尖锐，这个保密局长从不传话，公事和私事分得很清。刘重天在镜州当了两年市长，邹月茹领导下的保密局两年被市委评为精神文明先进单位。所以，得知邹月茹出车祸，他的震惊和沉痛都是真实的，没任何虚情假意，嗣后才年年春节去看望邹月茹，破例给邹月茹各种照顾。

然而，刘重天耿耿于怀，显然是把生活挫折的账也记到他头上了。七年没到镜州替邹月茹领过一次工资、报销过一次医药费，全是由市委办公厅寄。办公厅发给邹月茹的特护费，全让刘重天退回来了。他每次去省城看望邹月茹，总要面对着刘重天阴沉沉的长脸。他一再原谅刘重天，知道刘重天去了冶金厅气不顺，不太可能按陈老的要求铆在冶金厅发光发热……

## 8

发光发热？真是天大的笑话，他身上除了冷气，哪还有什么光和热！不错，他是学冶金的，毕业于省冶金学院。可那是哪一辈子的事啊？上大学时他就是院团委书记兼学生会主席，毕业后分到省团委，一天专业工作都没干过。从省团委下来，就到了平湖市，从副县长一步步干到了平湖市委副书记，平湖市市长，镜州市市长。人到中年后，竟然专业对口了，这不是故意整你吗？更何况调动后家庭又碰上了这么一场意外的大灾难！这位省委书记太护着齐全盛了！

客观地说，齐全盛走到今天这一步，镜州出现这么大面积的腐败，这位后来调到北京的老省委书记负有不可推卸的责任。如果当初不把他从镜州调到省冶金厅，如果齐全盛手中的权力受到某种力量的监督制约，林一达、白可树都进不了常委班子，齐全盛的老婆、女儿也不会陷得这么深，当然，他可爱的儿子贝贝也不会死，夫人邹月茹更不会永远瘫痪在床上。

贝贝的惨死给夫人邹月茹的打击太大了，开初两三年，邹月茹时常处在神经错乱之中，梦中喊贝贝，醒来喊贝贝，整日以泪洗脸，不能自已。面对着这样一个瘫痪在床上，又失去了儿子的母亲，他的心在滴血，怎么可能再去镜州和齐全盛打那种无聊的政治哈哈？

镜州成了他心头永远的痛！

不错，齐全盛出于良心上的愧疚，事后对他领导下的这位保密局长尽可能地做了补偿，能做的都做了，面对他和邹月茹的冷脸，甚至可以说是忍辱负重。但是，他不领这份情，永远不会领这份情！这种悲惨结果尽管不是齐全盛直接造成的，可他仍然不能原谅齐全盛！

报应终于来了，真有意思，七年前，齐全盛在蓝天股票案上做文章，让他离开了镜州，七年后，又是蓝天集团腐败案打垮了齐全盛。这是不是冥冥之中命运的安排呢？他不知道。

他只知道此次来镜州是中纪委领导的指示和省委的决定。决定由他负责镜州案查处时，他襟怀坦白地将自己和镜州、和齐全盛的历史关系，向省委书记郑秉义和省委常委、省纪委书记李士岩汇报了，要求省委和秉义同志慎重考虑：由他去具体主持查办镜州蓝天集团腐败案是否合适？秉义同志认为没有什么不合适，讲了两个基本观点："一，中纪委和省委都相信，你这个同志是正派忠诚的，不会背离中纪委和省委精神另搞一套；二，正因为你过去在镜州工作过，对镜州干部队伍的情况有一定程度的了解，才更有利于工作。"

当然，秉义同志也指出："齐全盛不应该有什么绝对权力，你刘重天也没有这种绝对权力，对镜州案的查处，必须在省委的直接领导下进行，尤其是对涉及到齐全盛的问题，一定要慎重。"

应该说，秉义同志是他在政治上起死回生的大恩人。

在省冶金厅铆了四年，陈百川终于被中央调到了北京任职，秉义同志由大西北某边远省份调到本省出任省委书记。秉义同志到任不久，省冶金厅下属的南方钢铁集团就出了一起腐败大案，涉及到省长的独生儿子，各方面压力极大，案子几乎查不下去，社会上议论纷纷，甚至说他这个厅长也涉及到了案子中。他人正不怕影子歪，主动跑去向秉义同志汇报，襟怀坦白地要求对此案一查到底。案子查了近一年，最终判了一个死缓，两个无期，省长的独生儿子也判了十年刑，省长本人黯然调离，他又陷入了另一些说不清道不明的明枪暗箭之中。有人说他搞政治投机，卖了老实厚道的省长向新任省委书记郑秉义献上了一份厚礼。他心里真是痛苦极了：为官做人怎么就这么难？不查是问题，查了又是问题！

秉义同志在最困难的时候支持了他，在省委常委会上说："像刘重天这样的干部，我看就是个黑脸包公嘛，为什么摆在冶金厅呀？摆错了地方，用人不当嘛！反腐倡廉，关系重大，任务繁重，需要这样讲原则、有党性的同志去加强！"秉义同志这么一说，引起了常委们的高度重视，常委们一致赞同秉义同志的意见，他才又一次改了行，从冶金厅调到省纪委做了副书记。三年后的今天，成了主持省纪委日常工作的常务副书记。

蓝天集团腐败案就是他做了常务副书记后不到一个月发生的，不是他处心积虑去抓的，而是定时炸弹的自动爆炸。两份有价值的举报材料还是中纪委转下来的，一份涉及到林一达和白可树，一份涉及到齐全盛的老婆高雅菊。看到关于高雅菊的材料，他不由得想到了齐全盛当年对他的提醒，突然觉得十分好笑：当年他是没管好自己的秘书祁宇宙，不是没管过，而是管得不得法，让这个搞两面派的小伙子钻了空子。今天倒好，齐全盛竟没管好和自己睡在一张床上的老婆！齐全盛当年对他说的是不是心里话呀？提醒他的时候有没有提醒过他自己呀？恐怕没有吧？这个同志要的是绝对权力，本能地厌恶监督，出了事不奇怪，不出事才奇怪呢！

就说林一达吧，一九九三年随着那一百二十三名干部提上来就不正常，提上来没多久，他就听到了下面的强烈反映，说林一达是市委机关头号马屁精，对比他官大的，都非常谦恭，根本没有原则性。从陈百川、卜正军到王平，三届班子都没用过这个人，硬压在市委办公厅秘书三处做了十几年正科级的副处长。齐全盛一上台，不知怎么就大胆起用了，一下子提为市委副秘书长。后来才看出来，齐全盛用林一达的原因其实也很简单，那就是这人既听话，又会说话，林一达比齐全盛还大两岁，伺候齐全盛却像伺候自己的老父亲，在齐全盛面前像只乖猫。

有一件事给他的印象很深：好像就是在市委迁到新圩后没多久，

他秘书祁宇宙的经济问题还没揭发出来，林一达到政府这边协调工作，祁宇宙当面调侃林一达是齐全盛的"老师"。林一达一听就急了，要小祁不要胡说，"齐书记、刘市长是领导，自己只有跟在后面学的份，哪敢当谁的老师！"小祁这才揭了底，道是此"厮"非彼"师"，乃小说《水浒》中之"那厮"是也。他"扑哧"笑了，心里直道，准确，准确！不料，林一达竟也笑了，笑得极为自然，且带有某种欣慰的意思，连连说："那就好，那就好！小祁，你真有想象力，把我们秘书的工作这么形象地总结出来了！我是老厮，你是小厮，我们都是厮级干部，就是要和小车队的那些'司级'干部一样，努力为领导服好务，你说是不是呀，刘市长？！"

这种毫无骨气的无耻之徒，别说党性了，连起码的人格都没有，今天竟然成了镜州这个经济大市的市委常委、市委秘书长，竟然以极其恶劣的手段受贿六十万！林一达这六十万来得可不容易啊，人家送的烟酒拿去卖，人家送的电器拿去卖，蓝天集团的资产重组和他任何关系没有，他也经常跑去"关心"，光蓝天集团服务公司积压的饮水机就陆续弄走了几十台，价值近两万，说是送人，结果全送到自己老婆开的小百货店里削价卖了。让自己老婆开店，专卖自己收来的赃物礼品，也算是一绝了。这种人不但损害了党和政府的形象，事实上也损害了你齐全盛的形象嘛！你齐全盛毛病不少，问题很多，可有一点还不错，那就是有人格，挺硬气，相信你这人倒下了也是一条好汉！

常务副市长白可树倒是一条好汉，九年前在镜州老城区当副区长时，有个外号叫"白日闯"。"白日闯"是当年"严打"时用过的一个词，意指白日上门抢劫。用在白可树身上则暗喻此人的胆大妄为。白可树就没有什么不敢干的，卜正军当市委书记"大胆解放思想"时，造假走私他全有份，如果认真追究，不判几年也得撤职。齐全盛偏就看上了这个胆大包天的家伙，还在公开场合替白可树正名，说是白日闯有什么不好呀？啊？大天白日，阳光普照，该闯就要闯，该冒就得冒！允许犯错误，不允许不改革！

白可树便借"勇于改革"的名义上来了，先是镜州区常务副区长，后来是新圩区委副书记、书记、副市长，再后来当了常务副市长，进了常委班子。据说齐全盛是要把白可树当做接班人来培养的，不是这回案发，没准真让白可树当了市长、市委书记了。

镜州腐败案最早的举报材料主要是针对白可树的，揭发白可树胆大包天，一次受贿就多达二百万。更严重的是，伙着蓝天集团内部的腐败分子从蓝天科技股份公司先后挪用了两亿三千万，掏空了这个著名的上市公司，把公司推上了绝路。中纪委收到的材料更让人震惊，是聘任总经理田健揭发的：白可树用挪用的这些钱在澳门葡京豪赌，三年输掉了两千多万！举报材料证据确凿，附有各种名目的外汇转账单据复印件，也不知这田健是怎么从境外搞到手的。就是在这种情况下，白可树还在电视里大出风头，口口声声要给优惠政策，对这个以生产车内音响设备为主业的蓝天科技进行实质性资产重组，于是，千疮百孔，已经资不抵债的蓝天科技竟在沪市上一度被炒到了三十几元的高价。

如果这些情况属实，身为蓝天集团董事长兼总经理的齐小艳难辞其咎。白可树胆子再大，权力再大，也不可能越过她这个集团一把手，在这么长的时间里搞走这么多资金，并在澳门赌场挥霍掉两千多万，更何况齐小艳又是齐全盛的女儿。白可树和齐小艳是什么关系？深入地想下去，问题就更复杂了：身为镜州市委书记的齐全盛当真对这一切都不知道吗？真不知道的话，为什么对蓝天科技的资产重组问题这么关心？连蓝天科技聘任总经理田健都亲自批示？！

更奇怪的是，偏是她女儿齐小艳通过临时主持工作的女市长赵芬芳把田健抓起来了！

赵芬芳在其中又扮演了什么角色？她和齐全盛、齐小艳又是什么关系？

齐小艳怎么就逃了？为什么要逃？是逃避个人责任，还是要掩盖一个巨大的阴谋？

# 第三章　各唱各的调

## 9

从朦胧中醒来时，房间里已是一片白亮的天光。刘重天看了看放在床头的手表，是早上六时半。尽管昨天搞到夜里三点多才睡，还是醒得这么早，多年养成的习惯已难以改变了。

眼一睁，他马上想到到隔壁房间去看看邹月茹，这也是七年来养成的习惯了。下了床才想起来，这不是在省城家里，而是在镜州省公安厅度假中心宾馆里，遂于洗漱后给省城家里打了个电话。电话是保姆陈端阳接的，陈端阳一口一个"大哥"地叫着，把大姐邹月茹这两天的日常生活情况说了一下，道是大姐老吃不下饭，也不知道是什么毛病，她都不知道该怎么办了。后来，陈端阳又以一家之主的口气建议刘重天回来一趟，不要这么公而忘私。

邹月茹抢过了电话，"重天，你别听端阳瞎说，我啥事没有，你在镜州安心工作好了！"继而问："重天，昨夜省城雨下得很大，现在还没停，镜州那边是不是也在下雨呀？"

刘重天看了看窗外，说："镜州昨夜下了点雨，不太大，现在已经停了，都出太阳了。"

邹月茹又关切地问："你们昨夜行动时挨淋了没有？千万注意身体，别受凉感冒。"

刘重天应着："好，好，月茹，你也多注意身体，想吃什么就让端阳给你去买，别这么节约了！有事就给我打电话，我手机二十四小时开着。"说罢，准备挂电话了。

不料，邹月茹却又吞吞吐吐说了起来："哎，重天，怎么……怎么听说昨夜你们把齐书记的老婆高雅菊和女儿齐小艳一起都……都抓了？是不是真……真有这回事呀？"

刘重天淡淡道："不是抓，是'双规'，月茹，这种事你以后少打听！"

邹月茹在电话里一声长叹，"重天，你真不该做这个专案组组长！"

刘重天说："这是省委安排的，我得听组织招呼嘛！好了，就这样吧！"

这时，陈端阳又抢过了电话，"哎，大哥哥，我还有个事：我爸从山里老家来了封信，说是要来找你告状，我叫我爸直接到镜州找你好不好？你快告诉我一个地址！"

刘重天有些不耐烦了，"端阳，这事以后再说吧，现在你不要添乱，我忙得都打不开点了！"说罢，挂上电话，走到窗前，打开了对海的一面窗子，放进了窗外的阳光和海风。

外面的雨早就停了，艳红的大太阳已从海平面上升起，照耀着海滨度假区金色的海滩。五月还不是镜州的旅游旺季，海滩上没有多少游客，倒是绿荫掩映的步行街滨海大道上有不少本地干部群众在晨练。刘重天抱臂立在窗前，看着那些晨练的人们，不禁有了一种身处世外桃源的感觉。七年前调离镜州时，滨海大道还只是图纸上的一个规划，他置身的这个省公安厅疗养中心连规划都没有，现在全成了现实。省各部委局办差不多都在镜州海滨修建了自己规模不同的疗养中心、度假中心，国外和港台的投资也不少，一个国际旅游度假区已形成规模了。

看来这个齐全盛还是能干事的，省委和秉义同志过去对齐全盛、对镜州的评价是实事求是的。问题归问题，镜州这些年毕竟还是让齐全盛搞上去了，现在正在向中央争取计划单列，要和省城一样成为副省级城市，如果这次不出问题，凭这样过硬的政绩，齐全盛很有可能在将来的某一天以计划单列市市委书记的身份进省委常委班子哩。

下楼到专用餐厅吃早饭时，省公安厅赵副厅长第一个跑来汇报了："……刘书记，到目前为止，齐小艳还是没有任何线索，看样子一时半会儿怕是难抓了。你知道的，齐小艳不是一般人物，是镜州在职市委书记的女儿，我们这又是在镜州地界上，她躲在哪里不出来，我们就没办法呀！"

刘重天说："也别说没办法，镜州不是谁的个人领地嘛！"

赵副厅长明显有情绪，"刘书记，话是这样说，可齐全盛在镜州当了九年一把手，影响实在太大了，到镜州这几天，我就没听到几个干部群众讲过齐全盛的坏话！倒是看了人家不少白眼，人家都说我们整人哩。"

刘重天不为所动，不急不忙地吃着早餐，"这不奇怪，本来就在预料之中嘛！白可树还当面骂我是还乡团呢！怎么办？听着就是了，真相大白之后，镜州干部群众会理解我们的。要知道，对腐败，镜州的干部群众也和我们一样痛恨。所以，你这同志不要灰心，更不要松懈，这个齐小艳该怎么抓就怎么抓，你是公安厅副厅长，又是专案组副组长，在这方面办法肯定比我多，别再找我了，尽职去办吧。"

赵厅长说："我估计齐小艳不会离开镜州，对她来说，再也没有比镜州更安全的地方了，我今天安排一下，准备搞一个齐小艳在镜州地区的关系网络图，进行全方位查找。"

刘重天点点头，"好，应该这么做，按图索骥嘛！不过，赵厅长，我也提醒你们一下：齐小艳可能躲在镜州，但也有可能出逃，甚至往国外逃，对此，我们要保持高度的警惕。"

赵厅长应了声"明白"，从饭桌上抓起两个包子往嘴里塞着，起身走了。

刘重天这时也吃得差不多了，正准备起身离去，反贪局局长陈立仁揉着红肿的眼睛，第二个来汇报了。

陈立仁显然一夜没睡，汇报时哈欠连天，"……刘书记，对白可树、林一达、高雅菊的突击讯问刚结束，三个人都没进展！尤其是白可树，态度极其恶劣，简直可以说是猖狂！自己的问题只字不谈，尽谈镜州的所谓复杂历史，说咱们这次是打击报复，还要我和你两个人全回避，真气死我了！"

陈立仁当年在镜州市政府做过办公室副主任，刘重天一离开镜州，齐全盛便把陈立仁安排到市党史办坐冷板凳，陈立仁一气之下，也调到了省冶金厅。后来，在刘重天出任了省纪委副书记之后，才在刘重天的帮助下从省冶金厅出来，去了省检察院。这次成立查处镜州大案的专案组，省检察院又把陈立仁派过来了，刘重天当时就很犹豫，怕个人恩怨色彩太重，不利于案件的查处工作，曾私下要省检察院换个人。检察长挺为难，说立仁同志是副检察长、反贪局局长，不让他上让谁上？再说，这是省委一手抓的大案要案，去个副局长也不合适呀？！

现在问题果然来了，白可树知道他们之间的亲密关系，马上打起这张牌了。

陈立仁沙哑着嗓门，继续汇报说："……看来白可树还心存幻想，以为齐全盛不会倒台，以为齐全盛这个市委书记还能长久地做下去，一口一个'齐书记'！我明确告诉这家伙：齐全盛有没有问题我不敢说，齐全盛的老婆女儿问题都不小，齐全盛这个市委书记恐怕当不下去了！"

刘重天眉头一皱，用指节敲了敲桌子，"哎，哎，老陈，怎么能这么说话？你怎么知道齐全盛这个市委书记当不下去了？你这个同志是省委组织部部长呢，还是省委书记呀？啊！"

陈立仁一怔，"刘书记，省委郑书记和纪委士岩书记明天不是都要来镜州吗？"

刘重天看了陈立仁一眼，"秉义同志和士岩同志是要来镜州，可这又说明什么？"

陈立仁试探道："不宣布一项重大决定呀？大家都在传，说是齐全盛要免职。"

刘重天脸一拉，"不要传了，没有这种事，至少目前没有！"说着他挥了挥手，"好了，老陈，这些题外话都不说了，你一夜没睡，也辛苦了，快去吃点东西，抓紧时间休息一下，下午我们还要回一下省城，向士岩和秉义同志做个简要汇报！"

和陈立仁分手后，刘重天看了看表，才七点二十分，便信步向大门口走，想到沙滩上去散散步，静静心。不料，刚出了大门，便见着身为副市长的老同学周善本骑着自行车过来了。

周善本在刘重天面前下了车，"重天，原来住这里呀？我打了好多电话才找到你！"

刘重天笑了，"这说明我们保密工作做得还不好！"拍了拍周善本破自行车的车座，"我的周大市长啊，这也太寒酸了吧？该不是故意在我面前表演廉政吧？你的车呢，怎么不用？"

周善本不在意地道："这才几点？还没到上班的时间呢，让司机把车开来干什么？人家司机也是人，能让人家多休息一会儿就多休息一会儿吧。我家就在新圩，离这儿不远，你知道的。"说着，把破自行车往路边的树下一靠，陪着刘重天走上了沙滩。

刘重天有些奇怪，边走边问："怎么？善本，你至今还没搬到市委的公仆一区去住呀？"

周善本嘴一咧，"搬啥搬？市委、市政府早就从镜州搬到新圩了，我还费那劲干啥！"

刘重天说："那也要改善一下自己的居住环境嘛，你毕竟是老副市长了，总住在港区的工人宿舍也不合适嘛，再说，镜州又是这么个经济发达市！"突然想了起来，"哎，不是听说你们市委又在新圩这边盖了个公仆二区吗？叫什么观景楼，是没分给你房子，还是你又没要？"

周善本笑了笑，"是我没要，房改了，得买房了，算下来，我一套房子个人得掏十二万，我哪来这么多钱？我家的情况你又不是不知道！"他摇摇头，又说道："居住环境也不能说没有改善。我老父亲上个月去世了，他那两间平房和我们那两间平房打通了，也算过得去了。"

刘重天拍了拍周善本的肩头，一声叹息，"善本，你还是那么古怪，人家是食不厌精，居不厌大！你倒好，一套老平房住了三十年！当年你要搬到公仆一区，咱们就做上邻居了。"

周善本苦苦一笑，"真做了邻居，没准你刘书记这次就来查我了！还是住工人宿舍好，能保持清醒的头脑，能及时听到老百姓的呼声，不发热，也不发昏！重天，你说是不是？"

刘重天心中一震，"那倒是！善本，我当初没看错人，你这个副市长看来是选对喽！"

周善本又说了起来，明显有个人情绪，"你看那个林一达，削尖脑袋往上爬，一心想往公仆一区市级小楼里钻。你知道不知道？林一达要的那座小楼是机关行政管理局分给我的，虽说我没去住过一天，人家管理局也不敢给他呀！他倒好，先找人家管理局，后来又找我。我让管理局把房子给了他，还莫名其妙补交了一年零五个月的房租，房租收据上写着他林一达的名字，这个人就做得出来！所以，这个人出问题，我一点都不奇怪。"

刘重天在沙滩上坐下了，也拉着周善本坐下，"善本，别提林一达了，说说你的事，一大早来看我，就空着两个爪子呀？啊？我和月茹上个月还让人带了两箱芒果给你呢，是我们冶金学院的那位大学长派人专门送给月茹的，我们月茹尽想着你这个老同学！"

周善本一怔，叫了起来："重天，那两箱芒果还真是你们送的？我还以为是人家打着你和月茹的旗号给我送礼，找我办事的呢，我……我全让他们拿回去了，一个也没吃……"

刘重天大笑起来，"活该，那是你愿意便宜人家，听着，这份人情可算在你身上了！"

周善本只好认账，"好，好，重天，我还你和月茹几箱镜州蜜橘就是了，哪天你走时，我就亲自送来！"继而又一连声地问："哎，月茹怎么样？你跑到镜州来，月茹怎么办？光靠家里那个小保姆能成吗？"

刘重天不开玩笑了，"成也好，不成也好，省委指示下来了，能不来吗？！小保姆还行，换了几个，这个小端阳最好，在我们家已经五年了，都成我们家庭中的一员了！"他显然不想再谈这个话题，看了周善本一眼，感叹道："善本，要我说，这人哪，还是谨慎点好！老齐要是也像你这么谨慎，今天镜州就不会出这场大乱子了，你看看，现在我的处境难不难啊……"

周善本接过刘重天的话头，"哎，重天，我今天就是为这事来的！我就知道你要提老齐。林一达、白可树，包括高雅菊、齐小艳是不是有问题，有多大的问题，你们去查处，我不敢多嘴，对老齐，我得说几句公道话：这个市委书记干得不错，镜州干部群众有口皆碑哩！"

刘重天不高兴了，脸一拉，"齐全盛问题也不少，不说渎职了，起码要负领导责任！"

周善本认真起来，"哎，刘大书记，这可要把话说清楚：渎职和领导责任不是一回事。领导责任属于犯错误范畴，渎职可是犯罪，是两个完全不同的概念！"

刘重天这时已意识到周善本的来意了，有些愕然，"善本，你是来为齐全盛说情了？"

周善本直言不讳，"不是说情，是提醒！而且，这种提醒你的话，只能我来说。我是你和月茹的冶金学院老同学，又是你当年提名推荐上去的副市长，我的话你总得听听吧？"

刘重天强压着心头的不满，摆摆手，"说吧，说吧，我听着就是！"

周善本站了起来，在刘重天面前踱着步，情绪有些激动，"重天，你知道的，我和老齐个人之间没有什么私交，我这个副市长能干到今天，不是靠抱老齐的粗腿，也不是靠省里有什么后台。你离开镜州后有一阵子，我和老齐的关系还闹得很僵。可公道话我还是要说：老齐这个同志是事业型的，愿为镜州老百姓干事，也能为老百姓干事。你七年没来过镜州了，这次我建议你在办案的同时，也好好看看，看看镜州在这七年里变成什么样了！别警车开道下去，或者坐出租车，或者我借辆自行车给你，听听底下老百姓到底是怎么评价老齐的！"

刘重天不动声色，"这能说明什么啊？现在有这么种现象：我把它称作能人腐败现象，越是能人越会搞腐败！工作干得气势磅礴，腐败搞得也颇有气魄！再说，镜州今天的成就，也不能把账记在哪一个人头上吧？应该说是陈百川同志最早打下了基础，大家共同搞上去的嘛！"

周善本道："这话不错，老齐也经常这么说，不但常提陈百川，还提你，提卜正军。老齐说，镜州能搞到今天这种样子，其中也有你这位前市长的贡献，你最大的贡献就是开放性的经济思想。老齐可没有因人废言啊，你虽然调走了，你搞经济的那套好思路老齐全接受了，要我们好好总结，好好请教！早几年我老往你那儿跑，老请你帮着出主意，都是老齐让我干的，对那场意外发生的车祸，老齐心里真是难过极了，重天，老齐这个同志可真不狭隘啊！"

刘重天站了起来，看着大海，"善本，你的意思是不是说，我这个人太狭隘啊？"

周善本立即否认："不，不，重天，我没这个意思，真的！"想了想，又面有难色地说："可现在大家的议论真不少。我昨夜回家都半夜了，又是刚回国，还有不少电话打到我家来说情况，话都不太好听，怕你们搞报复，连老齐都说了，这……这一次他准备被诬陷……"

刘重天一怔，注意地看着周善本，"哦，老齐这话是和你说的？昨夜？"

周善本点点头，"昨夜在电话里说的，我越想越觉得不对头，所以才一大早来找你。"

刘重天正视着周善本，"善本，你认为我和专案组的同志们会诬陷老齐吗？"

周善本似乎不好回答，答非所问："你们历史上总有恩怨吧！"

刘重天声音低沉而严肃，"怎么，你老同学也学会耍滑头了？给我正面回答问题！"

周善本这才谨慎地道："重天，我希望你不要这样做，这对你也不好！"

这回答多多少少让刘重天有些失望，刘重天一声叹息，"善本，我的回答是：在镜州案的查处工作中，我和专案组都会实事求是，严格按党纪国法办事，绝不冤枉一个好人，不管这个人和我有恩还是有怨；也绝不会放过任何一个腐败分子，不管这个腐败分子是什么人！"

周善本连连点头，"那就好，那就好，你能公正执法，我就放心了！"看了看表，"哦，你看看，都快八点了，我得去上班了，今天还得抽空和老齐一起开出国招商的总结会呢！"

刘重天和周善本握了握手，"那就快走吧，我这里事更多，也不能陪你聊了！"

周善本又像来时一样，骑着破自行车走了。

看着周善本骑车远去的背影，刘重天心里有种说不出的滋味：连周善本这种知根知底的老同学都怀疑他执法的公正性，镜州这个案子可怎么办下去啊！如果老部下陈立仁再不注意政策，背着他情绪化地乱来一气，副作用可就太大了。夫人邹月茹刚才电话里说的也许是对的，也许他真不该做这个专案组组长，在这种时候以这种身份跑到镜州来……

## 10

秘书李其昌买好早点和豆浆，送到齐全盛家楼上，陪着齐全盛一起吃了早餐。

吃早餐时，李其昌挺关切地问："齐书记，昨夜休息得怎么样？睡得还好吧？"

齐全盛努力振作精神说："睡得不错，嗯，还挺有质量哩！"

其实，齐全盛昨夜几乎一夜没合眼，为了解政变的真实情况，一直在网上看电子邮件。这种你死我活的特殊时刻，面对的又是老对手刘重天，他不能不保持高度的政治警觉。通过电话上网比直接打电话安全得多，只要密码不被破译，谁也不知道他和什么人谈了些什么。

真得感谢女儿小艳，小艳把因特网引进了这座小楼，教会了他这种先进的交流手段。

李其昌似乎无意地说："齐书记，回去后，我给你打过电话的，你的电话老占线。"

这时，齐全盛已吃完了早餐，放下碗筷，轻描淡写说了句："可能是电话没挂好吧。"

李其昌也不吃了，试探着问："齐书记，今天咱们是不是还爬山呀？"

齐全盛想都没想便说："怎么不爬？当然爬！我早就说过，雷打不动嘛！"

爬山是齐全盛特有的锻炼方式，不管工作多忙，不管头夜睡得多晚，山都是要爬的。

山是市委公仆一区五公里外的独秀峰，一个军事通讯单位的军事禁区，安静秀美，没有闲人进得来。每天早上七时整，挂着镜州00001号牌照的黑色奥迪车准时驶到独秀峰下，司机在车里补个回笼觉，车的主人和他的年轻秘书前后上山，七时四十分左右，00001号车准时下山，几乎成了一个固定的景致，军事禁区门前站岗的哨兵都认识了这位镜州市委一把手，其中一个机警的哨兵还通过齐全盛批条，转业后把户口落到镜州，在镜州娶妻生子了。有些同志怂恿齐全盛换一种锻炼方式，去打高尔夫球，齐全盛道是自己没这气派，劝他们也少往那种地方跑。

今天一切正常，六时五十分，00001号车驶入军事禁区大门，六时五十八分，00001号车停在了独秀峰下的石桥旁。七时整，齐全盛脱了外衣，从车里出来，和李其昌一起上了山。

山道上静静的，因为昨夜下过雨，空气潮湿而清新，透出一种远离尘世的安闲来。几只叫不出名的鸟儿啼鸣着在山岩上飞旋嬉戏，时不时地掠过二人的头顶。小松鼠在山道两旁的松林里上蹿下跳，有个大胆的家伙竟跑到他们前面不远的路面上，鬼头鬼脑地看着他们。他们一步步走近后，那大胆的家伙才迅速窜进松林里不见了踪影。

齐全盛不禁发起了感慨："小李啊，独秀峰可是个好地方啊，下台之后，我哪里都不去，也不在公仆楼住了，就让孙政委在这里给我盖个茅屋，含饴弄孙儿，独钓寒江雪！"

李其昌笑道："齐书记，这里哪有寒江雪啊？你就钓松鼠吧！"就这么应付了一句，马上说起了正题："昨夜我可没睡成，打了几小时电话，还和赵市长的秘书云里雾里扯了扯，把情况大致了解了一下，事情恐怕很严重。白可树和林一达这次肯定完了。据说白可树光在澳门葡京赌场就输掉两千万，搞不好要杀头。林一达早就被人家盯上了，光省纪委这一年收到的举报信就有一大沓，虽然事情都不大，总账算算也够判个十年八年的！"

齐全盛默默听着，并不表态，也不惊奇，这些情况他已在许多主动发过来的电子邮件里看到了，于是便说："小李呀，等我下了台，把茅屋盖好，你来找我玩吧，那时我就有时间了。白天我们爬山，晚上咱们听涛下棋，其乐也融融嘛！"

李其昌又应付了一句："齐书记，你别想这种好事了，孙政委不会让你住在这里的！"

齐全盛站下了，向山下的繁华市区眺望着，喘息着，"是啊，真下了台，人家孙政委就未必买我的账了。也不怕嘛，我还可以回老家嘛。小李啊，你不知道，我老家可是个好地方，在新圩东面二十公里外的星星岛上，是个难得的世外桃源，清静……"

李其昌忍不住打断了齐全盛的话，"齐书记，您今天是怎么了？咋老说这种话？！"

齐全盛深深叹了口气，"好，好，不说了，不说了！走，小李，我们继续爬！"

于是，二人继续往山上爬。

山道上湿漉漉的，李其昌怕齐全盛不小心摔倒，亦步亦趋地紧紧跟在身后，又不紧不慢地说了起来："齐书记，高阿姨问题不太大，主要是受了白可树案子的牵连。高阿姨退休后怎么跟着白可树出了两次国？这就让人家抓住了把柄，人家就做起文章了，内情还不太清楚。"

齐全盛脸面上仍看不出任何表情。

李其昌继续说着："……齐书记，这话真不该说，可我还得说：这事我看也怪您，高阿姨既然退休了，想出去玩玩，你又经常出国，完全可以安排一下嘛，你就是不安排！上次法国那个友好城市市长贝当先生不是携夫人一起来过我市吗？您也可以携夫人进行一次回访嘛，还有日本和美国的友好城市……"

齐全盛摆摆手，口气不悦，"别说了，这事我已经知道了，我看怪你高阿姨！退休以后就忘了自己的身份，忘了自己是谁的老婆，不注意影响！出国出国，出到人家的陷阱里去了！"

李其昌仍在说，口气也有些吞吞吐吐了，"比较麻烦的倒是……

倒是小艳……"

齐全盛停住了脚步，脸色难看，"怎么？听说了些什么？小艳经济上真出问题了？"

李其昌想了想，咕噜了一句："怎么说呢，齐书记，这……这……"

齐全盛语气严峻，逼视着李其昌："小李啊，事情已经搞到这一步了，还有什么不好说的？啊？有什么就说什么，听到什么就说什么，我还受得了，也能正确对待！"

李其昌这才道："经济问题倒没听说多少，只是……只是大家私下里都在传，说……说小艳和白可树关系非同一般，是……是白可树的情人，再加上蓝天集团又是那么个情况……"

齐全盛头一下子大了，像突然被谁打了一枪！这可是个新情况：女儿小艳竟和白可树搞到一起去了，竟然会是白可树的情人？！如果真是这样，小艳的麻烦就大了。其一，小艳不会没有问题，她可以不贪，却完全可能为白可树的贪婪提供便利和帮助；其二，就算她没有问题，也会因为白可树的问题被整出一大堆问题来，镜州的案子现在可是刘重天在查！

李其昌赔着小心，"据咱女市长说，这个祸还是小艳闯下的，她非要抓蓝天股份公司的聘任老总田健，因为田健是您批示引进的MBA，检察院吃不准，拖着不动，想等您回国后再说。小艳又找到临时主持工作的赵市长那里，由赵市长批示抓了。这一抓就抓出了大麻烦。田健不是一般人物，在北京经济界很有影响，被捕前一天，把一份血书和举报材料托自己的留德同学带到了北京，经一位中央首长转到了中纪委，惊动了中纪委，才造成了今天这个局面。"

齐全盛努力镇定着，"这事是什么时候发生的？田健举报材料内容又是什么？"

李其昌道："齐书记，您可能想不到：抓田健的事在咱们出国后第三天就发生了，赵市长后来向您汇报了那么多鸡毛蒜皮的事，这件大事就是不汇报。田健举报材料的内幕是专案组最大的机密，没人清楚，估计主要是谈白可树问题的，白可树在抓蓝天集团的资产重组啊……"

齐全盛的身体不由自主地摇晃起来，李其昌的话渐渐远去了，恍恍惚惚像在梦中。

毕竟在国外辛苦奔波了十三天，回国后又碰上了这么大的事，一夜没睡，中共镜州市委书记、铁腕政治强人齐全盛再也挺不住了，面前一黑，软软地倒坐在独秀山潮湿的山道上……

李其昌慌了神，连连喊着"齐书记"，忙不迭地从不离身的小包里取出救心丸，让齐全盛吃了，齐全盛这才渐渐缓过气来，断断续续说："没……没事，我……我们下……下山吧！"

李其昌按住齐全盛，不让齐全盛起来，"别，齐书记，您别动，千万别动，就地休息！我把司机小吴叫上来，我……我们把您抬下去……"

齐全盛苍白着脸，凄然一笑，"怎么？要出我的洋相啊？走，我现在还死不了！"

下山的步履是蹒跚的，李其昌再也不敢说什么了，两眼小心地看着脚下的路，扶着齐全盛一步步往下挪。齐全盛显然身心交瘁，体力不支，身体的大部分重量压到了李其昌身上，喘息声沉重。李其昌分明感到，齐全盛一阵阵战栗发抖，有一种身体和精神同时崩溃的迹象。

然而，齐全盛就是齐全盛，真正的崩溃并没有发生。

快到山下小石桥时，齐全盛推开了李其昌的搀扶，奇迹般地恢复了原有状态，还交代道："小李啊，我的身体很好，刚才是一时虚脱，你不要四处给我瞎嚷嚷啊，我今天事不少！"

李其昌红着眼圈点点头，"齐书记，这还用您说？我……我知道！"

这日，因为齐全盛身体的原因，例行的爬山时间意外延长了四十七分钟，镜州市委 00001 号车离开独秀峰军事禁区，加速驰向市委时已是八时二十七分了。

## 11

女市长赵芬芳一大早便接到了省纪委常务副书记刘重天的电话，约她到专案组谈话。

刘重天这个电话打来时，赵芬芳刚刚洗漱完毕，下了楼，正准备吃早餐。

这时，在镜州航空公司做副总的丈夫钱初成已吃完了，提着公文包正要去上班，听出来电话的是刘重天，在门口驻脚站住了，难得关心了一下："赵市长，刘重天这么快就找你了？"

赵芬芳没好气，"怎么？钱初成，你想看我的热闹是不是？"说罢，在餐桌前坐下了。

钱初成想了想，也走到餐桌前坐下了，"赵市长，我们毕竟认识二十年了，在这种关键的时候，我得劝你一句：采取任何行动都得三思，可别头脑发热！你搅和进去出了事，我脸面上也不好看，咱们名义上总还是夫妻嘛，再说，我现在又是航空公司的副总了！"

赵芬芳冷笑道："没有我这个市长，哪来的什么副总啊？你也到镜州各部委局办打听一下：有几个人知道你这位航空公司副老总啊？没听说过嘛！人家最多知道女市长老公姓钱！"

钱初成自嘲道："对，对，我是沾你的光，可我不想沾这光，你同意吗？"

赵芬芳火了，把手中的牛奶杯往餐桌上一蹾，"又想去和你那个小红结婚了，是不是？"

钱初成很恶毒，"是啊，想了五年了，日夜都在想，我是襟怀坦白的，从没瞒过你嘛！"

赵芬芳心头一酸，泪水又像往常一样很不争气地涌了出来，"滚，钱初成，你快滚吧！"

钱初成不滚，反而把椅子拉近了一些，"赵市长，你身在高位，要面子，我完全理解。可你也得理解理解我啊，你想想，你闹得叫哪一出？田健的事别人不管，你偏去管，现在好了，揭出了这么大个案子！好在齐小艳昨夜逃掉了，齐小艳不逃，你和齐全盛都不会利索！"

赵芬芳抹去了脸上的泪，口气缓和了一些，"好了，好了，钱初成，你不要再说了，该怎么做我心里有数，用不着你瞎操心！我是镜州市市长，还是市委副书记，必须坚持原则！"

钱初成笑了，"赵市长，这是在家里，就不要再说这种官话了，好不好？你当我不知道你的心思啊？无非是想再进一步，在齐全盛倒台后继任市委书记嘛！可我提醒你：齐全盛不好对付，树大根深！"

再说，齐小艳的烂事你也帮着办过不少，不能说没有一点责任吧？"

赵芬芳不耐烦了，话中又带上了刺，"是我的责任我都不会推，我真下台了，不当市长了，不就称你的心了吗？你钱总可以和我划清界限，去和小红结婚嘛！"

钱初成站了起来，"别把我想象得这么无耻，赵市长，我真是为你好！"说罢，走了。

无耻且无聊的丈夫走了好久，赵芬芳那颗伤痕累累的心才一点点平静下来，市长兼市委副书记的感觉又渐渐找到了。很奇怪，在自己这个无耻且无聊的丈夫面前，市长兼市委副书记的感觉就是找不到，她时常是一个怨妇，不但丈夫钱初成认定她是怨妇，连她自己也这么认为。

幸福的家庭是同样的幸福，不幸的家庭有各自的不幸，老托尔斯泰说得一点也不错。一场错误的婚姻造就了一个不幸的家庭，给她的人生带来了灾难，无意中也成就了她的事业。正是因为婚姻和家庭的不幸，她才把全部精力和热情都投入到了工作中，才从一个并不出色的中文系大学生成长为一个经济发达市的市长，从这个意义上说，她还得感谢钱初成哩！

吃罢早餐，赵芬芳打了个电话给市政府值班室，通知值班室说，因为刘重天同志找她商量事情，原定的市长办公会取消。又让值班室找一下金字塔集团的老总金启明，让金启明今天下午到她办公室来一趟。把这两件事交代完，接她上班的专车已到了楼前，赵芬芳对着镜子最后看了看，理了理鬓发，从容出门，上了自己的 00002 号专车。

00002 号专车一路向专案组所在的省公安厅度假中心开时，金字塔集团老总金启明的电话到了，带着巴结的口气询问，赵市长一大早找他有什么事？是不是需要他马上赶过来？

赵芬芳说："不必马上过来，还是下午到我办公室谈吧，我现在要到专案组去一下。"

金启明试探着问："赵市长，怎么听说白可树副市长出事了？不知是什么性质的问题？"

赵芬芳敷衍道："现在是'双规'，什么性质的问题我也不太清楚，省委和专案组正在查！"迟疑了一下，还是忍不住说了，语气也加重了许多，"金总啊，你这个同志要注意了，你和白可树的关系，社会上的传说可不少啊，这种时候头脑一定要清醒，千万不要犯糊涂！"

金启明并不惊慌，好像心里早就有数了，"赵市长，谢谢你的提醒，请你放心，我绝不会犯糊涂！其实，白可树出事并不奇怪，今天不出事，以后也得出事，我早就料到了！"

赵芬芳笑道："你早就料到了？所以，就把白可树的情人齐小艳劫走了，是不是啊？"

金启明也呵呵笑了起来，"赵市长，你真会拿我们小老百姓开心！你也不想想，我敢吗？有这胆吗？就算我现在仍然是白可树的好朋友，也不能这么不讲策略地往枪口上撞嘛！"

赵芬芳半开玩笑半认真地说："金总，你可不是什么小老百姓啊，你是我省著名民营企业家，市人大代表，号称镜州的李嘉诚嘛！你这个金字塔集团要是垮了台，我们市的税源可就少了一块，还得增加不少下岗工人！所以，我真不希望你感情用事，卷到白可树的案子里去！现在专案组在四处查找齐小艳，你如果知道她的下落，最好和我打个招呼。"

金启明叫了起来，"赵市长，你真冤死我了！我和白可树早就不来往了，何况齐小艳？不瞒你说，我巴不得白可树这次进去就别再出来，免得我们这么多企业再受祸害！"

赵芬芳应着，"是啊，是啊，"话头突然一转，"不过，齐小艳不但是白可树的情人，也是齐记的女儿嘛！你对齐书记的感情我知道，所以，我还是得提醒你：不能感情用事啊！"

金启明道："赵市长，我对齐书记有感情，你对齐书记不也有感情吗？我们再有感情，也得按党纪国法办事嘛，我看就是齐书记也不敢在这种时候把齐小艳藏起来，你说是不是？"

赵芬芳心里虽然仍是疑虑重重，却也无话可说了，"那好，有些事我们下午面谈吧！"

八时整，00002号专车驰入公安厅度假中心大门，赵芬芳下车走进了刘重天的临时办公室。

刘重天和赵芬芳寒暄了一番，马上转入正题，要赵芬芳把拘留田健的情况说一说。

赵芬芳想了想，神情坦荡地说了起来："刘书记，这情况挺简单的，过程也不复杂：蓝天集团发现聘任总经理田健受贿三十万，证据确凿，就向市检察院报了案。市检察院老邝你可能认识，是从平湖市调过来的。老邝觉得田健是齐书记批示引进的人才，在国内经济界又小有名气，想等齐书记回国后再说。蓝天集团的同志觉得不是那么回事，就跑来找我，我在齐书记出国期间临时主持工作，不能没个态度，就批了，让老邝立案去查处，把田健抓了。"

刘重天点了支烟抽着，不卑不亢地问："赵市长，跑来找你的是不是齐小艳？"

赵芬芳点点头，"是齐小艳，她是蓝天集团的董事长兼总经理嘛！"

刘重天又问："决定立案抓人前，你向在国外出访的齐全盛同志请示汇报过没有？"

赵芬芳的神情近乎天真烂漫，"没有，区区这种小腐败还要请示呀，按法律规定办呗。"

刘重天加重语气提醒道："田健可是齐全盛同志批示引进的人才，读过MBA，齐全盛出国前也有过话吧？啊？大事要通过安全途径向他汇报，你这么做，就不怕齐全盛同志有想法？"

赵芬芳明白刘重天的意思，刘重天显然是想弄清楚此案和齐全盛的关系，心里一动，真想把刘重天需要的都提供给刘重天，可却提供不出什么：抓田健的事完全是她一手制造的，的确和齐全盛没有任何关系。于是，便做出一副迷惑不解的样子说："不至于吧？刘书记。田健不过是一个聘任总经理，连我们正式的处以上干部都不算，又是齐小艳拿到三十万的受贿证据后才抓的，齐书记能有什么想法？齐书记手上的权力再大，脾气再大，也还要依法办事嘛！"

刘重天含意不明地点着头，"这么说，你对蓝天科技公司的内情一无所知，是不是？"

赵芬芳脸上益发困惑，"刘书记，这还有什么内情？不就是那三十万的事吗？"

刘重天盯住赵芬芳，"赵市长，你就没想过，这个案子后面可能有更大的文章？"

赵芬芳略一沉思，"刘书记，你到底是省纪委书记，你这一提醒，对我也是个启发。应该有文章，田健也许不是独立犯罪，他能受贿三十万，就很难说下面的人都是干净的……"

刘重天把烟往烟灰缸里一捻，明显带有情绪，"问题是上面的人干净不干净！"

赵芬芳一脸茫然，"上面？刘书记，你的意思是不是说，齐书记和这个案子也有关？"

刘重天一怔，神情变得极为严肃，"赵市长，声明一下：这不是我的意思！我说的上面的人，是指常务副市长白可树和市委秘书长林一达！"停顿了一下，不无讥讽地说："赵市长，你在齐全盛出国期间批准把田健抓起来，揭出了镜州的惊天大案，涉及了两个市委常委，还有市委书记的老婆、女儿，竟然还不知道自己干了些什么，政治上是不是有点幼稚了？啊？"

赵芬芳脸上的茫然和困惑全消失了，一下子激动起来，"幼稚？刘书记，齐全盛同志的工作作风难道你不知道吗？如果他在国内主持工作，他批示聘用的小腐败分子田健能抓吗？田健能揭发大腐败分子白可树吗？镜州的腐败内幕能彻底曝光吗？"她眼圈红了，称呼和口气也在不知不觉中变了，"刘市长，你是我们镜州的老市长了，和齐全盛搭了两年班子，你走后，我和齐全盛搭了七年班子。七年了，只有这件事是按我的心愿做的！所以，老市长，不管你心里怎么想，用什么眼光看我，我都要说：我内心无愧！不论是对党，对人民，还是对自己的良心！恕我直言：镜州出现这种惊天大案，身为市委书记的齐全盛负有不可推卸的责任！至于齐全盛本人是不是陷了进去，陷进去有多深，我不知道，可我相信省委会查清楚的！"

然而，让赵芬芳没想到的是，面对她这番表明立场的最新政治宣言，齐全盛的老对手刘重天的表现还是那么平静，那张长方脸上看不出任何响应的意思，眼神中也没透露出多少鼓励。

表白无法进行下去了，面对一扇紧紧关闭的门，你无法和他进行进一步的实质性交流。

刘重天真是莫测高深，面对一个整垮老对手的绝好机会，一个主动站过来的同盟者，竟是那么无动于衷，而且不想再谈下去了，"好了，赵市长，先了解这么个情况，你忙去吧。"

赵芬芳心里打起鼓来，坐在沙发上没动，"刘书记，见到你我情绪有些激动，可能有些话说过头了，可我想，我这是对组织说话，也就知无不言了，相信组织上会对我的话保密……"

刘重天这才难得笑了笑，"芬芳同志，你放心好了，我们纪委和专案组都有保密纪律。"

赵芬芳又说："你是我们的老市长了，又七年没到我们镜州来过，昨晚我安排了一下，我们政府这边想为你接个风，副秘书长以上的同志全部参加，是不是请齐书记作陪由你定……"

刘重天摆摆手，"这个安排不太妥当吧？我这次到镜州可不是参观旅游，是来办案，中纪委挂号，省委牵头抓的大案要案，要你们市政府接什么风啊？影响不好嘛！"

赵芬芳不死心，灵机一动，马上换了个思路，挺恳切地说："刘书记，我就知道你会这么说，所以，我做了第二手准备：我家初成请你吃个便饭，初成说了，他按你当年的指示，做我的接待员、服务员，做得还不错，相信你会给他个面子，深入家庭来检查检查他的工作……"

刘重天笑起来，是真诚自然的笑，"赵市长，你们夫妻这些年怎么样？没再吵过吧？"

赵芬芳道："没再吵过，真的。初成能摆正位置了，还吵什么？老市长，这可真得感谢你呀，当年不是你做我们的工作，我们哪有今天的幸福生活？我们现在可是模范夫妻哩！"

刘重天这回爽快地答应了，"好，好，等忙过这一阵子，我一定去你们家做客！"

赵芬芳站了起来，"那老市长，我就把你的最新指示向初成传达了，让他好好表现！"

刘重天将赵芬芳送到门口，又说了句："不过，赵市长，你也不能搞大女子主义啊！"

赵芬芳点点头，"那是，老市长，我一直记着你的提醒呢！"像似突然想了起来，"哎，怎么听说齐小艳在市纪委谈话时突然逃走了？现在找到没有？"

刘重天对涉及具体案情的事挺敏感，"哦，赵市长，这事你也听说了？传得这么快啊？"

赵芬芳笑道："老领导，你也不想想，镜州是个什么地方？齐小艳又是什么人物？这么大的事谁会不知道！"略一沉思，"据我所知，齐小艳和白可树过去经常在金字塔大酒店的长包房同居鬼混，不知那里找过没有？刘书记，我建议你派人到那里找找看！"

刘重天点头应道："好，好，芬芳同志，谢谢你的提醒啊！"

上车回市政府的路上，赵芬芳的脑子又转开了：这个刘重天究竟是怎么了？七年前齐全盛把他搞得那么惨，甚至可以说是家破人亡啊，他全忘记了？当真大公无私，不计前嫌了？这世界上会有这种事？完全不可能！刘重天对齐全盛的仇恨应该是刻骨铭心的。那么，问题就出在她自己身上，她太急于投靠了，一夜之间改换了门庭，让刘重天起疑，也让刘重天害怕。

刘重天说得不错，她政治上确实有些幼稚了，在一个巨大机会面前失却了理智，缺乏应有的政治矜持和定力。她不该这么主动，而应该等着刘重天来拉她，邀请她共同登台联袂演出。

如果这个判断正确，那么，她今天也就没什么大错，不过犯了个幼稚的错误而已。而在一个政治死敌和一个犯了幼稚错误的同盟者之间，刘重天当然会做出有利于他自己的正确选择。

政治求爱的信号已经发出，现在，她只有耐心等待，等待刘重天联袂演出的邀请。

# 第四章　你往哪里走

## 12

从睡梦中醒来已经是早上八点了，齐小艳差不多完全忘了自己是在逃亡之中。

金字塔大酒店豪华的总统套房，房内金碧辉煌的装饰和摆设，毕恭毕敬的服务生和保安，都证明她作为镜州市委书记的女儿的正常生活没受到什么打扰。她仿佛正在参加一个会议，或是在白可树的安排下躲起来休息。蓝天集团毕竟是个大集团，事太多了，这几年经济纠纷不断，在集团办公室里根本没法办公，住住各大宾馆的空闲总统套房是很正常的，没人会向她收费。

在宽大的化妆间洗漱完毕，懒洋洋地坐在客厅吃早餐时，英俊的保安部经理走了进来，声音低沉地通报道："齐总，市公安局吉副局长来了，好像有什么急事，要马上见您！"

市公安局？吉副局长？还有什么急事？齐小艳心中一惊，这才想起了昨夜的逃亡。

昨夜真是惊心动魄，如果不是铤而走险，拿出当年短跑冠军的劲头，现在的局面就难以想象了。当时真是如有神助，市纪委楼下竟有个灭火器，院门口的边门偏是开着的，冲上解放大街后，竟又迎面碰到了金字塔集团老板金启明的奔驰！于是，她就被金启明接到了金启明控股的这座五星级大酒店，成了这个总统套房的贵宾。金启明当时什么都没问，她也什么都没说。

金启明是白可树的铁哥们，此人以民营企业家的身份当上市人大代表，白可树是出了大力的。市公安局副局长兼刑警支队队长吉向东也是白可树前两年分管政法时一手提起来的，估计金启明不可能去向省专案组报信，吉向东也不会是来抓她的。

于是，齐小艳不动声色地告诉面前的保安经理："请老吉进来吧！"

身着警服的镜州市公安局副局长吉向东进来了，一进来，就让房内的保安和服务生退下。

齐小艳马上明白了，放下刀叉，擦了擦嘴，"老吉，这么说，你啥都知道了？"

吉向东叹了口气，"刘重天带着那么多人突然入住省公安厅度假中心，我这个公安局副局长怎么可能不知道？我当时就想到要出大乱子！你一被传到市纪委，金总就急了，亲自开着奔驰过去了，还让我开辆警车来，我们两辆车在解放路上不断地转，真怕引起人家的注意！"

齐小艳口气挺轻松，"嘿，我说怎么会这么巧，出门就碰上了金总！"却没有领情的意思，反倒责问起吉向东来，"你们也是笨，光在解放路转什么，怎么就不管白市长呢？！"

吉向东苦着脸，"谁说不管？管得了吗？刘重天那帮人上了手段，盯得那么紧！再说，你也是自己跑出来的，你不跑出来，我们也不可能跑到市纪委去抢人啊！是不是？"

齐小艳情绪低落下来，"白市长现在情况怎么样了？你们知道吗？"

吉向东摇摇头，"不清楚，反正只知道'双规'了！哦，别说了，准备一下，马上走！"

齐小艳坐着不动，"走什么？这里不挺好吗？刘重天再也不会找到这里来！"

吉向东急了，"姑奶奶，你还坐着不动！刘重天没准马上就会找来！你想得到吗？赵市长一大早就诈金总了，向金总要人！现在赵市长又跑到刘重天那里去了，你就掂量着办吧！"

齐小艳几乎不相信自己的耳朵，"怎么可能？赵市长不会这么快就背叛我父亲吧？"

吉向东"哼"了一声，"你以为赵芬芳也是我和金总啊？我们这位女市长只有她自己的政治利益！刘重天杀气腾腾扑过来了，她除了背叛不可能有别的选择！"

齐小艳这才慌了，急忙站了起来，"那我们快走，马……马上走！"

下楼上了吉向东的警车，刚出酒店大门，一辆挂着省公安厅牌照的警车迎面开了过来。

齐小艳一时间紧张极了，随手抓过一张报纸遮着脸，身子直往座位下缩。

吉向东倒还沉着，递过一副墨镜，让齐小艳戴上，擦着省公安厅的那辆警车过去了。

倒车镜里显示，省公安厅的警车目标好像很明确，径自冲上了金字塔大酒店门厅。

齐小艳看着倒车镜，倒吸了一口冷气，不无后怕地说："真悬，差点落到他们手上！"

吉向东讥讽道："赵芬芳这婊子改换门庭的心情也太急切了点，又替刘重天误事了！"

齐小艳这才又问："老吉，你……你估计白市长问题大吗？"

吉向东警惕地开着车，"问我？小艳，白市长问题大不大，你不比我更清楚？"

齐小艳说："我觉得白市长没什么大问题，我……我看刘重天是故意整人！"

吉向东应道："是啊，是啊，大家也都这么说！刘重天项庄舞剑意在沛公嘛，归根结底是冲着咱齐书记来的！只要是齐书记重用的干部，没事他狗日的也要整出点事来！"

齐小艳便问："老吉，那你开着警车来救我，就不怕刘重天整死你呀？"

吉向东胸脯一拍，"整死我我也认了！我就是咱齐书记的人！没有齐书记，就没有白市长，没有白市长，也就没有我吉向东的今天，没准我还在基层派出所当所长、指导员哩！"

齐小艳很感动，脱口夸道："老吉，白市长没白交你这么个朋友！"

就在这时，吉向东突然将车上的警报器拉响了，车速也明显地加快了许多。

齐小艳注意到：前面不远处有些公安人员在检查过往车辆，心中不由得又是一紧。

吉向东安慰说："小艳，别怕，别怕，这是在镜州，我这辆车没人敢查！"

果然没人敢查，他们的警车驰到路口时，许多干警纷纷立正敬礼。

警车沿海岸继续向城外开，过了城乡结合部，又过了保税区，一路进了小天山自然保护区。

看着窗外的绮丽风景，齐小艳有些好奇，"哎，老吉，我们这是去哪里？"

吉向东莫测高深，"到地方就知道了，金总全给你安排好了，正在那里等你哩！"

在小天山的盘山公路上开了一个多小时，一座仿古建筑出现在面前。

警车在仿古建筑门前一停下，金字塔集团董事长兼总裁金启明风度翩翩地迎了上来，笑呵呵地拉住了齐小艳的手，"齐总，受惊了吧？欢迎光临本集团的山庄保险公司！"

齐小艳一把甩开金启明的手，"什么保险公司？差点被刘重天的人抓住！"

金启明向吉向东一指，"小艳，你真被抓住，他老吉这公安局长就别干了！"

吉向东笑道："那是，那是，这点事都办不好，我主动找齐书记请罪辞职！"

齐小艳四处看着，问："哎，金总，这到底是什么地方？"

金启明说："哦，这是我出资让一位朋友搞的一个休闲山庄，专门招待首长和重要关系户的，平常不会有人来，就是我们朋友圈子里也没几个人知道，你安心住下好了。不过，有几件事得和你交代一下：手机不能打，电话不能打，更不要说你是谁。有什么情况我会让老吉给你通报。你现在的身份是美籍华人，一个海外证券基金的经理人，叫徐安娜，我的女朋友。"

齐小艳一怔，"这么说，齐小艳消失了？"

金启明微笑着，"暂时消失了。"

齐小艳想了想，"那我要马上和我爸通个电话，让他知道我现在的情况！"

吉向东插了上来，"小艳，你疯了？现在和齐书记通电话，也不怕他们上手段！刘重天那帮人正愁抓不到齐书记的把柄呢，你倒主动送上门！包庇你本身就是大问题！"

齐小艳想想也是，没再坚持，和金启明、吉向东一起走向主楼门厅，脸上现出了愁云。

离主楼门厅还有好远，山庄的一个男经理带着几个小姐热情地迎了出来。

男经理满面笑容，看了看金启明，又看了看齐小艳，"金总，这位是徐小姐吧？"

金启明点了点头，指着男经理，对齐小艳介绍道："这位是我们山庄的小宋，宋经理，你有什么需要就让他安排，不要和他客气，住进来，这里的主人就是你了！"

住房的豪华和舒适程度不亚于金字塔大酒店的总统套房，服务竟是跪式的。

服务生跪着上了茶，悄悄退着出了门，动作和行动轻得像影子，显然经过严格的训练。

金启明往意大利真皮沙发上一倒，问："小艳，这里还行吧？"

齐小艳挺满意，点了点头，笑道："金总，你不会当真把我当作你的女朋友吧？"

金启明笑了，"哪能啊，我要学一回关二爷了——千里单骑送皇嫂哩！"

吉向东也开起了玩笑，"金总，我看你是金屋藏娇保皇嫂哟……"

正说着，金启明的手机突然响了，竟是市长赵芬芳打过来的。

赵芬芳开口就问："金启明，你现在在哪里？"

金启明信口胡说道："赵市长，我在省城啊，正和外商谈一个合资项目。"

赵芬芳显然不太高兴，"那么，你金大老板是不是要我赶到省城去见你呀？"

金启明呵呵大笑，"赵市长，你又拿我开涮了，你借我个胆我也不敢啊！"

赵芬芳说："那好，下午我在欧洲大酒店有个会，你在会后找我一下，记住了，四点！"

金启明连连应着，合上手机后，开口就骂："这个背信弃义的政治婊子，又逼上来了！"

吉向东赔着小心道："人家还不是想在你身上捞政治稻草嘛！"

金启明说："我看她捞不到什么稻草！白可树的事就是白可树的事，与别人有什么关系？！"叹了口气，摇摇头，又说："不过，白可树这家伙也太张狂了，自己一屁股屎，还抓那个田健，不是找死吗！小艳，你也是的，怎么早不劝劝可树？非把事情闹到这

80

一步?！"

齐小艳也埋怨起来："我咋没劝过？金总，你不知道，我对可树说过不止一次，家丑不要外扬！不就是三十万的事嘛，内部处理掉算了，他非要把田健抓起来！还让我跑到赵市长那里去说！现在倒好，反倒让田健狠狠咬了他一口，把刘重天引来了，搞得大家都没安生日子过！"

金启明说："螳螂捕蝉安知黄雀在后？现在看来，可树是掉进赵芬芳的陷阱里去了！"

齐小艳道："也不能这么说，这事毕竟是我主动找的赵芬芳，不是赵芬芳找的我。"

金启明冷冷一笑，"赵芬芳过去管过这种闲事吗？怎么偏偏这回就管了？而且是在齐书记出国期间？你和白可树就不动脑子想想这是为什么吗？她哪来的这么大胆子？再说，省里又是什么情况？那个省委书记郑秉义和陈百川是一回事吗？郑秉义可是刘重天的政治恩人，让刘重天做了省纪委常务副书记，已经摆出一副接班进省委常委班子的架势！"当即做出了判断，口气不容置疑，"我看这里面名堂大了，目标对准的并不是白可树、林一达，对准的是我们齐书记！这位女市长要制造政治地震抢班夺权，取齐书记而代之了！你们怎么还没看明白?！"

齐小艳不得不服，"金总，没想到你看得这么深，我和可树要早和你通一下气就好了！"

金启明一声长叹，"没用，白可树躲过了这一次，也逃不过下一次！不客气地说，他被咱齐书记宠坏了，眼中除了一个齐书记就没有别人了！况且，赵芬芳不在田健案子上做文章，也会在别的什么案子上做文章。"停了一下，又说："小艳，你不要心存幻想，我可以明确地告诉你：白可树问题不会小，你也脱不了关系，你和齐书记不是一回事，你未来的处境会很难！"

齐小艳心里一沉，禁不住问："金总，那么，你向哪里走？不会学那位女市长吧？"

金启明不悦地说："咋问这话？小艳，你说我还能向哪里走？跟齐书记走嘛！没有齐书记改革开放的优惠政策，也就没有我金启明和金字塔集团的今天！谁不知道齐书记是我们省改革开放的旗帜？刘重天也好，赵芬芳也好，想搞垮咱齐书记恐怕还没那么容易！所以，小艳，你也不要怕，先在这里好好休息，静观其变。真闹到不可收拾的地步，还可以到国外去嘛！"

齐小艳这才放心了，眼里汪着泪道："金总，那……那我和我父亲就先谢谢你了！"

一个市委书记的女儿，常务副市长的女朋友，国企蓝天集团的老总，现在竟要靠私企老板金启明的庇护过日子了，这事实深深刺激了齐小艳那颗骄傲的心。

齐小艳禁不住一阵心酸难忍，泪水从眼窝里涌了出来……

## 13

等待讯问田健时，刘重天把从镜州市检察院调来的案卷材料又翻了翻，进一步熟悉情况。

田健受贿证据确凿，三十万现金是市反贪局同志从田健卧室的床底下当场查抄出来的，举报人有名有姓，叫杨宏志，镜州二建公司项目经理，法人代表，其实是个个体建筑承包商。杨宏志以二建项目公司的名义，四年前带资八百万给蓝天科技公司建科技城，科技城完工后，蓝天科技却陷入了数不清的经济纠纷中，二建垫进去的八百万也拿不回来了。田健受聘到任后，加快了资产重组的步伐，准备将蓝天科技位于新圩海边的一块储备土地作价八百万抵给杨宏志，解决这一债务纠纷，杨宏志便送了三十万感谢田健。不料，几天后开董事会研究，方案却没通过，土地买进时是一千二百万，现在仅作价八百万，明显不合理。问题没解决，反又赔进去三十万，杨宏志不干了，跑到集团总经理兼董事长齐小艳那里去举报。材料证明：齐小艳开始并不想报案，曾找田健做过工作，要田健退赃。田健以为是二人私下的交易，除了杨宏志没有旁证，便抵死不承认，说杨宏志是陷害，这才把事情闹到了市检察院和赵芬芳那里。

抛开镜州特有的政治背景和后来的爆炸性后果不计，谁也不能说赵芬芳指示立案不对。

问题是，镜州特有的政治背景抛不开。别人也许不清楚，刘重天却是清楚的：他做市长时，赵芬芳是常务副市长，一城两制时期，赵芬芳在公开场合任何态度都没有，背地里显然和齐全盛达成了某种政治默契，据秘书祁宇宙私下里汇报，市委和市政府矛盾最尖锐的时候，赵芬芳三天两头往齐全盛那里跑。所以，他被迫离开镜州之后，齐全盛才向陈百川力荐赵芬芳出任市长。嗣后有人说，赵芬芳是利用他和齐全盛的矛盾，搭了一次顺风船。赵芬芳这市长一当七年，据说和齐全盛合作得很不错，班子空前团结。年初他还看到了省委转发下来的一个材料，赵芬芳以市长的名义大谈镜州班子是如何大事讲原则，小事讲风格，团结战斗，云云。

既然如此，赵芬芳为什么非要在齐全盛身在国外时立这个案？白可树是她政府这边的常务副市长，她不会对白可树的严重问题一无所知。是不是她知道了点什么，故意假戏真做捅出这个案子，为自己捞取政治上的好处？这样揣摩自己的同志似乎有点不合适，可不这样考虑也不行，赵芬芳七年前坐过一回顺风船，曾取他而代之，此人的政治道德令人怀疑。再说，齐全盛毕竟刚到五十三岁，陈百川退下来后，没有再上一步的希望了，市委书记没准还能再干一届。

这位女市长是不是等不及了，要借田健受贿案做政治文章，利用他搞垮齐全盛，取代齐全盛做镜州市委书记呢？这不是没有可能！赵芬芳太了解他和齐全盛之间的恩恩怨怨了，今天那么急于表白自己，已经很说明问题了。也正因为如此，他不能不对赵芬芳保持应有的警惕。

当然，他也不相信田健会是清白的，案卷摆在面前，人赃俱在，谁也无话可说。市场经济条件下，金钱对意志薄弱者的诱惑太大了，到省纪委工作这些年，他看到多少过去的好同志仅仅因为一念之差，便失足落成千古恨！这个田健也许不是为三十万提出以地抵债方案的，可当那个杨宏志把三十万放在他面前了，他顶不住了，认为自己为人家办了好事，这钱就可以拿了，他就没想到这三十万太烫手，会把他送到大牢里去，他这个 MBA 的锦绣前程就完了。

好在小伙子还不糊涂，事发之后头脑清醒了，主动揭开了蓝天科技的惊人黑幕。

正想到这里，重要案犯田健由秘书引着，被两个省检察院的同志带进来了。

出现在刘重天面前的是个三十几岁的小伙子，个子不高，胖墩墩的，没有多少引人注目的文化气，倒是有点委琐，是那种走在大街上很难被人注意的平常人物，怎么也看不出来是留德的经济学博士，MBA，刘重天觉得这位田健先生更像一个没发达起来的私营企业的小老板。

刘重天让田健在对面的沙发上坐下，示意秘书给田健倒了杯水。

田健身体不太好，坐到沙发上就像瘫了似的，开口就说："我要见中纪委领导！"

刘重天淡然道："你这个要求我知道了，所以，现在我先和你谈谈。"

田健有气无力地看了刘重天一眼，"我不想和你谈，就想和中纪委领导谈！"

省检察院的老程火了，"你以为你是谁？刘书记能亲自和你谈，够给你面子了！"

田健不买账，情绪激动地叫了起来："我的控诉信是写给中纪委的，我就是要见中纪委领导！对你们省里、市里的人我信不过！你们他妈的太黑了，官官相护，把人往死里整！"

老程似乎想拍桌子训斥田健，可看了看刘重天，扬到半空中的手又垂了下来，不过，话却说得意味深长："既然我们官官相护，这么说，你还是想回镜州看守所了？是不是？"

田健一怔，像一个受了惊吓的孩子，眼光怯怯地收到自己脚下，不敢作声了。

老程的声音高了起来，训斥道："到我们专案组过了几天好日子，你就不是你了，好像真受了什么冤枉似的！田健，你如果想回镜州看守所，我们完全可以满足你……"

刘重天看了老程一眼，示意老程闭嘴。

老程明白了，"田健，你态度放老实点，好好回答刘书记的问题！"

刘重天走到田健面前，递了支烟给田健，"田健，在镜州看守所受了些委屈？是不是？"

田健点上烟，"我说了，他们把我往死里整，几天不让我睡觉，不给我喝水，用大灯泡烤我，我昏过去，他们就用冷水浇，我醒过来后，把地上的水都舔干净了。他们当着我的面就说了，进来后就别想活着走出镜州！不是中纪委出面干涉，没准就死在他们手上了！"

刘重天说："这些情况我听说了，我的意见老程他们可能也转告你了：这是不允许的，是违法犯罪，请你把它写下来，形成文字，我将责成有关部门去查！"

田健仍有抵触情绪，"材料我已经写了，见了中纪委领导我就给他！"

刘重天不接这话茬，按自己的思路说了下去，语气平和，"情况你也知道，中纪委和省委对你的举报是十分重视的，行动是果断的，措施是得力的，根本不存在你说的什么官官相护的问题。如果真有这种官官相护的问题，你也可以举报，包括对我这个省纪委常务副书记。"

田健咕噜了一句："那你们为什么早不把白可树抓起来？这人是有名的白日闯！"

刘重天反问道："那么，田健，在你受贿三十万的问题被揭发前，你怎么不举报呀？"

田健又叫了起来："我是冤枉的，再说……再说，白可树是常务副市长、市委常委……"

刘重天道："所以，就不要轻易下结论嘛，没有确凿的证据，谁有权力抓一个常务副市长呀？"稍一停顿，又和气而恳切地说："你小伙子虽然受贿三十万，问题严重，但案发后，表现还是很好的嘛，有立功表现嘛！还不是一般的立功表现，是重大立功表现！只要你配合我们专案组工作，把白可树这帮犯罪分子的问题查清楚，我相信，将来法院量刑时会有说法的。"

田健哭丧着脸，"刘书记，我……我是冤枉的，真的，他们是栽赃陷害……"

刘重天摆摆手，"小伙子，这话就不要说了，问题很清楚嘛，三十万是从你卧室床下搜出来的嘛，这个基本事实你不正视？在此之前，齐小艳找你谈话，要你交赃，也莫须有？以地抵债是不是你提出来的？公司董事会没通过这个方案是不是也有会议记录？哪个环节有问题？"

田健一副委屈的样子，"照你们这么说，我真得被判个十年以上了？"

刘重天说："判你多少年是法院的事，今天先不谈。我们继续实事求是地分析问题。你的举报材料证明，上任十个月来，你对白可树、林一达、高雅菊等人的犯罪事实是了解的，一笔笔账你都记得很清楚，包括从澳门那边搞来的证据。可你向哪个部门举报过？没有。你在自己的问题暴露后才把材料抛出来，才给中纪委领导写了血书。你说说看，我们又该怎么看这个事实？必然会有这么一种看法：你这个刚上任的小贪被那些身居高位的大贪揪住不放，觉得自己很委屈，于是，一不做二不休，才要和他们拼个鱼死网破！难道说不是这样吗？啊？！"

这分析合情合理，无懈可击，田健的脑袋耷了下来，"好，好，刘书记，你分析得好，太好了，水平简直超过福尔摩斯了。我不说了，啥也不说了，就准备坐十年大牢了！"情绪一下子又激动起来，"可我告诉你们：这十年牢我绝不会白坐！以后该怎么平反就怎么平反！而且……而且，我还要起诉你们，让你们按《国家赔偿法》进行赔偿！我是经济学博士，MBA，平均年薪一百万，十年一千万！你们……你们就浪费纳税人的钱吧！"

老程忍不住插了上来，"嗬，田健，十年大牢一坐，你还成千万富翁了？"脸一拉，"这梦我劝你别做，就算搞错了，你也成不了千万富翁！目前《国家赔偿法》的赔偿额是国民的年平均收入，十年只怕连十万都没有！"

田健头一昂，"你说的是目前，法律会修改，国民收入也会提高！"

老程还想说什么，刘重天阻止了，"好了，好了，这个问题不讨论了，我们绝不会冤枉一个好人，也绝不会放过一个坏人！田健，我们接着谈案子……"

案子却谈不下去了，田健闭着眼睛歪在沙发上养神，一副死猪不怕开水烫的样子。

刘重天似乎已料定是这么个结果，挥挥手，让老程他们把田健带走了。

带走田健后，老程又回来了，建议说："这个田健，太可气了，不行就先冷他几天……"

刘重天手一摆，"田健的事再说吧！老程，我倒想起了另一件事：就是二建公司的那个杨宏志。你转告一下你们陈立仁局长，请他好好了解一下这个人，必要时可以考虑拘留审查！"

老程有些吃惊，"怎么？抓杨宏志？那个举报人？刘书记，这……"

刘重天淡然道："这什么？这个杨宏志不但是举报人，也还是行贿者嘛，此人向田健行贿三十万，难道不能拘起来审查一下吗？！"

恰在这时，省公安厅赵副厅长的电话到了，汇报说，金字塔大酒店查过了，没找到齐小艳，但有迹象证明，齐小艳曾在该酒店落过脚——服务生私下反映：酒店总统套房曾住过一个神秘的女人，是他们老板金启明昨天夜里亲自带来的……

## 14

金启明看着赵芬芳，一脸窘迫，"……赵市长，这……这事你就别问了吧？"

赵芬芳逼视着金启明，目光冷峻，话里有话，"说，说吧，金老板，你昨夜带到总统套房的那个神秘的女人是谁呀？啊？肯定不是齐小艳，恐怕是宿娼嫖妓吧？你就给我个回答嘛！"

金启明回答了，"赵市长，这是我的个人隐私，按说我真不该告诉你：那个女人既不是齐小艳，也不是娼妓小姐，是我一位女朋友，香港人，叫田甜，今天上午刚从镜州离境回港。"

赵芬芳也真做得出来，立即拿起电话，"小王，给我找镜州机场查一下，今天上午是不是有飞香港的航班？有没有一个叫田甜的女性香港居民离境赴港，查清楚后马上给我回话！"

金启明笑了，"赵市长，如果查不到这个叫田甜的香港小姐，你准备拿我怎么办？"

赵芬芳没回答，掏出一支摩尔烟，在茶几上敲了敲，噙到了嘴上。

金启明很有眼色，马上把打着了火的打火机送到赵芬芳面前。

赵芬芳一把推开了，自己用欧洲大酒店的专用长火柴点上火，缓缓抽了起来，"金老板，我就知道你要犯糊涂啊！一再提醒你，你还是执迷不悟！看来是真想给我添点小乱子了！"

金启明苦起了脸，"赵市长，你别再吓唬我了好不好？我是生意人，就知道做生意，搞经济，就像阿庆嫂在戏里唱的'垒起七星灶，招待十六方'，见了你们哪个领导我不都恭恭敬敬？对你们领导之间的是是非非，我……我躲都躲不及，哪还敢硬往里面搅啊？！"

赵芬芳"哼"了一声，不紧不忙地说了起来："首先得纠正一下：这可不是什么是是非非，而是大案要案！你金启明不是很关心政治吗？不是政治学院的高才生吗？十年前不也是我们镜州市政府的一位副科级干部吗？哦，对了，一九九五年白可树还想让你出山做市政府副秘书长，跟他协调工作，都在市委常委会上提出来了，齐书记很支持哩！好像是你自己不愿干吧？你说说看，你金启明是一般的生意人吗？太谦虚了吧？你应该算是民间政治家嘛！你这个民间政治家难道不知道反腐倡廉问题是关系到党和国家生死存亡的大问题？不至于吧？啊？"

就在这时，电话来了，事实证明：镜州机场有一个航班飞香港，而且，田甜也查到了。

金启明不想谈下去了，手一摊，"赵市长，你看看，我没说假话吧?!"说罢，站了起来，准备开溜，"赵市长，你这么忙，如果……如果没什么别的事，我就不多打搅了……"

赵芬芳坐在沙发上不动，"金老板，你急什么? 我不过刚说了个开场白，正式谈心还没开始呢! 请继续坐，既来之则安之嘛! 哦，要不要喝点什么? XO不行，别的你随便要吧!"

金启明心里暗暗叫苦: 赵芬芳此次找他谈话看来没那么简单，显然是经过一番深思熟虑的，不仅仅是为了一个齐小艳的下落，十有八九要和他算总账，进行一场政治讹诈。事实已经证明，这个女人不简单，表面上看是支价值不大的垃圾股，实则是支黑马股。七年前在齐刘之争中，以政治缄默配合了齐全盛的成功驱刘，七年后的今天又决心联刘倒齐了。所以，才死死盯住他不放，希望他提供倒齐的重磅炮弹——这炮弹还不能直接提供给刘重天，只能提供给她，让她到刘重天面前去邀功领赏，以弥补七年前那份政治缄默给刘重天留下的恶劣印象。

赵芬芳真是一副谈心的样子，他没点什么，赵芬芳却让服务生送来了两杯法国干红。

呷着酒，赵芬芳开始帮金启明回顾历史，很有点猫戏耗子的意味，"金老板，你可是我们镜州改革开放的一大奇观啊，白手起家，十年赚了十五个亿，拥有了一个金字塔集团! 如果我没记错，十年前我做市政府秘书长的时候，你好像还是我们市政府信息办的副科级科员吧?"

金启明从果盘里抓了粒花生米扔到嘴里，"赵市长，是主任科员。"

赵芬芳不动声色地点了点头，"主任科员就是副科级，看来我还没老，记忆力还不错。那时候你这个主任科员怀才不遇呀，连个正科级的信息办副主任都没提上，政治学院的高才生提不上去，一个师范专科的大专生倒上去了，你一气之下就辞了职——好像还是我批的。"

金启明成功者的豪气上来了，热血直往头上涌，"一点不错，赵市长，是你批的，为此我要感谢你！如果你当初不批，反而把我提为信息办副主任，也许就没有今天这个金字塔集团了，你今天也就不会找我谈心了。"举起酒杯，"来，赵市长，为你当年的英明放生干杯！"

赵芬芳举起酒杯象征性地抿了一口，"金老板，这里有个误会：当初不批你做信息办副主任不是我的问题，是市政府办公室主任的问题，一个正科级干部的任命我真管不着。当然今天才做这个解释，我并不是要讨你金大老板什么好，只是想澄清一下历史事实！"

金启明笑道："赵市长，这事我当年就清楚，而且也不全是赌气！不瞒你说，决定辞职的时候，我连着几夜没睡着，劣质红镜州烟抽了一条，最后想明白了：没必要在政府机关这么无聊地耗下去，就算当上了副主任、主任，哪个局的副局长、局长，又怎么样呢？既不能改变自己，也不能改变世界！而国家改革开放的好政策已经给我们创造了一个改变自己也改变世界的伟大机会，只要有可能，就要紧紧抓住它嘛！赵市长，你说是不是？"

赵芬芳应着："是啊，是啊，所以我才说你创造了一大奇观嘛！"继续说了下去，"不过，在我的印象中，你刚辞职那两年不太顺啊，啊？贩海鲜赔了，搞服装赔了，和人家合伙开餐馆还是赔了，最困难的时候欠债二十多万，甚至要跳海？你好像发在新圩海边和平小区的房地产开发上，据说一把赚了一千二百万，有这回事吧？"

金启明笑着承认了，"有这事，是我而不是别人创造了新圩第一轮房地产开发热潮嘛！赵市长，你知道的，我可是第一个在新圩荒滩上搞房地产的，那时还不允许私营公司做房地产，我就挂靠在新圩区一家集体房地产开发公司名下默默干。用一百四十万买下那一百二十亩滩涂地时，我就想，这回真是押上身家性命了，再失败了，我就从这里山崖上直接跳海……"

赵芬芳手一摆，"金老板，别说得这么悲壮，你押上的不是自己的身家性命，是新圩六家信用社凑起来的一百五十万贷款，二十多万让你还了个人的欠债，哦，对了，还有那些客户的血汗积蓄！你的故事我太熟悉了：区委书记白可树同志逼着六家信用社给你贷款，一万多元一亩卖地给你，现场办公给你解决困难，你利用白可树手上的权力，完成了资本的原始积累！"

金启明并无怯意，"赵市长，故事还有另一种讲法嘛：资本意识的觉醒，加上抓住机遇，使我完成了金字塔集团的原始积累，和白可树好像没什么关系。尽管白可树现在出了问题，进去了，尽管后来我不和白可树来往了，可我仍要说句良心话：那时候白可树可没这么坏这么黑！他真想干事，也真能干事，所以齐书记才重用他，齐书记对他的评价你也知道嘛！"

赵芬芳像似突然想了起来，"哦，对了，怎么听说你送给齐书记的老婆一台宝马车？"

金启明呵呵笑了起来，"赵市长，你这是从哪听到的？谁在造齐书记的谣啊？你想，齐书记是什么人？敢让他老婆高雅菊收我的车？是这么回事：去年底高雅菊借了我们公司一台宝马车学开车，学了几天就还过来了。"叹了口气，"我看有些人要对齐书记落井下石了！"

赵芬芳马上往回收，"我也没别的意思，不过是随便问问！接着说你的金字塔——你的金字塔大酒店好像也和白可树有关吧？如果我没记错的话，地也是白可树给你批的吧？这么一块黄金宝地，二百万就全拿下来了，便宜呀，多少房地产开发商眼睛红得都滴血了……"

金启明笑眯眯地抢了上来，"哎，赵市长，怎么是二百万呢？不还有二百五十万让我捐给市政府办公厅搞装修了吗？另外酒店落成时，我还省下剪彩费捐助了一所希望小学……"

赵芬芳讥讽道："金老板，你可真够大方的，自己落了个价值四个亿的五星级酒店，就捐助了一个希望小学，你还好意思提，也太讽刺了吧？"

金启明心里一动，半开玩笑半认真地问："赵市长，那你说，我还该捐点啥？"

赵芬芳不接这个话题，含蓄地敲打道："金老板，你的发家历史，你有数，我也有数，今天就不在这里多谈了，你自己回去想吧，也许能激起你不少愉快的回忆。我一直认为你是个民间政治家，对政治的敏感不比我差，从某种程度上说甚至比我还强。所以尽管很忙，我还是抽出时间和你谈了心。面对镜州现实，你下面该怎么做，该往哪里走，心里一定要有数！"

金启明略一沉思，故意问："赵市长，那你说我该怎么做呢？能不能给我指个方向？"

赵芬芳啥都不说了，像似没听到这话，站了起来，"哦，时间不早了，跟我下去吧！"

金启明十分意外，"赵市长，跟你下去？我？怎么个事？"

赵芬芳微笑着，"哦，看我这记性，光和你谈心了，正经事还没给你说：北京老区扶贫基金会来了帮朋友，你金老板帮我陪陪吧！先打个招呼，给我热情点，这帮人可都有来头！"

金启明马上明白了：这政治婊子又要顺手敲他的竹杠了！脸上却堆起了笑，"好，好！"

接待宴会安排在欧洲大酒店最豪华的巴黎厅，主宾是位约莫三十岁左右的小伙子，和赵芬芳好像很熟悉，很亲热地喊赵芬芳"赵姐"。赵芬芳则叫那小伙子肖兵，并向金启明介绍说，肖兵是某领导人的小儿子，现任基金会秘书长。肖兵手直摆，连连声明，他父亲是他父亲，他是他，他就是个小秘书长，只能按父亲的要求多给老区人民办实事，不能搞特权。一不小心，肖兵的公文包掉到了地上，几张照片滑落出来，全是他和国家领导人的家庭合影。

金启明这才恍然大悟：这个女市长太厉害了，敲打过他之后，故意甩出了这张底牌！

赵芬芳见金启明痴呆呆的，敲了敲桌子说："金总，今天你可要代我陪肖兵多喝一点！"

金启明回过神来，忙不迭地道："你放心好了，赵市长！我今天舍命陪君子了！"说罢，起身走到肖兵面前，双手捏着一张名片很恭敬地递了过去，"肖秘书长，以后请多关照！"

赵芬芳完全不像"谈心"时的样子了，在一旁笑着怂恿说："哎，照相，快照相！"

市政府的一位秘书拿起照相机跑了过来，正要给他们合影，肖兵却躲开了，"算了，别照了，我是从来不和陌生人照相的，免得再出现什么招摇撞骗的事，挨我家老爷子的骂！"

金启明和秘书，你看看我，我看看你，一时间都有些窘。

赵芬芳笑眯眯走了过来，指着金启明说："肖兵，你知道他是什么人吗？我们镜州最大的私企老板，市人大代表，十年前还是我的部下哩！他要拿着和你的合影招摇撞骗我负责！"

肖兵这才听话了，左一张，右一张，让秘书照，还孩子似的扒着赵芬芳的脖子照了一张。

这顿饭吃得真够窝囊的，在整个宴会过程中，大家只听那位肖兵同志说。肖兵同志先是高度赞扬镜州改革开放的伟大成就，继而便天上地下、海内海外漫谈起来，这海可不是一般的海，是中国政治的核心中南海。身为市长的赵芬芳根本插不上话，除了插空子颂扬肖兵的父亲——那位国家领导人几句，也只有听的份了。他这个民营企业的大老板就更惨了，除了喝酒还是喝酒。没办法，相对北京那片政治的大海，他这个民间政治家不过算是海里的一滴水。

宴会结束后，金启明自作主张送了几箱五粮液和人头马给肖兵。酒都搬上车了，肖兵和他的随从又把酒搬了下来，坚决不收，说是老区还很穷，有这个钱买酒，不如捐给老区人民。

车一开走，赵芬芳马上批评说："金启明，你真不会办事，怎么想起来送酒？肖兵这种人什么没见过？会稀罕你的酒？"继而，又以命令的口气说："人家既然开了口，你们金字塔集团就给他们基金会捐点钱吧，多少你看着办，别丢咱这经济大市的脸就成！"

金启明应了，应得很干脆，"好，好，赵市长，我按你的指示办，你让肖兵来找我吧！"

说这话时，金启明就想，也许赵芬芳手上的这张政治底牌很快就会变成他手上的一张王牌，他现在不怕捐个百十万，倒是怕这个肖兵不来，只要肖兵能来，他就可以大显身手了。

　　也正因为肖兵的关系，当晚回到家，金启明在自己精心设计的模拟政治股市上及时做了一番调整：把过去从没看在眼里的赵芬芳作为一支尚待观察的潜在绩优股输了进去，归类为京股板块，开盘当日即上涨百分之三百；给处在攻势中的绩优股刘重天封了第三个涨停板；自己做庄的看家股齐全盛则由绩优股转为风险股，在连续两天阴跌的基础上，进入第一个跌停板，跌停的原因是赵芬芳打压；而把因"双规"进入 PT 行列的白可树从风险股的位置上撤了下来，做了退市处理。这番调整过后，电脑显示：该日大盘政治综合指数为2320点，进入高风险区域。

# 第五章 "高度"问题

## 15

镜州市委大楼坐西面东，正对着大海，是座现代气息很强的建筑，从海滨方向看像一艘正驰向大海的巨轮，从南北两面看，则像一面在海风中飘荡的旗。大楼前面是面积近五万平方米的太阳广场，广场上耸立着一座题为"太阳——人民"的巨型艺术雕塑。雕塑是一组当代人物群像，群像的无数双大手托起了一个巨大的不锈钢球状物。宏伟的大理石基座上铸着一行镏金大字："人民，只有人民才是创造世界历史的动力。"齐全盛对此的解释是：我们改革开放的历史说到底是人民创造的，人民是千秋万代永远不落的太阳，我们每个人不管官当得多大，在位时间多长，都不过是时代的匆匆过客，都没有什么了不起。既然以人民为主题，城建专家们曾打算把这个广场命名为"人民广场"，可镜州旧城区已有一个历史久远的人民广场了，最后还是齐全盛一锤定音，定名为"太阳广场"。相对太阳广场，市政府大楼前的广场便命名为"月亮广场"了。月亮广场比太阳广场小一些，主题雕塑是条腾空而起的巨龙，基座上是五个镏金大字"为人民服务"，和雕塑主题多少有点不太协调。因此，两个广场落成后，老百姓茶余饭后就生出许多话来，说市委是太阳，政府是月亮。又有好事者看出，月亮广场上的龙是条睡龙，两只眼一直没睁开，话题便进一步引申了，道是政府的龙用不着睁眼，跟着市委走就行了。

齐全盛不太在乎人们私下的这些议论和评论，两个广场气势恢宏地摆在那里，不但给镜州市民们提供了一个休息娱乐的绝佳场所，也向光临镜州的中外宾客们昭示着镜州作为中国一个经济发达市的新气象，大气象，谁不服气也不行。前年省里搞了次城市广场艺术综合评比，太阳广场名列全省第一，月亮广场名列全省第三，很让齐全盛高兴了一阵子。

现在却高兴不起来了，驱车经过月亮广场时，看到那条腾飞的巨龙，齐全盛没来由地想到了社会上关于睡龙的议论，心里郁愤难抑：市长赵芬芳难道真是条睡龙吗？沉睡七年突然睁眼了？这眼一下子睁得还这么大？真让他匪夷所思！他从国外回来在路上就给赵芬芳打电话，让她汇报工作，她倒好，整整一天连面都不照，只打了个电话过来，胆子也太大了！更让他吃惊的是，此人昨天一大早竟跑到专案组去了，据金启明私下汇报说，还是主动跑过去的。她主动跑过去干什么？显然不会是找刘重天叙友情吧？赵芬芳这条睡龙看来要一飞冲天喽！

奥迪驰上市委主楼门厅，齐全盛郁郁不乐地下了车，走进电梯上了八楼。

八楼是市委机关的核心楼层，齐全盛和三个市委副书记的办公室都在这一层。靠电梯口是市委办公厅秘书一处的三个房间，靠安全门是秘书二处的两个房间，在这几个房间办公的全是首长们身边最亲近的工作人员。可就在他们的办公室里，却传出了令齐全盛难堪的议论声。

"……看看，林一达到底进去了吧？咱齐书记怎么用了这么个秘书长！"

"林老厮进去了，你们这些中厮、小厮们就有希望了，就普遍欢欣鼓舞吧！"

"哟，赵处，怎么你们？你就不在厮级行列呀……"

齐全盛从门前走过时，不满地干咳了一声，房内的议论声立即消失了。

到了楼层尽头自己的大办公室，在办公桌前刚坐下，办公厅孙主任就过来汇报说："齐书记，赵市长来了，说是前天晚上就和您约好的，要向您汇报一下工作……"

齐全盛"哦"了一声，不动声色地问："她人在哪里呀？"

孙主任说："见您还没来，就到王副书记办公室谈别的事去了，我是不是去叫她？"

齐全盛顺手拿起一份文件翻着，根本不看孙主任，"叫她马上过来！"

赵芬芳过来后，齐全盛又变卦了，说是要处理点事，请她在孙主任那里稍等片刻。

这稍等的"片刻"竟是四十分钟。在这四十分钟里，齐全盛并没处理什么急事，神情悠闲地喝了一杯茶，把桌上的文件浏览了一下，还用红色保密机往北京陈百川家打了个电话。陈百川不在家，据他夫人说，去参加全国人大常委会的会议去了。齐全盛便和陈百川的夫人聊了起来，全是家长里短，养生保健方面的事，镜州案他一句没提，陈百川的夫人也没问。

正聊着，赵芬芳轻轻敲起了门，"齐书记，要不，我改个时间再汇报吧……"

齐全盛捂着话筒，暂时中断了通话，"不必，我马上就完，你先进来吧！"

赵芬芳走了进来，坐到沙发上继续等。

齐全盛仍在平心静气地聊："……老大姐，我的健身经验就是爬山，对，还是独秀峰，还是军事禁区，没什么闲人。我每天不急不忙慢慢爬一次，持之以恒，收获很大。我建议您和陈老经常去爬爬你们家附近的景山，最好早上去，开头不要急，陈老的性子就是急啊……"

赵芬芳有些坐不住了，站起来，走到窗前，看着窗外的景色发呆。

齐全盛这才结束了聊天："……好，好，那先这么说，代我向陈老问好！"

赵芬芳显然已意识到了什么，待他通话一结束，便走过来，赔着笑脸解释说："齐书记，真对不起，昨天没能及时过来向你汇报。你不知道，昨天可真忙死我了，一大早突然被重天同志叫去谈话，连市长办公会都取消了。从重天那里出来，气都没喘匀，马上到保税区现场办公，这是上周市长办公会上定好的。下午又开了两个重要的会，还接待了三批中外来宾……"

面对赵芬芳讨好的笑脸，齐全盛脸上的笑意也极为自然，"哎，赵市长，你就别解释了，早一天汇报晚一天汇报还不是一回事嘛，反正事情已经出了，该来的都来了！"

赵芬芳脸上的笑容不见了，"是啊，是啊，齐书记，我都急死了！白市长前天突然被'双规'了，他是常务副市长，又是常委，手上一大摊子事，尤其是蓝天集团的资产重组，谁能接过来啊？刚才我正和王副书记说这事哩，常委会恐怕得重新研究一下分工了……"

齐全盛点点头，"政府那边白可树出了问题，市委这边林一达也出了问题，两个常委同时被'双规'，麻烦不小啊。有什么办法呢？天要下雨，你不能让它不下；娘要嫁人，你不能让她不嫁！常委分工是要重新研究了，但不是今天的事，今天我先向你通报一下这次在欧洲招商的情况，给你一个意外的惊喜：德国克鲁特研究所的克鲁特博士已经和我们签订了合作协议书，准备拿出最新生物工程研究成果和我市蓝天科技合作，据我昨天深入了解，蓝天科技聘任总经理田健同志已经为这个合作项目做了大量的工作，正准备对蓝天科技进行实质性资产重组……"

赵芬芳哭丧着脸，"还重组什么？齐书记，你知道的，田健在经济上出问题了……"

齐全盛脸一拉，口气严厉起来，"出什么问题了？说来说去不就是那三十万吗？谁见到田健收下这三十万了？会不会是有人陷害栽赃啊？退一万步说，就算田健真收了这三十万，这个人我也要用！田健是克鲁特博士最欣赏的一位学生，没有田健我们和克鲁特的合作就要落空，蓝天科技的资产重组就没有希望，人既然是你赵市长下令抓的，那就请你给我放出来！"

赵芬芳痴呆呆地看着齐全盛，"齐书记，你……你让我怎么放？"

齐全盛根本不看赵芬芳，冷冷道："事在人为嘛，取保候审行不行啊？"

赵芬芳摇摇头，"恐怕不行，田健现在不在我们市里，被重天同志弄到专案组去了！"

齐全盛口气益发严厉，"那请你就代表我，代表市委、市政府找刘重天去要人！告诉他：现在是以经济建设为中心，我们蓝天集团和蓝天科技离不开这个人，请他和专案组的同志们在进行反腐败斗争的同时，也顾全一下我们镜州经济建设的大局！"

赵芬芳只得勉强答应了，"好吧，齐书记，你既然有这个指示呢，我就去试试看吧！"

齐全盛的情绪这才好了些，"哦，赵市长，你把我出国这段时间的情况说说吧！"

赵芬芳老老实实汇报起来，日常工作和形式主义的事说了一大摊，最后，才触到正题，谈起了擅抓田健引发的这场政治地震："……齐书记，我怎么也想不到白可树会出这么大的乱子，而且竟然是田健受贿案引发的！昨天找我谈话时，重天同志揪住不放，一再追问，抓田健的事向你汇报过没有。我是实事求是的，没向你汇报就是没向你汇报。齐书记，现在我把这个过程正式向你汇报一下。事情是这样的，市二建公司项目经理杨宏志给蓝天科技盖科技城……"

齐全盛挥挥手，打断了赵芬芳的话头，"这个过程不要说了，我已经知道了，我就问你一件事，请你实事求是回答我：田健真是小艳让你抓的吗？"

"是的，她追到我们三资企业座谈会上找的我。"

"齐小艳让你抓，你就抓了吗？你为什么不让她去找白可树？"

"白可树当时不在家，正在省城开会，省政府关省长主持的。"

"那么，抓人之前为什么不向我汇报一下？不知道这是我们重点引进的人才吗？"

"怎么说呢，齐书记，小艳可是你女儿，她让办的事，能不办吗……"

齐全盛觉得很奇怪，"怎么她让办的事就要办？临时主持工作的到底是你还是她？她什么时候有这个特权了？竟然敢对主持工作的市长发号施令？啊？这究竟都是怎么回事？"

赵芬芳叹着气，直检讨，"齐书记，你别说了，反正这事都怪我……"

齐全盛在房间里踱着步，话里有话，"赵市长，先不要说怪谁，我追究这件事，并不是想捂盖子，镜州有问题想捂也捂不住。是脓疮总要破头的，今天不破头，明天后天也要破头。我弄不明白的是，你怎么就这么听齐小艳的，就是不和我通这个气！你这个同志啊，副市长当了两年，市长当了七年，政治经验应该很丰富嘛，怎么会把我、把市委搞得这么被动呢？"

赵芬芳笑了笑，笑得很好看，话也说得很恳切，"齐书记，我在你领导下工作九年了，你应该了解我。田健正因为是小艳要抓的，我才故意没向你汇报，怕你为难。再说我并没做错什么，田健受贿证据确凿。"略一停顿，又说了一番意味深长的话，"齐书记，今天你既然这么认真，有个事实情况我也就不能不说了：这些年小艳私下里让我、让白可树，还有其他领导同志办的事也不是这一件，只要不违反大原则，我们都给她办了，也都没向你汇报过。我和同志们的想法是：既不让你为难，也不向你表功，一个班子的同志，您又是我们的班长，何必要搞得这么虚伪呢？这话还是白可树先说的。现在看来是错了，给您惹了麻烦。"

齐全盛十分意外，直愣愣地看着赵芬芳，"这……这么说，齐小艳还真有了特权？啊？"

赵芬芳轻描淡写地说道："也说不上是什么特权，谁办的谁负责，齐书记，这都与你没关系。"

齐全盛脸色难看极了，一下子有些失态，"没关系？你说的真轻松！齐小艳是我女儿，从上面到下面，多少眼睛在盯着她！芬芳同志，你……你们怎么能这样干呀？啊？我那么多招呼都白打了？你们……你们这不是把我放在火上烤吗？你看看，闹出了多大的乱子，刘重天和省委全来找我算账了，我倒好，还蒙在鼓里，还不知道小艳到底陷进去没有？陷进去有多深，现在连她在哪里都不知道！芬芳同志，你也是为人父母，你说说看，我……我这个做父亲的现在是个什么心情呀？啊？"努力冷静了一下，又说："芬芳同志，今天你一定要向我说清楚：这些年你们究竟背着我给小艳批过多少条子，办了多少不该办的事？啊！"

赵芬芳搓着手，坐立不安，"齐书记，我……我还是别说了吧，这也不是我一个人的事，主要还是白可树他们办的！有些事我也是后来才听说的，也觉得太过分，却没敢和你提……"

齐全盛目光冷峻，"赵市长，今天就请你全给我摊到桌面上来，给我一个清楚明白！"

赵芬芳想了想，"好吧，齐书记，既然您一定坚持，那我就把我知道的情况向您汇报一下吧。小艳第一次找我办事，是我刚当市长不久，不是专门找我的，是在你家聊天时偶然说起的。她想从团委到政府，当时的新圩区委书记是白可树，我就和白可树打了个招呼，白可树马上办了，调小艳到区委办公室做了副主任，过渡了半年，又让小艳做了区委办公室主任……"

齐全盛眉头越皱越紧，忐忑不安地想：女儿小艳十有八九被手下这帮干部葬送了……

## 16

"什么？杨宏志被另一帮人抓走了？"刘重天吃惊地看着反贪局局长陈立仁。

"是的，我们晚到了大约半小时，据蓝天集团目击者反映，抓杨宏志的车挂省城牌号。"

"省城这辆车的牌号有没有人注意过？是不是警牌？"

"不是警牌，据目击者说，牌号的数字很大，可车上下来的人却自称是省反贪局的。"

"会不会是镜州反贪局同志采取什么行动了？你们了解了没有？"

"了解过了，不但镜州反贪局，省市公检法部门我们都查过了，谁也没抓过杨宏志。"

"这就太奇怪了！"刘重天托着下巴，在办公室里踱着步，思索着，像是自问，又像是问站在面前的陈立仁和省反贪局的几个同志，"怎么会发生这种情况呢？啊？这是我昨天见过田健后的临时决定啊，决定过程老程最清楚，一夜之间，按说不该发生泄密的事呀？"

老程证实道:"是的,陈局长,知情者除了我们三个,再没有别人了。"

陈立仁想了想,判断道:"那么,刘书记,结论我看只可能有一个:我们的对手和我们不谋而合,猜到了我们的思路,抢在我们前面动手了,杨宏志很有可能对田健进行了栽赃陷害!联系到齐小艳前夜的成功逃跑,镜州现在的特殊政治背景,我看情况比较复杂,很像一场精心布置的防守阻击战,对手已经从最初的惊慌失措中醒悟过来了,真正意义上的较量这才算开始了,可能将是一场恶仗。"

刘重天认可了陈立仁的分析,"那我们就把眼睛瞪起来,奉陪到底吧!老陈,你们请公安厅的同志配合一下,盯住一切可疑目标,包括杨宏志的家和杨宏志在二建的项目公司,还有他的建筑工地,发现此人马上拘留。白可树、林一达、高雅菊今天就做转移准备,一个也不能留在镜州,去省城或平湖市,士岩和秉义同志马上也要到了,我向他们具体汇报吧。"

陈立仁请示道:"这三位'双规'人员是一起去省城呢,还是分头去省城和平湖?谁和谁去哪里,刘书记,你得给我们明确一下,我也好具体安排。"

刘重天挥挥手,"你们先去准备,具体安排等我向士岩和秉义同志汇报后再说。"

这时,秘书进来报告说:"刘书记,根据前导车的汇报,省委郑书记和省纪委李书记一行已经过了镜州老城,估计十五分钟后抵达,准备先到我们这儿听汇报,后去市委。"

刘重天挥挥手,"好吧,先这样,你们各忙各的去吧,我也得准备一下了。"

陈立仁走到门口又回过了头,"刘书记,有些话我……我还是想说说……"

　　刘重天已收拾起了桌上的案卷材料,"说,老陈,有什么话你就说,抓紧时间!"

　　陈立仁等老程等人出去后,才走到刘重天办公桌前,"刘书记,你得向士岩和秉义同志提个建议:把齐全盛从镜州市委书记的位子上拿下来,就是不免职,也得先想办法停他的职,否则,镜州这个案子太难办了,甚至会办不下去!"

　　刘重天仍在收拾桌子,头都没抬,"你这样认为?请问:齐全盛同志阻止办案了吗?"

　　陈立仁赔着小心说:"齐全盛是不是阻止我们办案,我没有根据,不能瞎说。但是齐全盛的老婆被'双规'了,齐全盛的女儿逃掉了,现在还没有任何线索,另一个重要关系人杨宏志又被一群身份不明的人带走了,这都是事实吧?这事实是不是有些耐人寻味呢?和一个市委书记的影响力就没有一点关系?刘书记,你打死我也不信!这个市委书记可是铁腕人物!"

　　刘重天收拾文件的手停下了,"老陈,你提出的这些问题不是完全没有道理,但是,请你不要忘了,我们办案必须以事实为根据,以法律为准绳!所以,在没有掌握齐全盛同志本人违法乱纪的事实根据之前,这种免职建议我不会提,就是提了,士岩和秉义同志也不会听。"

　　陈立仁这才走了,走了两步,回转身说:"你等着瞧好了,我会拿出事实根据的!"

　　刘重天怔了一下,"老陈,我也提醒你一句:别忘了省委对镜州改革成就的基本评价！"

对镜州改革开放成就基本评价在见到省委书记郑秉义和省委常委、省纪委书记李士岩一行后，刘重天又一次听到了。李士岩连连夸赞，说没想到镜州这几年搞得这么好，乡镇之间高等级公路都联了网。郑秉义也很感慨，说镜州私营、集体和股份制经济发达，国企改制进行得比较早，又比较彻底，老百姓的就业观念和北方那些大城市不同，自由择业，基本上没有下岗失业问题。李士岩直竖大拇指，明确肯定道："……你别说，齐全盛这个市委书记还就是能干，敢在市委门口搞这么大个太阳广场，就是有底气啊，他不怕老百姓坐到广场上找他群访嘛！"

听过刘重天的案情汇报和建议，李士岩的语气才变了，"一个城市的基础建设搞上去了，综合经济水平搞上去了，老百姓的生活水准提高了，但并不等于说就可以滥用手上的权力了。镜州市委两个常委出了问题，齐全盛的两个家属牵涉到案子中，这种情况还是比较少见的。对齐全盛，我现在不敢妄下结论，对白可树和林一达，我倒敢说：他们是在霓虹灯下的桑拿房里泡软了，在豪华酒宴中喝贪了。起来一片高楼，倒下一批干部啊，这个现象在我们经济发达地区比较普遍，根子在哪里？我看就在于心理不平衡嘛，总拿自己和那些大款比！"

郑秉义道："是嘛，士岩这个分析我赞成！我看是有这么一个心理不平衡的问题，看着私营老板发财，总觉得自己吃了什么亏！"看了刘重天一眼，半开玩笑半认真的，"重天，你在平湖当了四年市长，又在镜州和全盛同志搭班子，当了两年镜州市长，你说点心里话，啊，你的这个，啊，心理平衡吗？有没有这种吃亏的思想呢？"

刘重天笑了笑，"吃亏的思想倒没有，感想倒是有一些。"

李士岩看着刘重天，"哦，都是什么感想？说说看！"

刘重天欲言又止，摆摆手，"算了，算了，不说了，还是谈正事吧！"

郑秉义说："哎，重天，这不是正事吗？你们纪检工作不仅仅是查案子，也要分析干部思想嘛！"看了李士岩一眼，"士岩，你说是不是？"

李士岩道："是嘛！重天，说说！"

刘重天这才叹息道："我们的干部啊，权太大了，尤其是各地区的一把手们，从某种意义上说，他们的权力几乎不受限制。你给了他那么大的权力，又不能高薪养廉，每月只给他发那么少的工资，经济上就免不了要出问题。提倡理想奉献当然不错，但是道德约束对根本不讲道德的权力掌握者是不起作用的，我们恐怕要在制度改革上好好做点文章了。"

郑秉义道："是啊，是啊，这个问题我也想了许久。高薪养廉要有个过程，要根据我们的综合国力的逐步提高一步步来，急不得的。目前我们能做的，只能是在对权力的监督制约上进行制度创新。所以重天，在查办这个大案要案的过程中，我希望你多动动脑子，把一些带普遍性的问题往深入想一想，提供一些新思路，看看腐败问题的根子在哪里？我们目前干部队伍的腐败现象和资本主义国家的腐败现象有什么异同？到底该怎么从根本上解决？"

刘重天笑着说："好吧，秉义同志，真有了什么好想法，我会先向您请教的。"

接下来，谈到了办案工作，刘重天提出，将白可树、林一达、高雅菊易地审查。

李士岩听罢，明确表态说："秉义同志，我看重天的这个建议很好，重天不提，我也要提的。这三个人都不要摆在镜州，全部易地审查，白可树、林一达可以考虑摆在省城，我多负点责。高雅菊和其他涉案人员摆在平湖市吧。审查人员原则上从省直机关抽调，如果案情进一步扩大，人手不够，可以考虑从其他市调些同志参加。秉义同志，你说呢？"

郑秉义没表示什么意见，"士岩同志，就按你的意见办吧！"

李士岩最后说："重天，咱们就这样分个工吧！你继续盯在镜州，根据已经掌握的线索深入调查，随时和我和省委保持联系，不论阻力多大，案情多复杂，都必须彻底查清。"冲着郑秉义一笑，"秉义同志，我要说的说完了，下面请你做重要指示吧。"

郑秉义又开了口，面色严峻，语气严肃，"重天啊，鉴于镜州目前这种特殊情况，昨天晚上我们在家的省委常委们碰了一下头，临时定了一件事：在镜州大案要案查处期间，为了便于办案，请你协助全盛同志一起全面主持镜州市的工作！"

这倒是没有想到的，刘重天怔了好半天，想说什么，却又没说出来。

郑秉义看了出来，"怎么？重天，你想说什么？啊？有话就说嘛！"

刘重天这才努力镇定着情绪问："省委是不是发现了齐全盛本人有什么问题？"

郑秉义摇摇头，"没有，至少目前没有，对这个案子，我和士岩并不比你知道得更多，你在第一线嘛，第一手资料都在你手里嘛！所以，省委暂时还没有将齐全盛免职的考虑，所以你只是协助齐全盛同志临时主持一下镜州的工作。"

刘重天苦苦一笑，"这么说，我又要去和全盛同志搭班子了？这合适吗？"

李士岩插话道："哎，这有什么不合适啊？也就是个必要的临时措施嘛，前几天你不是还和我说过吗？七年前，你们二人搭班子的时候，全盛同志跑到当时的省委书记陈百川同志那里去要绝对权力，今天我们无非是要限制一下这位同志手上的绝对权力，顺利办案嘛！"

郑秉义继续说："重天，还有两点要说清楚：一，这种临时措施并不意味着省委对镜州改革开放成就的评价有任何改变；二，更不意味着要翻你们二人当年的历史旧账。"

刘重天心里很明白，"秉义同志，这话我会记住的。"笑了笑，"七年过去了，现在想想，我自己当时也有不少问题，太情绪化，有些事做得也过分了，比如说行政中心东移的问题，主动性就不够嘛，政府这边两年不准备迁移的话我也是说过的，把全盛同志气得够呛。"

郑秉义站了起来，"好，重天，你有这个态度，我和士岩就放心了，一只巴掌拍不响，出现矛盾双方都有责任嘛！走吧，一起去市委，看看全盛同志和镜州市委的同志们！"

17

站在十楼多功能会议室宽大的落地窗前，太阳广场和太阳广场前的海景尽收眼底。

郑秉义情绪挺好，拉着齐全盛的手，笑呵呵地说："老齐，你比我有福气哟，天天面对这么一番大好景色，啊，看海景，听涛声，真是心旷神怡啊！我那办公室呀，推开窗子就是一片钢筋水泥大楼，香港人叫什么'石屎森林'，有时候很影响情绪哩。前一阵子我还和关省长说，省城的城建规划思路要改，要学学镜州，树立两个思想：经营城市的思想，美化城市的思想，外观相同的建筑不能再批了，批了的也要改一下，每座建筑都要有特色，都要有创意！"

齐全盛颇为谦虚，"秉义同志，你不知道，倒是我们镜州学了省城不少东西呢！"

刘重天证实道："老齐说得不错，我们在一起搭班子的时候，都带队到省城参观学习过，广场艺术还就是受了省城的启发！"指着落地窗外的太阳广场，"从省城学习回来后，老齐亲自抓了这个太阳广场，从主题雕塑的最初构思，到最后广场落成，老齐都一一把关。"

郑秉义也把话题转到了太阳广场，"好啊，老齐，这个太阳广场搞得不错，很不错！设计得好，主题雕塑的构思更好，我看是个永恒的主题嘛！人民就是太阳，创造人类历史的动力只能是人民！我们的权力是人民给的，我们是人民的公仆，只有人民才拥有这种至高无上的绝对权力，而我们任何一个人都没有什么不受监督的绝对权力。老齐，你说是不是啊？啊？"

齐全盛听出了郑秉义的话外之音，却像似什么也没听出，连连点头应道："是啊，是啊，秉义同志，您说得太好了！这也是我过去反复向镜州同志们说过的。我说，过去的封建皇帝自称天子，朕即国家，宣扬权力天授，结果如何？人民揭竿而起，他们就一个个倒台了嘛！"

郑秉义语重心长，"道理嘛，大家都懂，问题是，我们各级领导干部做得怎么样啊？还是不尽如人意吧？有些地方、有些部门情况还比较严重吧？还有我们的媒体，也不注意这个问题，报纸电视上不断出现'父母官'这种称谓。我前几天又做了一次批示：这种散发着封建僵尸气息的称谓不准再出现在我们的媒体上了，别的地方我管不了，本省媒体我这个省委书记还管得了！小平同志那么伟大，还说自己是人民的儿子，你一个县长市长就敢称是人民的父母官？本末倒置了！你是公仆，就是人民的儿子孙子！这个位置不摆正，你没法不犯错误！"

说到最后，郑秉义的口气已经相当严厉了，在场的省市领导谁也不敢接话。

齐全盛心里明白，郑秉义这番严厉的批评虽是泛指，主要的敲打对象只能是他。

迟疑了一下，齐全盛开了口："秉义同志，镜州出了问题，我要向您和省委做检讨……"

郑秉义目光却又柔和起来，拉过齐全盛的手，在齐全盛的手背上轻轻拍了拍，似乎暗示了某种理解和安慰，"老齐，你先不要忙着做检讨，事发突然，问题毕竟还没查清嘛！"话题一转，却批评起了刘重天，"重天同志啊，和太阳广场比起来，你当年设计的月亮广场可就逊色多喽。主题雕塑怎么弄了条龙？啊？不好，和为人民服务不协调，真不知道你是怎么想的。"

齐全盛心里说："怎么想的？刘重天想做强龙，要斗他这个地头蛇嘛！"嘴上却替刘重天解释说："重天当时和我商量过，人民是太阳，咱祖国就是东方的巨龙嘛，歌里不是唱吗？'古老的东方有一条龙，她的名字叫中国'，——我们都觉得这龙的形象挺好哩。"

刘重天便也顺着齐全盛的话进一步解释说："另外，镜州又是海滨城市，正对着大海，也有龙入大海，海阔天空，走向世界的意思。秉义同志，这思路也不能说不好嘛！"

郑秉义皱了皱眉头，"不论你们怎么说，反正我不喜欢！"他摆摆手，"好了，艺术问题，还是百花齐放吧，我们不争论了！"四处看了看，"人都到齐了吧？我们开会吧！"

郑秉义、刘重天、齐全盛、赵芬芳和郑秉义的随行人员及镜州市委常委一一落了座。

省委常委、省委组织部龙部长主持会议，郑秉义代表省委做了重要指示。

做指示时，郑秉义脸上的笑意消失了，环视着与会者，开门见山说："镜州目前发生的事情大家心里都有数，中纪委很重视，要求我们严肃查处，士岩同志代表省委坐镇省城牵头主抓，刘重天同志具体负责，出任专案组组长。鉴于镜州出现的这种特殊情况，省委研究，并经中纪委认可，做了一个慎重决定：在镜州问题查处期间，由刘重天同志临时协助齐全盛同志主持镜州的全面工作，希望同志们各司其职，理解支持！重天同志是你们的老市长了，用不着我隆重推出了。今天我就长话短说了，只讲两点：一，蓝天腐败案必须彻底查清，这既有个对中央交代的问题，也有个对老百姓交代的问题。现在，从省城到镜州，老百姓议论纷纷！在座的同志们都有责任、有义务支持专案组的工作；二，正常的工作，尤其是经济，不能受到影响。大家都知道，镜州是我省第一经济大市，镜州经济受到了影响，我省经济必然要受到影响，这是绝对不能允许的。先把招呼打在前面：如果省委发现个别同志出于政治目的搞小动作，影响团结干事儿的大局，省委绝不客气，发现一个处理一个！"说着，茶杯用力蹾了一下。

似乎为了缓和会议室内的紧张气氛，郑秉义看了看坐在身边的齐全盛，"全盛、芬芳同志，你们该干什么干什么，听说这次出国招商收获很大嘛，签下的合作项目要一一落实！"

齐全盛当即表态："是的，秉义同志，我们坚决执行您和省委的这一重要指示精神！"适时地把田健问题提了出来，"不过，为了落实和德国克鲁特研究所的合作协议，我上午和芬芳同志商量了一下，我们的意见是：最好对田健进行取保候审，田健是克鲁特博士的学生。"

赵芬芳马上笑眯眯地说："是的，是的，秉义同志，齐书记已经给我下过命令了，让我到专案组要人，我正愁完不成任务呢！今天重天同志也在，您省委书记也给他下个命令吧！"

郑秉义手一摆，"芬芳同志，你不要把我放在火上烤，这个命令我不下，下了也没用，重天同志不会听。"指着坐在身边的刘重天，笑了笑，"重天是什么人啊？黑脸包公，六亲不认的主儿！所以，老齐啊，田健的事，你和芬芳同志就和重天同志直接谈吧！"

刘重天这才很原则地说了句："我们先尽快查清田健的问题再说吧！"

郑秉义看了看面前的笔记本，接着谈经济问题："……国际服装节要正常办，还要争取办得比往届更好，如果有时间，我和关省长都来参加。加入 WTO 就在眼前了，省里正在紧锣密鼓研究应对策略。农业、汽车制造业我们可能要吃些亏，尤其是我省，劳动力价格比较高，农业成本也就比较高，种粮不如买粮。汽车制造也不行，省内四家汽车制造厂都没有规模，包括你们蓝天集团生产的那个蓝天小汽车，年产五万辆，不可能产生规模效益嘛！但是，纺织服装业，我们有优势，镜州的四大名牌服装要形成我省纺织服装业的龙头，加入 WTO 后，先和它个大满贯……"

来了刘重天这个老对手，又给了他老对手钦差大臣的地位，还想和个大满贯？这个省委书记也太一厢情愿了！齐全盛在会上没敢说，散会后，强压着心里的不满情绪，叫住了郑秉义。

郑秉义料到齐全盛有话要说，开口就把齐全盛堵在了前面，"老齐，要正确对待啊！"

齐全盛点点头，"秉义同志，我会正确对待的，也相信省委和中央有关部门能尽快把镜州的问题，包括我本人的问题审查清楚。"迟疑了一下，还是说了，"我今年也五十三岁了，闹得一身病，如果您和省委同意，我想把工作全部移交给重天同志，到北京好好休息一阵子。"

郑秉义并不意外，恳切地看着齐全盛，"老齐，这九年你不容易啊，镜州搞上去了，你的身体却搞坏了，是该好好休息一下，我同意！不过北京最好还是不要去了吧？还是在镜州休息嘛，一边休息，一边工作，有重天同志这个老搭档来帮忙，你的担子也轻多了，是不是？"

齐全盛沉默了，心想，郑秉义恐怕是担心他到北京去找陈百川，为自己四处活动吧？！

郑秉义益发恳切，不像是故作姿态，"老齐，你可别将我和省委的军啊，镜州经济真滑了坡，我不找重天同志，还是要找你老兄算账！"略一沉思，"我看这样吧：老齐，你尽快给我开个名单，需要什么大医院的名医生，我请省卫生厅的同志给你到北京去请，不惜代价！"

这还有什么可说？齐全盛苦苦一笑，"秉义同志，那就算了吧，这个特殊化就别搞了！"

强作笑脸送走了郑秉义、龙部长一行，齐全盛和刘重天又回到了多功能会议室。

相互对视了片刻，齐全盛和刘重天隔桌坐下了。

齐全盛尽量平静地说："重天，你的办公室我让办公厅马上安排，市委下半年的工作计划也让孙主任整理一下送给你，有什么要求你只管说，只要能办到的，我们都会尽量去办。"

刘重天友善地道："老齐，这些具体事回头再说吧，咱们老伙计是不是先谈谈心？"

齐全盛笑道："既是老伙计了，谁不知道谁呀？有什么可谈的？再说也都忙！"

这时，秘书李其昌走了进来，"齐记，电视台的记者已经在保税区等您了！"

齐全盛脸一拉，"等什么？我不是说过了吗？这个活动我不参加，一切按过去的惯例办，不需要我抛头露面的事都别找我，我不是电视明星，也不想在这种时候做电视明星！"

李其昌触了霉头，喏喏应着，挺识趣地退了出去。

齐全盛也站起来，走到刘重天身边，"重天，走吧，去办公厅安排一下你的窝！"

刘重天略一迟疑，"先不要这么急吧？士岩同志还等着我呢！"

齐全盛不动声色，"哦，你看我这个脑子，怎么把你老兄正办着的大案要案给忘了？！"

刘重天笑道："所以老齐，镜州的事，你该怎么办怎么办，最好别指望我！"

齐全盛也笑，"该向你请示向你请示，该和你商量和你商量，放心吧，我会摆正位置！"

刘重天脸上的笑容收敛了，正色道："老齐，别这么说好不好？我是协助你工作！"

齐全盛脸也绷了起来，话里有话，"你过去协助得就很不错嘛，经常让我心旷神怡！"

刘重天似乎想说什么，话到嘴边，却化作一声苦笑，"老齐，过去的事就别提了，一个巴掌拍不响嘛，秉义同志刚才还在批评我呢。"停了一下，又说："实话告诉你，月茹对你我也挺担心，怕我们都不冷静，也给我打过电话，劝我撤下来，不要管镜州的事。说真的，办镜州这个案子，协助你主持工作，都不是我个人的意思，全是省委的决定，我只好服从。"

齐全盛拍打着刘重天的肩头，很是理解的样子，"这我明白，你老兄公事公办好了。"

刘重天似乎多少有了些欣慰，"只要你老伙计能理解，我的工作就好做了，说心里话，我走后这七年，镜州搞得真不错，说是经济奇迹也不过分！你老伙计知道吗？善本昨天一大早就跑到我这里替你当说客哩！"

齐全盛有些意外，脸面上却没表现出来，略一沉思，感叹道：

"善本是个好人啊，当了八年副市长，现在还住在工厂的家属宿舍里，不愧是个过硬的廉政模范啊！"想了想，突然建议道："哎，重天，你看我们让善本把白可树的常务副市长接过来好不好呢？"

刘重天眼睛一亮，"哎，我看可以，老齐，这可是你的提议哦！"

齐全盛点点头，"是我的提议，我知道善本是你和月茹的老同学，你要避嫌嘛！"

刘重天承认说："是啊，尤其在这时候，更得注意了，别让人骂还乡团啊！"

嗣后，两个老对手有一搭没一搭地谈起了工作。

齐全盛说："重天，我认为一个城市要有高度，就得在各方面把同类城市比下去！"

刘重天道："是嘛，要达到某种高度，就要在各方面凭实力去竞争。事实证明，镜州能达到这个高度，能把省城和平湖比下去，就是干部群众努力拼搏、全力竞争的结果嘛！"

齐全盛说："还有一个办法嘛，打倒高个子，自己的高度也就显示出来了嘛。"

刘重天呵呵笑道："老齐，真要搞这种歪招啊，那还有一个办法嘛，啊？我看也可以踩着别人的肩头显出自己的高度来嘛！"这话说完，渐渐收敛了笑容，认真起来，"不过，这些年我也在想，一个人得有点胸怀，真能用自己的肩头扛起别人的高度，也不是什么坏事嘛！"

齐全盛一时语塞，继而，也朗声大笑起来，"好，好，你老伙计说得太好了！"

两个老对手之间暗藏锋机的对话被他们自己的笑声掩饰住了，

那爽朗的笑声从市委多功能会议室传出来，传到走廊上，几个办公室的"厮"级干部们都听到了。又有几个同志注意到，那天齐全盛亲亲热热地把刘重天送到电梯口，临别时还久久握手。

于是，对齐全盛和刘重天二人的关系，机关的主流议论开始从"看空"转为"看多"……

# 第六章　黑幕重重

## 18

　　杨宏志进过公安局，还从没进过检察院的反贪局，更没想到反贪局的人会这么凶。那天上午九点多，他到蓝天科技公司开债权人会议，在蓝天集团门口刚下出租车，就被几个操省城口音的便衣人员围住了。这些人说自己是省反贪局的，要他跟他们走一趟，澄清几个问题。他马上想到了田健受贿案，知道麻烦来了，支吾应付着，说是得先上楼和会议主持者打个招呼，心里还是想溜的。省反贪局的便衣可不是吃素的，没等他溜进蓝天集团大门，一拥而上，七手八脚把他抓上了一辆挂省城牌号的三菱面包车。上车后，二话不说，扭住就捆，捆得很专业，像生产线上的打包工。他本能地想喊，人家便往他嘴里塞了条脏兮兮的毛巾，最后还在他汗津津的秃脑袋上蒙了个特制的黑布头套。杨宏志当时就感觉到，这些便衣人员够水平，素质比他过去打过交道的所有公安局、派出所的警察都厉害，不由得生出了敬畏之心，一路上老老实实，连尿尿都不敢麻烦反贪局的同志，滴滴答答全尿到了裤子上。

车一路往省城开，开了有两个多小时，东拐西拐进了一个黑洞洞的地下室。

进了地下室，黑布头套取下了，嘴里的毛巾拽出了，虽然还没松绑，言论自由总是有了，杨宏志这才带着无限敬畏，把一直想说的话急急忙忙说了出来："同……同志们，你们搞错了，你们怎么抓我呢？我……我是举报人，还是田健案的受害者！我那三十万现在还扣在镜州市反贪局当证据呢！你们省市属于同一个贪污贿赂系统，应该……应该事先通通气嘛……"

为首的一个胖同志桌子一拍，"什么贪污贿赂系统？杨宏志，你找死啊？！"

杨宏志忙道歉："对不起，对不起，口误，口误！可你们真是搞错了……"

胖同志冷冷道："搞错了？没搞错，我们要抓的就是你这个举报人！你杨宏志既然有三十万让镜州市反贪局去扣，怎么就是不还华新公司顾老板的债啊？啊？想要无赖是不是？"

杨宏志诧异了，打量着面前的便衣们，"哎，同志，你……你们到底是些什么人？"

"什么人？"胖同志扯下夹克衫的外衣拉链，发黄的白T恤上"讨债"两个触目惊心的大字赫然暴露出来，"杨老板，看清楚了吧？王六顺讨债公司的，过去就没听说过？"

杨宏志反倒不怕了，长长舒了口气，"我当你们真是省反贪局的呢！不就是个讨债公司吗？吓唬谁呀？我可告诉你们：你们绑了我，这麻烦可就大了！知道我是谁吗？"

胖同志道："你不就是杨宏志吗？镜州市二建项目经理，贩海货起家的。"

杨宏志点了点头，言语神态中竟有了些矜持，"不错，啊？说的不错，知道我进过几次局子了吗？啊？知道镜州市公安局副局长吉向东和我是什么关系吗？那可是我哥们！"

胖同志冷漠地道："你进过几次局子，和那个什么副局长有什么关系，都与我们无关，也与我们顾老板的债权无关，咱们还是办正事吧！"嘴一努，一个渔民模样的黑脸大汉走到胖同志面前，从皮包里掏出一张借据递给了胖同志，胖同志抖着借据，"杨宏志，华新公司这九十八万是你从顾老板手上借的吧？这张借据是你写下的吧？老实还钱吧，钱到我们放人！"

杨宏志眼一瞪，"怎么是九十八万？半年前我借的是六十万，你把条子看清楚了！"

胖同志根本不看借条，只盯着杨宏志看，"请问：这六十万有没有利息呀？月息百分之十对不对？六六三十六，半年不又是三十六万吗？还有我们公司五位同志专程出差到镜州请你，来回这么辛苦，公司规定的两万元出差费也得出吧？加在一起是不是九十八万？啊？多算你一分了吗？我们王六顺讨债公司是个讲信誉的集团公司，内部有制度，多一分钱也不会收你的！"

杨宏志气疯了，"胖子，你给我滚远一些，老子不和你们说，你他妈的让华新钱庄姓顾的来和老子说，我们定的是半年利息百分之十，不是月息百分之十！你们……你们这是他妈的讹诈！"

胖子不为所动，"杨老板，你不要叫，像你这样的无赖我见得多了，你赖不过去的！"缓缓展开借据，对着昏暗的灯光看着，"你先给我听好了，我来把你写的借据念一遍，念错了你批评指正！"咳嗽了一声，很庄严地念了起来，像念一份法院的判决书，"借据：兹有镜州市二建公司项目经理杨宏志，因工程流动资金发生困难，特借到华新公司人民币六十万元整，利息百分之十，借期半年，逾期不还，甘受任何惩罚。此据。立据借债人：杨宏志。"

杨宏志眼睛骤然亮了，"看看，是半年利息百分之十吧？啊？我没说错吧？"

胖子笑了笑，"杨宏志先生，你怎么会有这么奇怪的想法呢？顾老板会半年利息百分之十向你放债？你当真以为顾老板开的是国家银行啊？顾老板放出去的债，月息百分之十都算是友情借贷啊，月息百分之二十甚至百分之三十五的都有！我们前几天刚刚结了一个客户嘛，月息百分之二十五，标的额四百五十万，是平湖市的一个炒股大户，卖光股票还了顾老板三百六十万，另九十万自愿用两根脚筋抵上了。遗憾啊，那位客户这辈子是站不起来喽！"

杨宏志害怕了，无力地辩道："可我的借据上没说是月息啊？白纸黑字写的是利息。"

胖子拍了拍杨宏志的肩头，口气中透着亲切，"你这倒提醒了我，那就改改吧，借款合同出现这种疏忽是很不好的，会被一些无赖钻空子！"将纸和笔递到杨宏志面前，"把借据重写一下吧，日期还是半年前，息口写清楚，就是月息百分之十。"

杨宏志一怔，破口大骂起来，"胖子，我 × 你祖宗，你们他妈的是强盗，是土匪……"

胖子不急不躁，面带微笑，"骂吧，使劲骂吧，把无赖劲儿都使出来！我和我的同志们保证做到文明讨债，打不还手，骂不还口，让你口服心服，让你以后见到我们就惭愧！"

杨宏志便益发凶恶地骂，先还是国骂，骂入了佳境之后，又用镜州土话骂。

在杨宏志滔滔不绝的叫骂声中，胖子和手下的同志喝水的喝水，吃东西的吃东西，看报表的看报表，各忙各的，像似杨宏志和他的骂声都不存在，还真有一种文明讨债的样子。

待得杨宏志骂累了，声音嘶哑起来，不想再骂了，胖子才又走了过来，猫戏耗子似的问道："怎么样啊，杨先生，是不是先喝口水润润嗓子？矿泉水十元一瓶，要不要来两瓶啊？"

杨宏志这时已从绑架者的彼此对话中知道胖子姓葛，是个经理，想先逃出这个鬼地方再作道理，于是便道："葛经理，我不骂了，骂你也没用，你也是受人之托，替人讨债嘛！"

葛经理说："这就对了，九十八万给我，我向顾老板交了差，你再找顾老板算账去嘛！"

杨宏志狡黠地问："如果九十八万讨回来，顾老板能给你们多少回扣？"

葛经理笑了，"哦，杨先生，怎么想起问这个呀？"

杨宏志说："你先别管，说个实数吧，这九十八万里你们讨债公司能拿多少？"

葛经理想了想，胖脸上堆出了若干恳切，"不好说，很不好说。这单生意是本集团镜州公司接的，我们虽说在省城，却是二手活，利润不算太大，具体是多少不能说，商业机密嘛！"

杨宏志说："那好，你们的商业机密我就不打听了，我给你们二十万，你们先把我放了行不行？你们可以和我一起到镜州家里拿钱。我就算拿二十万交你们这帮朋友了！"

葛经理想都没想，便缓缓摇起了头，"不行啊，杨先生！按说呢，二十万真不是个小数目，大大超过了我们这单生意的利润！可是你先生要知道，我们王六顺讨债公司是个信誉卓著的集团公司，在任何时候任何情况下，都不能出卖债主的利益！我们老总王六顺经常给我们开会，要求我们警惕欠债人的糖衣炮弹，所以你这个建议我不能接受，我必须讲原则。"

　　杨宏志仍不死心，"葛经理，你可想清楚了，这可是二十万，当场点票子，还交朋友！"

　　葛经理道："就是没有二十万，你这个朋友我们也交定了！以后你老哥要向什么人讨债，只管找我们王六顺讨债公司就行了，我同样不会出卖你和贵公司的利益。今天呢，你还是得帮我先把华新公司顾老板的九十八万还了，算你先生帮我朋友这个忙好不好？"

　　杨宏志以为既已和葛经理交上了朋友，事情就有了缓和的余地，便又道："葛经理，借据在你手上，你刚念过，百分之十说的确实是半年利息，就算当时没写明白，也属于经济合同纠纷，应该由我和顾老板到法院去解决。"

　　葛经理认可道："对，你们是该到法院解决，但今天还要先还钱。"

　　杨宏志又恼了，"别说我一下子拿不出九十八万，就是拿得出，我也不能给你，这是他妈的讹诈！葛经理，你们看着办吧，我现在是要钱没有，要命一条，不行你就挑我的脚筋吧！"

　　葛经理和气地劝说道："不要意气用事，事情还没闹到那一步嘛！镜州反贪局还扣着你三十万，蓝天科技还欠你八百万，你根本用不着自愿用脚筋抵债嘛！我看你还是给家里写封信，让蓝天科技或者什么地方先出点钱，把这九十八万的账结了，算我求你行行好了！"

杨宏志几乎要哭了，"葛经理，不是你求我，是我求你！反正我没钱！"

葛经理叹了口气，不再理睬杨宏志了，挥挥手，召过了手下的马仔。

黑脸汉子看看仍捆着的杨宏志，请示道："葛经理，那咱就开始走程序？"

葛经理点点头，很有些大义灭亲的意味，"走程序吧，对朋友也不能徇私。"

黑脸汉子和马仔们开始"走程序"，取出指铐铐住杨宏志双手的大拇指，将指铐往悬在房梁上的手动铁葫芦的吊钩上一挂，"哗啦哗啦"抽动起启重链。在音乐般美妙的"哗啦"声中，杨宏志转眼间被吊到了半空中，两个大拇指承载着全身重量，只有脚尖着地。

杨宏志禁不住恐惧地嚎叫起来。

葛经理似乎不忍倾听朋友的嚎叫，叹息着走了，走到门口，又对手下的马仔们交代说："你们也不要待在这里看杨先生的笑话了，都吃饭去吧，别忘了给杨先生带份盒饭，三十块钱的盒饭费不要收了，记在我账上，算我请杨先生的客了，杨先生这个朋友我是交定了！"

## 19

白可树、林一达易地审查之后，案情仍无重大突破。林一达软磨软泡，避重就轻，白可树态度死硬，拒不交代任何问题。令李士岩惊奇的是，二人在两个不同的审查地点同时大谈起了七年前的蓝天股票受贿案，和刘重天秘书祁宇宙及手下几个干部被捕判刑的事实，向专案组暗示：他们是刘重天和齐全盛之间长期政治斗争的牺牲品。对田健举报材料中所列举的事实，白可树逐条驳斥，连在澳门萄京多次参赌的基本事实都不承认，一口咬定田健是恶人先告状。

李士岩和专案组的同志只好频繁地在省城和镜州之间来回奔波，找相关知情人一一谈话，进一步核实情况，又派了几个同志前往香港、澳门调查取证。这期间，还在镜州和田健见了一次面，进行了一番长谈，刘重天也被李士岩叫去参加了。田健坚持自己的所有举报，谈话过程中仍叫冤不止，要李士岩给他做主，尽快恢复他的自由和名誉。问题没查清，李士岩很难有什么明确的态度，只谨慎而郑重地向田健保证说：他和专案组的同志都会慎重对待他的问题的。

那日临走，李士岩把刘重天叫住了，迟疑了好一会儿才说："……重天，我有个预感，不知对不对，只能供你参考：这个田健很可能真有冤情，你想想啊，蓝天科技是家上市的股份公司，年薪五十万聘用的他，他又要和自己老师克鲁特的生物研究所合作搞资产重组，怎么可能为三十万毁了自己的大好前程呢？没什么道理嘛！"

刘重天深深叹了口气，"是啊，是啊，士岩同志，这个问题其实我也早考虑到了，所以我才要找到那个杨宏志。如果他们真是对田健搞栽赃陷害，那个杨宏志不会不知情的。"

李士岩道："对，要尽快找到这个知情人，不能冤枉好人，尤其是立了大功的好人。"

刘重天苦苦一笑，"难啊，陈立仁和公安厅正抓紧查，还有那个齐小艳，也在查。都一个星期了，任何线索都没有，士岩同志，我甚至担心这两个重要知情人会死在他们手上！"

李士岩想了想，"不能说没有这个可能，所以我们的工作既要做细，又要抓紧，不要放过任何蛛丝马迹，对白可树、林一达的审查和调查，我也让省城那边抓紧进行，有了突破马上向你通报。"上车后，又摇下车窗交代说："重天，提醒你一下，一定不要被人家牵着鼻子走，这回我们也许碰上真正的对手了，人家很可能不按常理出牌哩！"

李士岩走后，刘重天不由得警醒起来，这提醒不无道理：按常理，应该是田健自己的受贿案被杨宏志揭发，和白可树等人拼个鱼死网破；不按常理，白可树完全可能先下手为强，在发现了田健对他的秘密调查行动后，栽赃陷害先把田健抓起来。如果真是这样，齐全盛就是不知情的，赵芬芳已经证实了这一点。可另一个事实又活生生地摆在那里：白可树是齐全盛一手提起来的亲信红人，他女儿齐小艳既是白可树的情人，又深深地卷到了案子里去了，齐全盛怎么可能就一点也不知情呢？会不会齐家父女暗中达成了某种默契？甚至齐全盛就是这一系列事件的总策划？怎么林一达、白可树不约而同提起了七年前的股票受贿案？这全是巧合吗？他和他的专案组现在究竟是在和白可树、林一达、齐小艳这帮前台人物作战，还是在和自己的老搭档、老对手齐全盛这个后台人物作战？齐全盛怎么就敢当着郑秉义面向他要人？此人究竟是为了蓝天集团的资产重组工作，还是以攻为守，故意给他出难题？这一切实在是费人猜思。

关于高度问题唇枪舌剑的一幕及时浮现在眼前。

齐全盛还是过去的那个齐全盛，这种虎死不倒架的气魄让他不能不服气。局面这么被动，老对手仍是这么顽强，这么具有攻击性，那天几乎是明白告诉他：你刘重天休想打倒我齐全盛显示你自己的高度。还有上电视的事，在被查处的特殊时期，哪个官员不拼命往电视新闻上挤啊？就是开计划生育会也得去讲两句。这种政治作秀他见得多了，前年平湖有个副市长，被"双规"前几天出镜率竟然创了纪录。齐全盛就是硬，就是不按常理出牌，还偏不做这种政治秀。如此看来，齐全盛不是心底无私、光明磊落，就是大奸大滑，老谋深算。

思绪纷乱，一时却也理不出明晰的线索，刘重天便往省城家里打了个电话。

电话只响了一声，对方就接了，是夫人邹月茹。瘫痪之后，床头的电话成了邹月茹对外交流的主要工具，也是排遣寂寞的一个玩具，哪怕是一个打错的电话，邹月茹都会和人家扯上半天。听出是丈夫刘重天，邹月茹既意外，又兴奋，先自顾自地说了一大通。

刘重天耐着性子听着，想打断邹月茹的话头，又于心不忍，禁不住一阵心酸。

邹月茹说："……重天，端阳上次说的事你还得给她办啊，她们老家的那个乡太不像话了，不把中央和省委的减负精神当回事，还在乱收什么特产税！端阳家里除了种庄稼，哪有什么特产啊，硬要收，连锅灶都让他们扒了！重天，你说他们是不是土匪啊？端阳他爹又来了封信，真要到镜州找你去了！"

刘重天不得不认真对待了，"月茹，你告诉端阳，千万别让她父亲来找，影响不好！我抽时间让省纪委的同志找他们县委了解一下，如果情况属实，一定请县委严肃处理！"

邹月茹说："对，重天，端阳说了，最好是把那个党委书记的乌纱帽撸了！"

刘重天提醒道："月茹，端阳可以说说这种气话，你可不能也跟着这么说！"继而又问："端阳在不在家？啊？怎么没听到她的声音？你让她自己来接电话。"

邹月茹说："哦，她不在家，刚走，伺候我吃过晚饭后，就到电脑班学电脑去了，还说了，学会以后就为你打字！哎，我说重天，你是不是能抽空回来一下？我看端阳是想你了，昨天一直和我叨唠你的事……"

刘重天有些不悦了，"月茹，你瞎说些什么呀！"

邹月茹酸酸的，"重天，你也不能老这么下去啊，毕竟七年了……"

刘重天心里一沉，"月茹，这事别说了，镜州这摊子事已经够我烦的了！"

邹月茹便又就着刘重天的话头说起了镜州的事，要刘重天找他们的老同学周善本多谈谈。

结束通话后，刘重天难得听了邹月茹一次建议，准备找一找周善本。

上个星期，齐全盛提议周善本接任常务副市长，进市委常委班子，秉义同志和省委已原则同意了，他又临时协助齐全盛主持工作，不论于公于私，都有必要和这个老同学深入交交心了。周善本来看他那天，因为是一大早，时间仓促，气氛也不对，不能算一次成功的谈心。

走出房间，下了楼，天已黑透了，刘重天看了看表，正是晚上八点。

司机把车开上门厅停下，秘书及时地拉开车门。

刘重天本能地往车前走，都弯下腰往车里钻了，突然想起了那日早上周善本说过的话，决定趁此机会搞一次微服私访。已探入车内的上身又从车里缩了回来，手一挥，让司机把车开走，说是要到海滩上散散步，不用车了。秘书不放心，跟着他往大门外走，刘重天又把秘书挡了回去，让秘书给他准备一份全省党员干部廉政自律教育材料。

沿海滨大道走了好远，看不见省公安厅疗养中心大门了，刘重天才拦了一辆出租车。

出租车司机回过头问："哎，同志，去哪里？"

刘重天说："去新圩港机厂三宿舍，哎，你小伙子知道路吗？"

出租车司机一踏油门，车子起步了，"知道，那里住着个副市长哩！"

"副市长住工人宿舍？不太可能吧？"

"看你这惊奇的样子就知道你是外地人，是来旅游的吧？"

"出差，顺便到港机厂宿舍看个朋友。哎，你们镜州副市长住工人宿舍？真的？"

"那还假得了？老百姓都知道，我还拉过他呢，就是周善本副市长！我在电视里认识他，他不认识我。是半年前的事：他送自己病危的老父亲看病，不用公家的车，坐了我的车，你说我能要他的钱吗？我不要他的钱，他硬给，下车时从窗口塞进来的！"

"哦，你们镜州还真有这么廉政的好干部呀？"

出租车司机是个很年轻的小伙子，眉目清秀，像个女孩子，也像女孩子一样多话，"那是！同志，你可别说现在没有好干部了，我看我们镜州的干部大多数还就不错哩！像周市长、齐书记都是好样的，尽给老百姓干实事，干大事。哎，听说了吗？我们齐书记被陷害了！"

刘重天一怔，挺吃惊地问："陷害？怎么回事？"

出租车司机说："被抓起来了，就是最近的事！都十几天没露面了。"

刘重天试探道："哎，不是听说前一段时间他出国去了吗？"

出租车司机一副知情者的口吻，"出什么国？抓了，连老婆孩子一起被人家抓了，家破人亡了！同志，你说这还有公道吗？齐书记别说不会贪污，就算贪污了点又怎么了？你看齐书记这九年把我们镜州搞的，没有功劳还有苦劳，就这么整人家呀？也不怕昧良心！反正我是看不下去，前天有一小子坐我的车，说我们齐书记坏话，我立马请他小子给我下车走人！"

刘重天笑道："对你们齐书记这么有感情呀？他给了你小伙子什么好处啊？啊？"

出租车司机毫不含糊，"他没给我个人什么好处，可他给了镜州八百万老百姓一个花园般的城市，给了我们出租车司机满城的新车好路，他把我们出租车司机当人看，说我们是镜州的主人，个个都是镜州市政府的接待员，代表镜州的形象，春节慰问准要去我们出租车公司。"

刘重天道："作为市委书记，这也是他该做的，当官不为民做主，不如回家卖红薯嘛。"

出租车司机说："该做的事多了，有几个像齐书记那样做了？同志，以后坐车，你随便问问那些出租车司机，谁不知道齐书记冤？

谁是贪官还真说不准呢！知道不？整齐书记的那个省纪委刘书记可不是个好东西！齐书记太正派，当年先向人家打了第一枪，反了那个纪委刘书记的贪，抓了纪委刘书记的秘书和几个手下干部，人家现在就向他反咬过来了……"

刘重天满身的血直往脑门上涌，几乎想叫起来，却忍着没叫，"你这都是听谁说的啊？"

出租车司机满不在乎，"嘿，这些事谁不知道？镜州满城都在传呢……"

是啊，满城都在传，传得都邪乎了！

刘重天怎么也想不到，在镜州老百姓的传言中，自己竟是这么个糟糕的形象！怪不得本分老实的周善本要他慎重，要他多听听基层老百姓的评价。基层老百姓这么痛恶腐败，却对自己所在城市的一个市委书记如此信任！这说明了什么？说明了民心啊！

毫无疑问，民心拥护改革开放，镜州老百姓充分肯定改革开放带给他们的种种实惠。同时，也说明齐全盛在镜州九年的政治经营是非常成功的，从某种意义上讲，这个叫齐全盛的市委书记已经把自己的历史形象定位在镜州老百姓心灵的天平上了。

所以，刘重天想，即使这次真查出了齐全盛的经济问题，镜州老百姓也能原谅理解他。

问题的严重性也正在这里。中国老百姓的善良与务实，在某种条件下也会变成制造腐败的特殊土壤和温床，我们各级领导干部如果把一个地区、一个部门改革开放的成就看成是自己的丰功伟绩，放松自己作为一个领导干部应有的自律精神，滥用人民的宽容和信任，就有可能最终走上背叛人民的腐败之路，镜州目前的情况正警示着这一点。

这时，出租车正驰过五彩缤纷的太阳广场，车速明显放慢了许多。

夜色掩映下的太阳广场美不胜收，地坪灯全打开了，主题雕塑通体发亮，无数双手托起的不锈钢球状物像轮巨大的人造月亮，照得草坪上如同白昼。音乐喷泉在多彩灯光的变幻中发出一阵阵优美动人的旋律，好像是贝多芬的什么作品，听起来很熟悉，刘重天却一时记不起了。

出租车司机介绍说："同志，你看，这就是我们镜州有名的太阳广场，是我们齐书记主持建的！"略一停顿，又诚恳地说明了一下，"我看你晚上出来，不像有什么急事，就带着你绕了点路，请你顺便看看我们城市的夜景，回头少收你点钱就是了，不会宰你的。齐书记早就说了，我们每个出租车司机都有义务向来镜州旅游出差的中外贵宾介绍、宣传我们的城市！虽说齐书记现在被人家陷害了，被抓起来了，齐书记的指示我们照样执行……"

刘重天当时没说什么，到了港机厂宿舍，在周善本家门口下了车，才似乎无意地说了句："小伙子，我负责任地告诉你：你们齐书记既没被谁陷害，也没离开自己的岗位，他仍然是你们的市委书记，有些没根据的话就不要传了。"说罢，推开了周善本家的院门……

## 20

周末之夜，被定为宽管对象的在押服刑犯祁宇宙照例舒服地趴在省第三监狱二大队办公室的值班床上，接受大队长吴欢给他提供的按摩服务。按摩者是因猥亵诱奸妇女被判了十五年刑的省城中医院院长，有名的理疗专家。院长同志被捕前已经基本上不给一般人民服务了，除了一些持红卡的厅局级以上特约干部，连专家门诊都见不到他的影子。判刑入狱之后，身份才一下子降下来了，不但常给狱中干部服务，还得在每个周末为祁宇宙这个特殊犯人服务。

院长同志成了犯人，不叫"同志"了，叫"同改"，业务上却更加精益求精了，不断进行理疗实践之余，还在狱中著书立说，阐解中国传统医学的玄妙高深，被狱方作为积极改造的好典型宣传过，省司法局的《新生报》上登过一大版，是祁宇宙从狱中打电话给编辑部一个朋友安排的。宣传文章见报，监狱领导很高兴，院长同改就被减了一年刑。因此院长同改对祁宇宙不敢怠慢，服务得比谁都周到。

省第三监狱的宽管犯人几乎没人不知道祁宇宙。

祁宇宙做过前镜州市长、现任省纪委常务副书记刘重天的秘书，神通广大，前些年闹翻案，说是受了齐全盛的打击报复，后来又想方设法搞保外就医，几乎要搞成了，偏被齐全盛手下的人知道了，齐全盛一个电话打到省司法局，自由的大门在最后一刻关闭了。那时候，老领导刘重天还在冶金厅当厅长，从镜州到省里，四处都是齐全盛班子的人马，他也就死了一颗向往自由的心，开始认罪伏法，老实改造，争取立功表现。祁宇宙立功的办法是利用过去的社会关系，替监狱和监狱的领导办事，关到哪个监狱都是特权人物，进来七年换了四个监狱，省三监是他的最后一站。上次按摩时，祁宇宙和院长同改说了：因为不断立功，六次减了五年刑期，还余最后三年刑期，原则上是不准备再换地方了。

院长同改汗流浃背为祁宇宙按摩时，大队长吴欢就在一边站着，一手攥着手机，一手拿着几张长短规格不一的纸条，在等待祁宇宙于按摩结束之后继续立功，神情颇有些不耐烦。

祁宇宙装作看不见，在一派舒适之中哼哼叽叽对院长同改说："……院长，过几年出狱，你开个私营医院吧！我找朋友帮你投资，外面医疗改革开始了，像你这种专家有大钱赚啊！"

院长同改偷看了大队长吴欢一眼，见吴欢脸上没有几多乐观，也就不敢答话，蚊子嗡嗡似的"嗯"了两声，抹了抹头上的汗，开始给祁宇宙敲背，敲得轻重有序，宛如艺术表演。

祁宇宙却继续说："……我出去之后肯定要搞公司的，你也可以拉支队伍挂靠到我下面，培养一批像你这样的专家，在全省搞连锁理疗点，在各县市，各社区……"

大队长吴欢终于忍不住了，上前打断了祁宇宙的话，"哎，哎，我说祁宇宙，你那发财的好梦是不是先别做了？啊？你可还有三年多刑期，一千多天呢！"

祁宇宙满不在乎，口气大得惊人，"吴大队长，咱这么说吧：这三年得看我想不想住，我要不想住，谅你们也留不住我！你们也知道刘重天当了省纪委常务书记，马上要接李士岩的班当省纪委书记，进省委常委班子，我的老领导发个话下来，你们他妈的敢不放人？你以为还是当年啊？齐全盛和他的势力要垮台了，别以为我不知道！我这叫好人有好报！"越说越放肆，"当年我给刘重天市长当秘书时，替他担了多少事啊？说出来吓死你们！你以为那五万股蓝天股票全是送给我的呀？其中四万股是送给人家重天市长的，我替重天市长担着罢了……"

吴欢立时白了脸，一把揪起祁宇宙，手都抖了起来，"祁宇宙，你……你他妈的胡说什么？啊！"手向院长一指，"你快给我回号子去吧，今天就到这里了，听到什么不准乱说！"

院长同改也吓坏了，巴不得赶快离开这个是非之地，连忙应着退出了办公室。

祁宇宙不干了，冲着院长的背影叫："哎，院长，你怎么走了？这还不够一个钟头嘛！"

吴欢把门一关，苦起了脸，"祁宇宙，你小爹行行好，别给我这么胡说八道好不好？你刚才的话传出去是什么后果？你知道不知道？得罪了刘重天书记，咱……咱们都完了！"

祁宇宙笑了起来，"吴大队长，看把你吓的！七年大牢我姓祁的都坐下来了，会这种时候去给我老领导添乱啊？我这人不义气，能有这么多朋友？能给刘重天当五年秘书？刘重天在平湖当市长第二年，我就跟他当秘书了，后来又和他一起去了镜州！哦，回头让我给老领导打个电话，叙叙友情！"看了看吴大队长手上的条子，"说吧，说吧，又要我办什么事了。"

吴欢仍心有余悸，"祁宇宙，既然这样，你才更要维护老领导的声誉嘛，这种话你可别再在别人面前说了，我也当没听见，你以后要说在我面前说过这种话，我是不认账的。"说着，把手上的几张条子递给了祁宇宙，一一交代，"一共五件事：监狱长想让你给平湖市大发鞋业公司赵总打个招呼，把咱犯人做的那三千双鞋全收了，别再在质量上吹毛求皮了……"

祁宇宙纠正道："不是吹毛求皮，是吹毛求疵。"

吴欢有些不悦，却也不好发作，"对，对，你小子学问大！

这第二件事呢，是赵政委的私事，他小姨子企业效益不好，想动一动……"

祁宇宙嘴一咧，"是想天上动，还是地上动？"

吴欢真火了，"祁宇宙，在这种地方，你还敢开玩笑？"

祁宇宙很认真地说："谁和你开玩笑了？平湖地方航空公司汤总他们正在招空姐，知道不知道？你说清楚了：赵政委的小姨子多大了？"

吴欢说："三十八岁吧，条子上写着呢。"

祁宇宙自说自话："当空姐是不行了，别天上动了，地下动吧，安排个地面服务！"

吴欢乐了，"好，就这么定了，我回去就向赵政委汇报。这第三件事呢，是我的事，怎么说呢？"矜持了片刻，"副监狱长老李要退了，我觉得我这次有点戏，人选就出在我和一大队大队长二人之间。向上报时，那位在前，我在后，赵政委在会上没顶住，就造成了点小被动。你不是在省司法局有朋友吗？就是管干部的王局长，你们平湖市司法局调去的？"

祁宇宙咂起了嘴，"吴大队长，这……这可不大好办啊？王局长和我关系是不错，我们一起在平湖市政府机关待过好几年，可……可我要找王局长帮了你，一大队那位还不整我？"

吴欢手一挥，"他敢！你又不在他一大队，再说，上面还有赵政委和监狱长呢！"

祁宇宙叹了口气，"那好，那好，办成办不成，你可都得给我保密。"

吴欢胸脯一拍，"放心，咱们谁跟谁？"又说了下去，"这第四件事呢……"

祁宇宙做了个暂停的手势，"打住，今天就办这三件事，那两件下个周末再说吧！"

吴欢想了想，"也行，那两件也是公事，下个周末还是我值班，咱再说吧。"

于是，祁宇宙开始在吴欢大队长的监视下一一打电话。

三件事当场办成了两件，大发鞋业公司的赵总很够朋友，在电话里说得很清楚，既然是祁宇宙开了口，这三千双鞋他就全收了，过去欠的朋友情他得还。平湖地方航空公司的汤总也挺爽快，说是用谁都是用，就叫政委的那位小姨子来报到吧。

偏偏吴欢自己的事没办成。不是省司法局的王局长不给办，而是没找到王局长。家里没有，手机没开。王局长的老婆说，王局长陪客去了，不知什么时候才能回家。

吴欢挺沮丧，却也不好表露出来，不断地给祁宇宙上烟，要祁宇宙别急。

祁宇宙说："我急什么？又不是我的事，要不我先回号子，过一个小时再打电话？"

吴欢不让祁宇宙走，从柜子里掏出两瓶可乐，"来，来，喝口水，咱就在这里聊着天等。哎，你不是还要给你老领导刘重天叙叙友情吗？你快说号码，我给你拨！"

祁宇宙却报不出刘重天的电话号码，"这也得问王局长，得等王局长回来才能知道。"

于是，一个执法的监狱干警和一个在押的服刑犯人，在平湖市郊外一座高墙电网构成的监狱里兄弟般地喝着可乐，天上地下海吹起来，创造了中国境内一个罕见的"人权"奇迹……

## 21

周善本没想到刘重天当真会坐着出租车找到自己家里。

刘重天也没想到，周善本家里竟和七年前没有什么明显变化。

周善本拉着刘重天的手说："……老同学，别这么官僚，变化还是有的，我不是和你说了吗？我父亲去世后，他的那两间房子全打通了，屋里宽敞多了，来，来，过来看看！"

两套旧平房是打通了，却没进行过任何装修，家具也全是旧的。周善本老父亲房里留下的家具就更旧了，有些箱子柜子一看就是解放前的，可能是土改时分的浮财，式样陈旧，暗淡无光。然而，四间屋子却收拾得干干净净，又摆着许多花，倒也不显得过分寒酸。

刘重天在沙发上坐下了，喝着茶，感叹道："善本啊，你这个同志很勇敢啊！"

周善本有些摸不着头脑，"勇敢？这从哪说起？你知道的，我这人最怕事！"

刘重天指点着房内的陈设，"看看，看看，像什么样子啊？太脱离领导了嘛！就不怕那些市级、副市级们骂你？还真要把这个廉政模范做一辈子啊？"

周善本明白了，"噢，你说这呀？什么廉政模范？那是你调走后老齐他们拿我开玩笑！那次开书记市长办公会，说是省廉政办要我们镜州选一个廉政模范，老齐说，还选什么？往我一指，喏，就是周市长了，谁也比不了他！大家笑着拍了一阵巴掌，就给我竖了块贞节牌坊！"

刘重天玩味地看着周善本，"老同学，当上这种模范，滋味一定不错吧？啊？"

周善本笑道："那还用说？滋味好极了！省里市里一宣传，我下基层可就再没人给我送纪念品请我喝五粮液了，有时连便饭都吃不上，闹得秘书、司机全有意见，有一阵子谁都不愿跟我跑，我现在这个秘书还是从下面单位借来的。"叹了口气，"重天啊，你知道的，我这么做倒真不是要出什么风头，黄瓜青菜各有所爱嘛，我是觉得这样活法挺好，踏实，不亏心，夜里不做噩梦！重天，你说是不是？"

刘重天不开玩笑了，正经道："善本，你说得好啊，我们的各级领导干部如果都能像你这样想，这样做，我这个省纪委副书记恐怕就要下岗了。"拉过周善本的手拍了拍，"知道吗？镜州老百姓可都夸你呢，刚才在出租车上，那个小司机还说了你好半天，连我都被感动了。"

周善本摆摆手，切入了正题，"重天，咱别开廉政会议了，说正事吧，你不找我，我也得找你了。白可树那摊子事我接过来了，麻烦可真不小。老齐和我打了个招呼，要我先重点抓一下蓝天集团的资产重组，我也答应了。这几天我听了四次汇报，又让人初步看了一下蓝天集团的账，真吓了一大跳！十几个大柜子里装的几乎全是些烂账、假账、糊涂账！蓝天科技亏掉了底，每股净资产竟然是负四元五角，也不知齐小艳是怎么搞的，白可树这些年是干什么吃的！蓝天科技因为虚报利润去年就吃过中国证监会的通报批评，被上海证券交易所公开谴责了两次！这不，昨天又下来个新消息，证监会又盯上了它，要调查蓝天科技的股价操纵问题。"

刘重天并不吃惊，淡然道："这应该在意料之中。善本，我的意见是，重组的事推后一步再说，还是先弄清问题，不但是蓝天科技的股价操纵问题，还要把蓝天集团的整个家底都摸摸清楚，把所有问题矛盾都摊到桌面上来。看看哪些是因为经营原因造成的，哪些是人为原因造成的。集团这些年欠蓝天科技几个亿是怎么回事？是怎么欠下的？把问题都搞清楚，这样既有利于集团今后实质性的资产重组，也有利于查清白可树、齐小艳等人的严重经济犯罪问题。另外，对中国证监会的调查也要密切配合，绝不能护短，该曝光的就给它曝光，不要怕。"

周善本一下子跳了起来，"曝光？重天，你别站着说话不腰疼！你知道蓝天科技现在股价是多少吗？每股二十二元，尽管去年的虚假利润只有每股三厘，股评家们偏说它是高科技概念股，如果在马上到来的中期年报上曝光，必然要被 ST，那可是轰动全国的大丑闻！"

刘重天很冷静，"善本，你叫什么叫？一支净资产为负数的烂股票竟然被炒到二十多元，这本身就很不正常，肯定有大问题，不曝光、不查清楚怎么行？谁敢捂？捂得住吗？"

周善本道："所以，老齐才急嘛，前两天得知了这个情况，私下和我说，要立足于解决问题，尽快解决！别闹得好事不出名，坏事传千里，对蓝天科技和蓝天集团，不但要救，还要救活，和德国克鲁特的生物工程合作马上落实，市里给政策，给优惠。就算证监部门抓住不放，一定要曝光，那也要在公布重大亏损的同时，公布和克鲁特生物合作的资产重组方案，目的只有一个：绝不能给全国股民造成一种镜州投资环境差，坑害投资者的恶劣印象。"

刘重天本能地警觉起来，"这么说，田健非放不可了？"

周善本承认说："是的，这不但是老齐的意见，也是我的意见，镜州形象总要维护嘛。"

刘重天哼了一声，带着明显的讥讽，"齐全盛维护镜州形象不遗余力嘛！"

周善本迟疑了一下，"重天，你不要误会，也不要想偏了，老齐就是这么个人，把镜州形象看得比他自己的形象还重要，老齐这么做，本意恐怕还是善良的，不可能有别的目的……"

刘重天马上想到在出租车上听到的话，心里的火窜了上来，很想借题发挥，向面前的老同学说点真实感受，做出自己的分析，可话到嘴边还是止住了，只道："善本，齐全盛本意善良也好，有什么目的也好，我们都不要管，还是先把蓝天集团的腐败问题搞清楚再说吧！"

周善本点点头，"好吧！"略一停顿，又问："重天，那么田健能不能先放出来？"

刘重天沉吟着，"就为了德国的那位克鲁特先生？赶快搞所谓的资产重组？"

周善本哑了哑嘴，试图说服刘重天，"什么所谓的资产重组？是实质性的嘛！你别这么情绪化好不好？这只是一方面。另一方面，也是为了查清集团的严重问题！田健上任十个月来做了许多工作，集团拖欠股份公司的不少烂账还是他组织人查出来的，把这个同志放出来，对我们尽快摸清集团的家底也有好处。根据我掌握的情况判断，田健十有八九是受了白可树手下人的陷害。田健背着齐小艳、白可树这么查账，白可树、齐小艳能饶了他？不害他才怪呢！"

刘重天点起一支烟抽着，皱眉思索着，一言不发。

周善本又说："这些天，我接到了不少电话，也接待了几位为田健说话作证的同志，包括我们镜州大学两个学部委员，和北京的三个中国科学院院士。他们或者是田健的老师，或者是田健以前的领导，都愿意为田健担保。田健的硕士辅导老师洪玉常院士还给我们市委、市政府写了一封公开信，口气措辞都很严厉，要我们不要摧残人才！"

刘重天这才开了口："这些情况齐全盛都知道吗？"

周善本说："都知道，洪玉常院士的信还是他批给我的，批得很明确，让我找你商量，最好是先放人，取保候审，那天在郑秉义书记面前，他不也这么提过吗？！"

刘重天烟头往烟灰缸里一捻，明确表态说："我看不能放！"

周善本有些吃惊，"重天，你这是意气用事呢，还是真认定田健受了贿？"

刘重天缓缓道："田健是不是受了贿，现在不能下结论，还在查嘛！可有一点我必须说明：我刘重天绝不会意气用事，更不会在这种重大原则问题上意气用事，你应该了解我。"

周善本火了，"我现在不了解你了！你这次到镜州成了钦差了，莫测高深，让人捉摸不透了！人家老齐哪点做错了？我看老齐是出于公心，是光明磊落的！把田健放出来，既有利于解决蓝天科技的资产重组，又能帮着我们搞清白可树、齐小艳他们的问题，你乱怀疑什么？你这种态度，让人家老齐怎么和你合作共事？重天，说真的，我现在都没法伺候你了！"

刘重天深深叹了口气，"善本，你让我怎么说呢？"

周善本口气中充满怨愤，"我什么也没让你说，你现在是省纪委常务书记，李士岩退下来后还不就是书记、省委常委了吗？你老兄高高在上，嘴大地位高，不行，我就不趟这汪浑水了好不好？重天，我今天先和你说，明天一上班，就和老齐说，蓝天集团的事我不管了！"

刘重天本不想说，这时也不得不说了，"善本，你的情绪我能理解，我也希望你理解一下我。有些情况你不清楚：我们这个案子黑幕重重啊，举报田健受贿的杨宏志和蓝天集团一号人物齐小艳，是不是重要知情人？可这两个人全消失了，至今还没线索，我怀疑他们会被杀人灭口！这时候再把田健放出来，出了问题怎么办？这个责任谁负？我们的案子还办不办了？"

周善本不禁一怔，这才明白了，过了好半天，沮丧地讷讷道："还……还这么复杂？！"

刘重天说："你和老齐的意思我知道了，你看折中一下好不好？我和陈立仁打个招呼，田健作为一个例外，可以随时和你们有关人员接触，协助你们开展工作，只是不能把人带离专案组的驻地。一旦案子有了重大突破，情况向好的方面变化了，我们再考虑放人吧。"

这建议虽然不理想，却也合情合理，周善本只好同意了，脸上却仍是不悦的样子。

刘重天拍了拍周善本的肩头，"善本啊，你别给我挂着脸。你这个人心太善，满眼都是好人，不知道现在社会上多复杂，现在一些腐败分子有多恶劣，有些身居高位的腐败分子甚至和黑社会勾结在一起，连杀人放火的事都干得出来啊！"

偏在这时，手机响了，刘重天先还没意识到是自己的手机在响，是周善本提醒的。

刘重天接起了手机，"对，是我，我是刘重天，你是谁啊？"

电话里响起了前秘书祁宇宙的声音："刘市长，我是小祁啊，祁宇宙。"

刘重天一怔，脸色变了，"祁宇宙？你……你被放出来了？"

祁宇宙在电话里急急地说："现在还没有，刑期还有三年，我也不急。刘市长，你老领导到底又杀回镜州了，我太高兴了！齐全盛这伙人的报应终于来了！刘市长，这回你千万不能手软，该抓要抓，该杀要杀，七年前的错误不能再犯了，这回一定要给他们来个斩草除根……"

刘重天脸色白得吓人，"祁宇宙，你住嘴，我问你：你这个电话是从哪里打出来的？"

祁宇宙回答说："省三监啊，我用的是吴大队长的手机……"

刘重天果断地合上手机，一时间六神无主，像被人当场抓住的窃贼。

周善本话里有话："重天，你说得真不错哟，这社会是复杂啊，在押的犯人能在监狱里和省纪委书记通电话！外国反动势力还说我们没有人权，我看不但有人权了，简直是有特权了！"

刘重天无言以对，阴着脸走到电话机旁，问周善本："有保密电话吗？"

周善本指了指一部红机子，"那部就是。"

刘重天在红机子上匆匆按了一组号码，对着话筒阴沉沉地说了起来："省司法局秦局长吗？我是省纪委刘重天啊。惊扰你的好梦了，真对不起，先道个歉吧！"突然声音一下子提高了八度，不无愤怒，

"秦局长，我请问一下：我省监狱里有没有特殊犯人啊？有多少特殊犯人啊？刚才，省三监有个叫祁宇宙的在押服刑犯居然把电话打到我这里来了！你这个司法局局长是不是也经常接到这种犯人打来的电话啊？别解释，我不听，给我去查，看看到底是怎么回事？查实之后从重从快，严肃处理！你人手不够，我让省纪委派人去，要多少人我派多少人！"

放下电话，刘重天黑着脸向周善本告辞，周善本也没再留。

走到院子里，周善本叹了口气，还是说了："……重天啊，咱们是老同学了，该说的话我还得说：老齐用错了人不错，你也用错过人啊！有人打着老齐的旗号乱来，也有人打着你的旗号乱来啊，当年祁宇宙背着你可没少干坏事！所以对老齐你一定要有个正确认识，可不能感情用事啊，我这不是护着老齐，真是为你考虑！真的！"

刘重天点了点头，仰望星空，一声长叹，"我知道，也谢谢你的一再提醒。"

来时因为出租车司机的话，心情就搞得不太好，回去时被祁宇宙的电话一闹，心情更抑郁了。刘重天一时间真有些后悔：早知如此，真不该坐出租车到周善本家来！这样既听不到出租车司机的那番恼人的高论，也不会在周善本面前出这种洋相了。就算祁宇宙的电话照样打过来，只要周善本不在面前，他就不会这么被动，这个老同学毕竟是全省有名的廉政模范啊！

## 22

回到省公安厅疗养中心已是十一点多了，刘重天心情渐渐平和下来。洗了个澡，正躺在沙发上看当天的《全省廉政情况简报》，外面有人按响了门铃。刘重天以为是自己的秘书，或者是反贪局局长陈立仁来谈案子，便手拿简报看着，慢腾腾地走过去开门。不料，门锁一开，一个没看清面孔的男人随着打开的房门一头栽了进来，"扑通"一声软软跪倒在面前，把刘重天着实吓了一大跳，手中的简报也掉到了地上，"谁？怎……怎么回事？"

那人从地上抬起头，"姐……姐夫，是……是我，邹……邹旋！"

竟然是在镜州市建委当办公室副主任的小舅子，这让刘重天哭笑不得！

弄明白这个事实的同时，刘重天已嗅到了一股浓烈的酒气，知道这个天生的酒徒又喝多了，遂开玩笑道："怎么给你姐夫行这么大的礼呀？啊？我当得起吗？起来，快起来！"

邹旋从地上爬了起来，咕噜着："腿不听使唤了，你一开门，把我闪了一下！"

刘重天讥讽地看着邹旋，"看你喝的！今天又灌了不少吧？"

邹旋摇摇晃晃走到饮水机前，拿过一次性纸杯，连接了三杯水一口气喝完，缓过了一口气，"不多，四人才喝了三瓶五粮液，杨宏志的老婆邹华玲做东请客，人家又是求咱办事，不喝也不行呀！是不是？"

杨宏志的老婆？杨宏志？刘重天心里一惊，不动声色地问："杨宏志也去参加喝了？"

邹旋手向刘重天一指，笑了，"姐夫，你……你逗我……逗我……"

刘重天说："我逗你干什么？坐，坐下好好说！怎么找到我这里的？"

邹旋在沙发上坐下了，"姐夫，别人找不到你，我还找不到你吗？我可是你小孩舅！你也真能和我逗，杨宏志明明被你们省反贪局抓走了，你……你还反过来问我，不愧是省纪委书记，佩服，佩服！姐夫，不瞒你说，这酒就是为捞杨宏志喝的，杨宏志这人不错，挺义气的，姐夫，看我的面子，你……你就让省反贪局放了吧，啊？我许了人家的！"

刘重天火透了，"你的面子？邹旋，你有多大的面子？敢这么大包大揽？"

邹旋根本不怕，"怎么了姐夫？我也不是随便大包大揽的！别以为我不知道，人家杨宏志是田健受贿案的举报人，对不对？咱们的法律要保护举报人，对不对？怎么就不能放呢？"

刘重天不耐烦了，手一挥，打断了邹旋的话头，"好了，好了，邹旋，你不要说了，我先问你：你怎么知道杨宏志是我们省反贪局抓的？谁告诉你的？啊？"

邹旋直笑，"看看，看看，转眼就不承认了？这事谁不知道？瞒得了吗？你以为穿便衣，不挂警牌，人家就不知道了？抓人时，好……好多人都看见了，领头的是个胖……胖局长！"

刘重天不想搭理这个酒鬼了，"那好，既然是那个胖局长抓的，你找胖局长去吧！我告诉你，省反贪局既没有姓'胖'的局长，也没有哪个局长是胖子！你快回家醒醒酒吧！"

邹旋赖着不走，"姐夫，我……我谁也不找，就……就找你了！"

刘重天怕这样闹下去影响不好，站了起来，脸也沉了下来，"邹旋，你胆子也真够大的，捞人捞到我这里来了！我念你现在酒还没醒，是个醉鬼，先不和你啰唆，哪天非找你算账不可！"说罢，给自己的司机打了个电话，让司机送邹旋回家。

邹旋站起来，又开始晃，"姐夫，你……你也太客气了，还……还用车送我！"

刘重天没好气，"我是怕你睡到马路上，感冒受凉！"

邹旋真是醉得不轻，很认真地说："这种天气，都……都五月了，睡哪里都不感冒！"

刘重天真怕邹旋继续在这里给他出洋相，强作笑脸，"好了，好了，快走吧！"

邹旋走到门口，又扒住了门框，"姐……姐夫，我知道你……你有你的难处，你……你就让反贪局把……把杨宏志关几天，给他狗东西一点教训，再……再放人吧，就这么说了！"

这话声音很大，言词口气中还透着一种已和刘重天达成了某种交易的意思，刘重天气死了，真恨不得冲上去狠狠给邹旋一记耳光。好在司机心里有数，用更大的声音吆喝邹旋快走，后来，连推加拉，总算把邹旋先弄上了电梯，后来又弄上了车。

邹旋走后，刘重天抄起电话，把值班警官狠狠训了一通，厉声责问道："你们是干什么吃的？半夜三更怎么把一个酒鬼放进来了？别说这里是专案组，就是一般宾馆也不行嘛！"

值班警官赔着小心解释："刘书记，来客说是您的小舅子，把您家里的情况说得一清二楚，又说是有急事找您商量，您……您说我……我们怎么办？能……能不放他进来吗？"

刘重天火气仍很大，"不能先打个电话通报一声吗？再出现这种情况我绝不答应！"

放下电话，刘重天禁不住一声叹息：这就是现实，中国特定国情下的特有现实！因为是他的小舅子，办公地点保密的专案组，邹旋竟然就找到了，值班警官竟然就放他进来了！因为做过他的秘书，祁宇宙就在社会上拉了这么多关系，就能在服刑的监狱里把电话打出来！

这夜，刘重天失眠了，想着发生在他面前的不正常的事实，脑子里突然冒出一个自己创造的词汇："递延权力"，身为犯人的祁宇宙和副科级酒鬼邹旋拥有的这种特权，实质上都是一种递延权力现象。这种递延权力现象在西方发达国家并不多见，昨天报纸上还发了个消息，美国新总统布什的女儿不到法定年龄饮用酒精饮料，警察马上以轻微犯罪抓人，罚了六小时劳役。在中国，别说是总统的女儿，只怕县长的女儿警察都不会抓，不但不会抓，很可能还要奉上几瓶五粮液，以讨好权力的掌握者！这种现象谁去深究了？当然，这种由递延权力产生的腐败现象不仅仅发生在中国，东方国家都比较普遍，从日本到东南亚，也许与东方文化有关。

在笔记本上记下了这一番感想，又想起了手上正在办着的案子。

这个镜州案不那么单纯，既联结着他和齐全盛两个老对手历史上的恩恩怨怨，又涉及到许多人的既得利益和政治前途，案情变得扑朔迷离，而且和镜州今天的许多迫在眉睫的重要工作紧紧搅和在一起，让他不能不慎之再慎。随着改革开放的一步步深入发展，腐败现象已变得不那么简单了，新情况、新问题实在太多了，真是错综复杂哩……

思绪繁乱，驱之不散，吃了两次安眠药还是没睡着，头却昏昏欲裂。刘重天放了一盆水，又泡到了浴缸里，不想，泡着泡着，却在浴缸里睡着了。早上，陈立仁来汇报工作，见他湿着头发，穿着浴衣从卫生间里出来，很是惊奇。

刘重天不好说在浴缸里睡了一夜，只道早上起来又洗了个热水澡。

陈立仁笑道："老领导，怎么也学起外国洋人的臭毛病了？一大早洗澡！"

刘重天看到自己的老部下，马上又想到了"递延权力"的问题，没等陈立仁汇报，先开了口："老陈啊，我有个预感，这案子也许会越办越复杂，你作为我的老部下，办每一件事都要谨慎，而且不是我的指示，就绝不要说是我的指示，更不准打着我的旗号替我做主啊！"

陈立仁有点莫名其妙，"刘书记，你这是怎么了？"

刘重天摆摆手，"没什么，无非是慎重嘛，好，你开始吧！"

# 第七章　市委书记不见了

## 23

听罢周善本的汇报，齐全盛嘴角带上了讥讽的微笑，"……善本，照你这么说，重天同志很给我们面子喽，啊？我们的同志想什么时候见田健都可以，那么克鲁特先生算不算我们的'同志'呢？是不是也请克鲁特先生到专案组驻地和田健会谈啊？重天同志很有想象力嘛！"

周善本面呈难色，"是啊，克鲁特先生前天还打了电话过来，你看怎么办呢？"

齐全盛没好气了，"善本，你别问我了，就好好执行重天同志的指示吧！不过，昨天重天同志找我通气时，我也当面告诉重天同志了：既然这个田健不能放，那就尽快判吧，把此人的犯罪事实早一点公布出来，给克鲁特先生和那些院士、学部委员们一个明确交代，免得他们再替这个犯罪分子说话，四处骂我们摧残人才，影响我们镜州改革开放的形象！"

周善本解释说："齐书记，也不能说重天这么考虑就没道理，那个重要知情人杨宏志一直没找到，田健的问题现在还真说不清哩，都觉得田健可能是被人栽赃，可就是……"

齐全盛桌子一拍，"可就是找不到那个杨宏志！这可真怪了事了，啊？明明有人亲眼看见杨宏志被省反贪局的人在蓝天集团门口抓走了，镜州老百姓都知道的事，他刘重天同志偏就不知道！"哼了一声，"我们那位陈立仁同志到底想干什么呀？啊？他这个省反贪局局长称职吗？当年让他到市党史办做副主任他还委屈得不得了，满世界骂我，从镜州骂到省城！"

周善本也有些疑惑了，"齐书记，你的意思是说：杨宏志现在在陈立仁手上？"

齐全盛摆摆手，"我可没这么说啊，一切以刘重天同志的嘴为准，现在他的嘴大！"

周善本想了想，劝道："重天恐怕也有不少难言之隐，案子总没查清嘛。"

齐全盛笑了笑，"那就按他的意思彻底查嘛，就是涉及到我家小艳，也别客气，该抓就抓，该杀就杀，共产党人嘛，自己的身家性命都可以押上去，何况一个犯了罪的女儿！"

周善本苦着脸，"齐书记，你别尽给我说这些气话了，我周善本不是个落井下石的人，不行我就退出，这话我也和重天说了，这……这夹在你们两个领导当中，我……我太难办了！"

齐全盛拍了拍周善本的肩头，"善本，你是厚道人，我和重天都不会让你为难，蓝天集团这烂摊子也只能由你收拾了，刘重天同志信得过你，我齐全盛也信得过你！我有些情绪，也希望你理解，你说说看，啊？这么一种局面，让我怎么工作？一个市委书记说话像放屁！"

周善本搓着手，很有感触，"是的，是的，你这处境太难了，怎么办都不好！"

齐全盛往沙发上一躺，"不管不问还不行吗？善本，以后有事，你就找重天吧！"

周善本也在沙发上坐下了，"齐书记，别人不知道，你我还不知道？是那种不管不问的人吗？你真不管不问，我这里就通不过！镜州搞到今天这一步容易吗？谁没付出心血？尤其是你这个市委书记！走到哪里，在任何人面前，我都这么说：没有老齐，就没有现在这个镜州！"

齐全盛动容地看着周善本，"善本，刘重天一到镜州你就去找过他，是不是？"

周善本也不否认，"齐书记，我这不是为了你，是为了镜州工作大局，也是为了重天。"

齐全盛叹息着说道："我知道，都知道，你这个人啊，心底无私啊！"

周善本迟疑了一下，"不过，齐书记，我也得和你交交心：白可树、林一达这两个人你真用错了，还有小艳，肯定被白可树拉下水了，小艳当初就不该到蓝天集团去做这个一把手。"

齐全盛郁郁问："善本，这些话你为什么不早说？啊？为什么不早一点提醒我？"

周善本又搓起了手，"齐书记，你想想以前的情况，轮得上我说话吗？白可树、林一达，谁不是能说会道的主儿？再说，我又是重天提名上来的副市长，你眼里能有我？能让我把这个副市长干下去就不错了。就说廉政模范吧，齐书记，你今天也和我交交心，是不是存心整我？"

齐全盛犹豫片刻，"也不能说是整你，倒真是想晾晾你，这还是白可树的主意。"

周善本手一摊，"齐书记，你说说看，这能怪我不提醒你吗？你问一下赵芬芳市长，对小艳的任职，我是不是在市长办公会上婉转地表示过反对意见？白可树当场让我下不了台，赵市长也不给我好脸色，还警告我，要我摆正位置。"摆摆手，"算了，都过去了，不说了。"

齐全盛黯然了，怔了好半天才说："直到出事以后我才知道，从赵芬芳到白可树，都把我家小艳捧在手上玩，背着我和市委给她办了不少不该办的事，到底把我架到火上了！"

周善本安慰道："这你也别想得太多，谁办的事谁去负责，包括赵市长。"

齐全盛盯着周善本，"善本，你说一句实话：小艳找没找过你？你替她批过条子没有？"

周善本想了想，"找过，是干部安排上的事，我嘴上答应考虑，实际没办，后来这个人调离了我的分管口，到市地方税务局做副局长去了，哦，就是前年受贿被判了五年的那一位。"

齐全盛赞许地看了周善本一眼，"你做得好，如果赵市长、白可树都像你这样坚持原则，我哪会落到今天这种被动的地步！"拍了拍周善本的手，又说："善本，当初评你这个廉政模范，我是拿你开玩笑，可我没想到，你这个廉政模范还就是过得硬！我们镜州因为有了你，才留住了点形象。如果干部队伍都是白可树、林一达这种人，我哪还有脸面对老百姓哟！"

就说到这里，赵芬芳敲门进来了，说是要汇报一下国际服装节的筹备情况。

周善本站了起来，"齐书记，赵市长，那你们谈，我走了。"

赵芬芳笑眯眯的，"哎，善本，你也一起听听嘛，怎么一见我来就要走？"

周善本笑了笑，"不了，手上一摊子事呢，都乱成一锅粥了！"

周善本走后，赵芬芳在沙发上坐了下来，依然笑眯眯的，"齐书记，国际服装节筹委会昨天开了个大会，因为知道您在和重天同志商量重要的事，就没请您参加。情况是这样的……"

齐全盛挥挥手，打断了赵芬芳的话头，"赵市长，这事别向我汇报，你去向重天同志汇报。你是聪明人，不是不知道，重天同志名义上协助我主持工作，实际上是垂帘听政，他怎么定，你们就怎么执行，工作上还是要讲效率，不必在我这里过一道手续了。"

赵芬芳愣住了，不无委屈地看着齐全盛，"齐书记，您……您这是怎么了？"

齐全盛心里道：怎么了？你赵芬芳难道不清楚？事情一出，你以为我这个市委书记问题严重，要下台了，啥事都不通气，不汇报了，还在我家小艳身上大做文章。省委书记郑秉义来了一趟，没宣布撤我的职，你又笑眯眯靠过来了，你这人还有没有人格？有没有政治道德？和善本怎么比？嘴上却笑着说："赵市长，你这么看着我干什么？啊？不认识我了？"

赵芬芳叹了口气，"齐书记，我是怕你产生什么误会……"

齐全盛往沙发靠背上一倒，表情严肃，打着公事公办的官腔，

"误会什么呀？啊？一个班子的老同志了，都知根知底的。镜州目前情况比较特殊，需要重天同志把关，省委决定非常及时，非常正确。重天同志不仅是省纪委常务副书记，还当了这么多年市长，完全有能力把各方面的工作抓起来嘛，你们政府这边一定不能给重天同志出难题，一定要维护镜州改革开放的大局，维护安定团结的政治局面，哦，对了，我刚才也这么和善本同志交代了。"

赵芬芳只得正面理解了，"好，齐书记，您这个指示精神，我到政府那边传达，不过，秉义同志代表省委说得很清楚：重天同志只是协助您主持工作，所以该汇报我们还得汇报！"

齐全盛呵呵笑了起来，"好，好，赵市长，只要你不嫌烦，不怕影响工作效率，只管汇报好了，反正没有重天同志的态度，我不可能有什么态度，我可得带头摆正位置哟！"

赵芬芳像没听见，摊开工作日记，头头是道地汇报起来。

齐全盛坐在沙发上眯着眼，一副似听非听的样子。当赵芬芳汇报到要在国际服装节上搞大型焰火晚会时，齐全盛本能地想到了安全问题：前年那届国际服装节就在焰火上出了问题，一发失去控制的劣质烟花弹差点落到贵宾观礼台上。齐全盛眯着的眼一下子睁开了，手也挥了起来，本能地想提醒一下女市长，可话到嘴边又咽了回去，何必呢？这又不是他个人的事！

赵芬芳发现了齐全盛的这一番动作表情，问："齐书记，你想说什么？"

齐全盛掩饰地笑道："没什么，没什么！"站了起来，走到饮水机前，倒了杯水，放到赵芬芳面前，"赵市长啊，我看你说得口干舌燥，想给你倒杯水，哦，喝口水再说吧！"

赵芬芳端起水杯象征性地喝了口水,又说了下去:"第一场大型焰火晚会计划安排在开幕式晚上,闭幕那天准备再安排一场。秉义同志既然表态要和关省长一起来,估计会来的,就算开幕式抽不出时间,闭幕式总会来,两场焰火晚会肯定能让省委领导同志看上一场……"

赵芬芳的汇报进行了约莫半个小时,时间并不长,齐全盛却觉得十分漫长,不时地看表。

九点二十分,汇报总算结束了,齐全盛礼貌地送走赵芬芳,马上把秘书李其昌叫了进来,让李其昌通知市委值班室,说是自己身体不好,要去医院吊水,安静地休息一天。

李其昌啥都有数,二话不说,摸起电话要通了市委值班室,把齐全盛的交代说了。

值班的一位副秘书长照例问了一句:"齐书记要到哪个医院吊水?"

李其昌不耐烦地说:"还有哪个医院?当然是人民医院!"

齐全盛觉得这回答不妥,及时地瞪了李其昌一眼。

李其昌明白了,"赵秘书长,你别多问了,有什么急事找齐书记,就打手机吧!不太急的事就先别汇报了!另外这事也要保密啊,若是大家都到医院看望,齐书记就没法休息了!"

放下电话,李其昌提起齐全盛已收拾好的公文包,随齐全盛一起出门上了车。

车从镜州人民医院门口驶过时,根本没停车,齐全盛命令司机直开镜州机场。

这日上午十时二十分,一架南方航空公司的波音 767 由镜州机场拔地而起直飞北京，李其昌随齐全盛一起上了飞机，司机却将车摘了车牌停在机场，在机场宾馆开了个房间住下了。

很明显，这一切都是事先精心策划的……

## 24

金字塔大酒店是镜州市仅有的两家五星级酒店之一，硬件设施比另一家中外合资的五星级酒店欧洲大酒店还要好。地上建筑二十四层，地下建筑三层，顶层和下面客房完全隔离，设有四套欧美风格的总统套房和一个空中游泳池，其奢侈豪华程度不亚于国内任何一座著名酒店。地下三层不属于酒店经营范围，是金字塔集团总部的办公区。金启明的办公室就设在最底层的 D3 东区，D3 东区因此便成了金字塔集团的大脑和心脏。局外人谁也想不到，在这简朴的董事长办公室西侧，竟还有一大片秘密区域。这个秘密区域内设有直达深沪证券交易所场内的电脑机房，多功能会议室，豪华舒适的套房，和只有金启明自己掌握的集团机要资料室。

身为金字塔集团董事长兼总裁，金启明在这里镇定自若地指挥着大量热钱兴风作浪，不断制造着一个个经济奇迹和神话，同时也制造着中国经济特有的泡沫和无奈。集团的经济命运完全由他这个董事长的个人头脑决定，不要和任何人商量，只要他想干，在这里一声令下，集团各个账户上的热钱便会像利剑一般呼啸而出，在镜州乃至在全省全国搅起一番雷电风雨，蓝天科技便是绝好的一例。两年之中，他坐庄蓝天科技，最多时调动的海内外加盟资金不下二十个亿，几次拉抬，几次打压，今日做多，明日做空，让集团谈笑之间净赚了三亿六千多万。

十年前那个镜州市政府信息办公室副科级的主任科员改变了自己，也改变了世界。

赵芬芳和他"谈心"时说得不错，他今日得到的这一切，的确是靠和权力结合完成的。可这位女市长不知道，和权力结合的过程是多么漫长而艰巨，就连白可树都不是那么好对付的。

白可树不是天生的贪官，记得八年前第一次送礼时，仅仅两万元，是他做客时悄悄放在白家茶几下的，白可树发现后，当晚便送了回来，严肃地告诉他："你别害我，真要为我好，就多支持我的工作，给我好好把和平小区建起来，创造一个赚钱效应，以利于新圩的招商引资，我绝不会为了这两万块钱断了自己的政治前程。"两年后，和平小区建成了，他一把赚了一千二百万，同时也给白可树创造了政绩：新圩滩涂的房地产开发热真的形成了，加之行政中心整体东移的成功，白可树得到了市委书记齐全盛的赏识，由新圩区委书记升任副市长。

也就是在白可树出任副市长不久，白可树的老婆得了癌症，他又把十万元送到了白可树家里。白可树仍是不收，但却把一堆买贵重营养品的发票给了他，让他报销，那堆发票是三万多元。后来白可树的老婆去世了，他又拿出了七万送去，在礼单上只记了七十元，这回白可树悄悄收了。他收购权力的第一步，和白可树出卖权力的第一步才同时迈了出去。

嗣后，白可树变被动为主动了，几乎把金字塔集团当作了自己的银行，干什么都要他付账，和齐小艳好上后，给齐小艳买皮衣，买钻戒，买法国香水，全作为礼品在集团交际费项下列支，每年不下十几二十万。这还不算，凡是白可树主抓的工作，他和他的金字塔集团全要起带头作用，该出资要出资，该入股要入股，该捐款要捐款，迄今为止，为白可树的这类肉包子打狗式的政绩工程，金字塔集团赔进去不下一个亿。也正因为如此，白可树才又稳步高升，进了市委常委班子，做了常务副市长，如果不是奢赌成性，闹出这场大乱子，十有八九会当上市长。

赔进去一个亿，许多人不理解，都认为他傻，而事实却是，他这个傻人有傻福。那么多精明能干的中外客商没在镜州暴发起来，倒是他暴发起来了，白可树笔头一歪，大笔大笔的利润就轻松地落入他的腰包。权力和资本的结合，不断创造着权力和资本的双重奇迹：白可树官越当越大，金字塔集团的财富便越积越多；金字塔集团的财富越多，必然有能力把白可树往更高的权力位置上推，这是一种互利互补的良性循环。因此，金启明认为，他和金字塔集团的成功，并不是资本经营和商业运作上的成功，而是权力经营和干部经营上的成功。他最大的本钱不是各个银行账户上的枯燥的阿拉伯数字，而是拥有一批属于自己这个集团，愿为这个集团卖力卖命的干部。政治路线确定以后，干部就是决定的因素，相对中国目前的特殊社会形态，聚敛财富的事业更要从培养干部着手。精心选择有可能进行培养的目标，比如白可树、吉向东，让他们一步步爬上政坛的高位，拥有无上权力，然后再用他们手上的无上权力为金字塔集团的事业服务。这种培植必须是全面的，即使倒下一个，也不应该影响大局。

白可树现在是倒了，在他的模拟政治股市上已做了摘牌处理，清除垃圾的工作一直在紧张进行，应该不会有太大的麻烦。齐全盛估计日子不会好过，对镜州这个大案要案起码要负领导责任。赵芬芳是不是能上去很难说，这个女人精明得过了头，虽说属于京股板块，却因自身的素质缺陷有可能马失前蹄，不过因属京股板块，他还是决定在她身上试探性地投点资：手下一个副总已经带着一百万现金支票到肖兵下榻的欧洲大酒店去了，向肖兵任秘书长的老区扶贫基金会进行必要的政治捐赠。当然齐全盛这边也不能就此放弃，就算风波过后赵芬芳上来了，如愿以偿做了镜州市委书记，齐全盛的势力也不可小视，齐全盛毕竟在镜州当了九年市委书记，各部委局办全是他的人手，忽略这个基本事实将会带来致命的灾难，因此对齐全盛的女儿齐小艳仍要保护，既然政治综合指数处在高风险区，他就得小心了，要分散投资。

正冥思苦想时，证券部经理的内部电话打了过来，报告说：因为市场传闻中国证监会要调查蓝天科技的异常交易问题，蓝天科技今天一开盘便跌停板，从二十二元二角跌为二十元零二分，经理请示："在这个价位上是不是继续出货？"金启明早就得到了相关情报，心里啥都有数，想都没想，便下了指令："继续出，就在跌停板的位置上出！"经理提醒说："前几天中东系庄家出货，可是连着八个跌停板！"金启明不为所动，说："那我们就再来八个跌停板吧，出，不要犹豫！"

电话刚放下，集团财务总监送来了打印好的《蓝天科技并购方案》，汇报说："……如果蓝天科技和克鲁特合作的重组方案不能实现，那么我们的这个并购方案也许就是市里唯一的选择了！现在不利的条件是：蓝天科技的市价太高，我们好像有巧取豪夺之嫌。"

金启明胸有成竹地说："尘埃落定时，市价就不会太高了，我估计每股不超过三元。"

财务总监会意地一笑，"我们这么大举出货，很可能会有十个以上的跌停板。"金启明拍打着手上的方案："是啊，是啊，我们的账面利润可能要丢掉几千万，不过只要能实现这个并购方案就是胜利，既救了蓝天科技，我们金字塔集团也变相上市了。"

财务总监提醒说："金总，这个方案能不能实施，关键还要看市里的态度。据我所知，现在齐书记并没改口，仍在四处做工作，多方施加压力，要刘重天放田健，周善本市长好像也倾向于和克鲁特合作，我把咱们的并购方案送给周善本后，周善本连看都不想看。"

金启明笑笑："不要急嘛，我相信周善本很快就会看的，好戏还在后面呢！"

财务总监迟疑了一下，建议说："金总，您考虑一下：是不是由你出面去找找齐书记呢？请齐书记不要再管田健的事了，此人真被放出来，对我们的并购肯定不利。"金启明想了想："这怕不妥吧？田健现在是张政治牌，你不让齐书记打，他就不打了？别忘了，齐书记现在手上唯一可打的牌就是田健，没有充分的理由，他绝不会放弃这张牌的。我这时候找他反倒会坏事，他没准会认为抓田健的事与我们也有关，我们就说不清了。"

财务总监叹了口气，"这倒也是……"

金启明又说："要齐书记放弃田健这张牌，就要替齐书记找到充分的理由，也就是齐书记的利益点。这事我正在考虑，也许很快就会有结果，你就不要多烦了……"

财务总监走后，欧洲大酒店的电话到了，手下那位正从事政治捐赠的副总压着嗓门汇报说："……老板，有点麻烦啊，老区基金会的那小子胃口也太大了，开口就是一千万，还说是赵芬芳市长私下里许过他的，我这一百万的支票就不敢拿出来了，老板，你看怎么办？"

这倒是没想到的。金启明既没想到肖兵开口就要一千万，更没想到赵芬芳会许给那位肖兵一千万，看来这里面有文章。联想到前些日子赵芬芳对他的敲打，问题就更清楚了，赵芬芳不仅仅是要借他的手做齐全盛和齐小艳的文章，也许还想成为另一个白可树——用金字塔集团的金钱力量推动她自己的政治前程。如果真是这样，对他和金字塔集团倒也是有利的。

金启明握电话的手禁不住抖了起来，在心里问自己：是不是就拿这一千万赌一把？

然而，毕竟是一千万，毕竟是头一次和这位女市长打交道，还是小心点为好。再说，也不能一开头就把这个政治婊子的胃口吊得这么高，今天他真爽快地掏了这一千万，明天她没准敢要一个亿，如果投资成本超过回报，这种政治投资就毫无必要了。况且赵芬芳既不是知根知底的白可树，现在又没爬到市委书记的高位上，还不值这个价。

于是，金启明不动声色地道："婉转点，告诉那位肖兵同志，我们董事会要研究一下！"

放下电话好久了，金启明仍是困惑不已，渐渐又对自己的决策怀疑起来：苗头好像不对，赵芬芳怎么在不和他事先商量的情况下，就代他一口答应给肖兵一千万呢？当真抓住他什么把柄了吗？或者这个一心想当一把手的女人通过肖兵父亲的关系，已经被内定为市委书记了？明摆着的事实是，刘重天是为了顺利办案，才临时协助齐全盛主持镜州工作的，案子办完以后要接李士岩的班，做省纪委书记，进省委常委班子。那么齐全盛因为镜州腐败案下来后，赵芬芳顺序接班也在情理之中。倘若真是这样的话，赵芬芳可就真是只该马上买进的绩优股了。

然而，铁腕政治强人齐全盛同志会这么快倒台吗？就算进入了政治僵死期，也要有个挣扎的过程，就像阴跌不止的股票，跌到了底也要有个反弹嘛……

正想到这里，公安局副局长吉向东到了，进门就说："金总，出大事了：齐书记失踪了！"

金启明大吃一惊，几乎不相信自己的耳朵，"哦？消息是从哪来的？"

吉向东镇定了一下情绪，"从赵市长那儿来的，赵市长已经向省委汇报了！"

金启明怔了好半天，讷讷说了句："看来，看来我们真要买进赵芬芳了？"

吉向东不解地问："买进赵芬芳？金总，你什么意思？"

金启明这才发现自己失了言，掩饰地笑道："开个玩笑而已！"说罢，建议道："老吉，你要没什么急事的话，就跟我去休息一下！"拉着吉向东，"走，咱们升空吧！"

升空便是上楼，乘专用高速电梯到了顶层空中花园，二人在遮阳伞下的躺椅上坐下了。

目光所及之处，是市中区一片高楼大厦构成的雄伟森林，很有些纽约曼哈顿的气派。

金启明手指着那些高楼大厦，问吉向东："你说，镜州的最高权力当真要易手了吗？"

吉向东自己不做判断，反问金启明："金总，你看呢？"

金启明不悦地看了吉向东一眼，一副领导兼主子的样子，"怎么又是我看？老吉，你怎么这么不长进？还是派出所所长的水平啊？我们集团可以花钱把你送到副局长的位置上，却不能用钱买点思想装到你脑子里啊！关键的时候，怎么连基本的政治判断力都没有？！"

吉向东讨好地笑道："有你大老板做判断就可以了嘛，头脑多了并不是好事哩！"

金启明教训道："可作为我们集团培养的干部，你老吉也要帮我多动动脑子嘛！"

吉向东试探着问："金总，你真让我说？"

金启明点点头，"说，说错了也没关系。"

吉向东这才吞吞吐吐道："也许……也许我们该下船了……"

"下谁的船？"

"当然是齐家船。"

"齐小艳怎么办？"

"交出去，让刘重天和专案组去依法办事。"

"我们的门户清理完了？齐小艳和白可树不会再牵涉到我们了？"

"该做的都做了，肯定不会牵涉我们……"

金启明想了好半天，还是摇起了头，"那也不能这么做！齐书记毕竟有恩于我们，没有齐书记就没有我们的今天，我们不能像赵芬芳这么势利！齐小艳不能交出去，就算齐全盛垮台了也不能交，做生意也要讲信义嘛，否则，谁还敢和我们打交道？"

吉向东缩了回去，"这倒也是。"话头一转，"可金总，咱总还得支持一下刘重天嘛！"

金启明定定地看着吉向东，"哦？这倒有点小意思，老吉，说，你想怎么支持啊？"

吉向东赔着小心道："是不是把我们公安局那位吴局长送上去？狗日的涉黑哩！"

金启明心里有数，呵呵笑了，"吴局长涉什么黑？不就是批条放了几个打架斗殴的小流氓吗？老吉，你别给我要小聪明，你以为我看不出来啊，你是想再进一步了吧？"

吉向东只得承认了，"金总，你知道的，我……我这副局长也当了四年了。"

金启明道："不是四年，是三年零八个月，我记得很清楚！"想了想，"那位吴局长不太识相，也该让位了，不过，你所说的'涉黑'扳不倒他，这样吧，你有空去找一下老程，他会给你一份关于此人收受贿赂的材料，好像和白可树也有关系，估计白可树在里面也会谈。"

吉向东兴奋了，"那……那可太好了，我……我马上去办！"

金启明脸一沉，"马上办什么？老吉，你先不要这么激动，更不要马上跑到刘重天那里去举报，你要置身事外，还要耐心等待！目前尘埃尚未落定，谁做镜州市委书记还不知道，你急什么？就算那位吴局长垮了，你就能上去了？谁在市委常委会上为你说话啊？你现在要给我守住阵脚，把自己分内的事情干好，该替你考虑时，我和集团都会替你考虑的！"

吉向东脸上的兴奋消失了，马上顺从地表态道："金总，那……那我就听您和集团的安排了！这话我早就说过，不论我官当得多大，地位多高，在您和集团面前，我都是小伙计，集团培养了我，我肯定要感恩图报，任何时候，任何情况下都绝不会背叛集团的利益！"

金启明很满意，拍了拍吉向东的肩头，"你心里有数就好！哦，回去吧，继续注意齐书记的动向，了解一下，齐书记为什么要跑？到底跑到哪里去了？有了确切消息马上给我通气！"

吉向东点点头，转身告辞，"好吧，金总，那我随时和你电话联系！"

## 25

齐全盛的失踪是赵芬芳无意之中发现的。

向齐全盛汇报过国际服装节的筹备工作之后，赵芬芳按当天的日程安排去参加旅游工作会议。刚进市旅游局大门，省政府办公厅来了个电话，说是国务院一位退下来的老同志从海南飞过来，要在镜州停一天，休息一下，希望他们市委、市政府接待好。赵芬芳原倒没打算麻烦齐全盛，准备让接待处晚上安排宴请，自己陪一陪就算了。可转念一想，现在是敏感时期，齐全盛又是处于矛盾中心的敏感人物，那位老同志齐全盛过去挺熟悉，不请齐全盛参加晚上的宴会不太好。于是便打电话找齐全盛。这一找找出了大问题：堂堂镜州市委书记竟然不见了！此人对市委值班室说去人民医院看病，可人民医院根本没有他的影子，打手机手机也关了。

赵芬芳脑子里闪出的第一个念头就是：齐全盛问题严重，到底逃跑了！

偏在这时，在镜州航空公司做副总的丈夫钱初成来了个电话，说儿子的事：去年到美国留学的儿子给他老子打越洋电话要钱买车，弄得这位当老子的很恼火，要她不要再宠着儿子。

赵芬芳本想替儿子解释几句，现在也顾不上了，连连应道："好，好，这回我听你的！"

钱初成仍在啰唆："……你早听我的就好了！你说说看，这叫什么事？人家的孩子出国后打工往家里寄钱，我们这儿子倒好，啥都向家里伸手，二十多岁的人了，他也好意思……"

赵芬芳没心思谈这种家务事，急着要挂电话，"老钱，家里的事你以后再说好不好？我现在有急事：齐全盛突然失踪了，也不知道是不是逃了……"

钱初成说："齐全盛怎么会逃了？不可能！我刚才还在机场宾馆见到他的司机呢！"

赵芬芳一怔，这才想到，齐全盛不是逃了，很可能是秘密去了北京，找老领导陈百川告状，便让钱初成查一下。钱初成那边查了一下，果然查到了齐全盛和秘书李其昌的登机记录。

赵芬芳完全明白了，再三叮嘱钱初成保密。

钱初成心里有数，"赵市长，你放心，关键时刻我不会坏你的事，毕竟妻荣夫贵嘛！"

赵芬芳掩饰道："什么坏事不坏事的？钱总，你不要瞎想！"

钱初成说："瞎想？知妻莫如夫，我知道你要干什么！"

赵芬芳故意问："那你就说说看，我该干什么，又能干什么呢？"

钱初成笑了，"找呗，找得全世界都知道！"

赵芬芳会意地笑问："钱总，这是不是有点小题大做呀？"

钱初成道："赵市长，别给我假正经了，该提醒的我提醒了，你看着办吧！"

放下电话，赵芬芳马上行动起来，把原定两个要参加的活动全推掉了，四处嚷着市委书记不见了，兴师动众地开始了大规模寻找，口头上却说要严格保密。在赵芬芳的指示下，市委、市政府两个办公厅的同志同时行动起来，十几部电话空前繁忙，秘书们人手一部电话分头联络，寻找齐全盛。在一个小时不到的时间里，电话便打遍了全市各大医院，各大宾馆，各部委局办。在所谓"严格保密"的情况下，市委、市政府两个大院，乃至大半个镜州城都知道了一个惊人的事实：这座发达城市的一把手、市委书记齐全盛突然奇怪地消失了！

造成了这番动静之后，赵芬芳才带着十分焦虑的口吻向刘重天做了电话汇报。

刘重天也觉得有些意外，可却没有多么吃惊，明确判断道："芬芳同志，我看齐全盛同志不会有什么意外，很可能处理什么急事，或者躲在哪里休息了，你们不要这么大惊小怪。"

赵芬芳试探着问："刘书记，省委是不是准备对齐全盛采取进一步措施？"

刘重天口气很冷峻，"赵芬芳同志，不该打听的事就不要打听！"

赵芬芳赔着小心解释说："刘书记，我知道组织纪律，可在这种特殊时刻，我……我不能不多个心眼，保持一定的政治警惕性，我……我是想：如果齐全盛得到了什么风声……"

刘重天没等赵芬芳把话说完，便毫不留情地批评道："不要没根没据地瞎猜测，这样影响不好，会造成混乱的！齐全盛同志知道后也要有意见的！赵芬芳同志，我提醒你：你是市长，还是市委副书记，不是一个长舌妇，你要对自己的言行负责任的！"说罢，挂了电话。

赵芬芳握着电话发了一阵呆：刘重天怎么是这么个态度？就这么放心齐全盛？就不怕齐全盛畏罪潜逃，畏罪自杀？眼睛突然一亮，也许刘重天需要的正是老对手齐全盛的潜逃或者自杀？齐全盛真走到这一步，刘重天就不战自胜了，孙子兵法中不就有这种高明的战法吗？

令人遗憾的是，齐全盛没有去自杀，也没有逃跑，而是带着秘书悄悄去了北京，去找后台，找靠山！这个铁腕政治强人在如此被动的情况下不但没服软，没服输，显然还在谋求进攻！如果让齐全盛的攻势得手，失败的就不但是一个刘重天，更是她，她苦苦追求的"老一"梦就要泡汤了。她已经在齐全盛手下当了七年市长，二把手，早就受够了，这次的机遇必须抓住！

没有谁比赵芬芳更清楚一把手和二把手之间的区别了。

一把手意味着什么？意味着说一不二，意味着一手遮天，意味着指鹿为马！不是一把手就不可能有自己的政治意志；没做过一把手就等于没当过官；哪怕高居市长之位！

一不做，二不休，赵芬芳又摸起保密电话，要通了省委值班室，要求省委值班室立即将齐全盛失踪的情况向省委书记郑秉义汇报。省委值班室的同志很重视，问了许多细节情况，认真做了记录，最后透露说，郑书记正在开省委常委会，他现在就去紧急汇报，让她等着。

不料，等了约莫二十分钟，省委值班室的电话没过来，倒是刘重天的电话打过来了。

刘重天火气很大，开口就说："赵市长，你是怎么回事？怎么又把电话打到省委去了？情况你了解清楚了没有？告诉你：我刚和齐全盛同志通过电话，他和他的秘书李其昌刚下飞机，现在就在首都机场！仅仅两个多小时，全盛同志在飞机上没法接电话，你就闹了这么一出！"

赵芬芳做出一副恍然大悟的样子，"哦，刘书记，齐书记怎么突然跑到北京去了？他这时候跑到北京去干什么？就是去也得和我们打个招呼啊，怎么还对市委值班室说是去看病啊？"

刘重天不冷不热说："即使是这样，你也不能这么公开地四处叫啊，懂不懂政治纪律？要不要政治局面的稳定了？你现在下楼去听听，市委、市政府两个大院都传成什么样子了？！"

赵芬芳不接这话茬，"刘书记，说心里话，我这也是没办法，出于政治警惕性，对齐全盛同志的失踪我不能不管，再说，我这也是为了对你这老领导负责。你想想，齐全盛同志到北京能干什么好事？还不是找陈百川去活动吗？如果光明正大，他何必撒谎呢？！"

刘重天意味深长道："芬芳同志，你又错了吧？全盛同志怎么不光明正大了？人家有正当理由嘛！陈百川同志突然病倒了，住进了医院，你有什么理由不让人家老部下去探望一下啊？齐全盛同志在电话里和我说了，是陈百川同志的夫人要他去的，明天上午就会回来！"

赵芬芳不禁叫了起来，"刘书记，我……我看齐全盛同志又在骗人了……"

刘重天那边沉默了一下，挂断了电话。

赵芬芳这才想到，刘重天耍了滑头，不是别人，而是她要对这件事情负全部责任了。

果然，次日上午，齐全盛从北京一回来就发了大脾气，在自己的办公室里连茶杯都摔了。

在下午召开的书记、市长碰头会上，齐全盛拍着桌子大骂不止，矛头直指赵芬芳，"……我们有些同志，官越当越大，人越做越小！为了达到个人的政治目的，不择手段，不顾后果，不讲人格，不讲道德，唯恐天下不乱！陈老病了，要见见我这个家乡同志，我在飞机上关了两小时手机，就闹出了一个齐全盛逃跑事件，风雨满镜州，谣言铺天盖地！不得了啊，齐全盛问题严重啊，逃跑了，跑到国外去了！被抓了，抓到省城去了！自杀了，从欧洲大酒店二十一层楼上跳下来了！"茶杯狠狠向桌上一蹾，扫视着与会者，"今天省纪委常务副书记刘重天同志在场，我要把话说清楚：到目前为止，省委还没撤我的职，我齐全盛还是中共镜州市委书记，有个对省委、对镜州八百万人民负责的问题，你们在座各位也有个对我负责的问题，再出现这种别有用心的事情，你别怪我不客气！我可不管谁支持你，你有什么了不得的背景！"

赵芬芳坐不住了，满脸堆笑站了起来，"齐书记，这……这事我得解释一下……"

齐全盛根本不看赵芬芳，收拾着会议桌上的文件，"不必解释了，赵芬芳同志，你是聪明人，就好自为之吧！"说罢，没和任何人打招呼，怒气冲冲地起身拂袖而去。

与会的书记、市长们全僵住了，谁也不知道齐全盛要去哪。

刘重天冲着齐全盛的背影提醒道:"哎,哎,全盛同志,这会还没散啊!"

齐全盛像没听见,快走到门口了,似乎记起了自己的身份,回转身对刘重天道:"重天同志,这个会你继续主持开吧,我请个假,这个,哦,头晕,得马上去一下医院!"

刘重天苦苦一笑,"好,也好!"又婉转地劝道:"老齐,那你也消消气啊!"

齐全盛没再搭理,步履铿锵出了会议室大门,脚步声响得让人心惊。

脚步声一点点远去,最后消失得无了踪影,会议室里才响起了叽叽喳喳的议论声。

赵芬芳一副小媳妇的样子,可怜兮兮地看着刘重天问:"刘书记,你看这会……"

刘重天平淡地道:"接着开!"又对记录人员交代:"全盛同志今天是因为身体的原因请假,请记录在案。"敲了敲桌了,自己先说了起来,"同志们,今天镜州是个什么情况,大家心里都有数。省委和秉义同志的指示很明确,腐败案要查清,经济工作还不能受影响,所以同志们说话做事就要注意了,没根没据的事都少说一些,千万不要再制造新的矛盾了!"

赵芬芳又要解释,"刘书记,这事的过程你清楚,我真的不是故意要和齐书记过不去!可你看齐书记今天这态度,连我的解释都不愿听,也……也太过分了吧?!"

刘重天摆摆手,"赵市长,你不要说了,还是谈工作吧!"

这日下午的碰头会,在齐全盛缺席的情况下正常开了下去,该定的事也定了，这种情况是过去七年中从没有过的。赵芬芳因此产生了两点感受：其一，齐全盛的权威已经从根本上发生了动摇；其二，刘重天虽然滑头，却仍在不动声色地向齐全盛步步紧逼，尚无退让的迹象。

晚上回到家，无意中在电视上看到，齐全盛突然出现在全市计划生育工作会上。

镜州新闻做了头条处理，报道说："……市委书记齐全盛同志今天下午出席了我市计划生育工作会议，代表市委、市政府在会上做了重要指示。齐全盛同志指出，计划生育是我国既定的基本国策，因此，抓好计划生育工作各级党委、各级政府都有不可推卸的责任……"

丈夫钱初成看到这个报道便说："看，齐全盛自己站出来辟谣了！"

赵芬芳笑道："这不也说明他心虚了吗？过去他可不屑于这么干！"

钱初成说："不过，赵市长，你心里要有数了，你就此失去了齐全盛！"

赵芬芳点点头，"是的，但我赢得了刘重天，再次向刘重天表明了我的立场！"

# 第八章　迷魂阵

## 26

十天过去了，杨宏志从肉体到精神全被王六顺讨债集团公司的朋友们摧垮了。

葛经理虽然把杨宏志看作朋友，讨债的全套程序一点没少走。指铐上了，老虎凳坐了，"非自由体操""金鸡独立""长夜难眠""望穿秋水"也都来了一遍，个中滋味极不受用，罄竹难书。一套程序完整地走下来，杨宏志两个大拇指肿得像小猪蹄，小腿变得比大腿还粗，两只眼红得灯笼一般，全身浮肿，却又见不到任何硬伤，愣是体现了讨债公司的文明程度。再说人家葛经理又交定了他这个朋友，更是在不违反原则的情况下额外照顾，矿泉水从十块一瓶降到了八块一瓶，盒饭从三十元一份降到了二十元一份，据葛经理和讨债公司的同志们说几乎没什么利润了。

这让杨宏志感慨万端：葛经理太大公无私了，对债主极其负责啊，这样的朋友也实在是太难得了，在目前市场经济的情况下，那么多党和政府的干部都被糖衣炮弹打中了，人家一个私营讨债公司的业务经理竟这么讲原则，拒腐蚀永不沾，简直是奇迹了。杨宏志就挺后悔地想，早知道有这么一个奇迹般的讨债公司存在，他又何必非要卷到田健的案子中去呢？把蓝天科技欠他的八百万债权债务委托给葛经理这帮朋友处理不就完了吗？哪会惹这么大的麻烦！

这个道理明白后，杨宏志就和葛经理真诚合作了，当初的借据改了，不是半年利息百分之十了，是月息百分之十，九十八万的账全认了，让怎么写信怎么写信，让写几封写几封。怕葛经理看不起他的屈服和让步，还很正经地向葛经理做了一番解释：他这绝不是被全套程序压服的，而是被葛经理的人格精神和原则性感动的，是真心要交葛经理这个朋友哩。

嘴上说着感动，信里却耍着花招，杨宏志一再要老婆去找吉老板借钱来省城赎人。吉老板当然是镜州公安局副局长兼刑警支队支队长吉向东了，老婆应该明白。奇怪的是，先后发出去的六封信都没起作用，老婆就是不带钱来赎人，吉向东副局长那里也没有任何动静。

这日，终于有动静了，葛经理说到底和吉老板联系上了，吉老板和他老婆已经带了九十八万现金，下午三点钟去顾老板的华新公司赎人。葛经理让杨宏志做好回家的准备，还恋恋不舍地给了杨宏志一张名片，说是以后常联系。杨宏志激动地搂着葛经理号啕大哭了一场，抹着鼻涕眼泪想：葛胖子，这回你算做到头了，下面得到镜州走走法律程序了，你不徇私，我也不能徇私哩，该判你们这帮朋友多少年就是多少年，眼下正在打黑呢！

当日下午四点，葛经理回来了，是独自一人回来的，带去的两个马仔没了踪影。

杨宏志本能地感觉到不对头，揣摩吉局长可能行动了，只怕行动不太成功——如果成功，葛经理身后必得跟着吉局长和警察，便颤着心问："葛……葛经理，这钱拿到了吗？"

葛经理阴沉着脸，"杨老板，你还好意思问我？你他妈的够朋友吗？你信中说的吉老板是什么人啊？啊？是不是镜州公安局的？幸亏我临时改变了交钱地点，自己也没露面，否则，不但我完了，连华新顾老板也完了，我们都得进局子，更重要的是坏了我们集团公司的声誉！"

杨宏志心里凉透了，声辩道："葛经理，这……这是误会，肯定是误会！"

葛经理黑着脸，"没误会，我那两个弟兄是被公安局抓走的，镜州来的警车！"

杨宏志仍徒劳地解释："他们……他们……他们可能是犯了别的什么事……"

葛经理不愿再和杨宏志啰唆了，手一挥，对手下马仔道："再走一遍程序吧！"

杨宏志"扑通"跪下了，"葛经理，我……我浑蛋，我不是东西，是我不够朋友！"

葛经理看着杨宏志，痛心疾首，"杨老板，你还好意思说什么朋友？你这是出卖朋友，这是忘恩负义，狗屎不如！先把招呼打在头里：我们集团有规定，凡因公入狱者，一律算出长差，一人一年工资、奖金、出差费按两万计。我这两弟兄这次进去估计得判个五年以上，我现在先和你按五年结算，每人每年两万，二人五年就是二十万，这笔钱得你出！"

杨宏志连连应道："好，好，葛经理，这二十万我……我认，我全认！"

葛经理哼了一声，脸上这才有了点笑意，"这还有点朋友的样子！"递过纸笔，"写欠条吧！我说你写，别再做什么对不起朋友的事了！"想了想，说了起来："因本人酒后驾车，撞坏王六顺讨债公司省城业务部奔驰轿车一辆，自愿认赔人民币二十万元整，一次性了结。"

杨宏志老老实实写了，签上名，将欠条递给了葛经理。

葛经理看了看欠条，"杨老板，不是朋友，我对你绝不会这么客气！知道吗？这两个弟兄的出差费我是按公司规定的最低标准收的，换了别人，起码收你四十万！"把欠条收起来，"别拿那个吉老板骗我们了，再给你老婆写封信吧，不是九十八万了，是一百一十八万！"

杨宏志哭丧着脸又写了起来："华玲我爱：花招千万别玩了，这帮朋友对我一直不错，也算热情招待了！接信后即去蓝天科技股份公司要钱，他们欠我八百万建筑工程款必须先还一部分，不给钱你就赖在他们办公室不要走，相信你有能力克服困难，对付这些混账无赖……"

## 27

什么叫度日如年，齐小艳总算知道了。

进了小天山深处金启明的私人山庄，就像进了密封的保险箱，安全倒是安全了，外面的情况却一点也不知道了。吉向东每次过来看她总说父亲没事，仍正常主持镜州市委的工作。齐小艳疑疑惑惑，不太相信，担心吉向东会骗她。直到昨天在电视上看到父亲出席全市计划生育工作会议，在会上做"重要指示"，一颗悬着的心才彻底放下了。电视画面显示：父亲行为举止几乎没有什么变化，依然是一副不怒自威的样子，文件上的套话说得滴水不漏。

这是镜州新闻联播的头条新闻，长达两分零十几秒。

齐小艳的心情好了些，当晚睡得很踏实，甚至有了主动出山说清楚的念头。

只要父亲不倒台，谁又能拿她怎么样呢？该办的事，谁会不给她办？白可树是白可树，她是她，她又没到澳门赌过输过，从蓝天科技划到香港的资金并不是赌资，而是投资，白可树把这几千万弄去赌博于她何干？她过去一直不知道，直到去市纪委谈话时都不知道，还是进了山以后从金启明和吉向东嘴里陆续听说的。金启明和吉向东述说这些事实时，均是震惊不已的样子，叹息白可树胆大包天，不但毁了自己，也把镜州干事的局面破坏了，把一帮弟兄坑死了。齐小艳也气得要死，骂骂咧咧说，可不是吗？白可树也坑了她，坑了父亲啊！谁不知道白可树是她父亲的亲信红人？父亲如果因为他倒了台，她在镜州拥有的一切就全完了！

更可气的是，白可树在澳门输掉了两千多万，闯了这么大的祸以后还敢继续骗她，掇弄她去找赵芬芳市长，先把聘任经理田健抓了起来。她当时也真是太傻了，被爱情冲昏了头脑，竟没看出这其中的名堂，竟对白可树言听计从！现在的情况证明，白可树是偷鸡不成蚀把米了，原想办了田健堵住自己的漏洞，不料，反把一堵危墙推倒了，砸到了他自己不说，也连累了包括父亲、母亲在内的一大批人。像母亲和林一达，完全是被白可树的问题牵扯进去的。母亲清清白白，从不愿给父亲找麻烦，就是在退休后跟白可树出了两次国！林一达更荒唐，被"双规"的起因竟是拖走的那几十台饮水机，让自己老婆卖了一万多块钱，简直像个笑话！

然而，恨虽恨，十年来缠绵的爱也难以忘却。毕竟是自己真心爱过的男人，毕竟是这个男人造就了今天的她。在市团委时，他是团委书记，她是青工部干事；在新圩区委时，他是区委书记，她是办公室主任。这十年中，她人生和仕途中的任何重要一步，和父亲关系不大，却都和白可树、赵芬芳有关。白可树、赵芬芳受到父亲的重用，她也顺理成章地受到了白可树的依重和赵芬芳的信赖。有一段时间，朋友圈子里都说，白可树这副市长是替她当的，有些朋友开玩笑称她"齐市长"。这话不知怎么传到了父亲耳朵里，父亲发了大脾气，吓得母亲都不敢劝。

去蓝天集团任职，就是在父亲发了大脾气以后没多久，也是白可树私下安排的。白可树为她也挨了父亲的一顿凶恶的臭骂，父亲骂白可树就像骂儿子，白可树吓得大气不敢喘，原说安排她进市政府做副秘书长的事人前背后再不敢提了，反劝她去蓝天集团做党委副书记。白可树分析说："如今是经济时代，抓一个经济制高点并没有坏处，蓝天集团是搞汽车制造的国有大型企业，要整体改制，正走一条上坡路，将来必然是镜州乃至全省汽车制造企业的龙头老大，值得大干一番。"她虽说心里不太情愿，也只好去了。那当儿蓝天集团也真是欣欣向荣，蓝天科技上市后股价一直居高不下，年年几亿的配股款存银行。白可树是抓工业的副市长，带着她一年几次往境外跑，谋求蓝天集团在美国、香港整体上市，大规模的发行N股和

H股。

去的第一年是集团党委副书记，第二年做了党委书记兼副董事长，第三年就党政一肩挑了，董事长、总经理、党委书记全是她。也就是从那时候起，蓝天集团成了白可树的钱口袋，白可树一张白条，一个签字就能几万、几十万的拿钱。这些钱也不是白可树一人花的，有些确实是办事时用掉了，有些则变成了她和白可树一次次国外豪华旅行的豪华享受。父亲不知内情，还把她夸了一番，说："这就对了嘛，年纪轻轻，一定要脚踏实地一步步来，不要想一步登天做什么齐市长，就是要扎到基层干实事，为镜州经济发展做贡献，这样人家才能服你。"

父亲仍然挺在那里，没有倒下，真是不幸中的万幸，一切也许还有可为。

白可树不去想了，他这么胆大包天，就该为自己胆大包天的行为承担后果。齐小艳估计，白可树怕是难逃一死了，这个天生的赌徒此次再无公款可输，只能输掉自己的性命了。

天哪，这是一条多么让人销魂的性命啊，那么温情脉脉，又是那么充满活力！他带给她的记忆也许会伴随着她生命的全部过程直到终结。

香港半岛酒店那些疯狂而激情的夜晚，维多利亚湾和港岛的灯火，夏威夷海滩上的浪花和海风，维也纳的音乐会，巴黎红磨坊的艳舞……

泪水禁不住落了下来，打湿了齐小艳的衣衫。

也就在这天下午，金启明在公安局副局长吉向东的陪同下来看她了。

金启明一脸沉重，向齐小艳通报情况说，白可树已被批捕，虽然还没最后放弃，但根据情况看，估计是救不下来了；齐书记也很被动，犯了糊涂，自说自话跑到北京去找陈百川，闹出一个"逃跑"风波；市长赵芬芳公开卖身投靠，和刘重天沆瀣一气，要把齐书记置于死地。

金启明忧心忡忡地判断说："如果情况进一步恶化，齐书记被'双规'只是时间的问题了。"

齐小艳有点不太相信，"怎么搞得这么严重？我昨晚还在电视上看到我父亲了。"

金启明点点头，"我也看到了，齐书记在计划生育工作会议上讲话，是不是？但是，小艳，你注意到没有？参加计划生育工作会议的市委领导可就齐书记一人，其他常委一个没有！其他常委在哪里？我让人了解了一下，全在市委开常委扩大会，专题研究反腐倡廉！"

齐小艳痴痴地看着金启明，"金总，你告诉我这些是什么意思？是不是要我出国？"

金启明摇摇头，"目前还没到这一步，我和朋友们仍在努力做工作，我们金字塔集团准备拿出一笔巨款摆平这件事，如果摆不平，你就得走了，因为你和白可树的关系太直接了，昨天香港、澳门那边已经有消息过来了，他们的人扑过去了，情况比我们想象的还要严重啊！"

说这话时，金启明不像个企业家，倒像个正指挥一场生死决战的将军。

齐小艳泪水长流："金总，你知道的，我是上了白可树的当！我根本不知道这里面会有这么多名堂！再说，他又是常务副市长，就算我和他没这种关系，我也不能不听他的……"

金启明安慰说："小艳，你先别哭，哭解决什么问题？现在的关键是要堵住漏洞，不要再把火烧到齐书记身上去，只要齐书记不倒，一切就有办法！"这才向齐小艳交了底，"所以我今天才专门来找你，就是要请你给齐书记写封亲笔信，告诉齐书记两件事：第一，田健这张牌不要再打下去了，既然刘重天不愿放人，那就关着吧，该说的话反正他已经说过了。第二，和赵芬芳的关系也不要搞得这么僵，赵芬芳再不是东西，在这种情况下仍然要团结——我看齐书记有些当局者迷呀，政治家只有自己的政治利益，不应该这么意气用事嘛！"

齐小艳有些糊涂了，"田健和我父亲有什么关系？怎么会成为我父亲手上的牌？"

金启明用目光示意了一下吉向东。

吉向东会意了，冲着金启明点了点头，对齐小艳道："小艳，金总的意思是，举报田健的那位杨宏志目前在不在刘重天手上还很难说。根据我了解的情况看，杨宏志不像是被省反贪局抓走的，倒像是被什么人绑架了，当时在场的同志证实，抓人的车既不是警车，也不是囚车。"

齐小艳益发糊涂了，"我还是不明白，这又和我父亲有什么关系？"

吉向东只好明说了，"小艳，我和金总认为：杨宏志目前就在齐书记控制之下！"

齐小艳一怔，脱口道："这种可能完全不存在，我父亲没这个神通！"

吉向东意味深长道："小艳，你这话说错了，到现在为止，镜州地界上最有神通的还就是齐书记，只要他发个话，什么事办不了？比如说，齐书记一个电话打给我：老吉，你把某某人给我控制起来。我能不办吗？明知不对我也会办！为啥？就因为他是齐书记，镜州的老一！"

金启明又说话了，"老吉说的是，就是齐书记让我办，我也得办嘛！"在屋里踱着步，分析起来，"如果我们这个判断不错，杨宏志真被齐书记的力量控制起来，或者变相控制起来，田健受贿的问题就说不清，齐书记就能拿田健当牌打，给刘重天和专案组出难题。但是这么干的结果是什么呢？势必要逼着刘重天往深处追，最终还是要把火烧到齐书记自己身上。"

齐小艳觉得金启明是在痴人说梦，讷讷道："不可能，不可能！我家老爷子没有你们这么多鬼主意，他光明磊落，像门炮，说开火就开火，不会这么工于心计，把水搅得这么浑！"

金启明呵呵笑了起来，"亏你还是市委书记的女儿，都不知道搞政治是怎么回事？搞政治就其本质来说是搞阴谋诡计，哪来光明磊落一说？尤其是中国政治。你说说看，七年前刘重天是怎么灰溜溜离开镜州到冶金厅去的？这里面光明磊落吗？刘重天的秘书祁宇宙当真非抓不可吗？据我所知，连当时的市纪委书记都很犹豫，一来刘重天是市长，二来祁宇宙得知风声后按发行价补交了股票款，完全可以保下来。齐书记偏不保，偏去和刘重天通气，逼刘重天说怎么办！这就是政治啊，齐书记借股票案赶走了刘重天，建立了自己在镜州的绝对权威。"

齐小艳冷气直抽，"如果我家老爷子真陷得这么深，只怕非要斗个鱼死网破了。"

金启明长长舒了口气，"所以该退就要退，退一步海阔天空嘛，你得劝劝老爷子！"

齐小艳想了好一会儿，终于同意了，"好吧，金总，这……这信我写！"

金启明却又恳切地交代说："小艳，你在信中也不要写得这么直白，政治家的心思总是不愿被别人看破的，哪怕这人是自己的女儿。你可以告诉你父亲：田健不管是抓对了还是抓错了，都是你要抓的，关系到你的生死存亡，也关系到他未来的政治利益。"

齐小艳突然警觉了，"怎么会关系到我的生死存亡？这是白可树让我干的嘛！"

吉向东抢上来道："可这关系你说得清吗？你就不怕田健出来找你算账？"

金启明也和气地道："除此之外，还有另外的问题。小艳，你想想，齐书记是什么个性？你不把事情说得严重一点，齐书记会听你的吗？会在这时候退这一步吗？会按我们的意愿创造一个对大家都有利的海阔天空的好局面吗？"继而又叹息说："我这个人啊，活了四十多岁，听了太多的谎言，看了太多的虚伪和欺骗，难得在这改革开放的好时代碰上齐书记这样能干事的好领导，真不愿看着齐书记吃人暗算中箭落马呀！"

这时，窗外不远处的小山上，一只山兔蹿出树丛，对着他们的小楼伸头探脑。

金启明发现了，在窗前站住，从吉向东手里要过枪，抬手一枪，将山兔击毙。

吉向东击掌笑道："嘿，金总好枪法，今晚给我们添了一道菜！"

齐小艳却一声叹息，显然话里有话，"血腥味太重了，一条生命葬送在枪口下了！"

金启明跟着叹息，"是啊，是啊，但愿我们齐书记这次别倒在刘重天的枪口下……"

齐小艳心中愕然一惊，突然觉得自己和父亲都在人家的枪口下，不但是刘重天的枪口，也许还有金启明和吉向东的枪口……

## 28

一大早，杨宏志的老婆邹华玲就笔直地跪在正对着省公安厅疗养中心大门外的道路上，手举着一块事先做好的纸牌子："千古奇冤：举报人反被省反贪局非法拘捕！刘重天书记，还我丈夫杨宏志！"邹华玲身边，许多早起晨练的人围着看热闹，议论声此起彼伏。

刘重天起床后，无意中从窗前看到了这一奇景，本能地觉得不对头，让秘书赶快去了解一下。等到秘书回来后把情况一说，刘重天便打了个电话给省公安厅赵副厅长，要他马上处理。赵副厅长怎么处理的，刘重天并不知道，只知道没多久来了辆警车，把邹华玲抬上车拉走了。原以为这事就完了，不承想，中午从镜州市委开会回来，经过疗养中心大门时，却发现邹华玲又在那里直直跪着了，手上的牌子举得老高。因为是中午，海滩上的中外游客很多，影响极其不好。刘重天注意到，不少外宾在对着邹华玲和纸牌子照相。

这下子，刘重天火了，专车进了大门后，车都没下，就打手机找赵副厅长。

手机没接通，警车却又来了，刘重天发现，是镜州公安局的警车。车上下来一个黑黑胖胖的警官，指挥着手下人硬把邹华玲弄上了警车。继而，省公安厅赵副厅长从主楼里急匆匆地出来了，把镜州那位警官叫到大门内，虎着脸一顿训："吉向东，你们怎么回事？怎么又让她闹到我们这里来了？早上不是抓了吗？啊？为什么这么快就放出来了？成心捣乱是不是？！"

吉向东苦着脸，"赵厅长，这我们哪敢啊？可不放又怎么办？总得给她个说法吧？"

赵副厅长怒道："还要什么说法？啊？说法不是没有：行贿就是犯罪！"

吉向东讷讷说："这话我们反复和她说了，可她说她丈夫还是举报人，是立了大功的，这里面到底是个什么情况，我们也弄不清楚。赵厅长，你看能不能请专案组的同志和她谈个话，把她丈夫杨宏志的犯罪事实和在你们这里的表现说一说，或者……或者你亲自敲敲她？"

赵副厅长挥挥手，"想敲你们敲去吧，什么这里那里，人到现在还没抓到呢！"

吉向东一怔，"那她怎么跑到这里来无理取闹？真是！"

赵副厅长吩咐道："老吉，你们策略一点，也不要说杨宏志不在这里！"

吉向东连连应着，出门上了自己的警车走了。

直到这时，刘重天才从车上下来了，不悦地看了赵副厅长一眼，"你说的太多了！"

191

赵副厅长忙解释："这人是镜州公安局的副局长，应该知道保密。"

刘重天盯着赵副厅长，"应该？应该的事多了！我请问一下，这个女人怎么知道我们专案组的驻地在这里？怎么知道她丈夫是我们让抓的？我早上让你查，你查了没有？"

赵副厅长一脸的为难，"刘书记，怎么说呢？这……这……"

刘重天道："有什么不好说的？你们到底查了没有？有什么背景？"

赵副厅长这才吞吞吐吐道："刘书记，查了，没什么背景，是你家小舅子邹旋告诉她的，说你和专案组住在这里，说他也为杨宏志的事找过你。不过，你家小舅子没想到邹华玲会这么闹，有些怕了，让我能不和你说就别和你说了，免得你生气。所以……"

刘重天脸色难看极了，"所以，你就不主动汇报了，是不是？"

赵副厅长又解释："我想，问题搞清楚就行了，又不是什么大事……"

刘重天哼了一声，"我重申一遍，专案组里无小事！"说罢，走了。

中午吃过饭，刘重天把陈立仁叫了过来，说："知道吗？杨宏志的老婆找我要人了！"

陈立仁点点头，口气中不无讥讽，"这么热闹的事，谁会不知道？"

刘重天看着陈立仁，"你看是不是有人故意做文章？"

陈立仁道："这还要问？肯定有人做文章，我看人家是攻上来了！"

192

刘重天敲了敲桌子，"这个杨宏志还是没有线索吗？"

陈立仁摇了摇头，"我们和省城公安局密切配合，还在查……"

刘重天不耐烦了，"还在查？要查到什么时候？啊？到底什么时候才能有结果？"

陈立仁咂了咂嘴，不作声了。

刘重天一声长叹，"老陈，在这件事上，我们太被动了！"

陈立仁这才说："我看这事和那位齐书记不会没有关系，庆父不死，鲁难不已嘛！"

刘重天怔了一下，桌子一拍，一肚子火趁机发了出来，"老陈，你胡说些什么？谁是庆父？哪里又来的什么鲁难？你不是不知道，赵芬芳尽添乱，前两天搞出了个失踪事件，已经闹得齐全盛拍桌子骂娘了！"

陈立仁反问道："那么，刘书记，这又是谁布下了迷魂阵？我看只能是那些和自己政治利益、经济利益密切相关的人！这些人就是要模糊我们的视线，搞乱我们的步骤！"略一停顿，"刘书记，你等着瞧好了，一个惊人的事实马上就要出来了，也许就在几小时以后！"

刘重天注意地看着陈立仁，"什么惊人的事实？有重大突破了？"

陈立仁说："当然是重大突破，而且就在齐全盛的老婆身上！"

刘重天问："除了公费出国旅游和白可树给她在阿姆斯特丹买钻戒，又有新证据了？"

陈立仁冷冷一笑，"何止一个钻戒，恐怕还有不少存款吧？"

刘重天认真了，"怎么回事？老陈，你细说说……"

陈立仁从头到尾说了起来：因为高雅菊除了两次出国公费旅游，

对其他的问题一概不认账，陈立仁便让老程从高雅菊这边的亲戚着手调查，前几天发现了一个重要线索。齐全盛家过去用过一个老保姆，这个老保姆把齐小艳从月子里带到成人，和齐家关系很深。五年前因为岁数大了，回了自己乡下老家。案发前几个月，高雅菊竟不辞劳苦，连着下乡去看了她好几次，竟还是叫出租车去的。据一个神秘的举报者透露，高雅菊把赃款存到了这个老保姆家里。

刘重天听罢，责备道："老陈，这么重要的事，你事先怎么也不和我通通气？"

陈立仁苦笑道："还不是怕你老领导为难吗？你说了，不是你的指示就绝不能说是你的指示，你和齐全盛又是这么个关系，我何必事先向你汇报，把我们反贪局职责范围内的事变成你指示下的事呢？万一搞出什么不是，不又将你的军了吗？所以我就先斩后奏了。"

刘重天想想也是，没再深究下去，可整个下午心里都有些七上八下，担心赵芬芳或者别的什么人背地里插上一手，再弄出个类似失踪事件的大麻烦来。

心上的一块石头当晚就落了地。

晚上九点多钟，老程来了一个电话，是打给陈立仁的，陈立仁听了一下，压抑着一脸的兴奋，让老程和刘重天直接说。刘重天接过电话一听，大吃一惊：高雅菊的问题还真从老保姆身上突破了。老程和专案组两个工作人员在那个老保姆家里抄出了高雅菊寄存的一个皮箱，皮箱的夹层中藏着一张存折，高雅菊名下的人民币存款高达二百二十三万。刘重天放下电话，马上要了车，和陈立仁一起去了平湖市，连夜突击审问高雅菊。

然而，让刘重天没想到的是，面对这二百二十三万巨款，高雅菊仍死不改口，坚持说这都是她的合法所得，和齐全盛、白可树、齐小艳都没任何关系，她既没有以齐全盛的名义收过任何人的财物，也没背着齐全盛拿过任何人一分钱现金。审问人员要求高雅菊说清楚这二百二十三万"合法所得"的合法来源，高雅菊不说，不无傲慢地道："你们既然有本事找到我家的老保姆，难道就没本事查清这二百多万的合法来源吗？这笔钱的来源我会在法庭上说……"

# 第九章　风云突变

## 29

　　刘重天那夜电话中的震怒，引起了省司法局领导层对狱政腐败问题的高度重视，局党组次日上午即召开了专题会议进行研究。会议一结束，党组副书记兼纪委书记就带着一个调查组下去了，几天后便查清了祁宇宙在押期间的非法活动情况，迅速整理了一个汇报材料报给了省纪委。刘重天在材料上做了一个批示，特别提到了第三监狱二大队大队长吴欢，指出："……尤其恶劣的是：我们的监狱执法人员，一个大队长，跑官要官竟跑到了在押犯人那里，简直是匪夷所思，《二十年目睹之怪现状》中只怕也无此怪现象！请省司法局纪委再深入查一下，类似吴欢这种人和事还有没有？类似祁宇宙这样的特殊犯人还有没有？有一个处理一个！"

　　这一来，从一监到三监的一批监狱管理干部都因为找祁宇宙办事受到了轻重不同的党纪政纪处分。吴欢因为被刘重天点了名，更是倒了血霉，副监狱长没当上，反而一撸到底，调到监狱生活科做了管理员，还给了个党内严重警告处分。

祁宇宙的快乐时光也终结了，调查一开始，即被重新定为"严管对象"，调往一大队服刑。祁宇宙不服，觉得自己很委屈：这些烂事并不是他要办的，都是吴欢这些人要求他办的，他不办不行，便给老领导刘重天写信反映情况。

结果糟糕透顶：反映情况的信没寄出去，反受到了一大队王大队长的一顿奚落。

王大队长说："祁宇宙，你就老老实实待在我们一大队接受改造吧，别再心存幻想了，省纪委刘书记不会包庇你的，刘书记在批示上说了，类似你这样的特殊犯人有一个处理一个！"

祁宇宙这才明白，自己落到严管这一步，竟是自己老领导刘重天一手制造的！

吴欢倒了霉，原一大队大队长就顺利当上了副监狱长。一大队现任这位王大队长是从副大队长提起来的，并不是当初吴欢的竞争对手，祁宇宙也算是不幸中的万幸了。祁宇宙知道，如果吴欢的竞争对手还在一大队当大队长，他的日子就更不好过了，不死也得脱层皮。

也就是从被严管那天起，仇恨的种子在祁宇宙心头生了根：刘重天是他妈什么东西？怎么这么无情无义！他鞍前马后跟了这人五年，千方百计为他搞服务，私事公事帮他办了那么多，刘重天得势后竟然这么对待他！此人既然这么不讲情义，那他还有什么可顾忌的呢？该出手时就得出手了！他相信，处在被动地位的齐全盛肯定早就盼着他把这致命的一拳狠狠打出来！

细想想，又发现这一拳并不好打。身陷囹圄，来往信件都要接受检查，探监有人盯着，刘重天又是这么一个身居高位的大人物，据说很快就要做省纪委书记，进省委常委班子了，谁敢碰他？没准他举报刘重天的信还会落到刘重天手里，那他就死定了。这么一想，仇恨的种子便枯萎了，最初的冲动过后，祁宇宙又渐渐平静下来，几乎要放弃自己的复仇行动了。

也是巧，偏在这天上工时，在制鞋车间门口碰上了被撤了职的原二大队大队长吴欢。

吴欢见了祁宇宙无精打采，已经走过去了，又回过头，"哎，祁宇宙，我有话问你！"

祁宇宙向带队的中队长请示后，走到吴欢面前站住了，"吴大队长，您问吧！"

吴欢等犯人们全走进了车间，才阴着脸问："你那天说的是不是事实？"

祁宇宙本能地感到吴欢问的就是刘重天蓝天股票受贿的事，心里一下子狂跳起来：他怎么就没想到这个吴大队长呢？刘重天不但害了他，也害了吴大队长啊！吴大队长副监狱长没当上，反倒被一撸到底，损失比他还大，对刘重天能不恨吗？当真只许州官放火，不准百姓点灯了？如果吴欢能替他把举报信寄出去，寄给省委各常委，寄给齐全盛，这盘棋就活起来了。

祁宇宙点点头，"吴大队长，是事实，当时我就说过，我是替老领导担事。"

吴欢冷冷一笑，"为这样的老领导担事值吗？"又问："你为什么不向调查组反映？"

祁宇宙压低声音说："我……我敢吗？再说，你……你也警告过我的，让我不要乱说。"

吴欢哼了一声，"情况不同了！"想了想，"你抽空好好写个材料，我会来取的！"

仇恨的种子有了吴欢送来的这份阳光雨露，便又滋滋生长起来。

嗣后两天，祁宇宙努力回忆着七年前的那一幕，夜里借着窗外射进来的微弱灯光写举报信。信是写给省委各常委的，特别注明：因蓝天股票受贿案发生在镜州，又涉及市长和市长身边的工作人员，齐全盛书记一直亲自过问，所以，也请转一份给齐全盛参考。

举报信写完的第二天，吴欢如约来取了，取信时，虎着脸再次核实情况。

祁宇宙铁了心，把身家性命豁出去了，郑重向吴欢重申了当年发生过的事实：五万股蓝天股票有四万股是蓝天公司送给刘重天市长的，只有一万股是送给他的，行贿人当年就有供述，案发后按发行价补交股票也是刘重天让他一手办的。因为当时齐全盛和刘重天矛盾很深，已经一城两制了，他才在刘重天的多次暗示下，把问题全包了下来。后来在狱中闹翻案时，刘重天还亲笔写过相关材料，证明他曾按发行价补交过股票款，希望省高院实事求是。

吴欢心里有了底，把举报信复印了十几份，准备挂号寄给省委常委和北京有关部门。

吴欢当民警的老婆吓坏了，要吴欢好好想想，不要莽撞行事，免得再吃什么大亏。

吴欢拍着桌子又吼又骂："……别说了！到这地步了，老子还有什么亏可吃？啊？老子反正一撸到底了，赤脚不怕穿鞋的，就他妈的和刘重天拼了！我吴欢不是好东西，是他妈的官迷，到在押犯人那儿跑官，我承认！可他刘重天又是什么好东西？大贪官一个！我那么护着他，不让祁宇宙在监狱说他的事，他倒好，偏把我和祁宇宙都往死里整！所以老子也得动真格的反一反腐败了！镜州市委那位齐书记肯定正等着老子反反刘重天的腐败哩！"

## 30

面对前来报信的老保姆的儿子，齐全盛惊呆了，他做梦也想不到，高雅菊竟然背着他悄悄存下了这么一笔巨款，竟会藏在老保姆乡下家里，竟会被刘重天抄到了手上！听罢老保姆儿子木讷的叙述，齐全盛如五雷轰顶，一下子跌坐在沙发上，痴呆呆的，好半天没缓过神来，马上想到：七年前的那一幕看来是要重演了。七年前，是他向刘重天通气，谈刘重天秘书祁宇宙的股票受贿问题，现在，刘重天可以带着胜利者的微笑来找他通气了，谈谈他老婆的问题，比当年祁宇宙更严重的问题。二百二十三万啊，这可不是个小数目，如果真是受贿所得，他这个市委书记如何说得清楚？这张存折不但足以将高雅菊送上刑场，也将彻底葬送他的政治前程！

然而，刘重天却迟迟没来通气，这个胜利者忙得很哩，不是在省城开会，就是在平湖检查工作，前天还在全省党政干部廉政教育座谈会上发表了一通重要讲话。昨天倒是到镜州市委办公室来了一趟，见了他仍是笑呵呵的，看不出有什么明显变化。刘重天和他谈了谈国际服装节的事，请他负责到底，说是自己情况不太熟悉，插不上手。关于高雅菊和那二百二十三万的事，刘重天却一句没提。临走时，才似乎无意地说了一句："……哦，对了，老齐，秉义同志可能这几天会和你谈谈。"

果不其然，两天之后的一个中午，省委办公厅一位副主任打了一个电话来，说是秉义同志和士岩同志要代表省委找他谈话，请他放下手上的工作，马上动身到省城来一趟。

齐全盛放下电话，神情极为冷静，先让秘书李其昌回家给他准备一些换洗衣服和洗漱用品，又把周善本从蓝天集团找来，最后交代了一番，要周善本按原则办事，不要看任何人的眼色，一定要尽快把蓝天集团和蓝天科技的资产重组工作搞好。

告别时，齐全盛大有一种"风萧萧兮易水寒，壮士一去兮不复还"的意味，不无深情地拉着周善本的手说："……善本啊，镜州这一摊子都交给你了，你上次劝我时说得好，镜州能有今天，大家都付出了心血，所以不论多强烈的政治地震都不能影响咱们镜州未来经济的发展啊！"

周善本从这话里听出了什么，"齐书记，案子是不是有了什么新的变化？"

齐全盛脸上毫无表情，"这我不知道，重天同志没和我通过气。不过我可以向你这个班子的老同志交个底：我齐全盛做了三年镜州市委副书记，九年市委书记，可能犯过很多错误，包括对家属和下属的经济犯罪都要承担责任，可我本人从没做过任何一件贪赃枉法的事！"

周善本挺真诚地说："齐书记，那我也说一句：不管别人相信不相信，反正我相信你！"

齐全盛说："善本，有你廉政模范这句话，我多少也有点安慰了！"拍拍周善本的肩头，"哦，你这身体可得多注意啊，怎么听说你前天在市私企座谈会上突然昏过去了？"

周善本笑了笑，"谁给你传的？没啥，就是一时虚脱罢了。"

齐全盛说："还是尽快去检查一下身体！未来……未来你的担子可能会很重啊！"

周善本应着，"好，好，我抽时间再说吧！"和齐全盛一起出了门。

走到门口，齐全盛又站住了，"哦，对了，还有一个事：那个杨宏志到底是怎么回事呀？不找到这个杨宏志，田健就永远不放了吗？善本，你方便的时候再和重天同志谈谈，请他注意一下镜州的形象，可以把我的原话告诉他：镜州出了这么大的腐败案，整体形象已经受到了严重影响，不能再在田健问题上失分了。田健可是 MBA，经济学博士，我们引进的人才啊。"

下了楼，在门厅前正要上车，无意中看到市委王副书记的 00003 号车驰上了门厅。

齐全盛犹豫了一下，在打开的车门前站下了，想等王副书记下车后，也和王副书记交代几句——此番去省城后果难料，客气的场面话总要说几句的。不料，王副书记的车停下后，车门却迟迟没有打开。齐全盛这才骤然悟到了什么，一声叹息，郁郁不快地上了车，让司机开车，倒车镜中显示，他的车一开，王副书记从车里缓缓下来了。

秘书李其昌注意到了这个细节，禁不住感叹了一句："王书记也要和我们划清界限喽！"

齐全盛平淡地道："该划的界限就得划嘛，这有什么好奇怪的？！"

李其昌"哼"了一声，"那还讲不讲政治道德？讲不讲良心？"

齐全盛笑了笑，"政治道德？良心？"摇摇头，"其昌啊，你怎么还这么天真？！"

嗣后很长一段时间，二人都没再说什么，车内的空气有些沉闷。齐全盛眯着眼想心思，李其昌看着车窗外不断掠过的街景一阵阵发呆。

直到车上高速公路，齐全盛才睁开眼，对李其昌交代说："……其昌啊，回国后，我就和你交过底：我可能被诬陷，现在看来不是多虑，已经是现实了，这次到省委谈话，我很有可能就回不来了，你小伙子怎么办啊？啊？"

李其昌带着情绪说："还能怎么办？凭良心办呗，不凭良心的话我不会说！"

齐全盛显然是经过深思熟虑，缓缓道："其昌，你不要开口良心闭口良心，政治斗争就是政治斗争，它是不和你讲良心的。我会被诬陷，你也会被诬陷，为什么呢？因为你是我的秘书。有个事实你要记住：七年前，重天同志的秘书是栽在镜州的，你会不会栽在镜州呢？不敢说。高雅菊已经栽了，我希望你不要再栽下去，要做好最坏的思想准备，坐牢，甚至杀头！"停了好一会儿，才又补充了一句："二百多万啊，高雅菊就可能被人家杀头啊。"

李其昌眼里蒙着泪光，叫道："齐书记，我绝不相信高阿姨会受贿二百多万！有些事你不知道，找高阿姨送钱的人不是没有，十万八万的都有，高阿姨从没收过！高阿姨刚退休时，金字塔大酒店的金总给高阿姨买了辆宝马车，高阿姨都没要，金总改口说借，高阿姨也没借！"

齐全盛平静地问："那么，你高阿姨名下的那二百多万又是从哪来的呢？啊？"

李其昌想都没想，"栽赃！既然刘重天能想到杨宏志向田健栽赃，就想不到别的什么人向您和高阿姨栽赃吗？存款搞实名制才多久？谁不能以高阿姨的名字到银行里存进这笔钱？"

齐全盛摇摇头，"问题是，你高阿姨把这只箱子送到了老保姆家。"

李其昌道："你怎么知道这箱子就是高阿姨送过去的？退一步说，就算是高阿姨送去的，里面是不是就有这张存款单？再说，刘重天那帮人怎么会想起找那个老得不能动的保姆的？"

有道理！齐全盛的心窗一下子豁然开朗起来，不再就这个话题和李其昌谈下去了，拍了拍李其昌的肩头，"好了，别说了，放段贝多芬的音乐听听吧，路还长着呢！"

音乐响了起来，是齐全盛以往最爱听的《英雄交响曲》，声音很大。

李其昌借题发挥，"齐书记，您就是一个英雄，站直了一座山，倒下了山一座！"

齐全盛摆摆手，"其昌，不要再说了好不好？听音乐，啊，听音乐！"

在《英雄交响曲》的激昂旋律中，镜州00001号车急速驰往省城……

## 31

齐全盛的车开进省委大门已快六点钟了，省委机关院内已是一片下班的景象，开出去的车比开进门的车多，往外走的人比往内走的人多。绛红色的常委楼前，书记常委们的专车已在门厅下守候，随时准备接楼内的书记、常委们下班回家。

齐全盛走进门厅时，正碰上主管党群文教的林副书记从电梯里出来。林副书记没像往常那样热情地和齐全盛打招呼，只向齐全盛点了点头，说了声"秉义和士岩同志正在等你"，匆匆过去了。齐全盛的心本能地一拎，"哦"了一声，上了电梯，去了郑秉义办公室所在的三楼。

三楼走廊静悄悄的，似乎蕴涵着某种令人心悸的玄机和变数。齐全盛头一次发现，自己穿皮鞋的脚踏在地板上竟能发出如此惊天动地的声响。走廊尽头的窗外射进一缕夕阳的残光，将面前的地板映得光斑波动，让齐全盛禁不住一阵阵眩晕，产生了一种要呕吐的感觉。

这时，出现了一个人影，背对着夕阳的残光迎了上来——那是郑秉义的秘书。

齐全盛强作笑脸，和郑秉义的秘书礼貌地握了握手，一句话没说，便在秘书的引导下，轻车熟路走进了郑秉义的办公室。郑秉义和省委常委、省纪委书记李士岩果然在等他，二人在办公室外的小会客室正说着什么，见他进来，相互对视了一下，不约而同站了起来。

李士岩一开口就别有意味，"老齐呀，你到底来了？啊？"

齐全盛努力微笑着，"让你们二位首长久等了吧？对不起，真对不起！"

郑秉义礼节性地和齐全盛拉了拉手，问："老齐，怎么这么晚才到啊？"

齐全盛说："省委办公厅中午才来电话通知，家里的事总要安排一下的。"

李士岩不无讥讽，"还放心不下你镜州那盘大买卖呀，是不是呀？"

齐全盛摆摆手，也是话中有话，"士岩同志，看您这话说的！什么大买卖呀？还我的？以后还不知是谁的呢！我不过是做一天和尚撞一天钟罢了！既然现在还赖在台上，镜州这口钟就得撞响嘛，你们二位首长说是不是？！"

郑秉义让齐全盛在对面的沙发上坐下，"老齐，这么说，你是有思想准备的喽？"

齐全盛认真了，"秉义同志，我有充分的思想准备，包括省委对我本人进行'双规'。"

郑秉义面色严峻，"你有这个思想准备就好，所以今天我和士岩同志就代表省委和你慎重谈谈，希望你本着实事求是的原则，对组织忠诚老实的态度认真对待这次谈话。"

齐全盛点点头，"这个态我可以表：作为一个党员干部，我一定做到对组织忠诚老实。"

屋里的气氛沉闷起来，郑秉义点了支烟缓缓抽着，用目光示意李士岩开谈。

李士岩看了看笔记本，"老齐，关于你夫人高雅菊的经济问题，可能你已经听说了……"

齐全盛马上说："士岩同志，打断一下，关于我老婆的情况，我还真不太清楚。"

李士岩只得说了，说得很含糊，"她名下有一笔巨额存款来源不明，你知道不知道？"

齐全盛想都没想便道："士岩同志，我不知道，实事求是地说真不知道！"

郑秉义插了上来，"老齐，以你和高雅菊的正常收入，可能有二百多万的积蓄吗？"

齐全盛摇摇头，"没有，肯定不可能有这么多的收入，国家还没有高薪养廉嘛！"

李士岩逼了上来，"那就是说，你老齐也认为这二百多万不可能是你们的合法收入？"

这问题真不好回答，齐全盛迟疑了一下，谨慎地道："这二百多万是不是真的存在？又是怎么搞到高雅菊名下的，我希望省委能尽快查清楚，相信你们二位领导能理解我此时的心情！境州目前的情况比较复杂，我几小时不开手机，有人就把电话打到了省委，闹得谣言四起。所以请你们二位首长原谅，在高雅菊的问题没查清之前，我真不知道该说什么，该怎么说？我现在只能说，我和你们一样意外，一样吃惊！"

李士岩道："这就是说，你对高雅菊的经济问题一点都不知情，是不是？"

齐全盛点了点头，"是的，我现在能说的只能是我自己：我可能在工作中犯过这样那样的错误，可我本人从没做过任何一件贪赃枉法的事，也绝没为老婆、女儿批过任何条子，请你们二位领导和省委相信这一点！"

李士岩沉吟了片刻，突然问："老齐，你每年的收入有多少？这些年的积蓄又是多少？"

齐全盛怔了好半天，苦笑起来，"士岩同志，这……这我哪知道呀？你问我镜州财政经济情况我马上可以给你们报出来，问我家里的情况，我……我还真不清楚！我的日常生活都是老婆和秘书安排的。如果你们一定要问，可以去问高雅菊，也可以请李其昌同志上来一下，问问李其昌，我的工资奖金一般都是他代领后交给高雅菊的，我自己几乎不花什么钱。"

李士岩显然不满意，"你竟然会糊涂到这种程度？啊？连自己的家底都不知道？"

齐全盛想了想，"也不能说自家的家底就一点不知道，高雅菊也提起过，我不往心里记，可能有个二十几万、三十万吧？高雅菊退休前每月工资奖金总不少于两三千，退休后也有一千多，我大约每月两千多，儿子在海外中资机构工作，也时常寄点钱来，应该有这个数。"

李士岩冷冷一笑，"全盛同志，能不能再明白准确地透露一下：到底是多少万啊？"

齐全盛觉得自己受了污辱，问郑秉义："秉义同志，你知道自己家里的存款有多少吗？"

郑秉义怔了一下，呵呵笑了起来，对李士岩道："士岩同志，你为难老齐了！老齐报不出自己的准确家底，我也报不出来嘛！我们要是一天到晚惦记着自己那点小家底，哪还顾得上一个省、一个市的大家底呀？"显然是为了缓和气氛，又对李士岩说："其实，这个问题根本不必问老齐了，我们每年都有干部财产申报表嘛，调出来看一看不就清楚了吗?！"

李士岩依然很严肃，正视着齐全盛，"那么，全盛同志，我就再多问一句：你每年的财产收入申报有没有漏项？不管是有意的还是无意的，请你实事求是回答，不要又一推二六五。"

受辱的感觉再次袭上心头，齐全盛冷冷看了李士岩一眼，"士岩同志，回答你的问题：我不会一推二六五。实事求是地说，我个人每年的申报表都是秘书李其昌同志找高雅菊核实过收入情况后代我填写的，是不是从没有过漏项我不敢保证，我只能保证每次我都亲自看过，并且签了字。在我的记忆中应该没有什么漏项，因为我对这个廉政措施一直很重视，自己也很小心，就是怕有人做文章！"

李士岩和郑秉义都不作声了，屋内的气氛益发沉闷。

齐全盛在一片沉闷死寂中缓缓开了口，口吻中不无悲哀，也不无自信，"秉义同志，上次你到镜州时我就向你正式提出过，想到北京休息一阵子，你没有同意。现在重天同志比较了解镜州的情况了，把工作抓起来不应该有问题，你们二位领导看，我是不是这次就留在省城好好休息呢？也便于你们把我本人的问题查清楚嘛！"

郑秉义和李士岩交换了一下眼色，"士岩同志，你——你看呢？啊？"

李士岩态度明确，"我看挺好，光明磊落嘛，就请老齐在省城休息吧！"

郑秉义不动声色地点点头，"现在这种情况，请全盛同志回避一下也好，对重天同志的办案有利，实际上也是对全盛同志政治上的一种保护嘛！全盛同志，你可要正确对待啊！"

齐全盛心头冷笑：政治上的一种保护？哄鬼去吧！嘴上却道："我会正确对待的。"

郑秉义似乎很欣慰，站起来，拉着齐全盛的手，"这样吧，我明天让办公厅安排一下，找个山清水秀的好地方，请几个好医生，给你全面检查一下身体。哎，你老兄有什么要求吗？"

齐全盛笑得坦荡，"秉义同志，你可真会开玩笑！你说我现在还敢有要求吗？！"

郑秉义一本正经，"哎，老齐，这你可别误会啊，省委现在并没有对你实行'双规'嘛！要你暂时回避一下是事实，另外也真是想让你好好休息一阵子哩！谁不知道你老兄是拼命三郎啊？啊？在镜州这么多年了，你担子重，责任大，实事求是地说，贡献也不小，辛苦了，说吧，想在哪里休息呀？啊？鹭岛国宾馆给你一座小楼怎么样？"

齐全盛收敛笑容，"秉义同志，你要真让我挑地方，我还是想去北京……"

郑秉义立即打断齐全盛的话头，"看看，又来了，就是不相信我们省城！北京有什么好啊？啊？一块砖头砸倒一片司局级，就定鹭岛国宾馆吧，那里有山有水，离医大也近！哦，对了，还有一条：休息期间就别不打招呼往北京跑了，可以请陈百老也过来休息嘛！"

齐全盛心里啥都明白了，呵呵笑了起来，"好，好，秉义同志，你放心，我是服从命令听指挥，啥也不说了，就听你和省委的安排了！"

郑秉义便安排起来，叫来了自己的秘书，要秘书送齐全盛去鹭岛国宾馆，具体定一下检查身体、请医生的事，并要求省委办公厅再给齐全盛配两个秘书，方便齐全盛的生活。

齐全盛故意请示道："省委既然给我配了秘书，李其昌同志是不是可以回去了？"

郑秉义明确道："李其昌也不要回去了，你的老秘书了嘛，用起来顺手！"

直到这时，李士岩才又插了上来，"老齐，休息期间，如果你想起了什么，不论是涉及到镜州什么人、什么性质的问题，只要你愿意和我、和秉义同志谈谈，我们随时欢迎。"

齐全盛忍耐已到了极限，脸终于拉下来，"李士岩同志，你不如明说让我交代问题！那么，我就再一次向你、向秉义同志，也向省委重申一下：我齐全盛在过去的工作中犯过错误，用错了不少人，包括白可树、林一达，甚至还有那位居心叵测的赵芬芳同志，以后，我也许还会犯这样那样的错误，可我齐全盛不是一个鱼肉人民的贪官赃官，绝不会在经济问题上栽跟斗！高雅菊和齐小艳有什么经济问题，你们请重天同志和专案组好好去查，该我的责任我不会推！如果不相信我本人的清白，请省委现在就对我实行'双规'！"

李士岩脸也阴了下来，"齐全盛同志，请理解理解我们，这是我的本职工作！"

齐全盛冷冷道："正是理解你的工作，我才主动要求你们对我实行'双规'嘛！"

李士岩声音一下子高了起来，"齐全盛同志，你不要以为就不能对你实行'双规'……"

郑秉义没容李士岩说完，手一挥，打断了二人的唇枪舌剑的争执，口气中透着不容置疑的威严，"好了，好了，请你们都不要再说了，镜州腐败案重天同志和专案组还在查嘛！现在都这么激动干什么？意气用事不解决任何问题！"缓和了一下口气，又对秘书交代：

"小白，请你告诉办公厅，一定要照顾好全盛同志，安排好全盛同志的生活，全盛同志在省城休息期间出了任何问题，我和省委都拿你们是问！"

秘书连连应着，努力微笑着引着齐全盛出了门。

齐全盛走到门口，突然回过头，对李士岩道："士岩同志，请你放心，我齐全盛向你和省纪委保证两点：一，在省城休息期间绝不会不辞而别；二，绝不会畏罪自杀！"

## 32

齐全盛走了，留下的那两句硬生生的"保证"还在屋内的空气中回荡着。

郑秉义和李士岩被弄得都有些窘，相互对视着，一时都不知说什么才好。

过了好半天，李士岩手一摊，"秉义同志，你看看，老齐把气都撒到我头上了！"

郑秉义一声苦笑，摇摇头，"哪里呀，人家话是说给我听的，你就别计较了！"

李士岩往沙发的靠背上一倚，自嘲道："我能计较什么？这种牢骚怪话哪天没有？背后骂我祖宗八代的也不少！怎么办呢？听着呗，我当年到纪委上任时就说了：我这个纪委书记宁愿让贪官污吏骂祖宗，绝不能让老百姓骂我们党和政府，骂我们的改革！"

郑秉义点了一支烟抽了起来，缓缓道："不过，也要注意策略。尤其是对像齐全盛这样有很大贡献，在省内外影响又很大的同志，我们一定要慎而再慎。有问题一定要查清楚，同时又不能伤害这些同志的感情，影响我们改革事业的深入发展。如果我们对齐全盛措施不当，镜州的老百姓还会骂我们——据重天说，现在已经有人骂了嘛！骂我们整人，排斥异己！一场严峻的反腐斗争被镜州一些人理解成了所谓的政治倾轧！"一声叹息，"士岩同志，你清楚，齐全盛毕竟是当年陈百川同志提起来的干部啊！"

李士岩深有同感，"是啊，是啊，这样的干部还不是齐全盛一个，投鼠忌器嘛！"

郑秉义说："所以嘛，我的要求就比较高了：老鼠要打，器皿还不能碰碎！"

李士岩叹息道："这可就太难喽，这是既要马儿跑，又要马儿不吃草嘛。"摆摆手，"不说了，反正不是我的事了，再有几个月我就到站退休了，就让重天同志去执行吧！说心里话，我看你也太难为重天同志了，重天现在够小心的了，却还落下一大堆埋怨。"

郑秉义这才问："士岩，那你说说看，重天会对齐全盛这些同志搞政治报复吗？"

李士岩想都没想，便摇起了头，"我看不会的，这个同志我比较了解，忠诚正派，也很有胸怀，齐全盛老婆、女儿的问题并不是重天刻意整出来的，而是她们自己暴露的，是客观存在的，到目前为止，我和专案组的同志还没发现重天有任何搞政治报复的迹象。"

郑秉义点点头，不无欣慰地说："那就好，那就好啊！"

李士岩看了看郑秉义，"哎，怎么想起来问这个？对重天同志你也应该了解嘛。"

郑秉义略一迟疑，"这阵子我一连接到了几封信，有署名的，有匿名的，都涉及到这个问题。有些同志在信里公开说：只要刘重天查镜州案，齐全盛迟早要被查进去！这么一个经济发达的大市，齐全盛又做了九年的市委书记，刘重天在他身上做点文章还不容易？！”

李士岩有些恼火，“秉义同志，你不要考虑得太多，我看这些信都是别有用心！”

郑秉义继续说：“还不光是这几封信呀，省级机关和社会上的传言也不少，都传到北京去了，传到陈百川同志耳朵里去了。说我把你和重天同志当枪使，要粉碎一个什么帮，要扳倒齐全盛，解放镜州城哩，唉，人言可畏呀！”

李士岩更火了，“什么人言可畏？我建议省委好好查一下！”

郑秉义道：“怎么查？查谁？还是让以后的事实说话吧！过几天到北京开会，我准备抽空去看看百川同志，先做点必要的解释吧……”

正说到这里，桌上的红色电话机响了起来。

郑秉义一边走过去接电话，一边继续对李士岩说：“……重天同志那里，你也要打个招呼，再重申一下：对任何涉及齐全盛的问题都必须慎重，都必须及时上报省委，没有省委指示不得擅自采取任何行动！对赵芬芳也要警告一下，请她不要利令智昏！”

李士岩应道：“好的，我明天就去一下镜州！”

郑秉义抓起了电话，“对，是我，郑秉义。”不禁一怔，“哦，是陈百老啊！”

万万没想到，这种时候陈百川竟把电话打来了，郑秉义马上想到了两个字：说情。

却不是说情。陈百川在电话里只字不提齐全盛，和郑秉义客套了一番，偏说起了另外的事，"……秉义同志啊，向你通报一个情况：今天我这里收到一份举报刘重天同志的材料，举报人是刘重天同志以前的秘书祁宇宙，祁宇宙七年前因为经济犯罪被判了十五年刑，现在仍在押，举报材料也是祁宇宙在监狱写了寄出来的。"

郑秉义警觉了，"这位在押秘书举报刘重天什么问题？陈百老，你知道不知道？"

电话里，陈百川的声音："能有什么问题？还不是经济问题嘛？！据我所知，收到这份举报材料的不单是我，许多在镜州工作过的老同志都收到了，中纪委和中组部可能也收到了。所以，秉义同志啊，对这件事你一定要慎重处理啊，千万不要造成什么被动哦！"

郑秉义及时道了谢，口吻语气都很真诚，"陈百老，太谢谢您了！您老如果不来这个电话，我还真不知道会发生这种事呢！您可能也知道了，镜州最近出了点问题，中纪委责令我们查处，刘重天同志现在正带着一个专案组在镜州办案……"

陈百川不愧是久经政治风雨的老同志，在他明确提到镜州腐败案后，仍呵呵笑着，不提自己的那位爱将齐全盛，"……秉义同志啊，按说我真不该管这种闲事了——我早就不是省委书记了嘛，不在其位不谋其政嘛！可咱省的事，镜州的事，知道了不和你们打个招呼也不好！这个镜州啊，有今天这个模样不容易啊，大家都付出了心血，既有我们这些老同志的心血，也有你这个在职的省委书记的心血，我们不能不珍惜嘛，秉义同志，你说是不是啊？"

郑秉义笑道："陈百老，您说得太对了，这也是我到任后反复向同志们说的！"马上转移了话题，"陈百老，您抽空到我们这儿走走吧，休息一下，也检查一下我们的工作！"

陈百川很爽快，"好，好，我最近可能要到上海参加一个会，顺路去看看同志们吧！"

放下电话，郑秉义略一沉思，要通了省委办公厅秦主任的电话，要求秦主任查一下，这几天有没有收到一份针对刘重天的举报材料。秦主任回答说，确有这么一份举报材料，是昨天收到的，每个省委常委名下都寄来了一份。因为考虑到事情比较蹊跷，要了解一下有关背景，便暂时没送给他看。郑秉义说："那现在就送过来吧，我等着。"

等秦主任送材料时，李士岩不冷不热地开了口："这事来得可真及时啊！我们这边把齐全盛请到省城，那边陈百川的电话就到了，对我们专案组组长的举报也来了，这是巧合吗？联系到齐全盛前阵子突然飞北京的事实，我不能不怀疑这里面有蓄谋！"

郑秉义道："巧合也好，蓄谋也罢，问题是对刘重天的这个举报有没有事实根据？"

李士岩哼了一声，"那我们就先去弄清这个事实吧，镜州案子停下来不要办了！"

郑秉义摆摆手，"镜州案是镜州案，刘重天的问题是刘重天的问题，我们不能把这两件事混为一谈！如果刘重天经济上真有问题，他这个专案组组长还就得撤下来，这没什么好说的！"

片刻，省委办公厅秦主任敲门进来了，送来了祁宇宙对刘重天的举报材料。

郑秉义和李士岩看罢材料都沉默了。

过了好一会儿，李士岩才说："秉义同志，祁宇宙举报的这个蓝天股票受贿案我知道，当年就在省里闹得沸沸扬扬，很多不明真相的同志都说刘重天是栽在蓝天股票案上的，对他的说法不少。不过据我所知，重天同志调离镜州和股票案无关，主要问题还是班子的团结。"

郑秉义思索着，"那么，祁宇宙为什么在这时候抛出了这个材料，又旧案重提呢？"

李士岩想了想，"我看是要扰乱我们的视线，干扰我们对镜州案的查处。"

郑秉义抖动着手上的材料，用征询的目光看着李士岩，"士岩同志，那你的意思是——"

李士岩态度明确，"我看不要睬它，他们就是要赶走刘重天嘛！秉义同志，你想想看，当年这么大的一个案子，又是在陈百川同志任上查处的，如果刘重天真像祁宇宙举报的，有这么严重的问题，陈百川同志能轻易放过他吗？"

郑秉义道："事情这么简单啊？刚才陈百老不是来过电话了吗？对这个举报很关心呢！"

李士岩脱口道："我看陈百川是在关心齐全盛！"

郑秉义缓缓摇着头说："恐怕不仅仅是一个齐全盛吧？啊？陈百老爱护干部是出了名的，据说那个因为走私下台的卜正军就被陈百老保护过嘛，卜正军去世时陈百老还跑到灵堂来了个三鞠躬，现在还传为美谈哩！"

李士岩听出了弦外之音，"难道说陈百川当初留了一手？也保护过刘重天？"

郑秉义不接这个具体话题，很宽泛地说了起来："士岩同志，现在有这么一种现象，为了一个地区一个部门的局面稳定，为了家丑不外扬，也为了自己的政绩面子，对手下干部的问题能遮就遮，能护就护……"似乎觉得不便再说下去了，很自然地掉转了话题，"哦，对了，陈百老刚才在电话里还说了，要我们对重天这件事慎重。"

李士岩讥讽道："你这么一点题，问题就很明白了：我们对重天同志慎重了，也要对齐全盛同志慎重嘛！镜州案就可以大事化小，小事化了，这样也就对陈百川同志的心思了……"

郑秉义马上打断李士岩的话头，"哎，不要这样议论陈百老嘛！"想了想，做了决断，"士岩，对这个举报，我看还是尽快查一查吧，你亲自抓！不过，一定不要影响镜州案的查处，也不要干扰重天同志的办案工作，有了结果直接向我汇报！"

李士岩点点头，"好吧，我明天就开始这个工作，尽量控制在一个比较小的范围……"

## 33

鹭岛国宾馆位于南湖中央的鹭岛上，省委后门和南湖公园侧门各有一座桥通往鹭岛。两座桥上二十四小时有卫兵站岗，平时除了接待中央首长和重要外宾从不对外开放。齐全盛对这座国宾馆并不陌生，当年陈百川任省委书记时，他没少来过。有一次奉命汇报镜州的城市规划，还陪着陈百川和国务院一位领导同志在四号楼住了三天。

鹭岛的确是个能静心休息的好地方，湖水清澈，空气清新，闹中取静，位于省城市中心却又没有市中心的嘈杂聒噪。如果镜州没发生那么多烦心事，如果老婆、女儿没被深深地搅到镜州这场政治地震中去，他会把郑秉义和省委的这种安排理解为一种特殊关心。

然而，现实是残酷的，一场来势凶猛的政治地震毕竟已经在镜州发生了，班子里两个常委出了问题，老婆高雅菊竟也涉嫌受贿二百多万，女儿又闹得下落不明，这种特殊关心就有了另一层意思。因此这次住进鹭岛四号楼，齐全盛的感觉和过去大不一样了，心里很清楚，自己实际上已被省委变相软禁，离"双规"只有一步之遥了。

好在来时就有了最坏的思想准备，齐全盛倒也在表面上保持住了一个经济大市市委书记的尊严和矜持。在省委办公厅两个秘书陪同下吃晚饭时，破例喝了两杯红酒，还笑眯眯地为那两个秘书要了一瓶五粮液，要李其昌和司机也陪他们喝一些。省委办公厅的两位秘书显然承担着某种特殊使命，不敢喝，齐全盛便也没勉强，只让李其昌喝了两杯，就草草作罢了。

吃过晚饭，给齐全盛准备药物时，李其昌才发现：因为来得有些匆忙，齐全盛这阵子一直吃着的中草药和熬药的药罐都没带来，提出要和司机一起回镜州拿一下。齐全盛不悦地数落了李其昌几句，也就同意了，要李其昌快去快回。省委两个秘书当时就在面前，并没表示什么反对意见，李其昌便叫上司机下楼走了。

李其昌走后没多久，一阵大雨落了下来，豆大的雨点打得窗子啪啪响。齐全盛不免有些担心，想打个电话给李其昌，嘱咐李其昌和司机路上小心一些。不料，拿起电话才发现，四号楼里的电话全没开，连那部红色保密电话都没开，手机又被李其昌带走了，心里不禁一阵怅然。

这时，省委办公厅两个秘书敲门进来了，赔着笑脸向齐全盛请示：还有什么事要他们做？

齐全盛觉得好笑，很想出个难题，让他们把电话全开了，话到嘴边还是忍住了：这怪不得他们，不是老对手刘重天抓住镜州大做文章，他今天不会待在这里"休息"。于是，便要他们到服务台找扑克，大家一起打打扑克。两个小伙子很高兴，不但找来了两副扑克，还叫来了一个女服务员，四人凑成一桌打八十分，两个小伙子一家，齐全盛和女服务员一家。

女服务员是个挺漂亮的小姑娘，人很机灵，也许常陪首长打牌吧，牌打得挺好。第一局，两个秘书只打到3，他们已打到了A；第二局，两个秘书连3都没打过去，他们又打到了A。

齐全盛打趣说："你们两个小伙子不要老这么谦虚嘛，啊？尽让着我们就没意思了。"

其中一位秘书讨好说："齐书记，我们这哪是谦虚啊，是您老牌打得好哩！"

齐全盛呵呵笑道："问题是要认真，干什么都要认真，我看呀，你们现在的心思不在打牌上嘛！"说着，放出了一手的梅花，"八个梅花，你们手上都没有梅花了吧？好，通吃！"

外面的雨下得更大了，夹杂着一阵阵雷鸣电闪。

两个秘书小伙子益发不安了，一边出牌，一边议论着：

"雨这么大，高速公路会不会封闭了？"

"是啊，如果高速公路封闭，李秘书他们今夜可能就回不来了。"

"打个电话问问吧，看看高速公路关了没有？"

……

在手机里一问，省城至镜州高速公路并没关闭，两个小伙子才又多少有些安心了。

齐全盛也只好说破了，"你们呀，只管放心打牌，既是休息嘛，就好好休息。我们李其昌同志不会一走了之，不论今夜雨多大，时间多晚，他都会赶回来，绝不会让你们挨克的。"

果然，这夜十二时三十分，在省城至镜州高速公路关闭前半小时，李其昌赶回来了。齐全盛在楼上窗前注意到：那辆挂着镜州00001号牌照的奥迪打着雪亮的大灯，在倾盆大雨中冲到四号楼门前，戛然停下，李其昌提着药罐子和一大包中药从车里钻了出来，冲进了门厅。

片刻，李其昌出现在楼上，见他们还在打牌，便以齐全盛老秘书的身份责备说："这么晚了，你们怎么还和齐书记打扑克啊？快下楼休息吧！齐书记，我去给你放水洗澡！"

齐全盛似乎意会到了什么，把手中的牌一扔，伸了个懒腰，"好，那就洗澡睡觉！"

李其昌到卫生间去放水，省委办公厅的那两位秘书和女服务员也告辞走了。

三个不相干的外人一走，李其昌把门一关，激动地道："齐书记，又出大新闻了……"

齐全盛"嘘"了一声，指了指卫生间，示意李其昌到卫生间去说。

到了卫生间，齐全盛把水龙头开得很大，这才在"哗哗"水声中问："怎么回事？"

李其昌压抑着内心的激动，"齐书记，你……你想得到吗？刘重天经济上出问题了！"

齐全盛一怔，显然十分意外，"不太可能吧？刘重天怎么会在经济上出问题？啊？"

李其昌这才从贴身穿着的衬衣口袋里掏出了祁宇宙的举报材料，"齐书记，你自己看吧！刘重天过去那位秘书祁宇宙从监狱里传出来的举报材料，咱市委办公厅的同志今天下午放到你办公桌上的，我去办公室拿药时发现了，就给你带来了！"指点着材料，"你看看这里，祁宇宙在举报材料上明说了，刘重天受贿案发生时，你亲自过问过，很多情况你最清楚！"

齐全盛情不自禁地"哦"了一声，接过举报材料看了起来。

材料丰富翔实，把七年前蓝天股票受贿案描绘得栩栩如生，连许多细节都没有讹错。真想不到祁宇宙的记忆力会这么好，七年过去了，此人被判刑入狱，身陷囹圄，竟还没忘记那场不见硝烟的战争。齐全盛记得很清楚，在那场战争中祁宇宙是坚定站在刘重天一边的，蓝天公司的行贿者指认时为市长的刘重天收受了四万股股票，祁宇宙却把责任一把揽了过来，说是自己打着刘重天的旗号索要的。今天，祁宇宙却翻供了，在他最需要炮弹的时候，把一发足以将刘重天炸个粉身碎骨的重磅政治炮弹送到他手上来了，他还等什么？难道还不该奋起反击吗？！

恰在这时，李其昌把他心里想说的话说了出来："齐书记，机不可失，时不再来，我看是反击的时候了！让刘重天这么一个大贪官查处您，查处我们镜州，简直是天大的笑话！"

确实是天大的笑话：刘重天当年的秘书祁宇宙突然举报起了刘重天，而且又是在这种你死我活的关键时刻，这也太离奇、太诡秘了，简直令人难以置信！联想到祁宇宙入狱后搞保外就医被他发现阻止了，益发觉得祁宇宙不可能冒险来帮助他。反击的念头被本能的政治警觉取代了，齐全盛把举报材料还给了李其昌，一边脱衣服准备洗澡，一边不动声色地吩咐说："其昌，你想法了解一下：这个东西是怎么搞出来的？为什么一定要送给我呢？啊？"

李其昌急切地道："这还用问啊？人家祁宇宙觉悟了，现在实事求是了！"

齐全盛下到了宽大的浴缸里，舒舒服服地躺下了，不紧不忙地说："其昌，这话你不要说，七年前你还在大学读研究生，根本不知道蓝天股票受贿案是怎么回事，也不知道祁宇宙是个什么人！这个祁宇宙本质上不是个好人，四处拉帮结派，在镜州就没干过几件好事，也只有刘重天容得了他。他会实事求是？还什么觉悟？算了吧，这种人还是少和他啰唆。"

李其昌坐到了浴缸的缸沿上，"老爷子，你又糊涂了吧？祁宇宙本质上好不好与你有什么关系？与你有关系的只是这份举报！如果落实了这份举报，刘重天就得滚出镜州，就得到大牢里去蹲上十年八年！你老爷子真是的，该出手时为什么不出手？我都替你着急！"

齐全盛笑了，是发自内心深处的那种笑，"其昌，要你着急什么？啊？真是不急皇帝急太监了！还该出手时就出手，我都在这里休息了，还出什么手啊？向谁出手啊？你倒说说看！"

李其昌热烈地道："老爷子，你要真听我的，我就建议你拿着这份举报材料和省委郑秉义书记、省纪委李士岩同志好好谈一谈，请教一下他们：刘重天的经济问题是不是也要查一查呀？反腐败是不是有因人而异的问题？如果没有因人而异的问题，就请他们先查刘重天！"

齐全盛摆摆手，"好了，其昌，你不要说了！你这个建议并不高明，太幼稚了嘛！你不想想：既然我能收到这份举报材料，秉义同志、士岩同志会收不到啊？没准中纪委、中组部都收到了！所以我们就不要多操心了，这份心该谁操就请谁去好好操吧，我倒该省省心喽！"

然而，内心的激烈情绪仍是压抑不住，洗过澡回到房间，齐全盛身着浴衣站在落地窗前，凝望着窗外风狂雨骤的夜景，禁不住脱口说了句："刘重天，我倒要看看你还能挺多久！"

李其昌马上接话道："老爷子，那你还等什么？出手反击吧，祁宇宙在举报材料上说了：你对这个案子最清楚，人家就等着你明确表个态呢！你这个态一表，刘重天非垮不可！"

齐全盛回转身，"这个态我不表，我相信省委，相信秉义同志，当然，也要看看他们！"

李其昌这才悟出了什么，"齐书记，那你的意思是——"

齐全盛一字一顿道："我要看看中国共产党的一级省委对反腐倡廉的决心到底有多大！"

话刚落音，一连串惊雷炸响了，窗外变得一片通亮，恍若白昼。

李其昌禁不住想起了从欧洲招商回国那个雷雨之夜，笑道："齐书记，今夜雨真大，还雷鸣电闪，真像我们回国那夜，你老爷子说，是不是太有意思了？！"

齐全盛意味深长，"有什么意思呀？啊？再这么风狂雨骤，可要洪水滔天了！"

李其昌这才想了起来，"哦，对了，齐书记，还有个事忘给你说了：刘重天手下那帮废物现在总算搞清楚了，杨宏志是被债主绑架，专案组昨天通过省公安厅对王六顺讨债公司的王六顺发出了通缉令，现在恐怕正在省城四处找王六顺呢……"

齐全盛没等李其昌说完便笑了，"嘀，可真够热闹的呀，到现在还没找到那个重要证人杨宏志！也许抓到王六顺就能顺藤摸瓜找到杨宏志了！好，好，这办案思路很好嘛！啊？"

李其昌会意地大笑起来……

# 第十章　血案！血案！

## 34

葛经理总的来说还是讲道理的，那天喝着二锅头，和杨宏志说了心里话："……杨老板，你基本上是个死老虎了，我这单生意是亏定了。可我不能怪你呀，要你写的信你都写了嘛，也没再耍什么花招，应该说是尽到心了。我呢，该走的程序没少走，也尽责了嘛！所以，杨老板，这一百一十八万咱就先放在一边吧，从今往后咱就当好朋友处，有事你只管招呼！"

杨宏志马上招呼，提出了一个关乎阳光的问题："葛经理，我这一天到晚蹲在地下室里，晒不到太阳，对身体影响很大哩！你看能不能像监狱放风那样，每天让我上去晒晒太阳？"

葛经理搂着杨宏志直笑，"老弟，又不够朋友了吧？上去一见阳光，你还不蒸发了？你虽说是死老虎，总还是只老虎嘛，再不济我们王六顺讨债公司也得落张虎皮嘛！关于你身体健康的问题，我倒有个考虑，征求一下你的意见：生命在于运动嘛，你能不能多运动运动？"

杨宏志便虚心求教："葛经理，在这三间地下室里，你看我该怎么运动啊？"

葛经理教诲道："运动有多种形式，比如说，给我们讨债公司的同志们擦擦皮鞋，洗洗衣服，也是一种很好的运动嘛！既锻炼了你自己的身体，又帮助了我们的同志，还增加了朋友之间的感情，不比上去晒太阳好得多？当然喽，这只是我个人的一个小小建议，既不是命令，也不代表组织。我再重申一下：我们王六顺讨债公司，是个信誉卓著的集团公司，文明讨债是一个必须坚持的基本原则，如果你因为这件事投诉我，我是绝不认账的，这话事先得说清楚。"

杨宏志忙道："葛经理，你看看你，这回是你不够朋友了吧？我哪能为这点小事去投诉你呢？别人不知道，我还不知道吗？我给你们添的麻烦够多的了，让你们操了这么多心！"

葛经理似乎动了感情，"你老弟知道就好！我还从没为哪个业务对象操过这么多心哩！你也知道，目前我们市场经济还在初级阶段，法律手段和制裁措施都很不完善，于是就出现了许多像你这样赖账的杨白劳，我们身上的担子也就比较重了，既要讨债，又要对你们进行法制教育。杨老板啊，你这饭来张口衣来伸手的寄生虫的日子也过了好久了，不是外人了，你凭良心说，看着我和同志们这么为你忙活，惭愧不惭愧呀？啊？就没想过替讨债公司的同志们做点力所能及的事？为我分点忧？就光想着晒太阳？比太阳更温暖的可是同志之间的感情啊！"

杨宏志被说服了，从此以后成了葛经理讨债公司的编外成员，虽说不参与公司的主营业务，辅助业务全包了，洗衣服，擦皮鞋，扫地，揩桌子，忙得不亦乐乎。身体也在这忙碌之中有了点健康的意思，脸上竟生出了些许红润的光辉来。朋友之间的感情更是大为增加，葛经理和同志们对他的表现相当满意，每当穿着锃亮的皮鞋出门讨债时，总忘不了表扬杨宏志几句。

然而，对阳光的怀念仍是那么强烈，杨宏志做梦都梦着阳光下的自由，尽管这奢侈的梦想有点对不起葛经理。为了重获这份阳光下的自由，杨宏志不要任何人催促，仍天天写信，开头第一句话总是"华玲我爱"，弄得葛经理和同志们一看他写信就先把这话说了出来，让他挺不好意思的。这期间，他也留了点心，暗地里干起了很不够朋友的侦探工作：擦皮鞋时，杨宏志会根据皮鞋上尘土的多少，污染程度，判断皮鞋的主人是在城里还是在乡下逼命讨债；洗衣服时，杨宏志会翻遍衣服上的口袋，寻找衣主们可能留下的犯罪证据。

这时，杨宏志对自己的遭遇已不无怀疑了：种种迹象证明，这不像是一次简单的讨债，他好像落进了某种精心策划的陷阱中。这一怀疑竟是正确的，那天他终于在葛经理脏衣服的口袋里发现了两封没寄出的信，其中有一封竟是他十几天前写的！这一发现让杨宏志吃惊不小，杨宏志本能地想到：也许他写的一封封信从来就没寄出过，也许人家是想让他死在这里！他们是些什么人？是不是和蓝天集团腐败案有关系？一时间，恐惧像潮水一般把杨宏志吞没了。

那天在家值班的是黑脸老赵，杨宏志揣摩了一下，觉得凭自己的力量和手段打倒这位五大三粗的老赵夺门而逃可能性不是太大，遂决定和老赵做一次生意——葛经理讲原则，拒腐蚀永不沾，老赵未必也这么讲原则。这些日子处下来，杨宏志已经知道了，老赵养了一堆超生娃，日子过得挺紧，为了点加班费几次在背后大骂葛经理。

一个人只要穷，只要爱钱，那就有空子可钻。

杨宏志拿着那两封没寄出去的信，和老赵摊了牌，"老赵，这是怎么回事？"

老赵挺意外，愣了一下，一把夺过信，"你……你这是从哪找到的？啊？"

杨宏志说："从葛胖子脏衣服里。"

老赵松了口气，"那就与我无关了，你去问葛胖子吧，这都是他的事！"

杨宏志诱导说："就和你无关吗？我老婆收不到信，不送钱来，你到哪挣钱去？"

这话戳到了老赵的痛处，老赵骂骂咧咧道："可不是嘛，这个月奖金提成全没了！"

杨宏志便说："老赵，你的奖金提成我发了，给我拿纸拿笔来！"

老赵乐了，多少有点激动，"杨老板，你……你这人够意思！"拿来了纸笔，"我每月的提成奖金不算多，也就两千块左右，我为你忙活，你就给我发个两千吧，我不能坑你。"

杨宏志想了想，提笔写道："华玲：即付来人十万元，性命攸关，切切！！！杨宏志。"写罢，将纸条递给老赵，说："拿着我这个纸条到我老婆那里取钱吧，地址你们知道的！"

老赵看着纸条上的数字，眼光发直，手直抖，"十万？杨老板，你……你送我十万？"

杨宏志点点头，"就是十万，多了我也拿不出来了。"

老赵却又迟疑了，"你……你不会把这事告诉葛经理吧？"

杨宏志道："我告诉葛胖子干什么？这是咱们朋友之间的事！"

老赵又问："你……你没有什么条件吧？要放你我可真不敢，葛胖子他们可黑着呢！"

杨宏志笑道："没什么条件，真没什么条件，朋友嘛，能帮的忙总要帮！你老赵有四个超生娃，日子过得那么难，又为我的事拿不到奖金提成，我不能不管嘛！"

老赵感动极了，"扑通"跪下，"杨老板，我……我替我家娃儿们谢你了！"

十万拿到手的第三天，又逢老赵值班，老赵很恭敬地请杨宏志喝了酒，把自己知道的向杨宏志说了。老赵说，据葛经理无意中透露，这次对他的绑架是一个大人物下的令，连葛经理都无权放他。杨宏志挺悲哀地说："那我就在这里等死吧，不过就算我死了，有困难你照样找我老婆，朋友之间千万别客气！"老赵惭愧了，借着酒意把反锁着的门打开了，要杨宏志逃。

自由的阳光就这样靠十万元买到了手，杨宏志连拖鞋都没来得及换，便冲出了地下室。

然而，一出地下室，一阵爆响的阳光便将杨宏志击垮了。长期的地下室生活已使杨宏志接受不了阳光强烈的刺激了，走向地面的一瞬间，杨宏志眼前一片恍惚，整个世界都模糊不清了。在那个灿烂美好的中午，阳光几乎变成了无耻的杀手，差一点儿收回了杨宏志已获得的自由。那当儿，如果老赵变了卦，如果葛经理和手下这帮人回来了，他在眼睛假性失明的情况下，十有八九会被重新扔进地下室。

跌跌撞撞走到大路边，视力逐渐恢复了，杨宏志才拦了一辆出租车，"快，去镜州！"

出租车司机打量了杨宏志好一会儿，"你先生去镜州什么地方呀？"

杨宏志心慌意乱，怕好不容易获得的自由再被谁一把没收，这里毕竟是省城，人生地不熟的。于是，先钻进车里，锁上车门，才急急道："别问这么多了，先到镜州再说吧！"

出租车司机笑了，"那你先生可以下车了，这里就是镜州。"

"什么？这里是镜州？"杨宏志根本不信，"你开什么玩笑？我现在可没这个心思！真是的，我在这里待了这么长时间，还不知道这是省城吗？快，快开车，去镜州！"

出租车司机没开车，也有些不高兴了，"哎，你这人怎么了？脑子有病啊？我在这里开了十年车，还不知道这里是省城还是镜州？告诉你：这里是镜州老城区，那边是独秀峰，这边是二建项目公司杨老板盖的那座烂尾楼，——蓝天科技城，不信你自己下车看看去！"

杨宏志没敢下车，摇下这边的车窗一看，独秀峰赫然撞入眼帘，摇下另一侧车窗再看，不远处竟真的冒出了那座他一手承包盖起来的蓝天科技城！这真滑了天下之大稽，却原来自己不但没到过省城，竟还是被关在离自己建筑工地不远处的一个地下室里！根据记忆重新判断，那座地下室应该是市粮食局的废弃粮库，蓝天科技城开工时，他还在那里安置过一些干活的民工。因此便想，葛经理这帮朋友也太不够朋友了，在这种事上都骗他！他呢也是太糊涂了，不识庐山真面目，只缘身在此山中。还有，这马马虎虎的官僚主义作风也害死人呀！

出租车司机又说话了，"看明白了吧？这里是不是镜州？"

杨宏志连连道："对，对，是镜州，是镜州！哎，你快开车，快！"

出租车司机把车启动了，"说吧，你先生到底要上哪去？"

杨宏志也不知道该上哪去。家是肯定不能回了，信写了不下二十封，葛经理和那帮朋友们人人知道他家的地址，躲到公司也不行，迟早还得落到他们手上。想来想去，最安全的地方也许只有市检察院反贪局了，在那里起码不要再提心吊胆，于是，要司机直接开到市检察院。司机显然没把他当好人，笑问："你这个样子，去检察院干什么？"

杨宏志掩饰道："哦，这个，啊，捞个朋友，我有个朋友前几天进去了。"

司机益发怀疑了，"捞人？就你？我看你这样子只怕连检察院的大门也进不去。"

杨宏志这才发现，自己光着上身，只穿了条印着美国星条旗的沙滩裤，脚上穿着一双破拖鞋，怎么看也不像个有身份的主儿，只好改了口，信口胡说道："老弟，我……我和你说实话吧，我……我要去举报一个大贪官！我……我他妈的被这个大贪官害苦了，都家破人亡了！"

司机马上想到了自己的车资，"这么说，我这趟车钱是没指望了？得尽义务了？"

杨宏志忙道："哪能啊，我……我先让市检察院付给你，一定！"

司机倒也爽快，叹了口气说："就是不付也没什么，咱也得为反腐败做点贡献嘛！"

杨宏志一颗心这才放定了，"就是，就是，反腐败也不能光靠党和政府，我们老百姓也要尽点力嘛！我……我要不是因为和腐败分子进行坚决斗争，也……也落不到这种地步！"

因为杨宏志落到了这种地步，到市检察院便不好下车了，司机把车停在门口，主动替杨宏志跑了趟腿，告诉举报中心的值班人员，说自己车上有个被大贪官折磨得家破人亡的同志，要进行重要举报，举报中心的一位主任很重视，亲自出门，把杨宏志接进了举报中心大门。

杨宏志进门不谈举报，对着主任"扑通"跪下了，"主任，你……你们快把我抓起来吧，我……我投案自首，我叫杨宏志，诬陷好人，把……把蓝天科技聘任的总经理田健害苦了！"

主任一时间大喜过望，"你是杨宏志？"马上抓起电话，向什么人做了一番汇报。

主任打电话时，杨宏志就老老实实在一旁跪着，大气不喘，一副守法公民的样子。

放下电话，主任发现杨宏志笔直地跪在那里，不无歉意地把杨宏志拉了起来，"哎，你怎么还跪着？杨宏志，起来，快起来！你今天能来自首，态度就很好，马上专案组的同志要过来，请你回答一些重要问题，希望你本着实事求是的原则，向专案组说清楚。"

杨宏志连连点头，"好，好，只要知道的我全说！"突然想了起来，"哦，对了，有个事得请你们帮忙，那个出租车司机的出租车费我还没付，不是不想付，是没钱。到大门口时，我看了一下计程器，是八十九元，你们替我先付一下好不好？我出去以后会还你们的。"

主任应着，"好，好！"掏出一张百元票子，让中心的一个年轻同志出门去付钱。

不料，出租车司机已走了，这位同志还真为反腐败做了一回奉献……

# 35

对杨宏志的突击讯问一小时后就开始了，主持讯问的是省反贪局审讯专家老程，地点在市反贪局刚投入使用的全功能审讯室。审讯室现代化程度很高，摄像录音系统把审讯情况即时发送到了指挥中心办公室，刘重天和陈立仁虽然置身指挥中心办公室，却有一种身在现场的感觉。杨宏志和老程在几台显示仪荧屏上同时出现，各个不同角度的影像都有，声音也很清晰。

正面那台主荧屏显示，已经自首的杨宏志落魄不堪，头发胡子好长时间没修理了，长得一片狼藉，像个野人，脚下是双脏兮兮的破拖鞋，穿了条长到膝头的沙滩裤，赤裸的上身临时披上了一件检察人员的制服。这副形象足以证明杨宏志没讲假话，他的确是被一伙来路不明的家伙绑架扣押了二十七天，可能还有生命危险。这也印证了刘重天和陈立仁以往的判断：除了白可树、林一达、高雅菊这些落网的前台人物之外，暗中还有一股恶势力深深卷到了镜州腐败案中。从杨宏志的供述中可以看出，这股恶势力能量很大，消息灵通，作案手段也很高明，让你时时刻刻感觉到它的存在，却又很难抓住它，从诬陷田健开始，这股恶势力就在起作用了。

杨宏志态度极好，不停地说："……我真不是想害田健，田健和我无冤无仇，我为什么要害他呢？我就是想要回我那八百万，或者换块地也行，总比没有强。我知道蓝天科技负债累累，说完蛋不知哪一天，就四处找人，想把这笔债务了结掉。最早没让任何人提醒，我就主动给田健送去了五万，田健没收，要我不要害他。我把这事

234

和蓝天公司的范总一说，范总说："小杨，你也太小气了嘛，想讨回八百万才掏五万，人家当然不收了，起码也得三五十万嘛！"我说："范总啊，我哪有三五十万？现在都破产了。"范总说："借嘛，小的不去，大的不来……'"

老程敲敲桌子，打断了杨宏志的话头，"杨宏志，你停一下，我问你，这个范总是蓝天科技的财务总监范友文，还是集团公司主管基建的副总经理范从天？请你说清楚些。"

杨宏志道："是范友文，我们背地里叫他'小饭桶'，集团的那个范从天我们叫他'大饭桶'。"

老程明白了，"好，继续说吧，说细一些，尽量不要有什么遗漏。"

杨宏志说了下去，"范友文的话我不敢信，这狗东西不是玩意，黑着呢！每支付一笔工程款，总要勒我十万八万的，前后拿了我四十五万，该卡我照卡我！我当时就想：别我的八百万欠款要不回来，再白扔进去几十万！我就告诉范友文：'算了，算了，这险我不去冒了。'"说到这里，停下了，抓起面前的一瓶矿泉水，"咕咚、咕咚"喝了起来。

刘重天注意到了范友文，对陈立仁说："这个范友文受贿四十五万，我看可以传来了！"

陈立仁点点头，抓起面前的电话，"老邝吗？去蓝天科技公司，传讯财务总监范友文！"

荧屏上，杨宏志放下矿泉水瓶子，继续交代："……可我没想到，范友文却主动找我，用密码箱送了三十万现金来，要我去送礼，说明白了：如果这笔钱田健收了，我如愿拿到了新圩海边那块地，或者拿到了八百万欠款，就加倍还他六十万；若是啥都拿不回来，这三十万就不要我还了，算他押错宝了！我当下一想，这买卖挺合算，也就答应了。这种押宝讨债的事我在深圳碰到过一次：深圳北岭集团欠了我朋友王玉民四百万工程款，要了三年没要回来，王玉民就发话了，讨债费用他不管，谁给他把这四百万要回来，他给一百万……"

刘重天正听到关键处，见杨宏志把话题转到了别处，有些着急，拿起话筒正要提醒主审的老程，老程却已截住了杨宏志的话头，"杨宏志，深圳的事以后再说，你继续说范友文！"

杨宏志只得说范友文，"……范友文让送就送呗，反正这三十万不是我的，扔到水里也与我无关。第二天，我提着这三十万，又找了田健。田健这人是个清官，少见，仍是不收，要我别把他看低了，还告诉我，可能以地抵款的方案在董事会上通不过，这事也就算了……"

"怎么就算了？这三十万后来又怎么跑到田健宿舍的床底下去了？"

"这个……这个，怎么说呢？"

"实事求是说嘛，既是自首，就要有个自首的样子嘛！"

杨宏志又说了下去，"……田健没收这三十万，我就打起了这三十万的主意，心想，狗日的范友文过去这几年收了我四十五万，又没给我办什么事，也该我黑他一回了。范友文可能看出了我的心思，找我喝酒，在香港食府请我吃龙虾，敲我说：'一个人要想在江湖上混出个名堂，就得讲江湖上的规矩，不能因小失大，最后落得个死无葬身之地。'还阴阴地告诉我，他能让我成在镜州，也能让我败在镜州。这话真吓出了我一身冷汗，我就把三十万还给了范友文。范友文却也怪哩，偏不收，说他这人一诺千金，还就是要做成这笔大买卖。他给了我一把钥匙，要我打开田健宿舍的门，把这三十万悄悄放到田健床底下去。我这才觉得事情太蹊跷：世界上哪有用这种做贼的办法送礼的？范友文不是疯了就是要搞什么大名堂……"

刘重天听到这里，愕然一惊，对陈立仁道："老陈，这个范友文看来就是我们要找的人！抓住此人，镜州案背后的那股恶势力就会暴露出来，你再打个电话给老邝，提醒他们，行动一定要迅速，务必要立即抓到此人，千万不能出现什么意外！"

陈立仁正要打电话，老邝的电话却先一步打了进来，"陈局长，坏了，范友文今天不在蓝天公司，到省城出差去了，目前在省城什么位置也不知道……"

陈立仁想了想，"通知省反贪局和省城公安部门配合协查，发现后立即拘捕！"

荧屏上，老程在问："……杨宏志，你既然知道这里有大名堂，为什么还要诬陷田健？"

杨宏志哭丧着脸，"我哪想诬陷田健呀？还不是因为那八百万吗？再说第二天就要开董事会，我就把事情往好处想了：田健看到床底下那三十万，会在董事会上替我据理力争……"

老程反问道："田健怎么会知道自己床底下被你偷偷放进去三十万？"

杨宏志几乎要哭了，"我……我这不是鬼迷心窍吗？以为他到床底下拿鞋就会看到。"

老程仍是不信，"杨宏志，你就一点没参与范友文的阴谋？"

杨宏志真哭了，"我要参与了这个阴谋，你们……你们毙了我！"

老程不再问了，"好吧，你就把怎么把这三十万放到田健宿舍的过程说说吧！"

杨宏志说过程时，刘重天得出了一个结论：聘任总经理田健注定了在劫难逃。身为总经理，他必须对一个上市公司的经济效益负责，必须把公司的家底摸清楚，这就势必要把白可树、林一达这些大大小小的贪官暴露出来。贪官们就急了，就想假范友文和杨宏志的手，以三十万套住田健。如果田健同流合污，镜州腐败案也就不存在了，你黑我黑大家黑，你贪我贪大家贪嘛。可这个田健偏是个正派人，炸药包便无意中被他点燃了。

这时，老邝又来了个电话，说是范友文的下落找到了，现在正从省城赶回镜州。

刘重天当即指示："请有关部门在高速公路各出口处拦截范友文！"

审讯室的审讯仍在紧张进行，时间已是晚上七点二十分了。

荧屏上，老程在发问："……杨宏志，既然如此，你为什么事后又要去举报？这不是故意诬陷田健吗？你就不怕以诬陷罪做牢吗？你当真以为这个世界上没有真相了？"

杨宏志讷讷道："我……我也怕，也……也不愿举报，可范友文非让我去，一天里催了我好几次！还说了，只要我去举报，那三十万退回来他就不要了，算我白赚了。我……我真是财迷心窍啊，想着……想着能白赚这三十万，也……也就昧了一回良心……"

老程说："你当真以为举报以后，这三十万就能退给你了？"

杨宏志觉得奇怪，"怎么？你们不退给我，还能退给范友文啊？"

238

老程脸一拉，"杨宏志，说点题外话，也对你进行点普法教育！你记住了：不论是索贿还是行贿的贿款，执法机关收缴后一律上交国库，从没有退还行贿人的事！你又上当了！"

杨宏志垂头丧气，"早知这样，老子才不会去举报哩！范友文可坑死我了！"

老程问："除了范友文，还有没有谁参与过这件事？比如齐小艳，白可树？"

杨宏志摇摇头，"没有，齐总和白市长像我这种人哪够得着啊？！"

老程又问："那你回忆一下：在这个过程中，范友文有没有再提起过其他什么人？"

杨宏志想了想，"也怪了，除了范友文，还真没有谁找过我，范友文也没提过别人！"

刘重天马上想到，这番策划真够精心的，除了范友文这一条线索，竟没有第二条线索！

陈立仁显然也意识到了这个问题，提醒说："刘书记，人家搞的可是单线联系啊，如果，如果我们今天让范友文溜了，这麻烦可就太大了！"

刘重天忧虑道："溜了倒还不怕，总还可以抓回来，我更担心另外一个可能啊……"

陈立仁想都没想，一句话便脱口而出："——被他们搞死，在阳光下蒸发掉？"

刘重天点点头，"不是没有这种可能，杨宏志逃掉，必将促使他们采取灭口行动！"

简直像侦探小说中的情节，刘重天这话说过不到十分钟，老邝的电话打来了，报告了一个惊人的消息：范友文的车在省城至镜州高速公路一百二十三公里处发生严重追尾车祸，司机重伤，范友文当场死亡。肇事车是辆日产巡洋舰，挂着省城的假牌照，事故发生后，巡洋舰的驾驶员失踪。据范友文的司机说，那个驾驶员后来跳到附道上一辆奔驰车里逃了。

刘重天和陈立仁全被这事实惊呆了，像似置身于一场噩梦中。

陈立仁怒不可遏，"他妈的，线索还真断了，防着这一手，他们还是来了这一手！"

刘重天倒还冷静，"老陈，先不要骂娘！他们既然来了这一手，证明我们是搞对了！这条线索断了，应该还有别的线索！"说罢，抓起话筒，果断地对审讯室内的老程命令道："老程，暂停审讯，请杨宏志带路，立即赶往杨宏志被绑架的地点进行搜查，快！"继而，又对陈立仁交代："你马上通知省公安厅赵副厅长，请他也立即赶过来……"

这次行动是急速的，几分钟后，几辆警车拉着警笛冲出了市检察院的大门。

## 36

警车在夜色中疾驰，大街两旁的霓虹灯被拉成了五彩缤纷的色带急速后退着。

陈立仁情绪很激动，一上车便对刘重天说："你看看，这个镜州被齐全盛搞成什么样了？啊？竟然出现了这种有组织的犯罪！杨宏志自首时说的那个大人物是谁？肯定不会是范友文吧？！省委怎么还不对齐全盛实行'双规'呢？怎么对他这么客气？秉义同志到底在等什么？"

刘重天劝阻道："老陈，对省委的决定不要说三道四，这可不太好！"

陈立仁哼了一声，"让犯罪分子这么猖狂就好？！"

刘重天看了陈立仁一眼，"齐全盛和犯罪分子有什么关系？真不知道你是怎么想的！"

陈立仁这才发现了刘重天口气中的微妙变化，"刘书记，那你是怎么想的？"

刘重天看着车窗外的不断变换的街景，冷静地分析道："镜州这股黑势力如此顶风作案，不惜代价，显然有自己的目的。我认为他们不是为了已经落网的白可树、林一达和高雅菊这些人，甚至不是为了齐全盛，而是另有所图！"

陈立仁不同意刘重天的分析，"我看，他们就是为了保齐全盛，齐全盛太可疑了！"

刘重天摇摇头，"老陈，你错了，通过今天对杨宏志的讯问和这段时间的调查，我倒觉得齐全盛不在可疑之列，这个同志很可能是清白的，起码是不知情！有些事情已经清楚了：聘用田健，是齐全盛在白可树、齐小艳，甚至赵芬芳的一致反对下独断专行硬要用的，这个同志的作风我知道，他定下的事不容更改。那么，请你想想，齐全盛如果知道蓝天集团内部烂成了这个样子，知道田健会成为一颗危及自己的定时炸弹，还会坚持用田健吗？！陷害田健更与齐全盛无关，杨宏志今天交代得很清楚了，是范友文一手策划的，也许正是因为要避开齐全盛，范友文这帮人才在齐全盛出国招商时对田健

241

下了手，妄图把蓝天腐败内幕掩饰起来！"

陈立仁问："那么，身为市长的赵芬芳为什么要下令立案抓田健呢？目的何在？"

刘重天道："目前的事实已经做出了说明，她是想在一片混乱中谋取自己的政治利益！"

陈立仁略一沉思，"这倒是！齐全盛被请到省城休息后，这个女人又活跃起来，四处大骂齐全盛，还通过我的一个亲戚带话来，说她一直就不是齐全盛的人，只是在齐全盛的屋檐下不得不低头。还说了，你当年被齐全盛挤走的教训她不能不接受，这些年她心里也很苦……"

就在这时，刘重天的手机响了。

刘重天以为是公安厅赵副厅长的电话，忙打开了手机。

不料，却是小舅子邹旋打进来的电话。

邹旋显然又喝多了，在电话里语无伦次地说："姐……姐夫，报告你一个大好……好消息，我……我提了，市委组织部的哥们告诉我，是赵市长点名提的我，市建委副主任！我这……这九年的正科到底升……升正处了！朋友们非……非要给我祝贺，推都推不掉！"

刘重天本想关机，迟疑了一下，还是没关，"这么说，我也得祝贺你喽？"

邹旋直乐，"姐夫，又……又和我逗了，你这个省纪委书记不到镜州来，谁……谁眼里会有我？齐全盛压了我九……九年啊，他这个霸道书记用了一帮贪官污吏，就是不用我！据说赵市长几次要提我，都……都被齐全盛在常委会上否决了！哎，姐夫，这我可得说一句：咱……咱女市长真是大好人啊，根本不……不是齐全盛线上的人，你……你可千万不要搞错了……"

刘重天听不下去了，一时间有点怒不可遏，"够了，够了，邹旋，我手机里都有酒味了！就你这样的酒鬼还正处？齐全盛能让你把正科干九年已经够可以的了！我再警告你一次：少打着我的旗号招摇撞骗！至于你这个正处，我看不是事实，目前镜州市委书记还是齐全盛，全盛同志在省城，我也不知道，她赵芬芳有什么权力决定干部任命使用？！"说罢，挂上了电话。

陈立仁从刘重天的话语中听出了名堂，"看看，女市长又向你抛政治媚眼了吧！"

刘重天哼了一声，"她搞这种政治投机也不看看对象！"说着，按起了手机，要通了市政府值班室，"市政府值班室吗？我是刘重天，给我通知一下赵芬芳市长，请她明天一上班就到市委我办公室来一趟，我有事要和她谈！对，就是明天！"

这时，车已行进在十车道的镜州新圩区至老城区的快速道上。

看着车窗外的夜色和滚滚车流，刘重天发起了感慨："老陈，镜州案子很复杂，我们这个社会也很复杂啊！齐全盛的老婆、女儿涉嫌经济犯罪了，搞得齐全盛浑身是嘴也说不清。可自省一下，我不也有这方面的问题吗？不也没管好身边的亲属、部下吗？以前那个秘书祁宇宙因为股票受贿被判了十五年，至今还在监狱服刑；今天，我这个酒鬼小舅子一不小心又'正处'了，他们出了问题我就说得清呀？想想都让人害怕啊！"

陈立仁道："刘书记，祁宇宙是自作自受，你小舅子更与你无关，是赵芬芳拍马屁嘛！"

刘重天一声长叹，"问题的严重性就在这里啊，你知道内情，当然说不出什么，不知内情的同志怎么看呢？我们老百姓又怎么看呢？党风就被赵芬芳这类马屁精败坏了，我这个纪委书记就被抹上了白鼻梁，就被人家套住了！我看全盛同志没准就在这方面吃了大亏哟！"

陈立仁刚想说什么，报话机响了起来，是赵副厅长的声音："……刘书记，刘书记，我是老赵，我已经抄近道赶过来了，你们注意一下，我的车马上插入你们的车队！"

刘重天回头一看，果然发现一辆省公安厅的警车挤到了自己坐的车的后面。

又过了大约五六分钟，目的地到了，在前面带路的第一辆警车下了快速路。

嗣后，公安厅、公安局和反贪局的几辆警车全停到了市粮食局废弃的破粮库前，赵副厅长和几个手持枪械的警察匆匆从车里跳出来，保护着杨宏志走进了原粮库办公楼下的地下室。

片刻，赵副厅长从地下室上来了，神色不安地跑到刘重天面前报告说："刘书记，我们……我们还是来晚了！杨宏志说的那个什么葛经理和黑窝里的歹徒全不见了，只有一个手动葫芦挂在墙上，还……还发现了一具尸体……"

刘重天一怔，对陈立仁道："走，我们去看看！"

赵副厅长拦住了刘重天的去路，"刘书记，你……你还是别看了吧……"

刘重天不听，推开赵副厅长，和陈立仁一起，疾走几步，下到了地下室。

面前的情形让刘重天大吃一惊：一个身高足有一米八几的大汉被

赤身裸体倒吊在手动葫芦的铁钩子上，身上被捅了十几个血洞，地面上满是血迹，血腥味浓重刺鼻，像个正在使用的屠宰场。死者的大脑袋几乎垂到了地上，脑门上不知被什么人用不干胶粘了一张纸条，纸条上是打字机打出的几个大字："刘重天，这就是你的下场！"显然作案者料定他们会找到这里来。

刘重天仔细看了好半天，冷冷一笑，不屑地道："我的下场？我倒要看看他们最后会落个什么下场！"看了看身边的同志们，口气平静，"杨宏志呢，在哪里呀？把他带过来！"

大家四下一看才发现，杨宏志已瘫在地下室的台阶上站不起来了。

两个警察把杨宏志硬架到了刘重天面前，"刘书记，杨宏志来了！"

刘重天指着尸体，"杨宏志，你辨认一下，看看这个死者是谁？"

杨宏志带着哭腔道："是……是黑脸老赵！今天就……就是他把我放走的。肯……肯定是因为放了我，坏了葛经理他们的事，才……才被杀了！"身子再次瘫到地上，"刘书记，我诬陷好人，罪大恶极，你……你们快判我的刑，把我关起来吧，求……求求你们了……"

刘重天心里很沉重，像安慰一个受了惊吓的孩子似的，和气地安慰道："杨宏志，你不要怕！从今天下午走进镜州市人民检察院大门的那一刻起，你的生命安全就在我们的严密保护之下了，请相信我这个纪委书记的话：镜州是人民的天下，绝不是那些恶势力的天下！"

话虽这么说，回去的路上刘重天仍心事重重。他潜在的对手太凶残了，短短一个下午竟然制造了两起血案，而且几乎就是在他眼皮底下制造出来的！从某种意义上说，这股恶势力是在向他示威，不是向其他什么人，就是在向他刘重天示威，死者身上打印纸条说得很明白，没有任何疑义和含糊！一次正常的反腐败行动怎么激起了这么强烈的反弹？这股恶势力和镜州腐败案到底有什么关系？和白可树、齐小艳有什么关系？齐小艳会不会在这股恶势力控制之下？

刘重天当即决定，连夜赶往省城，突击审查白可树，寻找新的突破口。

# 第十一章　十字架下的较量

## 37

　　刘重天是在高速公路新圩入口处和陈立仁一行分手的，分手时，对陈立仁和赵副厅长作了一番交代，要他们不要放过绑架现场的任何蛛丝马迹，组织侦察人员连夜研究这两起杀人血案，交代完，带着秘书上车走了。不承想，车上高速公路，开到平湖段时，突然接到陈立仁一个电话，陈立仁请刘重天回来一下，说有大事要马上汇报。刘重天以为血案有了突破，要陈立仁在电话里说。陈立仁坚持当面说。刘重天便让陈立仁带车追上来，到高速公路平湖服务区餐厅找他，他在那里一边吃饭一边等。这时，已快夜里十一点了，刘重天还没顾得上吃晚饭。

　　在服务区餐厅要了份快餐，刚刚吃完，陈立仁就匆匆赶到了。因为面前有秘书和司机，陈立仁什么也没说，拉着刘重天往外面走，走到四处无人的草坪上，才掏出一份材料递了过来，"刘书记，你快看看这个，你想得到吗？你以前那位宝贝秘书祁宇宙突然在监狱里反戈一击了，举报你七年前经他手收受了四万股蓝天股票！"

刘重天借着地坪灯的朦胧灯光草草浏览了一下，惊问道："这……这是从哪来的？"

陈立仁道："省里一位朋友送来的，是谁你就别管了，据这位朋友说省委已指示查了！"

刘重天又是一惊，尽量平静地问："老陈，这……这消息来源可靠吗？啊？"

陈立仁道："绝对可靠，具体负责调查的是士岩同志，士岩同志这两天就在镜州！"

刘重天不禁一阵悲凉，一种孤立无助的感觉瞬时间潮水般漫上心头，可表面上仍是不动声色，"让士岩同志和省委把这事查查清楚不挺好吗？也是一种负责任的态度嘛，我能理解！"

陈立仁愤愤不平地叫了起来，"我不理解！老领导，你说说看，这叫什么事？我们按他们的指示冒着生命危险在镜州办这个大案要案，和腐败分子恶斗，就像在前方打仗，他们倒好，听风就是雨，竟然在我们背后开火了！尤其是士岩同志，怎么能这么做呢？啊？到了镜州还瞒着我们，连一丝风都不给我们透，跟这样的领导干活实在太让人寒心了！"

这话其实也是刘重天想说而又不便说的，刘重天仰天长叹道："老陈，要说不寒心，那是假话，如果意气用事，我现在就可以主动辞职，离开镜州，等省委搞清楚我的问题再说……"

陈立仁没等刘重天把话说完，又抢了上来，"对，用人不疑，疑人不用，既然你的问题还没搞清楚，士岩同志和省委也正在查，那我们还待在镜州干什么？还是撤吧，我陪你一起撤，镜州案也让士岩同志坐镇直接抓吧！"

刘重天摆摆手，"老陈，你听我把话说完嘛！问题是，我们不能意气用事，我们真撤了，有些家伙就会在梦中笑醒了，我们正中了他们的圈套！"哼了一声，"现在，我不但不撤，还得抓紧时间把案子办下去，除非秉义同志和省委明确下令撤了我这个专案组组长！"

陈立仁怔住了，过了好半天才咕噜了一句："我就知道你是这个态度！"继而，不无疑惑地问："祁宇宙怎么会在这种关键时候反戈一击了？你看这后面是不是有背景？"

刘重天想了想，苦苦一笑，"这后面是不是有背景不好说，但有一点我很清楚，祁宇宙是对我搞报复，搞诬陷！有个情况你不知道：祁宇宙在监狱里还打着我的旗号胡作非为，甚至为别人跑官要官，我知道后发了大脾气，让省司法局严厉进行了查处，祁宇宙就恨死我了！"

陈立仁仍是疑惑，"一个在押犯人会有这么大的能量？齐全盛会不会插手呢？"

刘重天看了陈立仁一眼，"老陈，你这没根据的怀疑能不能不要说啊？！"抱臂看着繁星满天的夜空，停了好一会儿，才又意味深长说："老陈啊，我现在倒是多少有些理解齐全盛了。齐全盛回国的那夜，在市委公仆一区大门口见到我情绪那么大，应该说很正常！你设身处地地想想看，老齐带着镜州的干部群众辛辛苦苦把镜州搞成了这个样子，又是刚刚从国外招商回来，家里就发生了这么一场变故，他心理上和感情上能接受得了吗？！"

陈立仁讥讽道："老领导，照你这么说，省委决策还错了？我们是吃饱了撑的？！"

刘重天缓缓道："这是两回事，共产党也是人，——我现在是讲人的正常感情。省委和士岩同志审查我，我心里一片悲凉，你也愤愤不平，都觉得委屈得很。齐全盛就不觉得委屈吗？他身边的同志会没有反应啊？所以，办事情想问题，都得经常调换一下角度嘛！"

陈立仁半开玩笑半认真地，"刘书记，看来你想对齐全盛手下留情了？"

刘重天却很认真，"什么留情不留情？齐全盛如果有问题，我手下留情就是违背原则，我当然不会这么做；如果齐全盛没问题，也就谈不上什么留情不留情的！"挥挥手，"好了，不说这件事了，我们该干啥干啥吧，你回镜州，我也得赶路了！"

陈立仁却把刘重天拉住了，"祁宇宙那边怎么办？他这材料可是四处寄啊！"

刘重天淡然一笑，"让他寄好了，我刘重天还就不信会栽在这个无耻之徒手里！"

陈立仁点点头，"倒也是，多行不义必自毙，我看这小子以后也不会有啥好下场！"

这时，已是夜里十二时零五分了，刘重天和陈立仁在平湖服务区停车场上分别上了车。

事后回忆起来，陈立仁才发现那夜刘重天的表现有些异常：显然已预感到了自己的严重危机，言谈之中有了和老对手齐全盛讲和的意思。心里好像也不太踏实，车启动后开了没几步，又停了下来，把他叫到路边的花坛旁又做了一番交代。说是情况越来越复杂了，以后还会发生什么意外谁也说不清。如果有一天自己不在专案组了，镜州这个案子还要办下去，只要没人来硬赶，就要陈立仁在专案组待着，给历史和镜州人民一个交代，还让陈立仁做出郑重保证。

陈立仁做保证时，头皮发麻，当时就有点怀疑刘重天了：刘重天七年前毕竟是镜州市市长，祁宇宙毕竟是刘重天的秘书，祁宇宙那时红得很哩，四处打着刘重天的旗号，代表刘重天处理事情，连他这个市政府办公厅副主任都分不清是真是假。那么刘重天会不会因一时不慎马失前蹄，在祁宇宙的欺骗诱导下，向蓝天科技公司索要那四万股股票呢？这不是没有可能！

如果真是这样，他这个反贪局局长就将面临着又一次痛苦的抉择！

## 38

一缕月光投入监舍，在光洁的水泥地上映出了一方白亮。入夜的监舍很安静，二十几个同改大都进入了梦乡，只有抢劫强奸犯汤老三和同案入狱的两个小兄弟沉浸在白亮的月光中，用各自身子牢牢压着一床厚棉被的被角悄悄从事着某种娱乐活动。天气很热，汤老三和他手下的两个小兄弟光着膀子，穿着短裤，仍在娱乐的兴奋中弄出了一头一身的臭汗。

厚棉被在动，时不时地传出一两声走了调的歌声，那是被娱乐着的活物在歌唱。

被娱乐的活物就是已被定为严管对象的祁宇宙，这种娱乐活动已连续进行三夜了。晚上熄灯后，总有几个同改把祁宇宙拎下床，厚棉被往头上一罩，让他举办独唱晚会。头一夜，祁宇宙拼命挣扎，死活不干，被蒙在被子里暴打了一顿，还有人用上鞋针锥扎他，差点儿把他弄死在厚棉被下。早上点名时，祁宇宙向管他们监号的中队长毕成业告状，毕成业根本不当回事，也没追查，反要祁宇宙记住自己干过的坏事，不要再乱寄材料，胡乱诬陷好人。

祁宇宙这才意识到，自己对刘重天的举报是大错特错了，齐全盛也许帮不上他的忙，也许能帮也不来帮，一个在押服刑犯对齐全盛算得了什么？而刘重天身居高位，是省纪委常务副书记，并不是那么容易扳倒的，只要刘重天做点暗示，他就会不明不白地死在监狱里。

然而，他却不能死，越是这样越不能死，刘重天应该得到自己的报应！

从第二夜开始，祁宇宙学乖了，同改们把棉被往他头上一蒙，独唱晚会马上开始。好在他过去风光时歌舞厅没少去，卡拉 OK 没少唱，会的歌不少，倒也没什么难的。主要是头上、身上捂着被子，热得受不了，便要求从厚棉被里钻出来好好唱，让歌声更加悦耳。同改们不同意，说是不能违反监规。他只好大汗淋漓地在棉被里一首接一首唱，从邓丽君到彭丽媛，从《三套车》到《东方红》，热爱娱乐活动的同改们就把耳朵凑在厚棉被的缝隙处欣赏。

书到用时方恨少，这夜夜要为同改们开独唱晚会，祁宇宙便生出了新的感叹：歌到唱时才知乏啊，这才到第三天呀，怎么一肚子歌都唱完了？连小时候的儿歌都唱完了？这都是怎么回事？是他过去腐败得不够，还是被同改们折腾糊涂了，把很多歌烂在肚子里了？

这夜给他开独唱晚会的抢劫强奸犯汤老三和同案的两个小兄弟倒还不错，没坚持要听新歌，而是不断地点歌。汤老三把被子往他头上一蒙就说了，他们哥三个都是小头闯祸，大头受罪，全是因为折腾爱情才折腾进来的，他们大哥都为爱情把脑袋玩掉了，判了死刑，所以，今夜就请他专场歌唱爱情。

252

祁宇宙便歌唱爱情，从《十五的月亮》开始，一连唱了几首。

热，实在是太热了，美好的爱情已悲哀地浸泡在连绵不绝的汗水中了。被子里的气味也不好闻，汗味、脚臭味，还有小便失禁时流出的尿骚味，几乎让祁宇宙喘不过气来。

就这样还得坚持唱，不唱，上鞋锥子就扎进来了。

祁宇宙便唱，声音嘶哑，上气不接下气："……这绿岛的夜是那样宁静，姑娘哟……"

实在唱不下去了，浑身上下全湿透了，头脑一片空白，好像意识快要消失了。

恍惚中，一个无耻的声音钻进了被窝："唱呀，姑娘怎么了？×上了吗？"

祁宇宙张了张嘴，努力唱道："……姑娘哟，你……你是否还是那样默默无语？"

那个无耻的声音又响了起来："不好听，不好听，祁宇宙，唱个《十八摸》吧！"

祁宇宙冒着挨扎的危险，把头从被窝里伸了出来，"这歌我……我真不会唱……"

锥子马上扎了上来，祁宇宙痛得"哎哟"一声，把湿漉漉的头缩了回去。

汤老三骂骂咧咧，"×你妈，老子喜欢听的歌你偏不会唱，那就唱邓丽君吧！"

祁宇宙又麻木不仁地唱起了邓丽君，像一只落入陷阱的狼在嘶鸣："在……在哪里？在哪里见……见过你？你的笑容这……这样熟悉？我一时想不起……"

这时，夜已很深了，监号里一片此起彼伏的呼噜声，祁宇宙从棉被缝隙中透出的哀鸣般的歌声被同改们的呼噜声盖住了，谁也不知道一个曾经做过市长秘书的人，一个在狱中还拥有特权的人，一个那么自以为是的人，竟被最让同监犯人瞧不起的强奸犯逼着歌唱爱情。

　　祁宇宙也看不起这三个猥琐的强奸犯，转到三监后他就听大队长吴欢说过，汤老三五年前因为参与抢劫轮奸，被判了无期徒刑，现在减刑为二十年，那两个同案犯一个十二年，一个十五年。吴欢当大队长时从不拿正眼瞧他们，他们在号子里地位也是最低的，祁宇宙拥有特权时，他们连给他敲腿捶背的资格都没有。现在，这三个强奸犯竟不知在谁的指使下参与了对他的迫害。祁宇宙认为，指使人肯定是监狱干部，没准就是他们的中队长毕成业。

　　毕成业不知是从哪里调来的，违规违纪事件发生后，监狱干警进行过一次大调整，包括吴欢在内的许多熟人被调离了监管岗位，另一些完全陌生的管教人员充实到了监管第一线，毕成业便是其中一个。祁宇宙曾试探着和毕成业套近乎，想请毕成业带话给吴欢，让他和吴欢见个面，汇报一下最近的改造情况。话没说完，便被毕成业厉声喝止了。毕成业要祁宇宙别忘了自己的身份，明确告诉他，从今以后别想再见到吴欢了，要汇报就向他汇报！

　　向毕成业汇报完全不起作用，这人先是装聋作哑，后就变相整他，说他"太调皮"。夜夜被号子里的同改们折磨着，白天还要干活，就算是个铁人也吃不消，有几次，祁宇宙正干着活睡着了，毕成业手上的警棍就及时地捅了上来，让他诈尸似的从梦中惊醒。

　　然而，祁宇宙却不恨毕成业，恨的只是刘重天。事情很清楚，让他落到这一步的罪魁祸首是刘重天！如果没有刘重天装模作样的狗屁批示，吴欢不会被撤职调离，他也不会被严管，也就不会发生后来的举报。他为什么要举报呢？七年前，他是那么维护刘重天，齐全盛手下的人明确问到刘重天的问题，他硬给顶回去了！如果那时候他态度含糊一些，刘重天没准也是号子里的一位同改，他真傻呀，还以为刘重天会帮他，会救他，等了七年，大梦都没醒啊！

真困，真乏，仿佛身子不是自己的了，嘴里还在唱，唱的什么，连他自己都不知道了。

一个遥远的声音传了过来："……祁宇宙，怎么唱起阳光了？他妈的，这里有阳光吗？"

祁宇宙仍在麻木地唱："……我们的生活充满阳光，充……充满阳光……"

针锥隔着被子扎了进来，恍惚是扎在背上，祁宇宙已感觉不到多少痛了。

声音益发遥远了："……爱情，他妈的，还是给我们唱爱情，就是鸡巴什么的……"

祁宇宙便又机械地唱了起来，没头没尾，且语无伦次，但仍和鸡巴无关："……美酒加咖啡，我……我只要喝一杯……虽……虽然已经百花开，路边的野花你不要采，记……记住我的情，记……记住我的爱，记……记住有我天……天天在等待……"

唱着，唱着，祁宇宙完全丧失了意识，眼前一黑，失去了知觉，昏死过去。

醒来后，祁宇宙觉得自己屁股痛，痛得厉害，继而发现屁股上糊满了脏兮兮的东西。

祁宇宙这才悟到了什么，挣扎着从臭烘烘的厚棉被里钻出来，破口大骂汤老三等人："强奸犯！你……你们这……这帮强奸犯！"后来又捂着鲜血淋漓的屁股，点名道姓骂起了刘重天，"刘……刘重天，我……我×你妈！你……你不得好死……"

这时，天还没亮，不少同改被吵醒了，于是一哄而上，对祁宇宙又踢又踹。

祁宇宙不管不顾地痛叫起来："救……救命啊……"

值班的中队长毕成业这才算听到了，不急不忙地赶了过来。

毕成业赶来时，饱受折磨的祁宇宙再次昏迷过去……

祁宇宙被强奸那夜，毕成业的值班日记上仍然没有任何犯人违反监规的记录。

# 39

十天前，白可树已从"双规"转为正式逮捕，是镜州腐败案中第一个被批捕的。

这段时间的内查外调证明，白可树犯罪事实确凿，仅在澳门萄京就输掉了蓝天集团两千二百三十六万元公款。田健提供的转账单据一一查实了，在萄京的秘密录像带上，白可树豪赌的风采也历历在目。白可树对自己的经济问题无法抵赖，也就不再侈谈什么权力斗争了。然而也正因为知道死罪难逃，反而不存幻想了，益发强硬起来，基本上持不合作态度，尤其对涉黑问题，讳莫如深，不承认镜州有黑势力，更不承认自己和黑势力有什么来往。

这夜，面对突然赶来的刘重天，白可树神情自若，侃侃而谈："……刘市长，哦，对不起，过去喊习惯了，所以现在我还喊你'市长’！刘市长，你就别对我这么关心了，我反正死定了，怎么着都免不了一死。这个结果我早想到了，也就想开了：从本质上说，我们的躯壳都是借来的，我现在死了，只不过是早一点把躯壳还给老天爷罢了，你说是不是？"

刘重天说："这话有一定的道理，人活百年总免不了一死，大自然的规律不可抗拒嘛！不过，除了躯壳，还有个灵魂，白可树，你就不怕自己的灵魂下地狱吗？"

白可树笑道："我是唯物主义者，从不相信有什么灵魂，刘市长，你相信灵魂吗？"

刘重天缓缓道："你是不是唯物主义者我不知道，也不想再知道了。我只说我自己，我刘重天选择了共产主义信仰，就是选择了唯物主义和辩证法。我说的灵魂就是指信仰，一个执政党党员的信仰，一个社会主义国家领导干部的良知。白可树，你有这种起码的信仰和良知吗？你的所作所为对得起你曾加入过的这个执政党吗？对得起用血汗养活你的老百姓吗？对得起包括齐全盛同志在内的一大批领导同志吗？事实证明：齐小艳是被你一步步拉下水的，还有高雅菊，高雅菊今天落到被‘双规’的地步，也是你一手造成的！难道你还不承认吗？"

白可树脸上的笑容消失了，"这……这我承认，我……我是对不起齐书记……"

刘重天敏锐地发现了对话的可能性，"白可树，你是对不起齐书记啊，别人不知道，我是知道的，如果不是齐全盛同志，你能一步步爬到市委常委、常务副市长这种高位上来吗？坦率地告诉你：如果七年前我没调走，如果我仍是镜州市市长，你上不去嘛！所以，镜州的腐败案一暴露，我马上就想到，齐全盛同志对此是要负责任的！齐全盛同志手上的权力不受监督，被滥用了，出问题是必然的，不出问题反倒奇怪了！"

白可树摇摇头，"刘市长，你怎么还是对齐书记耿耿于怀？我看，你对齐书记的偏见和成见都太深了。我的事就是我的事，和齐书记有什么关系？你不要老往齐书记身上扯。齐书记用我是有道理的，我白可树敢闯敢冒能干事嘛！没有我的努力，海滨度假区不会这么快就搞起来，并且搞成目前这种规模，镜州行政中心的东移起码也要推迟两年……"

刘重天抬起了手，"哦，打断一下：镜州行政中心东移曾经让我伤透了脑筋，今天你能不能向我透露一下，你从哪搞来那么多钱，把市委、市政府和那么多单位的大楼建起来了？"

白可树警觉了，"怎么，刘市长，你还想查查我这方面的问题吗？"

刘重天笑笑，"不，不，完全是一种好奇——你能满足我好奇心吗？"

白可树倒也敢作敢当，"可以，全是违规操作。当时，我是新圩区委书记，又兼了个新圩港建设指挥部副总指挥，就先挪用了建港资金，后来又陆续挪用了职工房改基金和十三亿养老保险基金，靠这些钱滚动，创造了一个连齐书记都难以相信的奇迹！"

刘重天倒吸了一口冷气，"白可树，你真是个白日闯！你就不怕老百姓住不上房子骂你祖宗八代？就不怕退休职工领不到保命钱找你拼命？齐全盛同志就同意你这样干？"

白可树马上提醒："哎，刘市长，别又往齐书记头上扯！我告诉你这个真相，完全是为了满足你的好奇心，和齐书记一点关系没有！齐书记这人你知道，只要结果，不管过程。"叹了口气，还是说了实话，"不过，毕竟是接近三十个亿啊，这祸闯得有点大，齐书记知道后，拍着桌子臭骂了我一通，怪我不管老百姓死活，还说他手里有枪的话，非一枪毙了我不可！"

刘重天哼了一声，"我看责任还在齐全盛同志身上！这件事我最清楚，齐全盛同志先是逼着我违规操作，我没干，才产生了所谓班子团结问题！你也是被齐全盛同志逼上梁山的嘛！"

白可树手一摆，"刘市长，你怎么就是揪住齐书记不放呢？告诉你：齐书记没推脱自己的责任！挪用建港资金问题，国家部委追究了，齐书记三次飞北京，去检讨，去道歉，千方百计给我擦屁股，自己主动承担责任。房改基金和养老保险基金也是齐书记动用各种财政手段在两年内陆续帮我还清的，所以任何问题也没出。齐书记背后虽说骂得狠，公开场合从没批过我一句，跟这样的领导干活，就是累死我也心甘情愿！"就着这个话题，讥讽起了刘重天，"而你刘市长呢？比齐书记可就差远了！祁宇宙是你的秘书，出事后你保过人家吗？！"

刘重天道："我为什么要保他？对这种人品败坏的腐败分子能保吗？不要原则了？！"

白可树冷冷一笑，"腐败分子？认真说起来，有职有权的，有几个不是腐败分子？你刘重天就不是腐败分子？我看也算一个，起码在平湖、镜州当市长时算一个！工资基本不用，烟酒基本靠送，迎来送往，大慷国家之慨，五粮液、茅台没少喝吧？哪次自己掏过腰包？如果真想查你，你会没问题？我别的不说了，就说一件事：为批镜州出口加工区项目，你带着我和有关部门同志到北京搞接力送礼，

259

送出去多少啊？你心里难道没数吗？这是不是行贿呀？"

刘重天心里很气，脸面上却努力保持着平静，"白可树，你一定想听听我的回答吗？"

白可树一副无所谓的样子，"刘市长，成者王侯败者贼，我现在落到了你手里，就不能强求你了。你愿意回答我的质疑，我洗耳恭听，接受教育，不愿回答呢，我也毫无办法。"

刘重天马上道："我回答你！你听明白了：你白可树很不服气呀，认为腐败已经成了我们干部们的一种生活方式，这个结论我不敢苟同。远的不说，就说善本，他也是副市长，一直住在工人宿舍里，他的生活方式有一丝一毫腐败的影子吗？和你白可树是一回事吗？再说我，不错，我做市长搞接待时，五粮液、茅台是喝过不少，可是我想喝吗？正常的公务活动怎么能和腐败扯到一起去呢？你的烟酒基本靠送，我可不是这样，我一个月要抽五条烟，全是买的，不相信，你可以到市政府办公厅查一下，看看我这个市长当年到底付款没有？！"

白可树笑道："不用查了，市政府从镜州烟厂批的特供烟嘛，仍然是腐败现象！"

刘重天略一迟疑，承认了，"确实是腐败现象，可也是一种过渡时期的过渡办法，国家目前还没有高薪养廉嘛，各地区、各部门就会搞一些类似的经济手段维持干部的起码生活条件和基本体面。同时我也承认，我们干部队伍中也有一部分人，比如你白可树，已把腐败变成了一种生活方式。但这绝不是全部，我们干部队伍的主流还是好的，你承不承认这一点？"

白可树有点不耐烦了，"算了，算了，刘市长，你就别给我做大报告了！说心里话，我也同情你，真的！你想想，八年前我们一起到国家部委一位司长家送礼，人家司长把你当回事了吗？照打自己的麻将，都不用正眼瞧你！你忘了，回到招待所你和我说了什么？"

刘重天眼前出现了当年耻辱的一幕，"我说，中国的事就坏在这帮混账王八蛋手上了！"

白可树自以为掌握了主动，"所以，刘市长，我并不准备举报你，你搞点小腐败也是为了工作嘛，在本质上和齐书记是一回事。我只劝你别揪住齐书记和齐书记的家人不放了。我的许多事情齐小艳并不知情，齐小艳是受了我的骗；高阿姨就更冤枉了，她在我的安排下两次出国是违纪问题嘛，你怎么就是不依不饶呢？是讲原则，还是搞报复啊？你就不怕齐书记一怒之下反击你吗？"

刘重天见白可树主动谈到了实质性问题，也认真了，"高雅菊不仅仅是两次违纪出国的问题吧？她手上的那个钻戒是怎么回事？是你送的吧？高雅菊本人都承认了嘛！是第二次出国时，你在阿姆斯特丹给她买的纪念品。还有她账上那二百多万，都从哪里来的呀？啊？"

白可树道："钻戒确实是我送的，高阿姨既然已经承认了，我也不必再隐瞒。可我送这个钻戒完全是朋友之间的个人友谊，怎么能和受贿扯到一起去？不能因为我是常务副市长，就不能有朋友吧？再说，我的职位比高阿姨高得多，哪有倒过来行贿的事？"

刘重天严肃地道："你的地位是比高雅菊高，但另一个事实是：高雅菊的丈夫齐全盛是镜州市委书记，是你的直接领导，这行贿受贿的嫌疑就存在，就不能不查清楚！"

白可树手一摊，"好，好，刘重天，那你们就去查吧，就算是行贿受贿，这个钻戒也不过价值九千元人民币，恐怕还不够立案吧？

至于高阿姨手上的那二百多万，我可以负责任地告诉你：来源完全合法，是高阿姨退休后自己炒股票赚来的，是一种风险利润！"

刘重天想了想，抓住时机问："那么，请你就这两个问题说清楚：一，你送给高雅菊的这个钻戒的价值究竟是九千元，还是一万多元人民币？二，高雅菊在股市上炒股是怎么回事？"

白可树沉默了一下，"这两个和我无关的问题我完全可以不回答，但为了高阿姨的清白，我回答你：一，在阿姆斯特丹买钻戒时，欧元正处在历史最低位，退税后折合人民币是九千四百多元，现在欧元对美元升值了，可能超过一万人民币了，但立案值仍应该是当时的价格。二，高阿姨炒股是我怂恿的，开户资金二十五万是我让金字塔大酒店金总从账上划过来的，但高阿姨坚决不收，从家里取出了所有到期不到期的存款，把二十五万还给了金总。"

刘重天问："这二十五万是什么时候还的？是案发前还是案发后？"

白可树道："什么案发前案发后？高阿姨开户后没几天，两年前的事了。"

刘重天又问，似乎漫不经心："金总是你什么人？怎么这么听你的？"

白可树道："一个企业家朋友——你当市长时不就提倡和企业家交朋友吗？"

刘重天说："我提倡和企业家交朋友，是为了发展地方经济，帮助企业解决困难，不是让你从人家的账上划钱出来给市委书记的夫人炒股票！"停顿了一下，口气益发随和了，"类似金总这样的朋友，肯定不少吧？啊？你就没想过，你倒霉的时候人家会来和你算总账？"

白可树笑了，"看看，刘市长，又不了解中国国情了吧？谁会来和我算总账？你问问那些企业家朋友，我白可树是个什么人？占过他们的便宜没有？什么时候让他们吃亏了？"

刘重天立即指出，"我看话应该这么说：你占了他们的便宜，不过也让他们占了国家和人民的便宜，所以他们才没吃亏，甚至有些人还在你权力的庇护下暴富起来了……"

白可树道："这也没什么不好，财富在他们手里，他们的企业越做越大，就增加了就业机会，也增加了国家和地方的财政税收，目前就是资本主义的初级阶段嘛，要完成原始积累嘛！比如说金总，人家十年前靠八千元借款起家，现在身家十五亿，对我们镜州是有大贡献的。"

刘重天笑笑，"你说的这个金总我不了解，不过既然有了十五亿身家，显然是个商战中的成功者，金总成功的经验，我想，也许有人会有兴趣去研究一番。我现在要纠正的是你的错误观点：我们处在社会主义初级阶段，不是资本主义初级阶段。判断一个国家的性质，不是看社会上出现了几个金总，而是要看它的主流经济，看主流经济的成分。事实怎么样呢？现阶段公有制经济仍占主导地位，连上市公司基本上都是国家控股，哪来的资本主义初级阶段啊？"

白可树一脸的嘲讽，"刘重天，你真有雅兴，这时候还和我讨论这种虚无缥缈的问题！"

刘重天一声叹息，不无悲愤，"不是虚无缥缈的问题，是重大的理论问题，重大的原则问题！你白可树犯罪的思想根源也许就在这里！你认为自己处在资本主义的初级阶段，满眼的物欲横流，纸醉金迷，把身份和理想全忘光了，从思想上和行动上背叛了国家和人民！"

白可树默然了，好半天没有作声。

刘重天突然掉转了话题，"白可树，能提供一些齐小艳的情况吗？"

白可树一怔，"哪方面的情况？"

刘重天想了想，"你所知道的一切情况！事到如今，我也不瞒你了：有两个涉案人员已经惨死在黑社会歹徒手下，我们很担心齐小艳的安全。你作为齐小艳的情人，就不怕你的朋友杀人灭口，也把她干掉？对你那些朋友的为人，你恐怕比我更了解吧？"

白可树警惕性很高，"怎么？还非要坐实我涉黑的问题？刘重天，这好像没必要了吧？我涉黑也好，不涉黑也好，里外一个死了，你们看着办吧！"

刘重天再次重申："不仅仅是你，我担心齐小艳成为下一个目标！"

白可树拉下了脸，冷冷道："刘重天，我更担心齐小艳会死在你手上！"

……

凌晨五时，审讯在双方都精疲力竭的状态下结束，陪审的两位省反贪局同志很失望，认为没取得什么实质性进展。刘重天却不这么看，反复审读了审讯记录后，在吃早点时做了三点指示：一，立即查实高雅菊炒股赢利的情况；二，盯住金字塔集团的金启明，搞清此人和白可树以及相关镜州干部的历史和现实关系；三，以金启明为中心人物，对白可树在镜州企业界的关系网进行一次全面深入的调查。

# 40

在车里睡了一觉，早上八时半，刘重天回到了镜州市委。

揉着红肿的眼睛刚走进办公室，女市长赵芬芳进来了，"刘书记，您找我？"

刘重天看着赵芬芳的笑脸，一时有些发蒙，"找你？我？"

赵芬芳说："是啊，政府值班室说的，你昨夜打了个电话过来……"

刘重天这才想了起来，"对，对！赵市长，坐，你请坐！"

赵芬芳坐下了，一坐下就别有意味地发牢骚："……刘书记，你看看这事闹的，齐书记说走就走了，待在省城检查身体不回来了，也不知啥时才能回来！您呢，又白日黑夜忙着办案子，这市委、市政府一大摊子事全撂给我这个女同志了……"

刘重天把小舅子邹旋的事全记起了，不再给赵芬芳留面子，很不客气地打断了赵芬芳的话头，"怎么这么说呢？赵市长，没人把事全撂给你嘛，据我所知，到目前为止，省委既没撤齐全盛同志的职，也没决定让你主持工作，而且各位副书记、副市长也在各司其责嘛！"

赵芬芳脸一下子红了，有些窘迫不安，"刘书记，这……这我得解释一下……"

刘重天似乎也觉得有些过分了，口气多少缓和了一些，"赵市长，你就别解释了，特殊时期嘛，你想多干点事是好的，心情我理解。可是不该你管的事，我劝你最好还是不要管，比如干部问题……"

赵芬芳站了起来，"刘书记，我就知道您要说这个问题，那我就正式汇报一下：这次常委会是早就定下要开的，主要议题并不是干部安排，而是下半年的工作，您说您不参加了，我们也不好勉强。因为下半年有些老同志到年龄了，要退下来，十几个干部的安排才临时提了出来，具体名单也不是今天才有的，齐书记在时就在上一次常委会上议过。其中有几个有些争议，比如市建委的办公室主任邹旋，九年的老正科，也该动动了。齐书记老不表态，也不知是不是因为您和他历史上那些矛盾造成的，这次我才又特意提到了常委会上，让同志们议了一下……"

刘重天严肃地道："赵市长，我要给你谈的就是这个问题。别的同志我不太清楚，不好说什么，这个邹旋我却比较了解，就是个酒鬼嘛，因为喝酒误过不少事，影响很不好！你点名把这样的同志提为建委副主任合适吗？是不是要照顾我的面子啊？也太没有原则性了吧？！"

赵芬芳反倒不怕了，坦荡而恳切地道："刘书记，这我倒要表示点不同意见了。对这个同志，我们不能只看表面现象，我认为，从本质上说，邹旋是个能力很强的好同志，群众基础也比较好，我们不能因为他是您的亲戚就硬把他压在下面，这也不太公平嘛！刘书记，我真不是要讨你的什么好，对邹旋同志的安排问题，我前年就和齐书记有过交锋……"

刘重天心里清楚，下面将是赤裸裸地表忠心了，手一摆，"赵市长，你不要再说了，我还是那句话：干部问题在齐全盛同志回来之前不议，暂时冻结，当然，邹旋这个副主任也不能算数，可以告诉邹旋，是我不同意提他，就算以后齐全盛同志同意，我也不会同意！"

赵芬芳呆住了，"刘……刘书记，您……您这也太……太武断了吧？"

刘重天冷冷看着赵芬芳，"武断？赵市长，据我所知，省委关于干部任用的公示制文件已经下达几个月了吧？你们就不打算认真执行吗？你们如果坚持要用这个邹旋，我建议先在市建委张榜公布，听听建委的群众有什么反映，看看群众答应不答应？"

赵芬芳觉得不对头了，转身要走，"好，好，刘书记，那我们就先张榜，听听群众的反映再说吧，群众真有意见，就暂时摆一摆！其实你知道的，干部问题全是齐书记说了算，公示也是个形式。哦，我先走了，马上还有个会，政府系统准备统一布置学习……"

刘重天却把赵芬芳叫住了，"芬芳同志，请留步！"

赵芬芳只好站住了，有些忐忑不安，"刘书记，您还……还有事？"

刘重天想了想，"芬芳同志，有些话我原来不准备说，可现在看来不说不行，也只好说了。可能不中听，可能刺耳，可能让你记恨，但为了对你负责，为了对党和人民的事业负责，我别无选择！"口气一下子严厉起来，"赵芬芳同志，省委这次派我到镜州来干什么，你很清楚！齐全盛怎么落到目前这种被动地步的，你也很清楚！可以告诉你，迄今为止的调查已经证明，齐全盛当了九年镜州市委书记，确实没为他老婆高雅菊和他女儿齐小艳批过任何条子！专案组查到的一大堆条子全是你和白可树以及其他领导批的！白可树批得最多，也最大胆，你批得也不少，连前几年齐小艳公司走私车的过户你都批过，这没冤枉你吧？！"

赵芬芳讷讷道："那……那我有什么办法？齐小艳是齐书记的女儿嘛……"

刘重天大怒，"一个市委书记的女儿就应该有这种特权吗？齐小艳的这种特权到底是你们给的，还是齐全盛给的？齐全盛同志在什么时候、什么地方向你们交代过，让你们这些下属干部给他的老婆孩子大搞特权？有没有这样的事？如果有这样的事，请你给我说出来！"

赵芬芳哭丧着脸，"刘书记，您……您这让我怎么说？您也身在官场，能不知道游戏规则吗？廉政啊，严于律己啊，场面上的官话谁都在说，可实际怎么样呢？还当真这么做啊？"

刘重天益发恼怒了，"为什么不这样做？你以为我刚才说的也是场面上的官话吗？你以为你提拔了我的小舅子，我表面上批评你，心里会领你情，是不是？"手一挥，"错了！赵芬芳同志，我劝你不要再耍这种小聪明、小手段了，最起码我要接受齐全盛的教训！全盛同志在亲属子女问题上栽了跟斗，我看就是你们使的绊子，不管是有意的，还是无意的！你们真周到啊，心真细啊，领导想到的，你们想到了；领导没想到的，你们也想到了！"桌子一拍，"可你们就是没想到党纪国法，就是没想到老百姓会怎么看我们，没想到自己这种行为本身也是腐败，更严重的腐败，其恶劣程度和消极后果从某种意义上说甚至超过了直接贪污受贿！"

赵芬芳从没见刘重天发这么大的火，怯怯地辩解道："刘书记，也……也许我……我们做错了，可我……我们真是出于好心，没有害您或者害齐书记的意思，真的！再说，像您这样正派的领导有几个？齐书记哪能和您比，咱……咱这官场不就是这回事吗……"

刘重天深深叹了口气，"芬芳同志，你让我怎么说你呢？一口一个官场，还就这么回事？怎么回事啊？！我们都是人民的公仆，是为人民服务的，不是为哪个上级领导服务的！你刚才还说要去开会，布置学习，——我倒有个建议：不要光在口头上学，也不要光想着上电视，搞什么华而不实的花架子，要真正把最广大人民群众的根本利益放在心上，努力落实到每一项具体工作中去。不能嘴里讲着'三个代表'，心里只有一己私利！自省一下：我们每个同志，是不是都具备一个执政党党员干部起码的政治道德了？如果不具备怎么办？啊？"

赵芬芳似乎受了触动，一脸的恳切和讨好，"刘书记，您说得太深刻了，把我点醒了！我回去后一定好好落实您的指示精神，重温'三个代表'的光辉思想，在政府党组成员中先开一次民主生活会，从'三个代表'的高度，从以德治党、以德治国的角度，进行一次认真的思想清理……"

刘重天不耐烦地挥挥手，"赵市长，别背书歌子了，你走吧，我还有不少事要处理！"

赵芬芳走后，刘重天支撑不住了，一头倒在沙发上，昏昏沉沉想睡过去。

然而，却挣扎着没敢睡——这一觉睡下去，一天的事就全耽误了。

刘重天强打精神爬起来，泡了杯浓茶喝了。喝着茶，给周善本打了个电话，询问蓝天集团炒股的情况——高雅菊能靠炒股赚二百万，运气好得有点让人吃惊了。联想到赵芬芳、白可树这帮人对领导身边的亲属那么细心周到，关心照顾，他就不能不怀疑这其中的名堂：高雅菊这二百万究竟是怎么赚的？是蓝天集团替她赚的，还是她自己赚的？她炒股和蓝天集团炒股有没有什么联系？当真是阳光下的风险利润吗？他要周善本马上来一趟，向他当面汇报。

周善本挺为难地说："重天，我刚把田健接过来，正和田健，还有国资局的同志研究金字塔集团提出的蓝天科技的并购重组方案呢，下午还要和金总见面，我换个时间汇报行不行？"

金字塔集团？金总？还什么并购重组方案？刘重天警觉地问："金启明也要重组蓝天？"

周善本说："是啊，金总提出了一个方案，前几天送来的，国资局同志认为有可行性。"

刘重天本能地觉得这里面有文章，意味深长，"哦，这可是大好事啊，身家十五亿的大老板到底浮出水面了！善本，这样吧，我马上也过去听听，看看这位亿万富翁的重组计划！"

周善本有些意外，"重天，有这个必要吗？现在还只是预案，你事又那么多……"

刘重天笑了，"以经济为中心嘛，蓝天集团的腐败问题要查清，案子要办好，蓝天科技的资产重组也要搞好！齐全盛同志说得不错呀，我们绝不能给广大股民造成一个印象，好像镜州的股票不能买，镜州的上市公司只会坑人。善本，先不说了，我过去后当面谈吧！"

放下电话，刘重天让秘书带上金总和金字塔大酒店的有关材料，和秘书一起匆匆出了门。

专车驰往蓝天集团时，刘重天在车里再一次抓紧时间看起了金启明的有关材料。

这个金启明真不简单，十年前还是市政府信息办的一个主任科员，十年后竟拥有了十五亿的身家，涉足酒店、餐饮服务、电子制造、证券投资、国际贸易十几个行业。他这暴富的奇迹到底是怎么发生的？最初的资本积累又是怎么完成的？卜正军时代的走私和他有没有关系？此人目前拥有的巨大的财富是不是靠权力杠杆撬起的？九年前在镜州当市长时，刘重天还没听说过有这么一个金启明，由此可以推断，金启明的这番了不得的崛起发生在他离开镜州之后。

金启明如今是成功人士了，要收购上市公司蓝天科技了，哦，对了，人家还要办教育，材料上有条来自教育部的消息，说是金字塔集团要投资三个亿创办镜州理工学院哩！

著名企业家金启明先生在以前的各种报纸、杂志上微笑，在金字塔大酒店的盛大宴会上微笑，在镜州市人代会上行使人民代表的权利，走向投票箱时仍在微笑。此人的微笑是那么富有魅力，又那么让人捉摸不定，透着蒙娜丽莎般的神秘。

现在，神秘的面纱已揭开了一角，是白可树自己揭开的：身为常务副市长的白可树一句话就能让金总把二十五万划给高雅菊，这种随意和亲密明显超出常情了。这不是借款，白可树叙述这个事实时已在无意中说明了：是高雅菊坚决不同意收受这笔钱。当然，高雅菊是否收受了这二十五万，专案组还要认真查，可不论最终的结果如何，都说明了一个事实：白可树和金总有权钱交易的嫌疑。白可树在谈话时也公开言明了，他从没让金启明这帮朋友吃过亏。

以往办案的经验证明：不正常的暴富后面总有腐败的影子，这经验又一次被验证了。

现在的问题是：金启明怎么突然想起收购蓝天科技了？是一时心血来潮，还是蓄谋已久？他难道不知道蓝天科技亏掉底了吗？金启明这场突如其来的收购重组和蓝天腐败案有没有什么联系？支撑金启明暴富的仅仅是一个白可树吗？有没有别的权力人物？镜州这潭黑水到底有多深？黑水深处还藏着什么大鱼？金启明毕竟是成功人士了，成功之后还会蹚这潭黑水吗？

还有那个赵芬芳，到底是个什么人物？仅仅是浑水摸鱼，谋求自己的政治利益吗？她肚子里有没有什么不可告人的秘密？白可树和金启明和镜州企业家的利益关系，她是真不知道，还是装不知道？此人把齐全盛的权力不断递延到齐小艳手上，除了拍齐全盛的马屁，有没有欲盖弥彰的意思？在这么一种局部腐败的环境中，这个功利心极强的女人能独善其身吗？

越想疑虑越多，刘重天禁不住在心里暗暗感叹起来：看来反腐败的仗是越来越难打了，新情况、新问题不断出现，腐败的成因错综复杂，斗争残酷激烈，大有演变成全方位立体战的趋势。这已不是早些年那种猫和老鼠的对手戏了，羊和狼也有意无意卷进来了，还有许多卷进来的大小动物面目不清，让你无法做出准确的判断。更严重的是，这几年具有黑社会背景的案子越来越多，勇于牺牲已不再是专案组表决心时的一句空话了……

就想到这里，手机突然响了起来。

刘重天中断思索，下意识地接起了手机，"喂，哪位？"

是一个陌生的口音，"请问，是刘重天同志吗？"

刘重天本能地觉得不太对头，"对，我是刘重天，你是谁呀？"

电话里的声音冷冰冰的，"一个正派的群众，也是一个对你知根知底的群众！你的一切都没逃脱我的眼睛！你以为让人在监狱中整死了祁宇宙，就能逃脱正义的惩罚吗？错了，刘重天，我正告你：祁宇宙如果真死在监狱医院里，你更说不清，你就是杀人灭口！"

刘重天十分吃惊：祁宇宙死在狱中？还杀人灭口？杀人灭口？这

是讹诈！

电话里的声音还在说："……刘重天，你不要以为我不知道，祁宇宙揭发了你七年前收受蓝天股票的犯罪问题，你就借刀杀人，让三监的管理干部和犯人对祁宇宙下了毒手……"

刘重天厉声打断了那人的话头，"先生，你敢报出你的姓名吗？"

那人的声音更加阴冷，"对不起，我还不想成为第二个祁宇宙，不想非正常死亡！"说罢，挂上了电话。

刘重天看着手机上留下的电话号码，让秘书查了一下，却是个公用投币电话。

对这种讹诈却不能不认真对付，事情来得太突然了，万一祁宇宙真像讹诈电话里说的死在了三监，他麻烦就大了，只怕浑身是嘴也说不清。刘重天紧张地想了下，准备和省司法局通个电话，先了解一下有关情况。对司法局的报告做过批示后，祁宇宙的事他并不清楚。

不料，省纪委书记李士岩的电话却先打了进来，"重天同志吗？你现在在哪里呀？啊？"

刘重天心里一惊：该来的终于来了！心境反倒平静了，向车窗外看了看，"正在解放路上，准备去金字塔大酒店，见那位金启明先生。士岩同志，你在哪里？有什么急事吗？"

李士岩道："我在镜州财政宾馆，请你改变一下计划，马上过来好不好？我等着！"

刘重天还想证实一下自己的预感，"士岩同志，怎么这么急啊？出什么事了？"

李士岩在电话里迟疑了一下，还是说了："重天同志，出了点意外：你以前的秘书祁宇宙两小时前在省第三监狱医务室非正常死亡……"

刘重天没听完便合上了手机，对司机吩咐说："掉头，去财政宾馆见士岩同志！"

该来的既然都来了，刘重天索性不去多想了，身子往椅背上一靠，合上了沉重的眼皮。

秘书看出了什么，"刘书记，你现在被人盯上了，真是前有陷阱，后有追兵啊……"

刘重天深深叹了口气，眼睛却仍闭着，"是啊，这也在意料中啊！"

秘书不无疑惑，"士岩同志就这么好骗？连你这个常务副书记都不相信了？"

刘重天不无苦恼地摆摆手，"别说了，小刘，你让我安静一会儿……"

秘书知道刘重天已经几天没好好休息了，没再说什么，和刘重天一起打起了盹。

财政宾馆在镜州老区，从新圩过去有四十多里，二人一路上都睡着了。

车到财政宾馆门前，秘书醒了，回头一看，刘重天睡得正香，迟疑了好半天，终于没忍心叫醒刘重天，而是让司机开着发动机，创造一种特殊环境让刘重天多睡一会儿。秘书跟了刘重天三年，知道刘重天的习惯：车一开就能睡着，发动机一停马上就醒。安排完毕，秘书忧心忡忡进了宾馆，找到了李士岩所在的房间，把刘重天这阵子紧张办案的情况向李士岩说了说，道是刘重天太累了，请示李士岩："是不是马上叫醒刘重天？"

李士岩看着楼下还没熄火的车，难得动了感情，说："那就让他多睡一会儿吧！"

这一睡竟是两小时，刘重天醒来后，已是中午了，李士岩正等着他吃饭。

刘重天火透了，当着李士岩的面，狠狠批了秘书一通，怪秘书误了事。

李士岩救了秘书的驾，说："这事与小刘无关，是我批准的，重天，你辛苦了！"

这平平常常一声"辛苦"，却差点儿说下了刘重天的眼泪，刘重天怔了好一会儿，才仰天一声长叹，红着眼圈对李士岩说："士岩同志，辛苦点倒没什么，我只怕没把工作做好，辜负了您和秉义同志的期望！镜州案子太复杂了，人家可是在和我们打一场全方位的立体战啊！"

李士岩拍了拍刘重天的肩头，"好了，先别说了，吃饭去吧，我个人请客！"

# 第十二章　岿然不动

## 41

到省城休息已经十天了，身体全面检查了一下，结果让齐全盛吓了一跳：身体各个器官几乎都有毛病，最严重的是心脏，竟然戴上了冠心病的帽子。郑秉义得知检查结果，忙中偷闲跑到鹭岛看望齐全盛，要齐全盛不要背思想包袱，一定要安心养病，并建议齐全盛搬到省医大的高干病房住一阵子。齐全盛没同意，说是医院气氛压抑，没病也会住出病来，倒不如继续待在鹭岛了。还开玩笑说，如果省里不愿掏这笔住宿费，可以考虑由镜州掏，他在镜州工作弄出了一身病，镜州既负担得起，也应该负担。郑秉义便说，省里也负担得起，也应该负担。

齐全盛此时已得知李士岩去了镜州，调查刘重天的问题，借题发挥说："……镜州安定了七年，总算把经济搞上去了，当然，这不是我一人的成绩，是全市干部群众共同努力的结果，我只是尽了我该尽的那份责任。可现在情况怎么样呢？是不是搞得有点人人自危了？"

郑秉义笑着提醒道："老齐，镜州经济搞上去了，腐败问题也出来了嘛，你不承认？"

齐全盛频频点着头，缓缓说了起来："是啊，是啊，不但是镜州啊，全国各地都有这种现象嘛！胡长清、成克杰不都枪毙了嘛！我们镜州的那位副市长白可树搞不好也要被杀头。但是，秉义同志，我个人认为，反腐倡廉既不能影响经济工作这个中心，也不能变成同志之间的斗争和倾轧。如今有种说法嘛，任何腐败案件都有人际斗争的背景。镜州是不是也有这种背景呢？正常的反腐败斗争会不会演变成一种人际斗争、派系斗争呢？我有些担心啊！当然，这担心也许有点多余，有你和省委的正确领导，这种情况不应该发生，我就算是杞人忧天吧！"

郑秉义严肃起来，"老齐，你这话说得好，提醒得也对，很及时。镜州这场反腐败斗争尖锐复杂，把握不好，是有可能演变成一场无原则的政治斗争，同志之间的内战。也正因为如此，我和省委才不能不慎而再慎。既然今天你主动提醒了我，那我也就不瞒你了：重天同志也被他以前的秘书举报了，你能不能实事求是说一说重天同志当年的情况？那五万股蓝天科技到底是怎么回事？究竟是祁宇宙受贿，还是刘重天受贿？刘重天有没有卷进去？卷进去多深？"

齐全盛意味深长地说："秉义同志，你这不是给我出难题吗？重天同志现在正坐镇镜州审查我老婆、我女儿和我们镜州班子的严重腐败问题，你让我这个当事的嫌疑人怎么说呢？说重天同志卷进去了，问题严重，有蓄谋报复之嫌！说重天同志没问题恐怕也不行啊，没准人家会认为我故意讨好重天同志，要和重天同志达成什么政治妥协呢。反正我说什么都不好。如果你和省委对重天同志有疑问，真想彻底查一下，把这件事搞搞清楚，可以提审当时那位负责行贿送股票的总经理，也可以找退下来的市纪委陈书记具体了解，就不要再问我了吧?！"

郑秉义有些恼火，提醒说："齐全盛同志，你是党员干部，还不是一般干部，是我们中共镜州市委的市委书记，你这个同志有实事求是向上一级党委反映情况的责任和义务！"

齐全盛不为所动，微笑着问："那么，秉义同志，请你指示吧，你需要我怎么说？"

郑秉义苦苦一笑，叹了口气，"老齐，不要这么意气用事好不好？我只要你实事求是。"

齐全盛脸上的笑容收敛了，"秉义同志，如果你和省委真要实事求是，那就完全没必要找我调查了解什么。当年的案件材料和审讯记录都在，祁宇宙和行贿的总经理都还关在我们省的监狱里，你和省委完全可以在他们那里得到实事求是的结论嘛！当然，如果你和省委有什么难言之苦，需要我配合一下，也不妨直说，或者下命令，我可以考虑服从！真的！"

郑秉义没办法了，起身告辞，"好，好，老齐，这事我们不谈了！我和省委没什么难处，也不要你配合什么，你就在这里好好休息养病吧，有什么困难，就给省委办公厅打电话！"

齐全盛也真做得出来，起身陪着郑秉义往门口走，边走边说："秉义同志，这困难还真有一点呢，我现在就向你和省委请个假，去看望一下重天同志的爱人，你可能还不知道，重天同志的爱人邹月茹现在还是我们镜州市委的在职干部，我每次到省城都要看看她的。"

郑秉义脚步不停，"这事和我说什么？你爱什么时候去就什么时候去，你是自由的！"

齐全盛半真不假地道："既然如此，秉义同志，那我今天可就回镜州了！"

郑秉义哼了一声，"老齐，你这个同志很讲政治，你就给我看着办吧！"

齐全盛呵呵笑了起来，"开个玩笑嘛！秉义同志，你放心，我还真舍不得离开你呢！"

郑秉义走后，李其昌乐呵呵地从隔壁房间过来了，对齐全盛道："齐书记，我都听到了，你可真厉害，敢这么和郑秉义说话，全省只怕找不出第二个像你这样的市委书记了！"

齐全盛平淡地说了一句："无私才能无畏嘛，我又不求他什么，还有什么话不敢说？！"

李其昌道："那你咋不给刘重天上点眼药，狠狠将刘重天一军？"

齐全盛说："又傻了吧？谁不知道刘重天是靠郑秉义上来的？我可不上这个当！"

李其昌道："齐书记，那你这时候还真去看望邹月茹呀？"

齐全盛点点头，"当然，邹月茹和刘重天是两回事，来了这么长时间了，也该去看看了。你马上准备一下，买点水果点心，哦，对了，还有那个残疾人专用的按摩椅，不是还没送过去吗？让他们马上送吧。买按摩椅的一万多块钱就从刘重天这些年退回的补助费里出。"

李其昌迟疑了一下，"齐书记，这时候送按摩椅好吗？是不是有点讨好刘重天的意思？"

齐全盛叹了口气，"讨好什么？刘重天碰到大麻烦了，以后邹月茹的日子会更难过的。"

李其昌这才明白了，"那倒是雪中送炭了！"想了想，又说："这几天，我在省委机关转了一下，听到有人在传，说邹月茹瘫了以后，刘重天和他们家的小保姆关系不太正常哩……"

齐全盛脸一拉，"别说了，谁传你也不许传，我们不能拿人家的痛苦和隐私做文章！"

吃过中饭，稍事休息，齐全盛便去了刘重天家，赶到时，商店已把残疾人专用按摩椅先送到了，刘家的小保姆陈端阳正扶着邹月茹在椅上按摩。见齐全盛在李其昌的陪同下走进门，邹月茹关上电动开关，抚摸着按摩椅的扶手，含泪笑道："齐书记，难为你这么想着我！"

齐全盛也笑了，"这还不是应该的嘛，你是我们市委办公厅的老保密局局长嘛！"

邹月茹关切地问："哎，听说这次机构改革，我们保密局升格为处级局了？"

齐全盛说："是啊，市委机构精简了七个，下来一百三十多人，保密局和档案局反升格了，这是省里的精神。"又介绍说："新任保密局局长就是那个小白，你给他介绍过对象的！"

邹月茹挺感慨，也挺伤感，"嘿，小白都正处了，如果没那场该死的车祸……"

李其昌插了上来道："邹姐，没那场车祸，没准你早就是市委办公厅主任了……"

齐全盛忙打岔："哦，对了，月茹，小白他们正说要来看你呢！"

邹月茹眼里汪上了泪，"看什么？我有什么好看的？想死都死不了。"

齐全盛和气地责备道："月茹，怎么又说这话？啊？存心刺我是不是？"

邹月茹抹去了脸上的泪，"不，不是，齐书记，你千万别多心，七年前那场车祸不是你造成的，这么多年来，你和镜州市委的同志们又这么照顾我，我……我和重天真没什么好说的。"说罢，招呼小保姆陈端阳给齐全盛和李其昌泡茶，特意交代泡今年的新龙井。

齐全盛不是头一次到刘家来，小保姆知道齐全盛是什么人，和刘重天夫妇是什么关系，不但没按邹月茹的嘱咐泡新龙井，泡茶的水还是温的，发黑的陈茶全漂在水面上，根本没法喝。

邹月茹一看，火了，训斥小保姆道："端阳，你又存心使坏是不是？这是龙井吗？水开了吗？给我倒掉重泡！"遂又不安地向齐全盛解释："齐书记，你不知道，我们这个小端阳啊，这两年可是被重天宠坏了，干啥都由着自己的性子，都快成我们家一把手了！"

齐全盛笑道："那也好嘛，有了这么一个能干的姑娘，你和重天家务事就少操心了嘛！"

陈端阳重新泡了茶，又端了上来，情绪却仍然很大，脸绷着，嘴噘着。

齐全盛接过茶，开玩笑道："端阳啊，你这嘴一噘可就不漂亮了。"

陈端阳根本不理，回转身走了，进了自己房间后，"砰"的一声关上了门，再也没出来。

齐全盛也没当回事，喝着龙井，和邹月茹聊了起来。

镜州案子是回避不开的，邹月茹便说："齐书记，你得理解重天，重天是身不由己啊！"

齐全盛说："是的，我知道，这个案子是省委直接抓的，重天不办，别人也得来办。"

邹月茹说："齐书记，你的为人我知道，我不相信你会有什么事，你现在还好吗？"

齐全盛说："好，这么多年了，难得有几天清闲时间！"继而又说："月茹，你知道的，我们镜州太复杂呀，什么想不到的事都会闹出来！斗来斗去，冤冤相报，真是没完没了啊！"

邹月茹这时显然还不知道刘重天的处境，也感慨地说："是啊，所以，我和重天通电话时经常提醒他，千万不能感情用事，上一些人的当！齐书记，我今天可能违反组织原则了，可我还是得说：我看那个赵芬芳就不是什么好东西！当年你和重天闹矛盾，她就没起什么好作用！"

齐全盛怔了一下，一声长叹，"唉，别提她了，是我看错人了，犯下历史错误了！"

邹月茹眼睛一亮，"哎，齐书记，你能不能坐下来和我们重天好好谈谈呢？"

齐全盛摇摇头，苦苦一笑，"谈什么？月茹，你不知道现在镜州是个什么情况啊，事态的发展出乎我们的预料，已经不是我和重天可以把握的了。镜州腐败问题这么严重，我在劫难逃，可能会中箭落马，重天和镜州难解难分，也可能中箭落马，看来只能听天由命了！"

邹月茹这才听出了弦外之音，"齐书记，是不是我们重天也碰到了什么麻烦？"

齐全盛未正面回答，"方便的时候，你问重天吧，我也是在省城休息期间刚听说的。"

邹月茹不好再问，不禁发起了呆，脸上现出了深深的忧虑。

齐全盛安慰说："月茹，你也不要太担心，今天我可以向你表个态：不管重天以后怎么样，只要我做一天镜州市委书记，我和镜州市委就会对你负责一天，绝不会对你不管不问。"

也就在这天下午，齐全盛在鹭岛宾馆的房间里发现了女儿齐小艳的一封信。

这封信十分蹊跷，显然是在他和李其昌到刘重天家看望邹月茹这段时间里塞进来的。

信没头没尾，既无称呼，也无落款，更没有地址，可却是女儿齐小艳的笔迹，口气也是齐小艳的。齐全盛怎么也想不明白：这封信是怎么通过戒备森严的宾馆警卫，准确塞到他房间门缝里的？更蹊跷的是信中的内容：不是别人，而是他的女儿要求他不要再管田健的案子，不要再坚持和克鲁特的合作项目。女儿还要他保持清醒的头脑，讲点政治策略，在目前情况下，先委曲求全和赵芬芳搞好关系，说是他的何去何从还关系到她的生死存亡。

这封信表露的究竟是齐小艳的意思，还是别的什么人的意思？齐小艳现在到底在哪里？在镜州腐败案中到底陷得有多深？他的回答怎么会关系到齐小艳的生死存亡呢？

齐全盛真有点不寒而栗了，把信反复看了几遍，站在窗前发愣，一句话也没有。

李其昌认定这是政治讹诈，建议齐全盛将这封信交给郑秉义，请省委安排调查。

齐全盛没同意，犹豫了好半天，才把信交给李其昌，让李其昌悄悄赶回镜州，找他信得过的公安局副局长吉向东秘密调查，明确指示道："……你告诉吉向东副局长，要他严格保密，不论调查的结果如何，都直接向我汇报，未经我的许可，不得向任何人透露！"

## 42

李士岩面对着出任省纪委书记以来，甚至是从事纪检工作以来，最艰难的一场谈话。谈话的对象不是别人，是自己的副手，自己一手培养起来的接班人，而且这个接班人现在又是在按他和省委的指示辛辛苦苦办着一个大案要案，他怎么能在这种时候，把这么多不祥的疑问摔在自己同志面前呢？这位同志的原则性、工作精神和领导能力是有目共睹的，如果没有什么意外，几个月后将接任他的省纪委书记，进省委常委班子，中组部的考察已经开始了。

然而，偏偏在这时候，先是祁宇宙的举报来了，现在，举报人又不明不白地死了！

问题相当严重，身为被举报人的刘重天确有许多疑问要澄清，这场谈话必须进行！

看着一脸憔悴的刘重天，李士岩缓缓开了口："重天，今天请你来，我心里很不是滋味，从同志的感情上说，我不想和你谈，秉义同志坚持要我和你谈，代表省委，也代表他……"

刘重天笑笑，"士岩，你别解释了，我理解，我在纪委工作不是一天两天了，什么都清楚，现在事情这么多，你很忙，我也很忙，咱们还是抓紧时间，开诚布公谈起来吧！"

李士岩还是解释了两句："你能理解就好，处在我这个位置上，碰上了这样的情况，该说的话我要说，该问的问题我要问，你实事求是回答就行了，不要把我当作你过去熟悉的那个李士岩，就当我是一个代表组织的陌生同志，行不行？"

刘重天往沙发上一靠，"行啊，士岩，你开始吧，我知道，你已经到镜州几天了。"

李士岩马上开始了谈话，在屋里踱着步，"重天同志，你的情报很准确嘛，知道我来了镜州。"也不隐瞒，伸出三个指头，晃了晃，"三天，我来了三天了，调查祁宇宙对你的一个举报，调阅了当年蓝天股票受贿案的全部档案，也亲自和有关涉案人员进行了谈话……"

刘重天似乎无意地问了一句："谈话人员中也包括齐全盛吗？"

李士岩摇摇头，"不包括全盛同志，全盛同志对我情绪比较大，我出面不太适宜。"

刘重天道："考虑挺周到，在目前这种背景下，全盛同志怕是难以做到实事求是。"

李士岩看着刘重天，"那请你实事求是说说：这次省三监干警的调整是怎么发生的？"

刘重天反问道："怎么？部分干警的调整和祁宇宙的非正常死亡有直接关系吗？巧得很，上午来这里的路上我接到了一个匿名电话。"

李士岩口气中不无讥讽，"重天同志，你的情报总是很及时嘛！"

刘重天话中有话："是情报吗？也许是讹诈吧？"

李士岩挥挥手，"不争论了，请你正面回答我的问题，不要回避！"

刘重天只得正面回答问题，把祁宇宙在狱中大耍特权，为吴欢跑官要官等情况如实说了，不无激愤地责问道："……士岩同志，请问一下：如果这个在押犯把电话打到了你的手机上，你怎么处理？难道不闻不问吗？"

李士岩不接这个话茬，按自己的思路，自顾自地说："因为这个电话，你就找到了省司法局，就有了以后司法局纪检部门的调查和对一些干警的调整，这个过程我已经清楚了，我的问题是：谁能证明你真的接到过祁宇宙的这个电话？"

刘重天想都没想，"周善本副市长可以证明，我接到祁宇宙这个电话时，正在他家！"

李士岩马上交代秘书，"给我要市政府值班室，请他们找一下周市长，让周市长立即给我回个电话！"交代完，继续问刘重天："在这些调整的干警中，有没有你熟悉的同志？"

刘重天道："没有，具体调整情况我没过问，也不可能过问。"

李士岩沉默片刻，突然问道："那个毕成业你也不熟？"

刘重天疑惑地看着李士岩，"毕成业？是不是三监的监狱长？或者政委？"

这时，周善本的电话来了，是打到红色保密机上的。

李士岩看了看刘重天，按下了电话免提键，开始了一次具有对质意味的通话，不过，口气却故作轻松，"哦，是周市长吗？我是省纪委李士岩啊，向你这位廉政模范了解一个情况：重天同志到镜州后有没有去过你家，搞过一次访贫问苦活动啊？啊？"

电话里传出了周善本熟悉的声音:"来过一次,是坐出租车来的,怎么了?"

李士岩又问:"重天同志在你家那晚,有没有,啊,接到过谁的电话呀?"

周善本不知是不是忙糊涂了,"什么电话?那晚我们就是谈心,我们是老同学了。"

刘重天急出了一头汗,真想对着电话发出自己的声音,提醒一下周善本。

李士岩提醒了,"善本同志,这个问题很重要啊,请你再回忆一下好不好呢?"

周善本这才想了起来,"哦,对了,李书记,重天接到过以前的秘书祁宇宙一个电话,是从监狱里打出来的,我还讥讽了重天几句,弄得重天很难堪,当场找了省司法局一位局长!"

刘重天这才松了一口气,结束通话后,苦笑着对李士岩说:"如果周善本真把这事忘了,或者接电话时只有我一个人,再或者周善本是个和我有宿怨的仇人,我只怕就说不清了!"

李士岩轻描淡写地说:"可能会困难一些,但总能说清,真相永远只有一个,而且,说明真相的途径也并不是只有一条!"继续追问下去:"毕成业是干什么的,你当真一点不清楚?"

刘重天一口否定:"我真不清楚,也不知道你是什么意思。"

李士岩想了想,"那我告诉你:毕成业是直接监管祁宇宙的中队长,从省城监狱调来的,他对祁宇宙的死亡负有不可推卸的责任。祁宇宙死于心力衰竭,是同监犯人折磨造成的。"

刘重天道:"那我建议你对这个毕成业拘留审查,看看他后面有没有什么黑手。"

李士岩未置可否，又换了个话题，"重天同志，三监的原大队长吴欢你总该认识吧？"

刘重天点点头，"可以说认识，在司法局纪委的调查材料上认识的，正是此人让祁宇宙在狱中为他跑官要官，受到了应有的党纪警纪处理，才伙同祁宇宙对我进行疯狂报复！"

李士岩加重了语气，"吴欢和祁宇宙因为受了处理，才对你搞报复？是这意思吗？"

刘重天口气坚定，"当然！在此之前，祁宇宙一直是认罪伏法的！"

李士岩毫不留情，"不对吧？祁宇宙在被严管之前已经向大队长吴欢透露了你七年前收受蓝天股票的问题，正是这个大队长吴欢不让祁宇宙四处乱说……"

刘重天十分吃惊，"竟然有这种事？士岩同志，此事有旁证吗？"

李士岩道："有旁证，一个在押的理疗专家可以做证，此事就发生在打电话那夜！"

刘重天知道情况严重了，倒吸了一口冷气，好长时间没有说话。

李士岩也不再问了，步履沉重地走到落地窗前，背对刘重天，塑像般立着。

沉寂良久，刘重天又开了口，角色在不经意间做了调换，"士岩同志，这就是说，祁宇宙和吴欢的报复都不成立，倒是我这个前镜州市市长十分可疑：当年蓝天公司就有一位副总供认我收受了四万股蓝天股票，经手人是祁宇宙，现在我发现祁宇宙有出卖我的迹象，便故意制造了一场违规风波，利用新调整的个别管教干部的手，搞了一次杀人灭口？是不是这样？"

李士岩转过身，"不要这么说，这个结论现在还不能下……"

刘重天站了起来，"可这种推断是成立的，所以才有了这场谈话！"

李士岩也不客气，"重天同志，你必须面对现实，并且做出自己的回答！"

刘重天想了想，"士岩同志，我看谈话可以结束了！给你两点建议：一，立即成立专案组，进驻省第三监狱对祁宇宙之死进行全面调查，并让那位前大队长吴欢参加调查工作；二，不要把祁宇宙案孤立起来办，直觉告诉我，祁宇宙之死和镜州腐败案有必然联系，目的很清楚，就是要搞掉我，所以请将两个案子合并考虑，不要被人家牵着鼻子走！"停了一下，又补充了一句，"士岩同志，我今天一见你就说了，我们现在进行的是一次全方位的立体战！"

李士岩的脸上几乎看不出什么表情，"重天同志，你就没想过先撤下来？"

刘重天逼视着李士岩，"怎么？士岩同志，省委准备让我撤下来了？"

李士岩摇摇头，"暂时还没有这个考虑。"

刘重天冷冷一笑，"那我为什么要撤？鹿死谁手还不知道呢！"

李士岩这才笑了，笑得很舒心，"好，重天，你这两点建议我都接受，可以告诉你：专案组已经进驻省三监了，中队长毕成业已被隔离审查，对祁宇宙的同监犯人也在审讯，结果出来后，我会再找你的。"长长吁了口气，"好了，重天，和你的谈话结束，说点轻松的吧！"

刘重天却轻松不起来，"还是向你汇报一下镜州的案子吧！现在可以肯定：此案有黑社会背景，两起血案已经发生了，齐小艳至今下落不明。这股黑势力如此顶风作案，一一掐断我们的线索，显然有自己的目的，案情的复杂程度早已远远超出了我们最初的想象。"

李士岩说："这几天的案情汇报我都看了，也许最黑暗的时候就是光明初现的时候。"

刘重天点点头，"可能会有人以祁宇宙之死做筹码，要挟我。"

李士岩思索着，"有这个可能，还有另一种可能，让你'畏罪自杀'！"

刘重天一怔，"哦？这我倒没想到……"

李士岩缓缓道："应该想到，安全问题一定要注意，在这方面我们是有教训的！你说得不错，这场斗争是全方位的立体战，是你死我活的，我们在任何细节上都不能掉以轻心。对祁宇宙，我就大意了，本应该接到举报后就采取保护措施，却没想到，以为在我们自己的监狱里会很安全，就造成了这么一种意外，搞不好还会被一些人说三道四……"

刘重天马上想到了齐全盛，"齐全盛同志恐怕就会有想法……"

李士岩手一摆，打断了刘重天的话头，"哦，重天，这我可要提醒你：对齐全盛同志，你一定要客观，在任何时候、任何情况下，都不能感情用事，老齐已经在省城休息了嘛，办案的主动权现在完全在你手里！可你手上这种办案权力也不能成为绝对权力，也要受到制约！"

刘重天苦笑道："士岩同志，这还用说吗？你和秉义同志一再强调，也一直盯着我嘛！"

李士岩意犹未尽，"重天，你不要多心，我这里并不是说你，是说一种观点：我们在坚决进行反腐败斗争的同时，也要警惕出现另一种情况，什么情况呢？就是在反腐倡廉旗号下，让坏人监督好人，坏人整治好人！蓝天科技的那位田健就是一个例子嘛，清清白白的一个小伙子，硬被白可树一帮坏人诬陷了，差点儿被他们整死在我们自己的检察机关！"

刘重天心里明白，李士岩虽然让他不要多心，虽然举例说了田健，可话里仍是有话的，对他还是有疑问的，可也只好就事论事，"是的，士岩同志，田健那里，我准备亲自去道歉。"

李士岩指示道："不仅仅是道歉，还要找机会给小伙子恢复名誉，记功，另外，要严肃追究镜州检察机关的责任，尤其是那些参与打人的家伙们，有一个处理一个，绝不能手软！"

刘重天记了下来，"好吧，士岩同志，我们按你的指示办！"继而又主动说起了齐全盛，"士岩同志，这阵子全盛同志在省城休息，专案组同志集中搞了一下调查，没发现全盛同志为老婆、女儿批过什么条子，从目前掌握的情况看，高雅菊和齐小艳的问题和齐全盛同志确实没有直接关系。"迟疑了一下，还是说了，"我个人的意见，是不是请齐全盛同志尽快结束这次休息，回来主持工作？镜州眼下的事不少，我陷在案子里顾不上，赵芬芳又很难让人放心。"

李士岩不无欣慰地看了刘重天一眼，"重天，你能这么实事求是很好，说明秉义同志和我当初都没看错你！你这个建议我个人完全赞成，也会马上转告秉义同志的！"拉着刘重天的手拍打着，"如果我们每个同志都能真正做到实事求是，出以公心，许多复杂的事情都会变得很简单；反之，很简单的问题也会变得复杂起来，我们的反腐败斗争甚至会变成人事斗争啊！"

刘重天深有同感，"尤其镜州，是人所共知的地震带，我们就更
要慎重了……"

谈话结束，已是下午四点了，李士岩一直将刘重天送到楼下，
还让秘书在楼下小卖部买了条烟扔到了刘重天车里。刘重天明白，
这不仅仅是一条烟，实际上传达了李士岩某种不可言传的心情，乃
至歉意，于是，一句推辞的客气话也没说，收下烟，向李士岩招招
手，走了。

## 43

赵芬芳下了车，走进欧洲大酒店大堂时，早已等在门口的金启
明恭恭敬敬地迎了上来。

秘书看了看表，悄声提醒说："赵市长，日本东京都客人六点到，
安排在罗马厅。"

赵芬芳点点头，"知道了，五点五十分，你再过来叫我一下，我
和金总先谈点事。"继而，又交代说："现在才四点多钟，你就不要在
这里等了，先回去吧，我家里米没有了，你去买十斤米，再买点菜，
洗好放在冰箱里。哦，对了，别忘了给我买几包护舒宝，要丝薄的，
日用型和夜用型的都买一些。"想了想，又改了主意，"算了，都买
夜用型的吧！"

因为金启明在面前，女市长竟交代买卫生巾，秘书有些窘，讷
讷应着，臊红着脸走了。

金启明当着那位男秘书的面不好说什么，上了电梯，见电梯里
没别人，才和赵芬芳开玩笑道："赵市长，看来还是当公仆好啊，啥

都有人伺候，连卫生巾都能支使人家秘书替你买。"

赵芬芳不悦地看了金启明一眼，"金总，你什么意思啊？"

金启明笑道："赵市长，我能有什么意思？无非是指出一个事实嘛！"

赵芬芳很正经，几乎可以说是振振有词，"这个事实怎么了？哪点不合理呀？让秘书什么都不干，就坐在大堂喝茶望呆看风景吗？每月两千多元工资这么好拿呀？他当秘书的多干一点，把我的家务事处理了，我就能多想点大事，多做点大事！金总，你说是不是这个道理呀？"

金启明讥讽道："对，对，是这道理，你当市长，他替你买卫生巾，都是为人民服务！"

赵芬芳这时已觉得金启明口气不太对头，有点胆大妄为的意味，可仍没想到在接下来的两小时中会这么被动，以至于在今后的岁月中不得不放下架子，重新审视这个其貌不扬的男人。

会面是金启明安排的，不是豪华的总统套房，而是带会客厅的普通套间，房号1304，正是一个月前她找金启明"谈心"的地方，金启明一进门就特意强调了这一点，微笑着提醒她说："赵市长，你不觉得这个房间很眼熟吗？瞧，1304房，你可是在这里和我谈过心哩！"

赵芬芳一下子警觉起来，狐疑地看着金启明，"哦，金总，你想干什么？"

金启明笑道："不干什么，也和你谈谈心，来而不往非礼也嘛！赵市长，请放松一些，你没碰到什么危险。哦，对了，你曾在这里请我喝了一瓶法国干红，今天是不是也来瓶法国干红？当然，我花的是个人的钱，不会造成国有资产的流失，如果喜欢，XO你也可以点！"

赵芬芳在沙发上坐下了，淡然道："你知道的，我六点还有外事活动，来杯矿泉水吧！"

金启明给赵芬芳倒了杯矿泉水，放到她面前，夸张地感叹着："清廉啊清廉！赵市长，如果我们各级领导干部都像你这样清廉，纪委和反贪局可就都要关门大吉喽！"

赵芬芳敲了敲茶几，"金老板，别说这些废话了，想干什么，明说吧！"

金启明一脸庄严，"不想干什么，真的！赵市长，一个月前，你在这里帮我回忆历史，还说了，相信会激起我许多愉快的记忆。一个多月过去了，我还真有不少愉快的记忆呢！但主人公不是我，是你，姐姐你不简单啊，当时都把我唬蒙了！赵市长，我可否向你汇报汇报啊？"

赵芬芳心想：这口气不对，麻烦怕要来了，冷冷一笑，"说吧，金老板，我洗耳恭听！"

金启明在房间踱着步，说了起来："赵市长，你既然这么喜欢回顾历史，我想，我们还是从亲切而美好的回忆开始吧！如果我没搞错的话，赵市长，你应该是七八级大学生，一九八二年毕业于省城师范学院中文系，当年九月八日由省城分配到镜州市外办做秘书。哎，别这样看着我，我承认，为了了解你，我下了点功夫。你不是个好秘书啊，连个普通英文报告都写不好，几次被你们主任训得哭鼻子。也难怪，在大学你就不是好学生，英语竟然不及格。都是怎么过的关？给你们老师送礼嘛！老师是谁？刘同山嘛，号称省城师范第一侃。这个刘同山不咋的哟，还想对你非礼。你伤透了心啊，大三那年，死去活来爱上了大你们一届的一位男生，人家偏没看上你，还给你起了个外号，叫'不堪回首'。如果我没搞错的话，那位男生叫王永明吧？"

赵芬芳听不下去了，"金启明，你费这么大的心机搞我的黑材料，到底想证明什么？"

金启明很有风度地摆摆手，"无非是回忆一下历史嘛，历史既然激起了我愉快的记忆，难道不能激起你愉快的记忆吗？赵市长，你最好听我说完，说得不对，你批评指正。"继续说了下去，"灰暗的大学时代就让它过去吧，你说得很对，它不能证明什么，只证明了我对你的关心！高分低能的学生多的是嘛，你今天能走到市长的位置上，就证明你不比任何人差！那位王永明现在混得怎么样？才四十七岁就在平湖下岗了嘛，我看王永明先生才叫不堪回首呢！"

赵芬芳骄傲地笑了笑，"如果他在镜州，我会给他安排一个岗位，比如在你们金字塔集团。金总，这点小面子你总会给我吧！"

金启明一副感动的样子，"当然，当然！赵市长，如果有你的明确指示，我甚至可以考虑安排副总一级的职位！"又说了起来，"赵市长，你太宽容了！正是因为宽容，才一步步走上了权力的高位。在市经委做办公室主任的时候，经委主任赵宝平那么当众训你，你还三天两头往他家跑；赵宝平出差回来，哪怕是半夜三点，你都亲自跑到月台上去接站。有这种唾面自干的高贵素质和忍辱负重的宽容精神，谁还挡得了你飞快地进步？就在赵宝平任上，你当了市经委副主任。赵宝平退下来后，你发动群众一封告状信，搞垮了准备接班的另一位副主任，这位倒霉的副主任好像叫吴长军吧？前几天我还见过，提起你仍是感叹不已哩！哦，这得如实汇报一下：吴长军一瓶五粮液下肚后，就骂起你来，说你是个政治婊子，太爱弄权，只和权力通奸！"

赵芬芳心里很气，气得牙痒，脸面上却不动声色，"这瓶五粮液是你请吴长军喝的吧？"

金启明点点头，"当然！一个早就退下来的正处级干部哪有钱喝五粮液？我既然可以考虑按你赵市长的指示向老区基金会捐款一千万，就不能请我们退下来的老同志喝瓶五粮液吗？"

赵芬芳这日就是为金字塔集团向老区基金会捐款来的，见金启明总算说到了正题，强忍着一肚子恶气，接上了话茬："金总，我看回忆可以结束了，你就说说捐款的事吧！"

金启明不干，"赵市长，你别急嘛，我刚说了个开场白，你怎么就不让我说话了？"又自顾自地说了下去，"公道地说，你应该算齐全盛的人。九年前，齐全盛做了镜州市委书记，你才在齐全盛的提名力荐下做了副市长，后来又是常务副市长，当然，常务副市长不是齐全盛提的名，是市长刘重天提的名。嗣后不久，齐全盛和刘重天闹翻了，一城两制了，你面临着抉择。你身在政府大院里，知道刘重天的难处，心里同情刘重天，然而你却选择了齐全盛，因为你明白，七年前的省委书记是陈百川，不是郑秉义，没有政治靠山的刘重天是斗不过齐全盛的；同时，你更看到了一个取而代之的机会。于是你以政治缄默支持了齐全盛，在赶走刘重天之后，出任了镜州市市长。你干得真漂亮啊，鹬蚌相争，渔人得利，你就是那个渔人。"

赵芬芳夸张地打了个哈欠，"金总，如果没有什么新鲜的话题，我看可以结束了。"

金启明语气轻松，"当然有新鲜的话题。回顾历史，完全是为了观照现实——瞧，我用了一个很专业的名词：'观照'，同类词汇还有'烛照'——不管它是'观照'还是'烛照'吧，都是一回事，我们回到现实中来。赵市长，今天镜州的现实很有意思啊，你比我更早地发现了其中那些妙趣横生之处，于是案发第二天，你就请我来谈心，谈得我热血沸腾，坐立不安，我得承认：在政治投机上你比我技高一筹。我当时就敏锐地感觉到，你又像海边那位渔人，及时地戴上遮阳的斗笠，提起赶海的家什，要去拾点什么了，也许是鹬蚌，也许是镜州市委书记的职务！天哪，赵市长，你可真做得出来，一个就地立正，招呼都不打一声，就高举着白旗从齐全盛的身边直接投奔了刘重天的阵营，这当中连个过渡都没有……"

赵芬芳实在忍不住了，"金总，我的容忍是有限度的，我想，你应该闭嘴了！"

金启明手一摊，"好吧，赵市长，如果你不让我说，我可以不说，但是即使我不说，你也要为你的愚蠢行为付代价了！你比我更清楚：现在齐全盛恨死了你，刘重天死活不要你！就算齐全盛下来了，镜州市委书记你也当不上！哪怕周善本上去了，你也上不去！你信不信？"

赵芬芳掩饰地笑道："金总，我什么时候告诉过你，我想做这个市委书记了？啊？官当得多大才叫大啊？能把这个市长干下去，干好了，对得起镜州八百万人民，我就心满意足了！"

金启明也笑了起来，"赵市长啊，我们这可是朋友之间谈心啊，你怎么打起这种官腔来了？官当得多大才叫大？我看应该是一把手，不当一把手，你不可能有自己的政治意志，不可能实现自己的政治抱负，也就不可能领略权力巅峰的无限风光！在我们这个社会主义初级阶段的中国，一个地区的一把手意味着什么？意味着几乎不受什么制约的无上权力嘛！"

赵芬芳一怔：这个金启明，真不得了，不愧是个民间政治家，把她心里话全说出来了！

金启明沉默了一下，"所以，赵市长，你处心积虑想做一把手，想在齐全盛倒台后取而代之，是完全可以理解的，起码我能理解。既然我理解你，就得站在你的立场上替你分析，替你着想。现在我们来冷静分析一下镜州的政治局势：刘重天和齐全盛不共戴天，这是一个基本的事实，齐全盛必垮无疑，这也是个基本的事实。但是这两个基本事实并不证明你就处于主动地位，你过去急迫的投靠和叛卖，导致了你目前的被动和困难，我认为你既不能指望刘重天，也不能指望齐全盛，鹬蚌相争渔人得利的事不会再简单重复了。你这次要上去，只有一条路可走，那就是靠老区基金会的肖兵，让他通过北京，通过中央高层，一竿子捅下来！如果你愿意这样做，对老区基金会的这一千万的捐款，我的金字塔集团可以考虑马上出！真的！"

赵芬芳一颗心几乎要跳出胸腔：老天爷，自己隐藏在心灵深处的最大政治隐秘，竟这样赤裸裸地被面前这位民营企业家捅了出来，她觉得自己就像个正在卖淫的妓女被人家从被窝里一把掏出来，被迫光着屁股去和嫖客成婚。怪不得金启明胆这么大，敢以这种口气和她谈心！

金启明却不说了，目光冷漠地看着她，等待她的回答。

过了好半天，赵芬芳呵呵笑了起来，笑出了眼泪。

金启明问："赵市长，你笑什么？是怀疑我的真诚，还是怀疑我的实力？"

赵芬芳止住了笑容，"金老板，类似这样的谈心，你和白可树谈过几次啊？"

金启明摇摇头，"没有，你知道的，白可树是齐全盛手下的红人，用不着资金的力量。"

赵芬芳冷冷道："那么我用得着是不是？你想用这一千万收买我手中的权力是不是？"

金启明坦荡地笑道："赵市长，你看你这话说的！哪能啊，即使我捐出这一千万，也不是给你个人的，是支援老区建设嘛，怎么可能收买你手上的权力呢？再说，镜州这么大，你威望这么高，我不出这一千万，也会有别的国营企业出这一千万，蓝天集团没准就愿意出！"

赵芬芳明白，金启明说的是风凉话，一千万的巨额捐款，又是捐给没多少人知道的一个老区基金会，除了金启明民营的金字塔集团，一时还真难找到第二家。

然而，赵芬芳却装作不明白，官腔又打了起来，"金总，你知道就好，捐不捐这一千万是你的事！你捐了，我代表肖兵，也代表老区人民真诚地感谢你；你不捐，我也不能勉强你，仍然会支持你和你的金字塔集团把事业做大，绝不会找借口卡你压你；反正你看着办好了！"

金启明便也不把话说透，"赵市长，说到把事业做大，我还真有不少想法，现在蓝天科技和蓝天集团都是举步维艰，我不能不管，正准备进行资产重组，你市长恐怕要有个态度。"

赵芬芳笑了，"我听说了，你们金字塔集团想买壳上市，盯上蓝天科技了，不错吧？"

金启明道："不错，我们的方案已送给了周善本副市长，马上要具体谈了。"

赵芬芳心里有数，"我知道，也可以告诉你：周善本和齐全盛都不赞成你的重组方案，他们都倾向于接受田健的方案，和德国克鲁特搞生物工程项目合作，我的态度可能不起作用。"

金启明慷慨激昂起来，"赵市长，改革开放搞到今天，政府还能把一切都包起来吗？还能丧事当作喜事办吗？'三个代表'中是不是有一条：代表先进的生产力？蓝天集团代表不代表先进的生产力？据我所知，蓝天集团资不抵债，早已破产，政府为什么不下决心让它破产呢？"

赵芬芳有些明白了，"蓝天集团若是破产，那么集团欠蓝天科技的八亿七千万就还不了，蓝天科技也就要跟着破产，和克鲁特的合作也就没希望了，就给你带来了机会……"

金启明抢上来道："如果在蓝天科技破产的情况下，德国克鲁特研究所还愿意和蓝天科技合作，我和金字塔集团就放弃这个并购重组方案！赵市长，我不要求你支持我们的重组方案，只要求你公开发表一个讲话，披露蓝天集团即将破产的事实，支持蓝天集团进入破产程序，并代表市政府对媒体讲明一个观点：按市场规律办事，政府绝不替蓝天集团托底就行了。"

赵芬芳想了想。爽快地答应了，"这完全可以，政府包办一切的时代过去了，我们不能只要脸面不要屁股！说实在话，对齐全盛搞的那一套形象工程，我早就有看法！"停顿了一下，不无担心地说："不过，齐全盛的脾气你知道，恐怕我表这个态解决不了什么问题。"

金启明笑道："齐书记那边我再做工作吧，反正他现在还在省城休息，一时也回不来。"

赵芬芳似乎无意地问："金总，直到今天，你都没弄清齐小艳的下落？"

金启明摇摇头，"我还真不知道齐小艳跑到哪去了，估计出国了吧？"话题一转，又主动说起了向老区基金会捐款的事，"哦，对了，赵市长，你看捐款这事具体怎么操作？是我们派人去北京呢，还是让肖兵他们再到镜州来一趟呢？"

赵芬芳做出一副不介意的样子，"你们自己定吧，如果肖兵来镜州，我就出面接待。"

金启明很懂事，想了想，说："赵市长，那就让肖兵来镜州吧，捐赠仪式我看就不要搞了，一来金字塔集团名气够大的了，用不着多宣传；二来呢，又是给外边的基金会捐款，宣传出去不好，起码我们镜州的慈善基金会要有想法，我们集团只向镜州慈善基金会捐了十万元。"

赵芬芳益发觉得金启明懂事了，心里的一块石头落了地，情不自禁地端起了市长的架子，以做报告的口气赞许说："好啊，很好啊！金总，我们发达地区的企业家就是要有这种默默奉献的高尚精神嘛！老区人民了不起啊，在战争年代养育了革命，养育了党！没有老区人民的伟大历史奉献，就没有新中国，就没有改革开放的今天，也就没有你金总的这座金字塔嘛！"

越说声音越高，赵芬芳渐渐进入了自我感动的境界，秀美的杏眼里竟有泪光闪动。

这时，秘书敲门走了进来，"赵市长，已经五点五十了，日本东京都的客人到了。"

赵芬芳从容地站了起来，以一副居高临下的姿态握住金启明的手，"好吧，金总，就这么说吧！一定要给我记住啊，你这座金字塔可是用无数革命先烈的鲜血奠的基啊，对先烈牺牲的土地必须有所回报嘛，我这个镜州市市长先代表老区人民谢谢你和你的金字塔集团了！"

金启明也恢复了以往的恭敬，"谢什么？赵市长，这都是我们应该做的嘛！"

## 44

刘重天难得请了一回客，请田健，地点就在公安厅度假中心，一定要周善本来做陪。

周善本有些疑惑，看着桌上的丰盛菜肴和启了封的五粮液，半开玩笑半认真地问："重天，今晚到底谁买单？你老兄一定要我来，不会把账记在我头上吧？啊？"

刘重天拉着周善本和田健坐下，一边倒酒，一边说："善本，你这警惕性也太高了吧？我请客怎么会让你买单呢？再说，你是什么人？廉政模范啊，我犯错误也不能让你犯错误嘛！"

田健说："犯什么错误？刘书记，这单你也别买，算我买了，就从国家赔偿金里扣！"

刘重天点着田健的脑门直笑，"哦，你小伙子还真要提起国家赔偿问题啊？啊？"

田健很认真，"为什么不提呢？哪怕赔一块钱，我也得让他们赔！别说我没问题，就是有问题，他们镜州检察院也不能这样对待我，简直是他妈的法西斯，没法不制造冤假错案！西方法学界提出过一种毒树理论，我认为很有道理：逼供讯是棵毒树，靠逼供讯取得的审讯结果便是毒果，不能予以采信！而我们是怎么做的呢？进入网络时代的新世纪了，还在搞逼供讯，把人往死里整！国家法律明令禁止的审讯手段仍在大行其道！"又愤怒起来，毫不客气地责问刘重天："刘书记，我请问一下，我们的执法机关都不依法办案，依法治国又从何谈起呢？"

刘重天叹了口气，"所以，我这个专案组组长今天才请酒谢罪，向你小伙子道歉嘛！来，来，田健，把酒杯端起来，我先敬你一杯，为你在镜州检察院吃的那些苦，受的那些委屈！"

田健端起酒杯，却不喝，"刘书记，我要你道什么歉？抓我打我的又不是你们省纪委！"

周善本劝道："田健，你既然知道抓你打你的不是省纪委，那还和刘书记较什么劲？不是刘书记和省里的专案组过来，只怕你小伙子现在还在镜州反贪局挨整呢！喝酒吧，你！"

田健这才把酒喝了，喝罢，说："刘书记，我这不是让你道歉，是真诚地感谢你！你是清官、好官，依法办事，为民做主，因为有了你，我的问题才搞清楚了，镜州腐败案才办得下去！但是，一个清官代替不了一个法治的社会，为了健全法制，我非要告镜州检察院不可！"

刘重天也抿了口酒，和气地道："田健，从大局出发，我不希望你提起这场民告官的行政诉讼，影响总是不好嘛！但有一点你说得很对，清官代替不了法治的社会，别说一两个清官代替不了一个法治社会，就是一批清官也代替不了一个法治社会。所以你真要告，我也不能硬拦你，该出的证明，我还会为你出！另外，也要向你通报一个情况：士岩同志已经有指示了，对镜州检察院那些参与折磨你的同志，有一个处理一个，不管他们有什么理由！"

　　田健激动了，"刘书记，既然如此，那我更得告了，给我们这个社会，也给有关部门提个醒，别再让一些坏人打着反腐败的旗号整治好人，诬陷好人！"看了刘重天一眼，明确说："刘书记，这种事既然能发生在我身上，也可能发生在别人身上，甚至发生在你身上！"

　　刘重天本能地感到田健话里有话，撅了口菜在嘴里嚼着，"怎么会发生在我身上？啊？"

　　田健一声苦笑，"刘书记，你活得累不累？这还要我说啊？谁不知道你以前的秘书祁宇宙举报你了？镜州现在四处都在传，说你的问题很严重，随时有可能被省里'双规'！"

　　周善本证实道："重天，田健没说假话，这两天镜州传闻可真不少，矛头都是指向你的，说你马上要进去，说老齐被请到省城休息是假，帮省委搞清你的受贿问题才是真的。还有人造谣，说你失宠了，把秉义同志搞毛了，秉义同志和省委不会再保你了，反正说什么的都有。"

　　刘重天不无苦恼地道："谁爱说什么就让他们说好了，人正不怕影子歪嘛！既然我们痛下决心和这些腐败分子开了战，又置身于斗争第一线，也就难免遭遇对手的反击嘛！对不对？"

田健道："对，刘书记，你该干啥还干啥，再难也得把镜州案子办到底，不能半途而废！哪天你真要被冤枉抓起来，我就去探监，就去为你奔走呼告！来，刘书记，我敬你一杯！"

刘重天呵呵笑了起来，"我看还不至于这么严重吧？！"和田健碰了下杯，将酒一饮而尽，掉转了话题，"好了，我的事不谈了，相信省委总会搞清楚的。田健，还是说说你吧，有个问题我现在还是不太明白：你小伙子既然已经私下调查，掌握了白可树、林一达他们经济犯罪的确凿证据，为什么不早一点举报呢？倒让他们先下了手，弄得自己这么被动。"

田健呷着酒，"刘书记，有个情况你不清楚：当初蓝天科技招聘总经理时，财务总监范友文和我是竞争对手，白可树、齐小艳他们都倾向于让范友文出任总经理，齐书记不同意，批示要用我。齐书记的批示我现在还记得很清楚：'我意不要再搞近亲繁殖了，就请外来的留洋和尚念念蓝天科技这部难念的经吧，开放的镜州必须对各类人才进一步敞开大门。'我到任后，齐书记还专门到公司视察过，鼓励我放开手脚好好干，所以我对齐书记挺感激的。"

刘重天笑道："于是，你就有了一种士为知己者死的那种'士'的感情，是不是？"

田健承认了，"是的，中国知识分子骨子里或多或少都有这种潜在的感情因子。"继续说了下去，"因为对齐书记有这种感情，我就得对齐书记负责，发现蓝天科技的问题之后，我没想去举报，而是先向齐小艳透露了，希望她转告齐书记，给我一个专门汇报的机会。不承想，齐小艳和白可树关系不一般，没去向齐书记转达我的汇报要求，反倒把我秘密调查财务情况的底透给了白可树，白可树就利用杨宏志给我下了套。我发现不对头，再去找齐书记时，齐书记偏巧出国去欧洲招商，我没办法了，也只好对不起齐书记了，这才将举报材料寄到了北京。"

刘重天批评道："你这个田健啊，口口声声依法办事，事实如何？你也没有依法办事嘛！发现了蓝天科技的问题，你想到的不是依法举报，而是请齐书记处理。齐书记有超越法律的特权吗？在这里，我们做个假设——假设你找到了齐书记，齐书记不处理呢？那就算了？"

田健怔了一下，"刘书记，这……这个问题我……我还真没想过……"

刘重天意味深长地看着田健，"不对吧？你小伙子恐怕不是没想过吧？我看是想过的，你骨子里是个'士'，海外留学的经历并没有从根本上改变你这个'士'的心态，你要为知己者死嘛！知己者在你眼里就大于法律，高于法律，更何况这个知己者又是镜州市委书记呢！"

田健服了，"刘书记，你分析得对，这要说实话：如果我找到了齐书记，齐书记不让我说，我可能会就此闭嘴。我当时想的不是把这帮腐败分子送上法庭，而是担心将来说不清！齐书记这么信任我，对我期望值这么高，我当然要做出成绩，不能替白可树背黑锅嘛！"

刘重天叹息道："结果倒好，你这个'士'付出了这么大代价，差点儿被人家整死！"

田健将面前一杯酒一饮而尽，"刘书记，这回我算明白了，不依法办事对谁都没好处！"

刘重天点点头，"是嘛，最初看了镜州检察院转来的那些材料，连我也怀疑你嘛！如果不是杨宏志从绑架者手上逃脱，跑来自首，你一时还真说不清哩！"又重申道："哦，再说一遍，我刚才提到齐全盛同志，只是假设，并不是说齐全盛同志真的就会有法不依，真的要包庇白可树、林一达这些腐败分子，你小伙子可不要产生什么误会。现在调查的事实表明，齐全盛同志和蓝天腐败案没有什么直接关系，而且也正是齐全盛同志一直要求把你放出来。"

田健道："这我知道，周市长也和我说了，齐书记一直挂记着我们和克鲁特的合作。"

刘重天看着田健，关切地问："现在还有没有这种合作的可能性呢？"

田健没好气地道："我看希望不大了，被他们搞进去之前我不知道整个集团会糟到这种程度，竟然早就资不抵债了！集团一旦破产，欠我们蓝天科技的八亿七千万也就泡汤了，和克鲁特还怎么合作？除非再做假账，搞一次国际诈骗，这我可不干！我再是炎黄子孙，再爱社会主义祖国，也不能对自己的老师搞这一手！我看，你们还是让金字塔集团来搞并购吧！"

周善本插了上来，不无忧虑和沉重，"重天，情况太严重了，白可树把好端端一个国营企业集团搞垮了，也许我们不得不让金启明的金字塔集团来并购重组了，真是不战而败啊！"

刘重天"哼"了一声，"也不是不战而败，根据我们专案组最近新掌握的情况看，蓝天集团这些年还真是热闹得很哩，炒地皮，倒房产，炒股票，仗打得真不少。可奇怪的是，每战必败！集团下属的投资公司炒股三年，净亏七个亿，倒是那个金字塔集团赚了几个亿。"

田健提醒道："刘书记，不是七个亿，是七亿三千六百万，还有三个亿套在地皮上。"

刘重天又说了下去，脸上阴沉沉的，"金字塔集团赚了几个亿，我们许多特殊股民也赚了不少钱嘛，一个个都成炒股专家了！昨天，陈立仁派人给我送了一份材料，是证券公司六个特殊股民的股票交易记录，真吓了我一大跳：这种只赚不亏的特殊股民不仅是一个高雅菊，还涉及到五个副市级干部的家属子弟，是哪些副市级干部，现在我还不能说！我只说一下事实：他们最多的赚了三百多万，最少的也赚了一百多万！更巧的是，这些特殊股民做的都是蓝天科技，而且就是在蓝天集团下属投资公司大亏特亏的时候，他们大赚特赚！这是什么问题？"

田健拍案叫道："什么问题？开老鼠仓呗！我们的投资公司高买低卖，却让高雅菊那帮官太太们低买高卖，这实际上是一种证券犯罪，在西方法制健全的国家，那是要抓人的！"一把拉住刘重天，又说起了一个新情况，"刘书记，我怀疑金字塔集团也是老鼠仓的受益者，因为没有确凿证据，我在举报材料里没敢写。我上任后，为追缴控股大股东蓝天集团对蓝天科技的七亿八千万欠款，曾找过齐小艳几次，齐小艳告诉过我：集团投资公司正拿着我们的钱和金字塔集团联手作战，这联手的结果是什么？现在清楚了：金字塔赚了几个亿，蓝天集团亏掉了底！"

周善本道："如果真是开老鼠仓，那就太严重了，重天，这个问题一定要查清楚！"

田健激烈地拍案叫道："要抓人，把那几个官太太、官少爷先抓起来再说！金字塔集团立即查封，中国证监会不是马上要成立证券犯罪侦察局吗？就请他们来侦察！内外勾结开老鼠仓，掏空了蓝天集团，搞垮了蓝天科技，现在又要公开并购了，简直是他妈的丧心病狂！"

刘重天很冷静，想了想，婉转地对田健说："田健，你小伙子先不要这么激动，高雅菊和那几个干部家属子弟炒股到底是不是内外勾结，现在还不好说，金字塔集团的情况就更说不清了，还要实事求是深入调查了解，不能感情用事，更不能凭主观怀疑就乱下结论。"

田健仍是气愤难抑，"我看金启明和那个金字塔集团发得有点不明不白……"

这时，刘重天的秘书进来了，吞吞吐吐道："刘书记，你恐怕得走了，出了点事……"

刘重天心中不由一惊，脱口问道："哦，士岩同志又找我了？"

秘书迟疑了一下，解释道："不，不是，刘书记，是……是你家的私事：你家那个小保姆陈端阳找你，你手机没带，她就把电话打到我这儿来了——你爱人邹月茹不小心摔了一跤，摔得挺重，左臂骨折，刚送到省中医院，陈端阳在电话里急得直哭，要你马上回去一趟……"

刘重天咕噜了一声"糟糕，这时候又来添乱"，忙站了起来，向周善本和田健告辞。

周善本责备说："重天，我看这也怪你，月茹这么个情况，你怎么就放得下心？！"

田健也说："是的，刘书记，你快回去吧，我的事你就别操心了。"

刘重天拉着田健的手，意味深长道："你的事我不操心，我的事还得请你操心哩，田健，你一定要配合周市长出主意，想办法，把蓝天科技的重组工作搞好！"又对周善本交代："善本，今天田健倒提醒了我，对金字塔集团提出的那个并购方案，我们表态可一定要慎重啊！"

周善本说："行了，重天，别说了，该怎么做，我心里有数。你快回去吧，这么长时间没回家了，现在又出了这种事，我都替你着急！快走，快走！"说着，将刘重天推出了门。

刘重天心里仍是工作，下楼上车后，摇下车窗，又说："哦，对了，善本，如果有可能的话，你们可以借研究这个并购方案的机会，深入摸摸金字塔集团和金启明的底嘛！有什么新情况，新发现，及时和我通气，可以打我的手机，也可以把电话打到我省城家里。"

周善本苦笑着点点头，"好吧，重天，我听你安排就是，代我向月茹问好！"

这时，车已启动了，刘重天又想到了赵芬芳，怕赵芬芳出于个人目的，再闹出什么意想不到的大乱子，本想提醒周善本一下，却又觉得不便说，话到嘴边又咽了回去……

# 第十三章  大波骤起

## 45

　　刘重天赶到省城中医院骨科病房,已是夜里十点多了。胳膊上打了白石膏的邹月茹已睡着了,睡得挺安详,表情上看不到多少痛苦。窗外透过的一抹月光静静地投到邹月茹五官端庄的脸庞上,将邹月茹映照得如同一个睡美人。是的,睡美人,刘重天想,只有睡在床上,看不到那双残废的双腿,妻子才是美丽的。这个念头浮出脑际时,刘重天鼻子禁不住一阵发酸。

　　盯着妻子看了好一会儿,刘重天才扯着保姆陈端阳,默默地离开了病房。

　　陈端阳出了病房的门,便眼泪汪汪说:"大姐摔得胳膊骨折都是按摩椅闯的祸!"

　　刘重天觉得很奇怪,看着陈端阳狐疑地问:"什么按摩椅?哪来的啊?"

　　陈端阳抹着泪说:"是镜州市委齐书记前两天送来的,大姐挺喜欢,我去上电脑课时她就自己爬起来去按摩,就摔到地上了。大哥,你快把按摩椅退给齐书记吧，他没安好心！"

这可是刘重天没想到的，刘重天既没想到在省城休息的齐全盛会送按摩椅来，也没想到妻子会因为这张按摩椅摔断胳膊，心里一时真不是滋味。可冷静下来一想，不论怎么说，齐全盛都是好意，绝不会故意用这张按摩椅来加害邹月茹，于是不无恼怒地责备陈端阳道："端阳，你胡说什么啊？怎么是人家齐书记没安好心呢？我看怪你不负责任嘛！你守在大姐身边，能出这种事吗？你学什么电脑啊？我身边既有秘书，又有打字员，根本用不着你帮忙嘛。"

陈端阳委屈地哭了，"是……是大姐让我学的，大姐说了，和你在一起，就得有本事。"

刘重天怔了一下，"可你是保姆啊，照顾好大姐，是你的职责啊！"

陈端阳扑闪着带泪的睫毛，看着刘重天，"我能永远当保姆吗？大姐说了……"

刘重天知道陈端阳的心思，也知道妻子心底的秘密，真怕陈端阳在这种公开场合说出什么不合时宜的话来，忙打断了陈端阳的话头，"好了，好了，不说这个了，告诉我，是谁安排你们到这里来的？怎么住到省中医院来了？你大姐的定点医院不是这里，是省级机关医院嘛！"

陈端阳说："是省纪委李士岩书记安排的，他说这里的骨科好。"

刘重天有些奇怪，"李士岩书记怎么知道这事的？谁告诉他的？"

陈端阳一副当家人的口气，"这还用问？我又不是五年前刚来的时候了，啥不懂?！是我打电话给李书记的，你不在家，碰到这样的事，我只能找你们单位领导了。大姐疼得直掉眼泪，还不许我找人，我没听大姐的。李书记真不错，接了我的电话后，马上带人过来了，还叫了一辆救护车来，什么都给我们办了！哦，对了，李书记说了，要你回来后给他打个电话。"

刘重天哭笑不得，手指往陈端阳额头上一指，"端阳，你还真有本事了，我们家的私事，你也敢去麻烦人家李书记，你知道李书记有多忙啊？！"说着，掏出手机给李士岩通电话。

李士岩在电话里开口就问："怎么样，重天，到省中医院了吧？"

刘重天说："刚到，士岩同志，谢谢你，把啥都安排了，早知这样我就不回来了。"

李士岩道："怎么能不回来呢？既然回来了，就休息几天，好好陪陪月茹同志吧。"

刘重天说："只怕镜州那边离不开人啊，有些情况我还要当面向你汇报。"

李士岩道："我也正要找你。"略一迟疑，"这样吧，你在医院等着，我马上过去。"

刘重天本能地觉得不太对头：李士岩这么急着赶过来干什么？显然不是关心邹月茹——邹月茹的医治处理已经结束了，起码不必现在赶过来。李士岩恐怕是在"关心"他吧，很可能要谈的事情与他有关。这两天省三监那边的调查不知进行得怎么样了？会不会又有什么要命的事情扯上了他？说不准啊，事实证明，有些人就是要置他于死地而后快。

等候李士岩时，值班的女院长过来了一下，把救治邹月茹的情况和刘重天说了说，数落了刘重天一通，怪刘重天太大意了，老婆这么个情况，还一天到晚不回家。刘重天苦笑不止，却也不好对女院长说什么，只得连连点头称是。女院长走后，刘重天心头一阵阵酸楚难忍，泪水不禁落了下来，连他自己都没察觉。

陈端阳有些诧异，"大哥，你……你怎么哭了？"

刘重天抹去了脸上的泪水，掩饰道："端阳啊，你真不给我省心哟！"

陈端阳承认了，"大哥，是我的错，你扣我这个月工资吧！"

刘重天说："算了，算了，扣你的工资能解决什么问题？以后注意吧，我从镜州回来之前，电脑班不要上了，一定要照顾好大姐，让我能安心工作，安心办案！"突然想了起来，"端阳，你父亲反映的农民负担问题，我找他们县委了，县委很重视，估计已经处理了。"

陈端阳乐了，"大哥，我正要给你说呢，乡长书记都到我们家道歉了，还退赔了一千三百块钱，是个副县长带来的。乡长书记都挨县上训了，都说了，让我爸以后有事直接找他们，不要再找你了。我爸昨天专门打了个电话过来，要我一定向你表示感谢！"

刘重天不在意地说："谢什么？这还不是该做的吗？代我向你父亲问好吧！"

正说到这里，李士岩的秘书远远过来了，说是李士岩到了，在楼上等他。

刘重天随秘书上了楼，在三楼一间简朴的小会议室见到了李士岩。

李士岩也是一副很疲惫的样子，额头眼角的皱纹像似深了许多，眼睛血红，显然睡眠不足，说话的声音是嘶哑的，看样子这两天并不比他轻松。李士岩却做出一副轻松的样子，先说了说今晚对邹月茹的安排处理，大夸了陈端阳一通，道是他家这个小保姆不简单，很有头脑哩，遇事知道找组织。继而，又问起了镜州那边案子的进展情况，特别提到了炒股的事。

刘重天向李士岩汇报说："士岩同志，这炒股里的名堂看来很大，初步估计白可树这帮人开了老鼠仓，让蓝天集团赔掉了七亿三千多万，具体情况陈立仁他们正在加班加点查哩！"

李士岩说："必须查清楚，蓝天集团是怎么赔的，高雅菊和那帮官太太官少爷们又是怎么发的财？高雅菊他们是真不知道内情，还是卷了进去，蓄谋进行证券犯罪呢？"

刘重天想了想，"现在还没法做出最后判断，毕竟还在查嘛！不过，对高雅菊的个案调查倒是基本结束了，问题也比较清楚了：高雅菊对证券知识一无所知，更不懂得什么老鼠仓，白可树一个电话，让她买她就买，让她卖她就卖，所以她才认为那二百三十万是她的合法利润。"

李士岩好像啥都有数，"哼"了一声，感叹道："高雅菊这利润可真够'合法'的啊，啊？白可树这帮腐败分子对我们领导同志的关心照顾，真到了令人难以想象的地步啊！"

刘重天激愤起来，"还不光是一个高雅菊呢，估计其他几个官太太和官少爷也是这个情况，他们利润可能也会'合法'，白可树一帮家伙以合法的手段帮他们从股市上抢来的。股市风险让蓝天集团担了，无风险利润却落到了高雅菊和这帮官太太手里！这又是一个过去没遇到的新情况，白可树他们干得妙得很哩，让我们许多领导干部家属手不沾腥全合法致富了！"

李士岩怒道："如果真是这样，那么这些所谓合法利润该追缴全

315

部给我追缴上来！"

刘重天为难地说："士岩同志，我们的法律实践中还没有收缴炒股利润的先例啊！"

李士岩手一挥，"这种腐败形式不也没有先例吗？！就这样办吧，错了我负责！"

刘重天叹了口气，"好吧！"略一沉思，又说："士岩同志，高雅菊的问题查清楚了，除了炒股不当得利和白可树送的那个戒指，没发现其他什么问题，你看是不是尽快解除'双规'？"

李士岩显然感到很意外，"哦？重天，你是不是被齐全盛那张按摩椅收买了啊？"

刘重天本来倒没想过把按摩椅再退给齐全盛，可听李士岩这么一说，警觉了，勉强笑道："士岩同志，你开什么玩笑？老齐一张按摩椅就收买得了我了？我刚才才从保姆陈端阳那里知道这事，正说要退回去呢！"

李士岩却又道："退不退是你的事——如果征求我的意见，我就劝你不要退，老齐这也是好心嘛，再说，这也是从月茹同志这几年应有的补助费里开支的，没违反什么规定。"

刘重天心里明白，强作笑脸说："士岩同志，我看还是退了好，这样清白利索，免得让人怀疑我和齐全盛同志达成了什么妥协，也不好就高雅菊的问题公道地发表意见了。"

李士岩摆摆手，"关于高雅菊是不是解除'双规'，重天同志，我们最好先不要定，你不要急着定，我也不拍这个板，我的意见还是大家一起研究，集体决定。"迟疑了一下，还是说了，"重天，不瞒你说，陈立仁今天来找我汇报了，意见和你正相反，要正式批捕高雅菊！"

刘重天万没想到，自己的老部下，最信任的助手，竟会背着他越级汇报，一下子呆住了。这个问题太严重了，如果是别人提出批捕高雅菊倒还罢了，可以理解为工作上的分歧，偏是陈立仁！陈立仁和他是什么关系？让李士岩和省委怎么想？不能不怀疑他的立场和用心啊！

李士岩却不说陈立仁汇报的事了，意味深长地向刘重天通报起了省三监的调查情况："……重天啊，祁宇宙死得不明不白啊，据那位涉嫌中队长毕成业交代，案发前有人送给他五万元贿赂，让他对监号犯人的行为睁睁眼闭。送钱的人自称是'替人消灾公司'老总。"

刘重天头轰的一声像要炸了，"谁有灾啊？谁要请人消灾啊？看来就是我喽？"

李士岩拿出一张照片，递给刘重天，"这就是那位替人消灾公司老总，你认识吗？"

刘重天端详着照片上的那张胖脸，摇了摇头，"不认识，也从没见过。"

李士岩不动声色说："此人亲口告诉中队长毕成业，说你是他的老领导，当年在平湖当市长时对他很关心。哦，此人的真实身份也查清楚了，叫王国昌，武警部队的复员军人，曾在平湖市古楼区民权路派出所当过民警，七年前因涉嫌黑社会犯罪，被开除公职，判刑三年……"

刘重天听不下去了，"好了，好了，士岩同志，你不要再说了，反正这个人我不认识！"

李士岩不说了，叹了口气，收起了照片，"对王国昌的通缉令公安厅已经签发了。"

这时，刘重天突然想起了杨宏志对王六顺讨债公司那位葛经理的描述，夺过李士岩手上的照片又看了看，提醒道："士岩同志，我想起来了，照片上的这个人有些像杨宏志说的那位讨债公司葛经理，就是绑架杨宏志的那个黑社会犯罪分子，我建议你们请杨宏志辨认一下！"

李士岩眼睛明显一亮，"好，明天一早我就派人到镜州去。"

刘重天不无讥讽地建议道："士岩同志，我看最好你亲自去，既然陈立仁舍近求远，向你直接汇报，我这个专案组组长也没必要再当下去了，你就把专案组组长接过来算了。"

李士岩怔了一下，"重天，你这是什么意思？我和秉义同志从没想过要撤你这个专案组组长啊，我今天开诚布公和你谈，还是出于对你的信任嘛，你要正确对待嘛！立仁同志我了解，你更了解，他是你的老部下了，不可能搞你什么小动作，我看立仁同志还是出于公心的嘛！"

刘重天无言以对，苦苦一笑，"好，好，士岩同志，我啥都不说了，主动回避一下吧！"

李士岩想了想，挺恳切地道："重天，你主动回避一下也好，就是没这些烦心事，我也得让你歇歇了，看着你家里这个情况，我于心也不忍啊！你就安心休息几天吧！"

刘重天冷冷看着李士岩，却又问："士岩同志，这是命令吗？"

李士岩摇摇头，"不，不，重天，这是建议，你可以听，也可以不听！"

刘重天心里很难受，扭头就走，"那好，你这个宝贵建议我接受了！"

下了楼，来到邹月茹的病房，刘重天才渐渐冷静下来，要陈端阳回家，自己陪护。

陈端阳不愿走，反要刘重天回去好好睡一觉，说是大哥眼窝都陷下去了。

刘重天火了，"叫你走，你就走，明天早上打个电话给齐书记，把按摩椅退回去！"

邹月茹被吵醒了，得知情况后说："退什么啊？重天，这能怪到人家齐书记吗？！"

刘重天有苦难言，"月茹，我不是怪齐书记，是没办法，怕人家说闲话呀！"

邹月茹道："说什么闲话？你们老这样僵下去好啊？我看齐书记就不错，自己处境那么难，还没忘了我这个残疾人，重天，冤家宜解不宜结啊！再说我也喜欢这个按摩椅。"

刘重天只好改了口，"那这样吧，按摩椅留下，把钱还给齐书记，让他退给市委吧！"

邹月茹一脸的无奈，"重天，这事你再想想好不好？别再激化矛盾了。"

刘重天强作欢颜，"好，好，月茹，这些不愉快的事都别说了，说点愉快的事吧！告诉你，刚才我和士岩同志谈了一下，请了几天假，准备好好陪陪你……"

邹月茹根本不信，"刘书记，那么重要的反腐败工作，你就会放下了？"

刘重天笑道："地球离了谁不转啊？我休息了，士岩和同志们不会休息嘛！"

邹月茹凄然一笑，"重天，你别瞒我，是不是碰到什么大麻烦了？"

刘重天仍在笑，"麻烦？还大麻烦？我会有什么大麻烦？别瞎揣摩了。"

邹月茹眼里溢出了晶亮的泪珠，"重天，我知道，都知道，可却不敢问你。老齐送按摩椅那天就和我说了，现在镜州的情况很复杂，事态发展出乎预料，已经不是他和你可以把握的了。老齐说他在劫难逃，可能会中箭落马，你和镜州难解难分，也可能中箭落马，是不是？"

刘重天愕然一惊，语焉不详地感叹道："看来，这个齐全盛政治斗争经验很丰富哟！"

邹月茹小心地建议道："重天，我看你得找找秉义同志，向秉义同志做个汇报了。"

刘重天想了想，像是自问，又像是问人，"有这个必要吗？"

邹月茹说："我看有这个必要，明枪好躲，暗箭难防啊，你得让秉义同志有个数……"


## 46


六月的鹭岛之夜柔美而静谧。月色星光下的湖水波光起伏，湖中的画舫、九曲廊桥被灯火装点得五彩缤纷，如诗如画。阵阵凉风掠过湖面，吹散了白天一整天的暑气，拂起了岸边的垂柳，筛下了一片片碎银般滚动的月光，使得整个鹭岛宛若梦中的仙境。

齐全盛的心情却没有在这个鹭岛之夜愉快起来，陪陈百川在湖边散步时，一直长叹短吁。

陈百川是上午才从上海过来的，省里的接待规格很高，安排了一个办公厅副主任带车到上海去接，中午关省长代表省委、省政府接风宴请，晚上省委书记郑秉义设家宴招待，把这老爷子灌了个不亦乐乎。老爷子态度和口气就有了微妙的变化，上了鹭岛便对齐全盛大发感慨，说是郑秉义和关省长比他们当年强得多，年富力强，朝气蓬勃，工作思路很不错哩。

齐全盛阴阳怪气说："是的，人家的思路是不错，该搞倒的要搞倒，该保住的要保住！"

陈百川看出了齐全盛的情绪，口气严厉地批评说："全盛，你这叫什么话啊？啊？听你的口气好像受了什么委屈是不是？我看你没什么好委屈的！建起了一片高楼，倒下了一批干部，这是不是事实？是谁想搞倒你吗？搞倒你的是你自己嘛！镜州闹出了这么大的乱子，你齐全盛就没有责任？我看你责任不小，就是我老头子做省委书记也饶不了你！你现在要清醒，不要再到处发牢骚了，一是要端正态度，二是要总结经验，三是要挽回影响，这没什么好说的！"

齐全盛这才改了口，"是的，陈老，这话我去北京就说了，我是要反省，是要检讨！"

陈百川缓和了一下口气，"当然，我也要总结，也要反省。今天下午见到秉义同志，谈到你和重天同志七年前闹不团结的问题，我就先检讨了嘛！我对秉义同志说啊，也许我啊，当时的省委啊，做了一个错误的决定，不该将重天同志调离，更不该给你什么绝对权力！权力都是相对的，哪有绝对的呢？绝对了肯定要出问题嘛！我们共产党讲唯物论，讲辩证法，讲的都是相对论嘛，哪来的绝对论啊？啊？何况我们的权力来自人民，绝对权力就更说不通了。"

齐全盛很识趣，"陈老，镜州出现的问题，完全是我的问题，与您老书记没关系。"

陈百川在湖边站下了，看着湖光水色说："怎么没关系啊？你齐全盛是我主持省委工作时用的干部，你干得好，不辜负人民和党的期望，对我们的改革事业有大贡献，就说明我和省委用对了人，尽了心，尽了职；你干得不好，出了问题，我就是失察，就难逃其咎，就是百年之后去见小平同志，也要向小平同志做深刻检查！"停顿了一下，又说："全盛同志，你呢？这些年有没有个失察问题啊？白可树、林一达这些腐败分子是怎么上来的？我看你是昏了头！"

齐全盛冷汗直冒，马上检讨："是的，是的，陈老，我可能真是昏了头！这段时间我也在反思，这都是怎么回事呢？怎么就被人家套进去了？是用错了人啊，光看到白可树能干，林一达听话，不同意见就听不进去了，成了一言堂堂主，闹出了一场大乱子，辜负了您的期望！"

陈百川摆摆手，"不是我，全盛同志，你是辜负了人民和党的期望，也让我难堪啊！"

齐全盛不敢再说下去了：镜州腐败案一出，他确实让老领导陈百川难堪了，上次带着李其昌偷偷跑到北京诉苦求援，就挨了老爷子一顿痛骂。可痛骂归痛骂，这次到上海开会，老爷子还是来看望他了，既向郑秉义和现任省委表明一个态度，也实实在在为他做工作，他知道。

陈百川还是过去那个陈百川，为了一手培养的爱将，甚至不惜委曲求全向郑秉义检讨。

因此，齐全盛便觉得自己揣摩出了门道：看来，陈百川这次来省城不简单，郑秉义和关省长这么热情接待也不简单，他们双方也许在谋求某种政治上的平衡点，要达成某种妥协了。

果然，不无严厉的批评过后，陈百川的口气变了，仰脸看着星空，缓缓说道："今天，我对秉义同志和关省长都说了：改革开放二十二年了，不论是镜州还是全省全国，大致情况都差不多，成就很大，问题不少，突出的问题就是干部队伍的腐败。我们头脑一定要清醒：在任何时候、任何情况下，都必须坚定不移地代表最广大人民群众的根本利益。所以，腐败必须反，不反不得了，是要丧失民心的啊，是要亡党亡国的啊。但是呢，也不能绝对，不能满眼都是腐败，看不到成就！就拿我们镜州来说吧，腐败问题很严重，成就也不小，一片片高楼总是起来了嘛，经济总是上去了嘛，人民生活水平总是提高了嘛！干部队伍呢，从总体上看也还是好的，包括你齐全盛，还是能押上身家性命搞改革的，历史贡献不小，老百姓基本上也还是满意的！这是一个基本判断，对这个基本判断，秉义同志和现在这个省委也是认同的！"

齐全盛的揣摩得到了初步验证，心里一热，连连应道："是的，是的，陈老，镜州的辉煌成就明白摆在那里，只要不是别有用心，只要讲点辩证法，就不可能做出其他的判断嘛！"

陈百川离开湖岸，继续向前走，边走边说："就算有些人别有用心也不必怕，公道在人心嘛，老百姓心中有杆秤嘛，我们这些同志这二十二年搞得怎么样，老百姓会给我们公道的评价，历史会给我们公道的评价！"突然掉转了话题，"全盛啊，九年前到镜州视察时，我讲过一次话，不知你还记得不记得？哦，提示一下，就是卜正军同志去世后不久的那次讲话。"

齐全盛带着深情的回忆说道："陈老，这我哪敢忘啊？你在镜州全市党政干部大会上说了：允许犯错误，不允许不改革！你说，卜正军尽管犯了严重错误，甚至是犯了罪，可仍是个好同志！你还说，改革就是探索，探索就不可能没有失误，有了失误必须纠正，必须处理，也就是说，做出失误决策的领导者，必须做出个人牺牲，还必须正确对待。过去战争年代，我们掩埋了同志的尸体，踏着同志的血迹前进，今天的改革开放，也还要有这种大无畏的精神！"

　　陈百川看着齐全盛，语重心长，"全盛啊，九年前是卜正军，今天轮到你了，我的态度没变，仍然是九年前的观点：允许犯错误，不允许不改革！镜州出了这么大的腐败案子，你齐全盛作为市委书记，错误不小，责任不小，该认账要认账，该检查要检查，不要再和秉义同志顶牛了！你不要有情绪，不要以为自己经济上没问题，就理直气壮，就意气用事，这不是负责任的态度，也不是一个市委书记应有的态度！不论处境多难，镜州的工作不能放松，该负的责任还要负，只要省委一天不调动你的工作，你就要坚持一天，就得擦干身上的血迹继续前进！"

　　齐全盛热血一下子涌到头顶，"老书记，我……我向您保证！"

　　陈百川也动了感情，拉着齐全盛的手，讷讷道："就是倒下了，也要像卜正军啊，改革开放可是我们这代共产党人最成功的作品啊，凝聚了……凝聚了一个民族的心血和梦想啊！"

　　齐全盛眼圈红了，"陈老，我……我明白了，先向省委做检查，争取早点回镜州工作。"

　　陈百川欣慰地笑了，轻轻拍打着齐全盛的手背说："你这个同志心里有数得很嘛，我看也是很讲政治的嘛，这就对了！我也很严肃地和秉义同志说了，如果有确凿证据证明你和镜州腐败案有直接关系，就别客气，对你实行'双规'，如果没有，就让你尽快回镜州工作，不要吊在这里了。吊在这里算什么呢？啊？你既没法好好休息，又产生抵触情绪，还影响镜州的工作。"

齐全盛愤懑地道："再说，中组部、中纪委也没有这种强制休息的规定！"

陈百川不悦地看了齐全盛一眼，"看看，抵触情绪又上来了吧？就不能往好处想啊？我看这是省委和秉义同志对你的一种特殊保护措施，太客气了！如果是我，先把你'双规'了再说！"

齐全盛怔了一下，不敢作声了，这老爷子当权时没准真会这么做。

陈百川又按自己的思路说了下去："……WTO就在眼前了，前些日子我在北京开全国人大常委会时得知，今年十一月入关已成定局。镜州走向世界的步伐不能停下来，更不能乱，秉义同志和关省长说，要以你们镜州四大名牌服装为龙头，先在服装纺织这块和个大满贯，我举双手赞成，要给它摇旗呐喊哩。汽车工业要有大动作，要整合，小而全不行了，全省五家汽车制造企业最多保留两家，你们那个造蓝天小汽车的蓝天集团能不能保留下来啊？要争取。蓝天毕竟是我省头一家汽车制造企业嘛，整车生产线落成时，我去剪过彩，当年很辉煌嘛！"

齐全盛迟疑了一下，还是说了："只怕难了，蓝天集团现在被白可树这帮蛀虫掏空了。"

陈百川手一挥，"那就放弃，让省城的一汽来兼并，不要搞地方保护主义。总之一句话，抓住WTO这个机会，努力实现新世纪的二次腾飞，镜州基础很好，还是要走在全省、全国的前面！秉义同志也是这个意思，也代表省委答应了，说是尽快做出决定，让你回去工作。"

齐全盛点点头，"好，好，老书记，那我就等省委和秉义同志的通知了！"

陈百川于不经意中，再次调转了话题，语气忧郁，"全盛啊，现在你不轻松，重天同志也不轻松啊，七年前的旧账怎么又翻腾出来了？啊？而且在这时候翻出来了？都是怎么回事啊？你让秉义同志怎么想啊？全盛，今天在我面前，请你说实话：这事你事先知道不知道啊？"

齐全盛不禁一怔，"陈老，你咋这样问？是不是秉义同志让你来问我的？"

陈百川摇摇头，"与秉义同志无关，是我老头子特别关心你！你和重天那些矛盾，没有谁比我知道得更清楚了，说吧，实事求是说，这是我们私人之间的谈话，你就别耍花招了！"

齐全盛正经作色道："陈老，我不和你耍花招，实事求是地说，这事我真不知道是怎么闹起来的，更不可能去搞什么名堂，如果秉义同志请你这样问，就说明秉义同志对我有偏见！"

陈百川再次否认，"你不要提秉义同志，这和他无关，是我老头子不太放心你！"

齐全盛想了想，"那您也和我说点实话好不好？您是不是和秉义同志达成什么妥协了？"

陈百川脸一拉，很不客气地责问道："全盛同志，你想到哪里去了？啊？妥协什么？如果你和重天同志真在经济上有问题，谁敢做这个妥协？是我还是秉义同志？你什么意思呀？！"

齐全盛赔着小心道："陈老，请您说清楚：秉义同志和省委是不是一定要保刘重天？"

陈百川很严肃，"你这个同志又想歪了吧？今天我可以明白告诉你：重天的问题被翻出来以后，秉义同志和省委都是很重视的，也是认真对待的，据我所知，没有任何袒护！但是，目前的调查进行得不太顺利。当年那位被判了刑的总经理两年前已病死狱中了，主持办案的市纪委书记又得了老年痴呆症，能讲清这个问题的我看也只有你了。我现在不要你立即回答，请你好好想几天，把事实回忆清楚，主动给秉义同志和省委写个翔实的书面汇报，好不好呢？"

齐全盛应付道："好吧，我先回忆清楚再说吧，这么多年前的事了，谁还记得住？！"

陈百川白了齐全盛一眼，"怎么？好像不太情愿嘛？全盛啊，你不要搞错了，不要以为七年前我和省委支持的是你，就会无原则地处处支持你，事事支持你！今天，事情都过去了，我也可以告诉你了：当年研究镜州班子的时候，我也考虑过把你调走，让重天同志做镜州市委书记。重天同志做过四年平湖市市长，搞经济很有一套，这考虑也是合理的。最后常委们讨论时认为，你是镜州老同志，把你留下来可能更有利，这才有了今天这个局面。"说到这里，又加重语气提到了刘重天的问题，"在我的印象中，重天同志不是个贪官嘛，你们当时汇报，不也说是他的秘书祁宇宙打着他的旗号作的案吗？全盛同志，你一定要实事求是，不能感情用事！"

齐全盛半开玩笑半认真地道："陈老，那你指示吧，你让我怎么写，我就怎么写！"

陈百川没心思开玩笑，手一挥，"少给我来这一套，我说得很清楚，就是实事求是，你齐全盛看着办好了！"伴着一声叹息，又动情地说了起来，"你知道不知道，现在确实有人搞重天同志的小动作啊，手段阴毒得很哩，都搞到我们的监狱来了，连那个祁宇宙都搞死了！你让秉义和士岩同志怎么办啊？能不认真查处吗？重天同志现在是有嘴说不清啊！"

齐全盛只得再次重申："陈老，我以人格和党性向你保证，这些情况我真不知道！"

陈百川点点头，"这我相信，这种阴谋诡计你不会搞。不过，全盛啊，这种时候你也不能站在一边看热闹，甚至还幸灾乐祸啊！我刚才说了，改革开放是我们这代共产党人最成功的作品，凝聚了多少同志的心血和梦想啊！这心血和梦想，既有你的一份，也有重天的一份，你们都为这部成功的作品付出了代价，甚至是惨重的代价啊！现在，你吊在这里不清不楚，重天的爱人瘫在床上，他自己又陷入了这种境地！我真是很痛心啊！这么没完没了地斗下去怎么得了？亲者痛仇者快啊！改革开放的大局就被破坏了！所以，秉义同志在电话里一邀请呀，我就跑来了，来干什么？就是来做工作啊。你齐全盛可以不认这个账，不低这个头，我老头子要认这个账，要低这个头！作为前省委书记，我必须为我任上犯下的错误向秉义同志和关省长做检查，也必须做好你和重天的工作，我老头子有这个历史责任啊，推不掉啊！"

齐全盛心灵受到了震撼，拉着陈百川的手，连连道："陈老，我知道，都知道！"

陈百川激动不已，"我们都是共产党人，共产党人要讲党性，讲原则，讲政治道德，不能总计较个人恩怨，个人之间的那些恩恩怨

328

怨算什么呢？有什么好计较的呢？更何况这些恩怨还是在工作中产生的，应该严以责己，宽以待人嘛，应该相见一笑泯恩仇嘛！为了国家利益、人民利益和改革开放的大局，我们已经付出了这么多，就不能在同志的感情上再付出一些？"

齐全盛也动了真情，声音哽咽了，"陈老，您别说了，别说了……"

陈百川讷讷道："不说不行啊，今天我在你面前说，以后有机会还要和重天同志说，和镜州所有干部说，要齐心干事，不能离心离德，更不能出于个人目的煽风点火，制造事端！"镇定了一下情绪，说起了具体问题，"你们那个市长赵芬芳是怎么回事啊？怎么就搞出了个齐全盛逃跑事件啊？她这个市长想干什么啊？我看她是唯恐天下不乱，是想制造混乱抢班夺权！"

齐全盛有些惊疑，"陈老，赵芬芳的事也……也是秉义同志告诉你的？"

陈百川点点头，意味深长道："全盛，我看秉义同志和省委不糊涂啊……"

齐全盛这才明白了，郑秉义和省委并不是那么好骗的，他的被动，并没有给赵芬芳带来政治上的主动，赵芬芳的所作所为没有逃过郑秉义犀利的目光，此人看来是聪明反被聪明误了。

鹭岛之夜的这次谈话是深入真诚的，一个顾全大局的前任省委书记和一个身处逆境的现任市委书记都在月光星空下敞开了自己的心扉。齐全盛被陈百川说服了，郑重答应了两点：一，拿出一个共产党人的胸怀来，捐弃前嫌，主动和刘重天搞好团结；二，实事求是说清楚当年蓝天股票受贿案情况，还刘重天一个清白。陈百川因此很满意，再三说他是不虚此行了。

陈百川上车离开鹭岛时，已是次日凌晨了，东方的天空隐隐现出了一抹血样的红霞。

然而，事情却并没有按照陈百川良好的意愿发展下去，次日中午十一时左右，刘家的小保姆陈端阳竟坐着刘重天的专车跑到鹭岛国宾馆来了，把买按摩椅的一万两千元送来了，还带来了刘重天的一封亲笔信。刘重天的信尽管写得极为客气，甚至不无诚恳，但齐全盛却凭自己的政治敏感，在字里行间里发现了那种由来已久的势不两立的对立情绪。更要命的是，就在当天下午，市长赵芬芳又在没和齐全盛商量通气的情况下，突然在镜州市政府新闻中心主持召开记者招待会，对蓝天集团和蓝天科技巨额亏损的内幕予以曝光，而且是打着刘重天的旗号！

齐全盛被这两件事弄得目瞪口呆，接过镜州市委的汇报电话，马上叫车去了省委……

## 47

齐全盛不顾秘书的阻拦，几乎是硬闯进了省委书记郑秉义的办公室。

这时，郑秉义正和刘重天谈话，外面的接待室还有三批人在等着汇报工作。

齐全盛进门先道歉："秉义同志，实在对不起，我今天是闯宫了，不讲规矩了！"

郑秉义怔了一下，马上笑了，"老齐，看你说的，还闯宫，我这破办公室可不是宫殿啊，都比不得你老兄在镜州的办公室嘛，哦，坐，先坐吧，我和重天马上就谈完了！"

刘重天站了起来，"秉义同志，我要说的就这么多了，你和老齐谈吧。"

齐全盛拦住刘重天，"重天，你别走，我汇报的事与你有关，你最好也坐在这里听听！"

刘重天意识到了什么，只好在沙发上坐下了，"怎么，老齐，镜州又出什么事了？"

齐全盛没好气地讥讽道："刘大书记，你还问我？这么有趣的事，难道你会不知道？你干得漂亮啊，到底让蓝天集团曝光了，而且是借赵芬芳的手！"声音一下子提高了八度，"刘重天同志，我提醒你：不要把个人恩怨搞到工作中来！你以为把蓝天集团问题曝光仅仅是让我齐全盛难堪吗？你们这样干是不负责任的，是要出大事情的，甚至会引发社会动乱啊！"脸转向郑秉义，又恳切地说："秉义同志，昨天陈百川同志几乎和我谈了一夜，要我顾全大局，要我在岗一天就负一天的责任，说了很多，说得我热泪盈眶，所以今天我才来闯宫了，才来向你和省委反映情况了！秉义同志，我现在请你表个态，镜州安定团结的政治局面还要不要了？"

郑秉义很沉着，挥挥手，"老齐，不要这么激动嘛，慢慢说，先把事情说清楚！"

齐全盛情绪仍很激动，"今天下午两点，也就是两个多小时之前，赵芬芳在市政府新闻中心主持召开了一个新闻发布会，对蓝天集团的问题进行了大曝光，连内部掌握的数字都公开了：集团净资产不到十五个亿，负债却高达二十五个亿，实际上已经破产。上市公司蓝天科技，受集团沉重债务的拖累，举步维艰，即将被有关部门 ST。赵芬芳说了，腐败造成的后果是相当严重的，市政府将依法办事，既不会包庇任何涉案的腐败分子，也不会给蓝天集团和蓝天科技托底。秉义同志，你设想一下，对此蓝天集团和蓝天科技上万名员工会怎么想？他们正常进行着生产，突然间，自己的单位就破产了，那不炸锅了？还有投资蓝天科技的股民，也不会放过我们的！"

郑秉义听明白了，"老齐啊，这不是赵芬芳干的事吗？怎么又扯到重天同志头上了？"

齐全盛冷冷看了刘重天一眼，"我这阵子在省城休息，镜州工作是重天同志主持的嘛！再说，重天同志的观点我清楚，不包不护，该曝光就曝光。请问重天同志，是不是这样？"

刘重天这才有了说话的机会，"老齐，该曝光就曝光，这话我是说过，不过是指蓝天科技股价操纵一事而言，从没说过在蓝天集团调查尚未结束就将案子曝光，更没说过要把蓝天集团的经济数据拿出来曝光。"说到这里，声音也提高了，"但这也并不是说蓝天集团的严重问题就要一直捂下去，丑媳妇总要见公婆，今天不见，明天还要见，这个事实必须正视！"

齐全盛逼了上去，"重天同志，这么说，赵芬芳这么做是得到你许可的了？"

刘重天摇摇头，口气平淡，"全盛同志，我可以负责任地告诉你：对此我一无所知，我和你一样感到十分吃惊，十分意外！而且我和你一样认为，这样突然曝光是极不妥当的！赵芬芳所谓的不托底，实际上是拉响了一个潜在的炸药包，确有可能破坏镜州安定团结的局面！"

齐全盛把脸转向郑秉义，"既然如此，秉义同志，我有两个建议：一，立即对赵芬芳采取组织措施，将她从镜州市长的位置上调离；二，请重天同志马上赶回镜州妥善处理这件事！"

郑秉义目光炯炯看着齐全盛，"老齐，怎么请重天同志回去处理？你这个市委书记该承担什么责任啊？有一点很清楚，不是别人，而是你齐全盛必须对蓝天集团的现状负责，包括严重的腐败问题！你不是一个普通党员，你个人经济上的清白并不能替代一个市委书记的责任！"

齐全盛毫无怯意，坦荡地道："秉义同志，这个责任我当然要负，检查正在写，以后省委给我什么处分我都会接受，但是鉴于现在这个情况，必须请重天同志赶快回镜州……"

郑秉义这才叹息着说："好了，好了，老齐，你不要叫了，还是你回去吧，马上回去！你今天不找我，我明天也会找你：休息了这么长时间，也该回去工作了，解铃还须系铃人嘛！重天现在还不能走，恐怕要休息几天了，他爱人的情况你知道，他实在是太难了啊……"

刘重天却插上来说："秉义同志，如果……如果你同意，我也和老齐一起回去吧！"

郑秉义想了想，"重天，你歇歇吧，哪怕陪你爱人待一天也好！"继而，又语重心长对齐全盛交代："老齐，该说的话，陈百老昨天都和你说了，我就不重复了。可以明确告诉你，这不是陈百老一个人的意思，也是我、关省长、士岩同志，和我们省委的意思，应该怎么做，你就凭党性，凭政治良知，好好去做吧！不要把重天同志想象得这么灰。陈百老向我和关省长打包票说，你们二位本质

333

上都是好同志，我同意陈百老的这个判断。赵芬芳这位同志呢，陈百老让我们注意，我们早就在注意了，现在看来是有问题，这个女市长也许有些利令智昏了！"

刘重天道："秉义同志，我看老齐的意见不错，这个市长看来是要重新安排了。"

郑秉义看了刘重天一眼，回答得含而不露，"我在镜州会上代表省委说过的，如果发现有人不顾大局，为了个人的政治目的搞小动作，有一个处理一个，绝不客气，这话是算数的！"

齐全盛又想了起来，"哦，对了，秉义同志，我在省城休息了这么长时间，镜州那边传言不少，这突然回去，有些事恐怕没那么好处理，况且我现在还在省城，你看能不能以省委的名义打个电话给镜州市委宣传部，让他们把赵芬芳今天新闻发布会的内容先压下来？"

郑秉义想了想，同意了，叫来了秘书，交代说："马上以省委的名义给镜州市委宣传部打个电话，告诉他们：蓝天集团问题比较复杂，目前尚未结案，很多事情还没搞清楚，资产清算也没开始，赵芬芳同志在未经市委常委会讨论的情况下擅自发表言论的做法是欠妥当的。她这个新闻发布会的内容报纸不得见报，电视不得播出，电台不许广播，以免产生消极影响！"

秘书拿着记录稿走后，郑秉义又提醒说："老齐，你和镜州的同志也要注意了，维护安定团结的政治局面是对的，维护镜州改革开放的形象也不错，但是一定要依法办事，按市场经济规律办事！WTO 就在眼前了，我们必须接受 WTO 有关规则的约束。别忘了，加入 WTO 的协议，是由中国政府签的字，也就是说，这个协议是用来规范政府行为的，从逻辑上讲，WTO 的协议对企业没有直接约束力。蓝天集团是制造汽车的，就算没有这种严重的腐败问题，入关后的日子也不会好过。你们政府怎么办？再发红头文件？再托底包下来？恐怕也不行吧？要考虑和 WTO 规则的相容性，你们镜州市委、市政府不能再做蓝天集团的代理人了。"

刘重天忧虑地道："秉义同志提醒得对啊，从这个意义上说，赵芬芳不给蓝天集团托底的观点还是正确的，安定团结的政治局面要维护，蓝天集团的问题要解决，还有个应对 WTO 的问题，看来我们政府以后的行政方式、行为方式、组织形式都要有个适应性变化了。"

齐全盛已经坐不住了，苦笑着站了起来，"秉义同志，重天，你们的这些意见我都同意，完全同意！我也没说过要把一切都包下来，一直说的都是资产重组嘛！不过，这都是以后的事，具体方案我们再好好研究吧！现在我得赶快回镜州了，别真闹出什么大乱子来！"

从郑秉义到刘重天、齐全盛，三个省市领导都怕闹出大乱子，大乱子还是闹了出来。

镜州"623 事件"到底爆发了。

六月二十三日下午五时四十分，蓝天集团近三千名员工突然停止生产，从汽车装配线上走下来，高举着"严惩腐败分子，还我血汗积累"的大幅标语，拥到镜州市政府门前群访静坐。

齐全盛和刘重天从郑秉义办公室出来，在省委常委门厅前正等车时，常务副市长周善本的告急电话就打来了，是打到刘重天手机上的。

周善本开口就抱怨，问刘重天这两个多小时为什么不开机？刘重天说，自己向秉义同志和省委汇报工作，怎么能开机？周善本顾不上抱怨了，口气焦虑地汇报说，赵芬芳代表市政府发表的那个讲话引起了大麻烦，蓝天集团的工人们闹起来了，现在市政府门前的月亮广场人山人海，始作俑的市长赵芬芳偏不见了，他被迫代表市政府和蓝天集团群访员工对话，情况严重。

刘重天听罢，说了一句："善本，你和齐书记说吧！"默默将手机递给了齐全盛。

齐全盛接过手机，马上听到了一片嘈杂的吼叫声，似乎还有人提到他和女儿齐小艳。

嘈杂喧闹声中，周善本沙哑着嗓门问："齐书记，你看怎么办？工人们连你也捎上了。"

齐全盛毫不迟疑地道："那我就去向工人同志们做解释吧，你们不要激化矛盾！"

周善本说："齐书记，我看还是让重天同志出面比较好，工人们现在情绪比较激动。"

齐全盛火了，"蓝天集团和重天同志有什么关系？是我的责任我就不能推卸！另外，马上给我通知赵芬芳，请她从阴暗角落里走出来，到现场解决问题！"

合上手机时，刘重天的车先驰上了门厅。

刘重天拉开车门，"老齐，走吧，看来我得先陪你一起回去一趟了！"

齐全盛心头一热，"重天，月茹这么个情况，你还是歇歇吧，秉义同志准了你假的。"

刘重天推了齐全盛一把，"行了，老伙计，你就上车吧，这种时

336

候还客气啥！"

　　这时，齐全盛的车也到了，齐全盛迟疑了一下，还是上了刘重天的车，上车后，摇下车窗对李其昌交代："我坐刘书记的车先回去了，你到鹭岛替我收拾一下东西，也尽快回镜州。"

# 第十四章　逼宫

## 48

周善本怎么也没想到身为市长的赵芬芳会在关于国际服装节的新闻发布会上把蓝天集团的问题捅出来，更没想到赵芬芳在新闻中心的讲话发表仅仅两小时，蓝天集团的工人就拥到了市政府门前进行群访，经验告诉他，这其中必有人做手脚，事件不像是突发的，而像是有蓄谋的。

市政府值班秘书长把告急电话打来时，周善本发着烧，正在医院挂水，刚挂完一瓶。听过汇报，周善本心里很火，要值班秘书长去找赵芬芳解决。秘书长为难地说，赵芬芳开完新闻发布会就陪北京老区基金会肖兵几个贵宾去了星星岛，肯定回不来。

擦屁股的倒霉事又落到了头上，周善本只好拔掉输液针头，紧急赶往市政府。

车到人民路路口就开不过去了，周善本在车里看到，市政府门前的月亮广场上已是一片人头涌动，喧嚣嘈杂。长短不一的标语也打出来了，全是用墨笔写在白布单上的，最醒目的几条标语是："严惩腐败分子，还我血汗积累！""不要托底，只求正义！""请问：镜州市委、市政府该对蓝天集团腐败现状负什么责任？！"还有一条标语十分大胆，把矛头明确指向了市委书记齐全盛："齐氏父女家天下，蓝天集团亏掉底，如此镜州，天理何在！"

周善本心里一惊，知道这麻烦大了，搞不好又是一个别有用心的齐全盛"逃跑"事件，忙打电话给刘重天，准备向刘重天汇报，请求指示。不料，刘重天正在省委和郑秉义谈话，手机没开。周善本便让秘书再打电话找赵芬芳，赵芬芳敢闯这个祸，就得负这个责。赵芬芳的手机不在服务区，秘书把电话打到了星星岛村委会，村主任说，赵市长和一帮北京客人坐旅游快艇出海了。周善本没办法了，只好让司机倒车，打算从海沧街后门进政府大院。

车掉头往海沧街开时，秘书已看出了周善本的疑虑和不满，婉转地建议说："周市长，你身体这个样子，现在还发着烧，只怕撑不住啊，我看还是回医院吧，反正这不是你的事！"

周善本苦笑道："怎么不是我的事？我知道了就是我的事了，这没什么好说的！"

秘书说："不是还有齐书记嘛，要不，再给省城鹭岛打个电话，找找齐书记？"

周善本回绝了，"找老齐干什么？把老齐架到火上烤啊？没看到标语都打出来了吗？"

秘书发牢骚说："周市长，我看呀，人家都在套你这个老实人哩！"

周善本是讲原则的，不论心里如何不满，如何疑虑，在秘书面前仍不愿表露出来，掩饰说："什么人家？谁套我啊？老齐是被秉义同志请去休息的，身不由己；重天家里出了急事，不能不赶回去处理；我是市委常委、常务副市长，又在家里，不处理怎么办？不负责啊！"

秘书公然提到了赵芬芳，"那赵市长呢？怎么放了把火就溜了？这正常吗？"

周善本掩饰不住了，连连摆手，"别提她，别提她了！"

从后门进了政府大院，公安局副局长吉向东急急忙忙跑了过来，汇报说：他们吴局长正坐镇市局，紧急调动警力，通往月亮广场的四条大道准备按以往制定的防暴预案全面封锁，力争不进一步扩大事态。汇报完后，吉向东又恭恭敬敬地问周善本："还有什么指示没有？"

周善本高烧未退，头昏脑涨，可心里并不糊涂，马上指示道："说两条吧：一，不要激化矛盾。今天这情况事出有因，好好一个国营企业，说破产就要破产了，晴天霹雳啊，太意外了，工人同志有些冲动情绪可以理解，你们要做到打不还手骂不还口，文明执法；二，想法弄清事情真相，找找线索，排查一下，怎么一下子就闹起来了？这么迅速？还有，他们怎么冲着齐书记来了？有没有人暗中做手脚啊？要给齐书记一个交代！"

吉向东连连应着，带着几个干警出去了。

然而，过了没屁大的工夫，吉向东又回来了，再次汇报说："……周市长，工人们现在都很激动，已经拥到市政府自动门前了，有些人已翻过不锈钢自动门跳了进来，一定要和你们市领导对话，请市领导给他们一个明确说法：根据赵市长今天下午的讲话精神，蓝天集团是不是马上就要进入破产程序？进入破产程序后，他们怎么办？蓝天集团是白可树、齐小艳这帮腐败分子搞垮的，而这帮腐败分子们又是咱们市委、市政府任用的，市委、市政府该负什么责任？凭什么不给他们托底？问题……问题提了一大堆哩……"

周善本真不知该说什么好，手一挥，恼怒地道："让他们问赵市长去！"

吉向东苦着脸，"可赵市长现在不在啊，周市长，你是常务副市长，你看……"

周善本万般无奈，只好拖着病躯，硬着头皮去和大门口的工人们对话。

然而，却又不知道说什么才好。赵芬芳毕竟是市长，她刚刚说过的话，他这个常务副市长不好否认，可这些话又分明没经过市委常委会研究，也没在市长办公会上商量过。

于是，周善本强打精神对工人们说："……同志们，大家先不要这么激动，赵市长今天的讲话还只是个人意见，而且大家也知道，这个新闻发布会本来是为国际服装节召开的，是有记者问到了蓝天集团，赵市长才随便说了说自己个人的看法！我强调一下：是个人看法！"

一个已跳过自动门的员工很不客气地责问道："周市长，赵市长身为市长，而且是在新闻发布会上的公开讲话，仅仅是个人的看法吗？你觉得这种说法能服人吗？"

周善本牢牢守住底线，"是不是能服人是一回事，是不是事实又是一回事。我认为赵市长说的就是个人看法，只代表她个人。作为市委常委、常务副市长，我可以负责任地告诉你们，关于蓝天集团的破产问题，市委、市政府从没研究过，而是在考虑重组，一直在考虑……"

自动门外，又有人吼了起来："什么重组？还不是变相破产吗？周市长，你说清楚：这些年白可树、齐小艳这帮贪官到底从我们集团弄走了多少昧心钱？经济责任到底该谁来负？"

周善本努力镇定着，"大家都知道，蓝天集团腐败案，省纪委常务副书记刘重天同志正带着一个专案组在认真查处，相信很快就会有查处结果！至于说到经济责任，我个人的意见应该客观分析，腐败分子造成的损失是客观存在，市场因素和经营管理不善造成的损失也是客观存在。不瞒同志们说，这段时间，我抓蓝天集团的工作，经常去，比较了解集团的情况……"

一阵吼声将周善本的话打断了——

"别狡辩了，你们当官的有几个好东西？！还不是官官相护！"

"周善本，你来抓蓝天集团，怎么把蓝天集团抓破产了？我看你还不如白可树哩！"

"周市长，蓝天集团破产，对你个人有什么好处？你说清楚！"

"蓝天集团破产了，你们这帮贪官就能逃脱惩罚了，是不是？"

……

周善本默默听着，苦笑着，不作任何答辩。

身边的秘书却听不下去了，冲着人群吼道："你们瞎叫什么？谁是贪官？谁要逃脱惩罚？你们知道不知道？周市长现在还住在港机厂工人宿舍，为了搞清蓝天集团的问题，帮蓝天集团走出困境，可以说是操碎了心！今天，周市长是发烧挂着水跑来和你们对话的！"

工人们的吵闹声这才渐渐停止了。

周善本觉得头痛得厉害，身子摇摇欲坠，不由自主地扶住秘书的肩头，有气无力地说："同志们，请……请大家先回去吧！你们的意见我……我知道了，我一定会向齐书记、赵市长反映，也会向……向负责此案的刘重天同志反映。你们的难处和心情我也知道，我……我再次向你们重申：镜州市委、市政府的确没研究过蓝天破产问题，进入破产程序更是无稽之谈！请你……你们冷静想一想，蓝天腐败案尚未结案，怎么……怎么可能谈到破产问题呢？"

人群中又有人叫："那好，周市长，你就请赵芬芳市长出来这样表个态吧！"

周善本解释说："赵市长现在有重要工作，正陪北京客人在星星岛考察啊！"

人们又吵闹起来，都不相信周善本的话，说什么的都有。

嗣后，一阵强似一阵的口号声响了起来："我们要见赵市长！我们要见赵市长……"

在机械的口号声中，面前的人群晃动起来，周善本觉得自己吃不消了，只好让秘书当着工人群众的面打电话给赵芬芳。秘书似乎觉得不太妥当，态度表情有些迟疑，周善本知道秘书心里想的什么，铁青着脸，再次重复了自己的命令，让秘书打电话，就当着工人的面打！

秘书奉命打这个电话时，周善本就想，他这不是对工人的让步，而是请这位放火烧荒的女市长自己过来把火扑灭掉。她赵市长丢面子事小，维护镜州安定团结的局面事大，况且这祸又是她闯下的，不管有意还是无意，这责任都得由她本人负，不能把别人放在火上这样烤。

这回电话通了，接电话的不是赵芬芳，却是赵芬芳的秘书。

赵芬芳的秘书得知蓝天集团工人群访请愿的情况很吃惊，显然是向赵芬芳请示以后，明确表示说，赵市长既不可能收回说过的话，也不可能来到市政府门前和工人对话，反要求周善本坚持原则，不要让步，坚决维护市政府的形象，就按赵芬芳新闻发布会上的口径回答工人同志：腐败分子该抓就抓，该杀就杀，但是政府不能包办一切，蓝天集团该破产就要破产。

周善本气死了，抢过手机，大口大口喘息着，对赵芬芳的秘书说："小王，我……我是周善本啊，现在这里情况很严重，你请……请赵市长亲自接电话！亲……亲自接！"

赵芬芳的秘书却说："周市长，赵市长不太方便，已陪肖兵同志进了宴会厅……"

周善本沙哑着嗓门吼了起来："那……那就请你转告她，她……她这个市长也在中共镜州市委领导下，未经市委常委会研究的决定不算数，我……我周善本也不会去执行，去维护！"

说到这里，周善本一阵头晕目眩，差点儿栽倒在地上。

秘书扶住周善本，悄声提醒道："还是给刘书记或者齐书记打电话吧！"

给刘重天打电话时，面前已是一片人声鼎沸，先是有人点名道姓大骂赵芬芳不管工人死活。继而又有人骂起了齐全盛和齐小艳，针对齐全盛的那条标语也打到了政府院内。

吉向东带着防暴警察迎了上去，将已跳到院内的工人们又逼到了自动门外。这期间发生了推推搡搡的事，几个警察扭住两个打标语的工人，往警戒线内拖，周善本马上让秘书制止了。

一场本来可以迅速平息的群访事件，因为赵芬芳别有用心的固执，变得不可收拾了，三千多名已赶到市政府门前的当班员工没有散去，在家休息的员工和家属吃过晚饭之后，也冲破警察的封锁线，从全市各地赶了过来。截至当晚七时左右，月亮广场已聚集了约六千多人，有些人还带来了过夜的帐篷，一定要见市长赵芬芳，要求很明确：请赵芬芳收回她的话！

对话无法进行下去了，身心交瘁的周善本眼前一黑，昏倒在对话现场的自动门前。

被抬上车，前往市人民医院时，周善本醒了过来，忧心忡忡地问秘书："齐……齐书记和刘书记这会儿到……到哪里了？七点多了，也……也该到了吧？"

秘书说："我刚打过电话，已经过了高速公路收费站，进入镜州老城区了。"

周善本这才舒了口气，"那……那就好，那就好啊！"

秘书叹了口气，"周市长，要我说，你今天根本就不该管这事，你管不了啊！"

周善本一声长叹，"是啊，看来……看来是有人在逼宫啊！"

## 49

六月二十三日十九时二十分，刘重天和齐全盛赶到了镜州市委。

站在市委顶楼落地窗前，通过带夜视仪的高倍望远镜，对面月亮广场上的情况可以看得一清二楚。齐全盛清晰地看到了许多幅针对他的标语，深深感到了自己政治上的巨大失败，一时间心灵受到了强烈的震撼，情不自禁地讷讷自语道："老百姓到底站出来说话了……"

放下望远镜，听过简单的汇报，齐全盛决定到广场去和蓝天集团工人进行对话。

刘重天不同意，一把拉住齐全盛，要齐全盛不要去。

齐全盛说："我不去怎么办？你看看，他们连帐篷都带来了，骂的也是我啊！"

刘重天道："那你也不要去，应该让赵芬芳去做工作，破产问题是她提出来的！"

齐全盛盯着刘重天，脸色阴沉得吓人，"重天，你什么意思？对我们这位女市长，你还敢放心？你就不怕她再和工人们胡说八道？这乱子闹得够大的了，镜州七年没发生过这样大规模的群访事件了！今天出了这种事，我齐全盛愧对省委，愧对镜州八百万干部群众啊！"

刘重天好言好语地劝道："老齐，你冷静一些，我看你最好还是不要去，你去了和工人们说什么？没准还会激化矛盾。工人们要见的是赵芬芳，就让赵芬芳去嘛！赵芬芳愿说什么，就让她说好了，怕什么？这个天我看塌不下来，矛盾充分暴露才好解决嘛！"

齐全盛想想也是，蓝天集团的董事长、总经理不是别人，正是自己的女儿，女儿如今又下落不明，他这话就更难说了，说啥也不会让工人们信服。再说事情既已闹到了这一步，矛盾全公开化了，让这位居心叵测的女市长再充分暴露一下也好，便又让市委值班秘书长再次打电话催请，要求赵芬芳立即赶到市委和他，和刘重天碰一下头，紧急研究事件的处理。

身心疲惫地从顶楼下来，到了八楼自己办公室门前，齐全盛迟疑了一下，对刘重天建议说："重天，是不是就在我这里等赵芬芳呢？我们也一起吃点东西，我让值班室同志去整！"

刘重天说："好吧，路上我就饿了，你急着赶路，我也没敢让司机停下来买吃的。"

进门后，开了灯，齐全盛和刘重天几乎同时发现，门口的地上扔着一封信，信封上没有地址，只写着几个大字："齐全盛亲启"，是娟秀的女人的笔迹。

齐全盛一看笔迹就知道，是女儿齐小艳的信，心里又是一惊，但还是不动声色地把信收了起来，扔到了办公桌上。办公桌上堆满了文件和信件，这封信混杂其中，不再那么显眼了。

刘重天开玩笑道："老齐，谁来的信啊，连地址都没有？该不是有什么秘密吧？"

齐全盛也是一副开玩笑的口气，"怎么？重天，还要查查我的生活作风问题啊？"

这话题太敏感，刘重天不好说下去了，又说起了赵芬芳，"老齐，你说赵芬芳今天这么干是什么意思？仅仅是让你这个市委书记难堪，进而逼你下台吗？怕不会这么简单吧？"

齐全盛略一沉思，"除此之外，还能有什么呢？"深深叹了口气，"她这个人太急于当一把手了，大姑娘上轿，十八年都等了，偏是几天等不得了！她就不想想，镜州班子出了这么严重的问题，就是她不这样闹，我还是要下台的，省委不撤我的职，我也得引咎辞职嘛！"

刘重天思索着，"所以，老齐啊，我觉得事情不那么简单，这里面也许还有大文章！田健怀疑金启明的金字塔集团伙同白可树开了老鼠仓，在证券交易中让金字塔赚了几个亿，却让蓝天集团亏掉了底！他们内外勾结掏空了蓝天集团，搞垮了蓝天科技，现在又要公开收购了，收购方案已经出来了，而且还得到了市国资局的认同，我听说后就警觉了，当时你不在，我告诉善本，要他慎重表态。你说，今天这事会不会和金字塔收购有关？"

齐全盛一怔，认真了，"重天，你的意思是不是说，赵芬芳突然宣布蓝天集团破产，是为了配合金字塔集团的收购行动？赵芬芳有这么大的胆吗？如果真是这样，那就太可怕，也太恶劣了，简直不可思议！重天，你有什么证据？这种事可不能随便乱说啊！"

刘重天缓缓道："老齐，既然事情已经闹到了这一步，我也就不瞒你了：赵芬芳恐怕不仅仅是政治上投机的问题，在经济上只怕也不会干净。我到镜州之前，就收到过关于她的举报。因为是匿名信，紧接着又出了蓝天集团这摊子事，就没有来得及查。而蓝天集团案呢，不但和白可树有关，和她也有很大的关系，她给齐小艳和蓝天集团批的条子比白可树还多。只不过她很滑头，自己没在具体经济问题上陷进去——起码我们现在还没发现她陷进去。"

齐全盛点点头，"这个情况我知道，也找她谈过一次，说实话，真吓了我一大跳啊！"

刘重天继续说："最近呢，她和金字塔集团的金启明接触频繁，据知情人向我反映，金字塔集团就是在这位赵芬芳市长的指示下，给北京一个什么老区基金会捐了一千万！是金字塔集团的那位金启明仗义疏财吗？恐怕不是吧？啊？你老齐支持成立的镜州慈善基金会，金字塔集团只不过捐了区区十万元，给老区基金会出手就是一千万，大方过头了吧？更有意思的是，这个老区基金会的秘书长是我们某党和国家领导人的儿子。老齐，你想想吧，这都说明了什么。”

齐全盛眼睛一亮，接着说了下去："金字塔集团捐了一千万，搭上了那位党和国家领导人的关系，就给赵芬芳在北京铺就了晋身之阶，而金字塔集团肯定要向赵芬芳索取回报！"

刘重天插了上去，"对头！这回报是什么呢？可以是让蓝天集团破产嘛，蓝天集团破产了，欠蓝天科技的巨款就收不回来了，这就给金字塔集团拿下蓝天科技提供了良机！"

齐全盛问："那么，重天，你怎么办？既然赵芬芳后面有北京的大背景，你搞得动吗？"

刘重天自信地道："我看搞得动！成克杰不也曾是党和国家领导人吗？该杀照样杀，更何况领导人的亲属！"说罢，解释了一下，"老齐，这话就到你为止了，我和秉义、士岩同志都没汇报过，再说如果金字塔集团捐出去的这一千万真用于扶贫了，那位党和国家领导人不插手我们镜州干部的安排，也算不上什么问题。我在这里只是根据种种迹象进行分析罢了！"

齐全盛想了想，好心地劝道："重天，你现在够麻烦的了，还是稳着点吧！"

刘重天坦荡地笑道："我麻烦什么？这个世界上难道没有真相了？老齐，你说呢？"

齐全盛会意地笑了，却也没把话说破，"重天，你放心，真相很快就会大白的！"

这时，市委值班室的同志将晚饭送来了，两位都饿坏了，狼吞虎咽吃了起来。

饭刚吃到一半，周善本的电话打了过来，询问事态的发展和事件的处理情况。

齐全盛和刘重天都很感动，把这边的情况说了说，再三嘱咐，要周善本安心养病。

周善本却说："老齐，重天，要不我还是过来吧！有些问题得当着你们的面和赵芬芳说清楚！赵芬芳今天做得太过分了，先是胡说八道，引发了这次群访事件，群访发生后，又坚持不收回自己的错误言论，造成了事态的进一步恶化。她这个市长也太没水平，太不顾全大局了！"

齐全盛讥讽说："善本，我看她不是没水平，是水平太高了，在搞政治手腕啊，把我齐全盛架到火上烤，也将重天同志的军！你放心吧，我和重天正在研究处理，不会误事的！"

刘重天也接过电话说："善本，你就安心休息吧，千万不要再过来了，你说的这些情况我和老齐都知道了，我们一定会齐心协力处理好这个事件的。"

周善本似乎话中有话，"重天啊，这种时候，你们二位领导可一定要顾全大局啊！"

刘重天大声道："善本，你就放心好了，我和老齐都不是赵芬芳，会顾全大局的！"

周善本关于顾全大局的话勾起了齐全盛的心思，结束和周善本的通话，继续吃饭时，齐全盛似乎无意地问道："祁宇宙怎么就死在狱中了？重天，你估计是谁干的？"

刘重天含义不明地看了齐全盛一眼，"老齐，你怎么啥都知道？你看像谁干的？"

齐全盛脱口而出："反正不会是你干的，你完全没必要这样干，况且也不像你的风格。"

刘重天开玩笑道："老齐，那就是你干的喽？我在负责搞你们镜州的专案嘛！"

齐全盛笑道："镜州的专案你不搞，别人还要搞，再说我也没有这么下作。告诉你，重天，关于你和你家那个叫陈端阳的保姆，外面的传言可不少，我听到后可都是替你辟谣的。"

刘重天点了下头，一声长叹，"老齐，我们矛盾归矛盾，可在做人上我还是服你的，你这个人搞阳谋，不搞阴谋，祁宇宙之死我真没怀疑过你，而是怀疑另一股势力。这股势力不但在搞我的名堂，可能也在做你的手脚。现在已经很清楚了，白可树确实涉黑，和金启明的那个金字塔集团的关系很不正常，白可树的进步史和金字塔集团的发家史密不可分。鉴于白可树和齐小艳的特殊关系，老齐啊，我怀疑小艳一直在这股黑势力的控制之下，情况相当危险啊。"

齐全盛吓了一跳，"重天，金启明和金字塔集团是黑势力？这……这太过分了吧？金启明可是著名企业家，这个集团也是我省有名的民营企业，对镜州经济发展还是有贡献的。他们可能偷税漏税，也可能通过白可树、赵芬芳捞点经济利益，杀人放火的事恐怕不敢干吧？"

刘重天道："老齐，黑社会就是杀人放火、走私贩毒啊？我认为真正意义上的黑社会组织必然是对我们政权进行渗透的准政治组织，他们靠金钱开路，在我们的政权内部寻找和培养他们的势力，为他们的政治利益和经济利益服务。从意大利的黑手党，到日本、东南亚的黑社会组织，无不具有这种特征。在我们中国现阶段，这种真正意义上的黑社会已经现出了雏形，厦门远华集团就是典型的例子嘛！金启明的这个金字塔集团我看就像厦门的远华集团。"

齐全盛思索着，讷讷问："这么说，你们专案组已经有证据了？"

刘重天摇摇头，脸上现出了些许无奈，"过硬的证据还真不多，这事让我们伤透了脑筋！白可树的事好像和金字塔集团都有关系，可认真查下来，竟然全有合法手续或合理的解释。就连金字塔集团为白可树的政绩扔掉的将近一个亿也是为了工作。反过来说，白可树给金字塔集团批地，让金字塔集团在经济上大占便宜，谁也无话可说。所以我产生了这么一个感觉：这个金启明很不简单，不但是个企业家，还是个少见的政治家，有未雨先缪的能力，有敏锐的政治嗅觉力，金字塔集团这个组织也是严密的，在案发之前已进行了有准备有计划的大撤退。"

齐全盛马上想到了女儿刚送来的那封信，脑海里突然爆闪出一连串念头：小艳现在会不会在金启明手上？或者被金字塔集团控制着？小艳上封信中的意思，会不会就是金启明的意思？这封新送来的信又是什么内容？自己是不是该把两封信都交出来，让刘重天和专案组去查？

这才骤然发现：自己竟和赵芬芳、和面前这场突然爆发的事件有密切关系！这封信的内容他还不知道，但上封信的内容是很明确的，女儿要求他不要再提什么蓝天集团的重组了，要她和赵芬芳搞好关系。怪不得赵芬芳胆这么大，没和他商量就敢突然宣布蓝天集团破产！如果刘重天的分析判断不错，她就是用行动配合金字塔集团的收购方案，在向他，也向镜州市委逼宫！

然而，真把这两封信交给刘重天，又会造成什么后果呢？会不会让刘重天怀疑自己参与了这个阴谋？会不会给女儿引来杀身之祸？吉向东一直没查到女儿的下落，现在又没有确凿证据证明女儿就在金启明手上，只怕交出这两封信，不但于事无补，反倒会让他陷入进一步被动。

刘重天注意到了齐全盛奇怪的沉默，似乎无意地问："老齐，你在想什么？"

齐全盛掩饰地看了看手表，"我在想赵芬芳，她怎么还没到？！"

刘重天也看了看表，"都八点多了，就算在星星岛，她也该赶回来了嘛！"

这时，值班秘书长进来汇报说："齐书记、刘书记，赵芬芳市长来了个电话，说是海上风浪太大，今晚怕是赶不回来了，先向你们请假，希望你们理解！"看了齐全盛一眼，迟疑了一下，又说："齐书记，赵市长还有个建议，希望你和工人对话时不要让步！"

刘重天看了看齐全盛，"老齐，看来，我们中共镜州市委是领导不了这个市长了！"

齐全盛气坏了，"哼"了一声，"领导不了也得领导呀，在其位就得谋其政嘛！"脸一拉，对值班秘书长命令道："告诉赵芬芳同志，现在事态严重，就是海上风浪再大，也必须立即赶回来，这是中共镜州市委的命令！如果拒不执行这个命令，一切后果请她自负！"

## 50

星星岛上的宴会是六点多钟开始的，到快八点时进入了高潮。肖兵和北京的客人们全喝多了，东道主金启明和手下的两个副总也喝了不少，大家称兄道弟，胡吹海聊，打得一团火热，倒把身为市长的赵芬芳晾到了一边。赵芬芳并不觉得寂寞，趁着热火朝天的气氛到外边打了几个电话，询问月亮广场上的情况。得知蓝天集团的工人们连帐篷都支了起来，周善本昏倒在现场，赵芬芳有些慌了，觉得麻烦惹得似乎大了点，心里忐忑不安。可细想想，却又没发现自己说错什么，做错什么。蓝天集团腐败问题与她无关，直接责任该由白可树、齐小艳负，领导责任该由齐全盛负，查处责任该由刘重天负，关她赵芬芳什么事？！她不过说出了一个破产的事实，而一个企业的破产算得了什么？这种情况在全省全国多的是，当然不能由政府包下来！

是的，她没有任何错误，不管齐全盛、刘重天、周善本这些人怎么生气，怎么暴跳如雷，都抓不到她什么把柄，她在新闻发布会上的讲话完全符合改革精神，完全符合社会主义市场经济的规律，用肖兵的话说，她是大无畏的改革家嘛！肖兵还说了，齐全盛、刘重天、周善本这些人现在不是和她个人作对，而是阻挠改革，破坏改革，肖兵回去后要向他父亲反映哩！

和肖兵的父亲比起来，刘重天、齐全盛狗屁不是，绝不可能主宰她的仕途前程。刘重天、齐全盛其实和她一样，仕途前程都掌握在别人手上。齐全盛英雄末路，可以忽略不计了，镜州腐败案查清之后，省委必将追究此人的责任。刘重天的政治命运不会比齐全盛好到哪去，就算他逃过祁宇宙这一劫，进省委常委班子也不太可能了，郑秉义胆子再大，再想拉帮结派，也不敢把一个有受贿和杀人双重嫌疑的亲信马上提上去。而她呢，只需肖兵父亲一个电话暗示，就可能顺序接班，取代齐全盛，出任镜州市委书记。赵芬芳相信，郑秉义和省委是聪明的，当北京这个至关重要的电话打过来时，郑秉义们知道怎么做出符合自己政治利益的抉择。

本来不该走这一步的，如果刘重天识相，接受她的政治求爱，她又何必非走上层路线不可呢？上层路线其实并不好走，肖兵胃口太大，开口就是一千万，以后肖兵和这帮北京的朋友再开口怎么办？能让金字塔集团继续出吗？如果金字塔集团继续出，她能不给金字塔集团丰厚的回报吗？她不就成了另一个白可树了吗？这都是问题呀！现在，金启明已经用这一千万捐款把她和金字塔集团紧紧拴到一起了，曾经葬送了白可树的金字塔，也完全可能葬送她。

想到这里，赵芬芳心里冷气直抽，又有些害怕了：金启明不是一般的人物，说好听点是民间政治家，说难听点就是一条恶狼。欧洲大酒店1304房间的谈心她怎么也不会忘记，迄今为止还真没有哪个人这样和她谈过心。这哪是谈心啊，简直是政治讹诈。当然，她不是傻瓜，也不会在讹诈面前低头，最终还是心照不宣地和此人达成了一个有可能双赢的协议。现在的问题是，这双赢能实现吗？如此孤注一掷，把宝押在金启明和肖兵头上，是不是也有点风险？

这么胡思乱想着上洗手间时，又一桩意想不到的事发生了：走出洗手间大门，偏迎头撞到了刘重天的小舅子邹旋。邹旋这天陪几个外地建筑承包商到星星岛钓鱼，也在这座岛上唯一的旅游酒店吃饭，见了赵芬芳，热情得不得了，甩下自己的客人，端着酒杯就跑过来敬酒。

邹旋显然喝多了，敬酒时站都站不住，大骂自己姐夫刘重天，赤裸裸地向赵芬芳表忠心，"……赵市长，你看得起我，几次要提我，我都知道！从今以后，我就是你的人，你指哪我打哪，指鼻子我不打眼！刘重天是他妈的什么东西，只想自己往上爬，根本不顾别人的死活！"

肖兵醉得不轻，一副不屑的口气，插了上来，"刘重天？刘重天是什么人啊？没戏了！"

邹旋更起劲了，"哦，没戏了？他妈的，我还以为他能留在镜州当市委书记呢，不就是省纪委的一个副书记吗？不就是临时协助齐全盛主持一下工作吗？连赵市长说话他都不听……"

肖兵酒杯往桌上一蹾，"刘重天太不识相了！我父亲很快就会和你们省委打招呼的，调整镜州班子！齐全盛涉嫌腐败，问题严重，不能再干了，赵市长任市委书记，从平湖或者省城调个市长来，四套班子都要改组，周善本退二线，可以考虑安排个市政协副主席。至于刘重天嘛，我父亲的意见也是拿下来，进省委常委班子是完全不可能的，他算哪个林子的鸟啊……"

赵芬芳吓了一跳：这种私下操作的事哪能当着邹旋的面说？传到刘重天那里怎么得了？忙站了起来，"喝多了，肖兵，金总，我看你们都喝多了！"转而又对邹旋说："邹主任，你也不要胡说八道，更不要四处骂刘书记，刘书记严以律己，是值得我们大家好好学习的嘛！"

邹旋直笑，"赵市长，你看，你看，不相信我是不是？我是你的人啊，真的！"

赵芬芳很严肃，一口官腔，话说得滴水不漏，"邹主任，我看你也喝多了！什么你的人我的人啊？啊？你邹旋同志既不是我的人，也不是刘书记的人，你是党员嘛，是党的人嘛！你是正科级公务员嘛，是国家的人嘛！我们都要为党和国家、为我们的老百姓好好服务嘛……"

连哄加骗，好不容易把邹旋劝走，市委值班秘书的电话又到了，传达了齐全盛和刘重天不无严厉的命令：要赵芬芳立即赶回市委，和他们见面，否则后果自负。

肖兵一听就火了，"呼"地站了起来，称呼也变了，"去什么去？赵书记，你不要睬他们，看他们拿你怎么办！还后果自负，有什么后果？吓唬谁呀？群访这种事全国哪里没有！"

赵芬芳没喝什么酒，头脑很冷静，想了想，对金启明道："金总，我看我还是得回去一下，肖兵和北京的几位朋友就在岛上休息，我得先告辞了，你最好也陪我回去！"

金启明倒还听话，要自己的两个副总留下来，招呼肖兵一行，自己则和赵芬芳一起上了豪华游艇，直驰新圩港三号码头。上船时，赵芬芳打了电话给司机，让司机到码头去接。

游船正要开，已经解开缆绳要离岸了，星岛宾馆一个姓程的年轻女经理跳了上来。

让海风一吹，赵芬芳头脑清醒多了，突然想了起来，星星岛好像是齐全盛的老家，又想到这位女经理今天晚上一直在宴会厅进进出出，不知听到了什么，便起了疑心，故意以一副随意的口气问女经理："小程啊，风浪这么大，又这么晚了，你跟着我们凑什么热闹啊？啊？"

女经理笑道："赵市长，搭你们个顺风船联系进点时鲜蔬菜，明天还有一批客人。"

赵芬芳交代说："今天我的一些客人喝多了，你不论听到什么，都不要乱说啊！"

女经理连连点头，"我知道，赵市长，我们有纪律的，对领导的事不问，不听，不传。"

事情就这么过去了，赵芬芳怎么也想不到这位女经理会是齐全盛没出五服的本家外甥女，更没想到此人会悄悄对他们那晚的谈话进行录音，并在关键的时候把录音带送给了齐全盛，以至于把她搞得一败涂地。可怕的败迹实际上在这个星星岛之夜就现出端倪了，不单是那个女经理，还有金启明，上船后言行举止也不对头。海风让她清醒了不少，却没让金启明清醒过来。

金启明进了贵宾室，见没有外人在场了，往沙发上一躺，大大咧咧地开了口："赵书记，瞧，我也喊你'赵书记'了，不管你哪天正式当上市委书记，在我眼里你已经是市委书记了，镜州老一！赵书记，我们金字塔集团以后可就靠你了，相信你姐姐会对得起兄弟我的！"

这口气，这姿态，让赵芬芳很不高兴，赵芬芳又禁不住想起了倒在金字塔下的白可树。

金启明一副大功臣的口吻，"赵书记，你看我这阵子表现还可以吧？啊？"

赵芬芳看了金启明一眼，"金总，你是不是觉得我欠了你点什么呀？"

金启明这才有了点清醒，在沙发上坐正了，"赵书记，没，你没欠我什么，真的！"

赵芬芳想了想，决定敲打一下，"你知道就好，你做的那些缺德事别以为我不知道！"

金启明赔着小心，试探着问："赵书记，你……你指什么事？哪方面的事？"

赵芬芳笑道："你金总心里没数吗？啊？你这个人真够义气啊，口口声声要对得起齐书记，却把齐书记的女儿齐小艳扣为人质，关在你朋友的私人山庄，一次次要挟齐全盛！我一直认为齐小艳在你手上，果然就在你手上，你金总胆子可真够大的，敢骗刘重天，也敢骗我！"

金启明呵呵大笑起来，"怎么，赵书记，又要诈我了？想再扳回一局啊？"

赵芬芳仍在笑，"诈你？好吧，就算我诈你。那么我问你：齐全盛是不是收到过齐小艳两封信啊？一封送到了省城鹭岛，一封送到了齐全盛的办公室？是不是吉向东一手办的啊？"

金启明呆住了，满脸惊愕，"赵……赵市长，这些情况你都是从哪里搞到的？"

赵芬芳轻描淡写道："不是诈你吗？你还要我继续诈下去吗？啊？去，给我倒杯水！"

金启明老实了，忙不迭去给赵芬芳倒水，把水端过来后，恭敬地递到赵芬芳手上，自己也没敢再大大咧咧坐下，而是站到一旁不断地擦拭头上的冷汗。

赵芬芳喝着水，口吻益发和气了，"金总啊，你对我很关心，我对你也自然会有一份特殊关怀嘛！再说一点我最近关怀的结果吧：你真是胆大包天呀，啊？祁宇宙关在省三监，你也想法把他弄死了，还让什么替人消灾公司的葛经理，哦，也就是平湖的那个王国昌给监狱中队长毕成业送了五万块钱？敢栽赃陷害刘重天，金总，你是不是走过了头啊？想上断头台吗？"

金启明突然明白了，"赵市长，你不要说了，我知道了，这是不是吉向东告诉你的？"

赵芬芳手一摊，"吉向东为什么要告诉我呢？知道这些情况，他应该告诉专案组嘛！"

金启明悲愤地道："因为你手上有权，而且可能当镜州市委书记，吉向东自然要找你当靠山，继续往上爬。在金钱的诱惑下，啥都靠不住，权力的诱惑下，也是啥都靠不住的！"平静了一下情绪，又说："赵市长，我得承认，我的错误就在于没有满足吉向东对权力的进一步要求——这个人和你一样，一心想做老一，一直想搞掉他们吴局长，自己当局长！"

赵芬芳呵呵笑了起来，笑罢，不无傲慢地道："可我答应了他，我认为吉向东这个同志总的来说还是不错的，有政治头脑，有工作能力，也识时务，可以考虑摆到一把手的位置上。而那位吴局长，涉黑放黑，还有受贿问题，群众反映很大，也该拿下来了。"说到这里，故意问金启明："对这个安排，你想必会很满意吧？吉向东可是你和白可树一手培养的好干部啊！"

金启明迟疑了一下，"赵市长，吉向东今天背叛我，明天也会背叛你！"

赵芬芳点点头，"是的，不过，那是在我手上没权的时候，而我从没想过丧失权力！"

金启明被彻底敲倒了，再也神气不起来了，默默抽起了烟，一句话没有。

赵芬芳见金启明老实了，这才主动收了场，口气轻松地道："好了，金总，不开这种吓人的玩笑了，今天就我们二人，这些话你就当我没说过，就当我是假设，是编故事！现在我们来面对现实，说说看，回去后，我该怎么办？是不是退一步，收回新闻发布会上的讲话内容？"

金启明反问道："作为一个现任市长，未来的市委书记，你觉得能收回这个讲话吗？"

赵芬芳看着金启明，狐疑地探问："那就和他们，啊，硬拼吗？"

金启明道："不是硬拼，而是坚持原则，实际上你已经没有退路了。"

其实，赵芬芳心里也明白，自己是没有退路了，就像她牢牢掐住金启明的死穴一样，金启明也牢牢掐住了她的死穴。一千万毕竟是金字塔集团出的，肖兵和金启明已到了无话不谈的程度，金启明已经从肖兵那里把她跑官要官的老底摸得一清二楚了。不管日后怎么样，现在他们都在一条船上，她目前能做到的，也就是如此这般地敲打一下金启明，让他不要太过分而已。

这夜的风浪真的很大，原本四十五分钟的航程，竟开了一个小时零十分钟。

船到新圩港三号码头，正和金启明分手告别时，市委值班室的那位值班秘书长又来了个电话，询问她的位置。其时，赵芬芳刚刚下船，站在码头上还没上车，可却信口胡说道，她的车已上了海滨二路。海滨二路到市委最多二十分钟车程，赵芬芳上车后便要司机加速，结果，仅用了十几分钟便赶到了市委门前的太阳广场。

在太阳广场上，已能够隐隐看到月亮广场上黑压压的人群了，赵芬芳吩咐司机减速绕行，通过车窗默默冲着月亮广场看了好一会儿，才从容不迫地在市委大楼门厅前下了车，努力镇定着情绪走进了仍然灯火通明的市委大楼……

# 51

　　齐全盛、刘重天果然在等她，脸色都很难看，这期间抽了不少烟，屋子里乌烟瘴气。

　　赵芬芳像没事似的，进门就笑着嚷："哟，呛死人了，你们二位领导都少抽点行不行？"

　　齐全盛把手上的烟头往烟灰缸里一捻，没好气地道："赵市长，你总算来了，不是呛死人，是急死人了！你现在就到月亮广场看看，闹成什么样子了？你竟然能在星星岛上待得住！"

　　赵芬芳仍是一脸笑容，"急什么？你们领导不是都在吗？有你们两个大个子顶着，就是天塌下来也压不到我这个小女子嘛！齐书记，情况怎么样了？你去和工人同志对话了吗？"

　　刘重天很不客气，"赵市长，怎么是齐书记去对话啊？工人同志要见的是你，是要你收回说过的话，善本同志已经在电话里和你说了，你怎么就是不回来？到底怎么考虑的啊？"

　　赵芬芳笑不下去了，脸拉了下来，"刘书记，我正要向你们汇报呢！我怎么考虑的先不说，先说善本同志。善本同志想干什么呀？当着闹事群众的面给我打电话，什么影响啊？让我收回下午刚刚说过的话合适吗？班子的团结还要不要了？一级政府的威信还要不要了？"

　　齐全盛火透了，"赵市长，你这是个人行为，不涉及班子的团结，不影响政府的威信！"

　　刘重天也很生气，"赵芬芳同志，你个人造成的影响，必须由你个人去收回！你现在就给我到月亮广场去，和蓝天集团的工人同志们对对话，告诉他们：你对蓝天集团的那些言论完全是你个人的看法，不代表市委、市政府，市委、市政府对蓝天集团的问题以后将专题研究！"

赵芬芳想了想，"刘书记、齐书记，如果这样，我建议马上召开常委会研究！如果让我现在就去和工人同志对话，我仍然是新闻发布会上的观点！改革不是请客吃饭，没有这么多客气好讲，蓝天集团这个脓包总得破头，总要破产，总要按市场规律办事，这是没办法的事！"

齐全盛和刘重天都怔住了，他们显然都没想到赵芬芳会这么固执，这么顽强。

过了好半天，刘重天才阴阴地对齐全盛道："老齐，既然是没办法的事，看来我们只好开常委会想办法了，你看呢？这个会是不是按赵芬芳同志的意见马上开？现在就通知常委们？"

齐全盛桌子一拍，对赵芬芳吼了起来："赵芬芳，你要将我的军是不是？这个常委会能马上解决蓝天集团的问题吗？六千多工人停了产，在广场上坐着，要你收回讲过的屁话，你就是不理不睬！善本同志发着烧从医院赶过来和工人们对话，昏倒在现场，我和重天同志等了你三个小时，等来的就是这么个结果！你赵芬芳还是不是党员？还有没有一点党性！有没有？！"

赵芬芳平静地道："党性就是原则性，在原则问题上，我是不能让步的！除非常委会做出决议，要把蓝天集团这个脓包捂起来，把蓝天集团的底托起来，否则，我绝不收回自己的观点！另外，齐全盛同志，我也得提醒你，请用语文明一点，什么叫屁话？人身攻击嘛！"

　　齐全盛无可奈何，连连认错，"好，好，赵芬芳同志，我说错了，我用语不文明，我向你道歉检讨！"说罢，手一挥，大声道："那就开常委会吧，连夜开，不开出个结果来，大家谁都不要走出市委大楼一步！我还就不信中国共产党领导下的这个镜州要变天了！"

　　赵芬芳冷冷笑道："该变的就是要变，谁都没有说一不二的绝对权力嘛！一言堂，家天下，我看肯定是不行了！我希望我们这次市委常委会能为民主决策树立一个典范！大家都敞开来好好发表一下意见：究竟谁该对蓝天集团的现状负责？蓝天集团未来到底该怎么办……"

　　刘重天打断了赵芬芳的话头，"赵芬芳同志，我提醒你注意一个事实：六千多工人还在月亮广场坐着，镜州安定团结的政治局面已经受到了严重威胁，我们这个常委会不可能在这种情况下仓促拿出什么解决方案，更不能接受谁的城下之盟！我的意见是：这次临时召开的常委会只讨论一件事，那就是以组织决定形式请你收回你在新闻发布会上的讲话！老齐，你看呢？"

　　齐全盛明白了，立即表态道："重天同志的这个意见我完全赞同，就这么办吧！"

　　六月二十四日零点二十分，中共镜州市委常委会在市委第一会议室召开了，除了在北京开会的一位宣传部部长，在家常委全部到场，连周善本也让秘书提着盐水瓶，一边打吊针，一边参加了这次非同寻常的紧急常委会，并在会上陈述了"623事件"的发生经过和有关事实。与会常委一致批评赵芬芳，会议形势一边倒，四十分钟后就通过了让赵芬芳收回讲话的决议。

赵芬芳实在够顽强的,在决议通过后,仍做了最后发言,声泪俱下说:"……同志们,我请问一下,一个市长都不能代表市政府讲话,那么,谁还能代表市政府讲话?蓝天集团不过是个企业,如果一个市长对企业的政策指导性讲话都要收回,我这个市长以后还怎么干?是不是事事处处都要开常委会呢?改革开放搞到今天,还这么以党代政是不是行得通?我们个别同志是不是太霸道了?同志们,请你们也给我一点理解好不好?"

刘重天严峻地反驳道:"赵芬芳同志,你错了!我看这不是以党代政的问题!蓝天集团不是一个普通企业,是镜州目前重大社会政治矛盾的一个焦点,是一个腐败大案的发生地,是全市干部群众甚至是全省干部群众的瞩目所在,因此我们对蓝天集团的任何决定都必须慎重,都必须经过常委会充分讨论,任何人都不能不负责任地乱说一通!蓝天集团的问题不是一个简单的经济问题,而是一个涉及到镜州社会局面稳定的政治问题,如果连这一点都搞不明白,你还当什么市长?月亮广场上的事实已经证明,不是别人,而是你赵芬芳一手挑起了一场本可避免的社会矛盾!你是政治上的幼稚还是有什么用心,我和同志们都不知道,我们只看到了这个事实!令人震惊的事实!"

周善本也表明了态度,情绪很激动,"赵市长,我说两点:一,党政分开并没有错,但是,党的领导必须坚持,重大问题必须由党委集体研究决定;二,市政府的决策不能是市长个人的决策,这么重大的事,办公会没讨论过,我这个分工负责的常务副市长都不知道,你就公开宣布了,是不是也有点太霸道啊?没法不造成混乱嘛!"

市委钱秘书长接上去说:"同志们,刚才现场又有汇报了,工人同志刚刚打出了一条新标语：'恺撒的归恺撒，人民的归人民'，意思我看很明确啊，白可树他们的事归白可树他们，集团破产的账工人们是不认的！赵市长，不论你心里怎么想，社会矛盾总是挑起来了嘛！"

齐全盛看了看表，"好了，同志们，时间不早了，现在最要紧的是解决问题，既然常委会已经做了决议，我看就不要再讨论了，马上执行吧！钱秘书长，你和赵芬芳同志商量一下，拟个稿子出来，请赵芬芳同志抓紧时间在月亮广场广播，争取在黎明前结束广场上的静坐！"

赵芬芳站了起来，"齐全盛同志，如果我不进行这个广播讲话呢？"

齐全盛看了刘重天一眼，一字一顿地道："如果你不进行这个广播讲话，我将以镜州市委的名义立即向省委、向郑秉义同志汇报，建议省委采取紧急措施，马上撤换镜州市市长！"

赵芬芳把脸转向刘重天，"刘书记，你这个主办蓝天腐败案的专案组组长是什么意见？省委派你协助齐全盛同志主持镜州工作，并没让你和齐全盛同志沆瀣一气啊？明明是腐败造成的问题，现在怎么全推到我头上来了！你不觉得这个对腐败负有责任的市委书记更该撤换吗？"

刘重天冷冷看着赵芬芳，"这个话你可以去和省委、和秉义同志说，甚至向中央反映，包括我和齐全盛同志沆瀣一气的问题。但是你必须马上按常委会的决定去发表广播讲话！我再一次警告你，你这个同志已经走到了悬崖上了，很危险，随时有可能落个粉身碎骨！"

会场上的气氛紧张极了，这么剑拔弩张的常委会在镜州党的历史上还从没有过。当年齐全盛和刘重天矛盾重重，搞到了一城两制的地步，却也没有在市委常委会上闹到这种程度。

过了好半天，赵芬芳叹了口气，含泪笑道："好吧，我保留个人意见，服从组织决定！不过，我希望对蓝天集团的问题市委常委会能尽快安排讨论，责任要查清，盖子要揭开，问题要解决，不要以政治妥协取代政治原则，更不要和改革的精神背道而驰！"临离开会议桌前，又说了一句："为我们的改革事业，我赵芬芳是准备押上身家性命了，不怕粉身碎骨！"

六月二十四日凌晨两点二十分，中共镜州市委副书记、镜州市长赵芬芳被迫拿着经齐全盛、刘重天和到会常委们慎重审定后的讲话稿，缓步走进了镜州人民广播电台第二播音室，向月亮广场静坐的蓝天集团六千多名员工和全市干部群众发表了紧急广播讲话……

广播稿共一千二百多字，赵芬芳念了却足有十几分钟，念稿子时，泪水一次次禁不住直往地下落。简直是奇耻大辱啊，一个距一把手位置只有一步之遥的市长，一个直通中央权力高层的政治女强人，竟被两个在政治上已暗淡无光的男人整到这步田地！

走出播音室，赵芬芳悲愤地想：那就在下一次常委会上进行一次生死决战吧！

赵芬芳这个广播稿此后便一遍遍重播，广播和重播起了作用，至黎明时分，聚在月亮广场的六千多员工渐渐散去了，"623"群访事件终于在一片平静祥和的霞光中烟消云散……

彻夜未眠的齐全盛、刘重天和全体常委们这才松了口气。

# 第十五章　心的呼唤

## 52

刘重天在"623事件"上的表现，让齐全盛十分感动，在关键的时候，这位老对手没有站在一旁看他的热闹，更没有落井下石，而是顾全大局，援之以手，应该说是很有胸怀的。更让齐全盛感动的是，在陈立仁激烈反对、李士岩态度暧昧的情况下，刘重天仍找到省委书记郑秉义，让高雅菊解除了"双规"。这是齐全盛专程赴省城汇报"623事件"时，从郑秉义嘴里知道的。

高雅菊不了解这些情况，回家后痛哭流涕，依然大骂刘重天，说刘重天搞政治报复。

齐全盛看着泪水满面、神情憔悴的高雅菊，心里很不是滋味，责备道："……哭，哭，现在知道哭了？早干什么去了？还有脸骂人家刘重天！你知道吗？不是重天找秉义同志为你说话，为你力争，你不被立案起诉，也得在专案组继续待着！重天这次如果真搞了政治报复，镜州就乱套了，没准连我都得被省委'双规'，市委书记现在可能就是那个赵芬芳了！"

高雅菊大感意外，抹着泪，讷讷道："这……这怎么可能……"

齐全盛正色道："怎么不可能？重天的党性、人格、政治道德都是我齐全盛比不了的，都是我要学习的！所以你一定要端正态度，不要以为解除了'双规'，自己就没问题了！雅菊，你不是没问题，你确实收了白可树的戒指，你是靠白可树他们的内部消息炒股赚了二百万！纪委对你实行'双规'，一点不冤，我齐全盛无话可说！说吧，现在给我说清楚，这都是怎么回事？"

高雅菊陷入了痛苦的回忆之中，过了好半天才说："老齐，这……这真是一场噩梦啊！前年年初出国考察，到阿姆斯特丹时，白可树一帮人非要去考夫曼钻石公司买钻戒，我……我买不起啊，就在下面的花园等，一等就是三个多小时，连……连坐船游览都耽误了。白可树过意不去，硬送了我一个戒指，我推辞不过，挑……挑了个最小的，以为没多少钱。"

齐全盛白了高雅菊一眼，"没多少钱？将近一万人民币，快够立案起诉的了！"

高雅菊仍不服气，辩解道："可这……这也是朋友之间的私人交往嘛……"

齐全盛敲敲桌子，"雅菊，你看看你，又忘了自己的身份了？我不做这个市委书记，白可树会成为你的朋友，和你进行这种私人交往吗？我告诉你，白可树这个人问题很严重，是要杀头的！"缓和了一下口气又问："炒股又是怎么回事？小艳牵扯进去没有？你都是怎么炒的啊？"

高雅菊说："炒股和小艳无关，是白可树在那次出国考察时向我建议的，说我既然退休了，炒炒股是政策允许的。戒指的事给我刺激挺大，我就动心了，想从股市上赚点风险利润。白可树挺热心，回国后从金字塔集团金总那里弄了一笔钱，让我做股本，我怕给你惹麻烦，坚决没要。白可树就介绍了蓝天集团下属投资公司的一位刘总给我，特别交代我，要我跟着刘总做，说刘总是行家，对股票的判断都不会错。果不其然，刘总做得都对，他让我买我就买，让我卖我就卖，就这样一来二去赚了二百万。这又错在哪里了？我这真是赚的风险利润啊！"

齐全盛气道："你还好意思说是风险利润？你们的风险全让蓝天集团担了，蓝天集团要破产了，前几天蓝天员工还闹了一出子！你说的那位投资公司的刘总和他的两个副总十天前已经被批捕了！"想了想，做出了决定，"雅菊，这二百万要主动退给国家，就到重天同志那里去退，为其他人带个头！人生一世生不带来死不带走，我们要这么多钱干什么？用得完吗？！"

高雅菊迟疑了一下，还是点了点头，"好吧，老齐，我听你的！"继而，问起了女儿的事，"小艳现在情况怎么样？问题严重吗？批捕了没有？如果白可树有杀头之罪，那咱小艳……"

齐全盛这才想起了齐小艳那封信，这几天真忙糊涂了，又是上省城汇报，又是到蓝天集团开会，为下一次常委会做准备，还有国际服装节一摊子事，竟没想起来看那封要命的信！

高雅菊见齐全盛突然发起了呆，担心地问："是不是小艳已……已经批捕了？"

齐全盛回过了神，摇摇头，"哦，没有，一直到现在还没音讯！"说着，要出门。

高雅菊惊异地问："哎，老齐，这么晚了，你……你还要去哪里啊？"

齐全盛头都没回，闷闷道："去趟办公室，取封信！"

高雅菊追上去说："不能打个电话让李其昌去取吗？"

齐全盛这才回过头，轻轻说了句："可能……可能是小艳写给我的信！"

高雅菊明白了，没再多问什么，目送着齐全盛出了门。

尽管在意料之中，小艳这封信的内容还是让齐全盛大吃一惊。

齐小艳要求齐全盛支持蓝天集团进入破产程序，支持赵芬芳按改革的思路办事，不要计较赵芬芳作为女人的那些小毛病，更不要在这种时候做赵芬芳的反对派，说赵芬芳在中央高层有路子，谁也挡不住她的上升。齐小艳还要齐全盛死死咬住老对手刘重天，让刘重天到他该去的地方去，还镜州一个永久的平静。信中透露说，刘重天目前处境非常不妙，早就渴望和他停战了，而他却不能也不应该就此停战，政治斗争不能这么善良，历史错误也不能再犯一次了。在信的结尾，齐小艳再次重申，这不单关系到镜州未来的政局，也关系到她的生死存亡。信纸的空白处，还有个"又及"："这不仅是我个人的意见，也是保护我的一帮朋友们的意见。"

齐全盛陷入了深思：朋友们？保护齐小艳的这帮"朋友们"到底是些什么人？只能是在信中借小艳的嘴提出要求的某个利益集团！如果刘重天分析得不错，这个利益集团只能是金字塔。只有金字塔集团的金启明最怕刘重天揪住蓝天集团的案子不放手，也正是金字塔集团的这位金启明先生最需要蓝天集团进入破产程序。怪不得他让吉向东的调查没有结果，如果齐小艳在金启明手上，被金字塔集团的"朋友们"控制着，怎么会有结果呢？吉向东和白可树、和金启明的关系他不是不知道，当初提吉向东做市公安局副局长时，不是别人，正是白可树分别跑到他和赵芬芳家里做工作，是赵芬芳在市委常委会上提了吉向东的名，他才投了赞成票。

这时，高雅菊忧心忡忡说话了，"老齐，小艳信上可是说了，关系到她的生死存亡哩！"

齐全盛长长吁了口气，"这话，小艳在上封信里也说了。"

高雅菊有些吃惊，"这事你……你是不是一直没和刘重天他们说？"

齐全盛反问道："我怎么说？说什么？小艳在哪里都还不知道！"

高雅菊想了想，"不说也好，反正小艳落到专案组手上也没什么好结果。"

齐全盛摇摇头，"我看她在这帮所谓朋友手上更被动，她的生命没保障，我也受牵制。"

高雅菊又把那封信看了看，试探着问："那么，老齐，小艳信上的要求可以考虑吗？"

齐全盛手一挥，勃然大怒道："根本不能考虑！我看齐小艳这帮所谓的朋友是疯了，搞政治讹诈搞到我头上来了！老子就是拼着不要这个女儿，也不能诬陷好人，更不能出卖国家和人民的利益！经过这场惊心动魄的政治风波，有一点我算弄明白了，那就是：在我们中国目前这种特有的国情条件下，真要做个无愧于人民、无愧于国家、无愧于自己政治良知的好干部实在是太难了！重天这个同志这么公道正派，清清白白，竟也挨了许多明枪暗箭！如果真让这样的好同志倒下了，我看我们这个党、我们这个国家也要倒下了，天理不容啊！不！不能倒下！"

高雅菊一把拉住齐全盛，"老齐，你别这么冲动，还是冷静一点，女儿毕竟是我们的女儿，怎么能不要呢？不行的话，就……就把这封信交给刘重天，让他安排人好好去查吧！"

齐全盛心绪十分烦躁，"别说了，你让我再好好想想吧，我……我会有办法的！"

次日早上，照例到军事禁区内的独秀峰爬山时，齐全盛十分感慨，在绵延崎岖的山道上和李其昌说："……这人哪，总有局限性啊，不管他职位多高，官当得多大，我看局限性都免不了。每当矛盾出现时，往往会站在自己的立场、自己的角度看问题，不大替别人着想。这一来，矛盾就势必要激化，要变质，许多事情就会闹得不可收拾。如果矛盾的双方再有私心，再有各自的利益要求，问题就更严重了，甚至会演变成一场你死我活的同志之间的血战啊。"

李其昌有点莫名其妙，却也不好往深处问，随口应和道："就是，就是！"

齐全盛在半山腰站住了，看着远方城区的高楼大厦，问李其昌："其昌，你说说看，如果七年前重天同志不调离镜州，如果仍是我和重天同志搭班子，镜州的情况又会怎么样呢？"

李其昌笑道："齐书记，如果是如果，现实是现实，假设是没有什么意义的。"

齐全盛继续向山上走，边走边说："你这话我不太赞同，我看这种假设也有意义，假设就是一种总结和回顾嘛！人的聪明不在于犯不犯错误，而在于知道总结经验教训，不断改正错误，不在同一条沟坎上栽倒。告诉你，其昌，如果时光能倒流，这七年能重来一回，我就不会向陈百川同志要什么绝对权力了，我会和重天好好合作，也许镜州会搞得比现在更好，起码不会闹出这么严重的腐败问题！看来这种绝对权力真不是什么好东西，害人害己啊！"

李其昌明白了，开玩笑道："齐书记，这么说，你和刘重天真要休战了？"

齐全盛手一摆，"其昌啊，应该说这场战争本来就不该发生，是我一错再错啊！"

李其昌不无讨好地道："刘重天也有错误嘛，七年前就做得不对，后来这么耿耿于怀！"

齐全盛宽容地道："这就是人的局限性嘛，重天也是人嘛，调离镜州时又出了这么一场家破人亡的车祸，应该理解嘛！如果这种不幸的遭遇落到我身上，我的反应也许会比重天还强烈哩。"略一停顿，又缓缓说道："昨夜我吃了两次安眠药都没睡着，老想着过去的事，现在是往好处想喽！我和重天合作时，也不光是吵架嘛，也有不少温馨的时刻，后来重天搞经济的许多好思路，我都采纳了嘛，镜州改革开放，重天同志也功不可没哩！"

李其昌这才想了起来，汇报道："哦，对了，齐书记，你急着要的那个材料，我昨天晚上按你的要求又好好改了一稿，你指示的那些新内容全加上去了，你上班后是不是马上审阅一下？如果没什么问题了，请你签个字，我安排机要秘书今天专程送省委。"

齐全盛明白，李其昌说的那份材料，就是他按陈百川和郑秉义的要求，写给省委的情况汇报，汇报是精心准备的，李其昌已经按他的要求写了三稿，内容很翔实。当年他的批示，蓝天股票受贿案的案发经过和查处经过，包括他和市纪委书记的几次谈话记录全有，足以说明刘重天的清白。说良心话，当年他不是不想搞垮刘重天，为此，曾亲自提审过送股票的那位总经理，向此人询问：刘重天是不是在他面前提出过买股票的事，哪怕是暗示？事实上没有，那位总经理是实事求是的，交代得很清楚：要股票的只是刘重天的秘书祁宇宙，是祁宇宙透露其中四万股是刘重天索要的。而恰恰又是祁宇宙把这四万股股票讨到手后在一级半市场上高价出手了。现在想想都后怕，如果当时他再向前走一步，以非正常手段对那位总经理进一步逼供诱供，刘重天可能在七年前就倒在他手下了，他的良心也将永生不得安宁。

从独秀峰下来，回到市委办公室，齐全盛把情况汇报又认真看了一遍，郑重地签了字。

李其昌拿了材料正要走，齐全盛吩咐说："哦，对了，马上给我把吉向东叫来！"

等吉向东时，齐全盛把齐小艳的那封信又看了一遍。吉向东一进门，齐全盛便阴着脸将那封信交给了吉向东，说："老吉，你看看，又来了一封信，都是怎么回事啊？就没线索？"

吉向东看了看信，很认真地问："齐书记，这封信又是哪天收到的？"

齐全盛道："四天前，塞到我办公室来了，我这几天事太多，刚看到。这帮朋友能把信塞到我办公室，说明什么问题？说明他们能量不小，连市委都不安全了！你说怎么办吧？！"

吉向东思索了一下，"齐书记，你提醒得对，问题是很严重，不行就立案公开查吧！"

齐全盛注视着吉向东，"立案公开查？吉向东，如果想立案公开查，我还一次次找你干什么？你不口口声声是我的人吗？我让你办这点小事都办不了？是不想办还是不愿办？是不是以为我要下台了，想换个靠山了？我明白告诉你：就算我要下台，也会在下台前想法撤了你！"

吉向东苦起了脸，"齐书记，您……您可千万别误会啊……"

齐全盛脸上现出了无奈，"误会什么？树倒猢狲散嘛，刘重天盯着我不放，赵芬芳又在兴风作浪，都在把我往下台的路上逼嘛！老吉，你还是私下里查，抓紧时间查！我估计可能与小艳和白可树过去那些朋友有关，比如金字塔集团的金启明，小艳会不会被金启明藏起来了？"

吉向东不为所动，很认真地分析说："齐书记，我看这不太可能，白可树出事前，金启明就往后缩了，白可树的许多活动请他他都不参加，他怎么敢在案发后把小艳藏起来呢？"

齐全盛坚持道："金字塔那里，你最好给我去看看，如果真在金启明那里，我就放心了，可以告诉金启明：小艳信中说的那些情况，我心里都有数，该怎么做我自会怎么做，但不是别人要我怎么做！我齐全盛现在还是镜州市委书记，还用不着谁来指教我如何如何！"

吉向东应道："好，好，那就这么办！"话一出口，却发现哪里不对头，马上往回缩，"可这话能和金总说吗？齐书记，我们毕竟没有证据证明小艳在金总那里啊……"

齐全盛桌子一拍，发起了脾气，"老吉，你当真要我派人查抄金字塔集团吗？！"

吉向东怔了一下，不敢作声了。

齐全盛口气缓和了一些，近乎亲切，"你老吉也给我策略一点，不要这么直白嘛，金总真把小艳保护起来，也是出于好意嘛！最好尽快安排个机会，让我和小艳见个面，拖了这么长时间了，我也着急啊！再说白可树问题又那么严重，小艳落到刘重天手上，麻烦就大了！"

吉向东不愧是干公安的，齐全盛话说到这种程度，他仍是不动声色，"齐书记，那我就试着和金启明谈谈看吧，不过可能要晚两天，这几天金启明挺忙，一直在陪北京一帮客人。"

齐全盛似乎无意地问："是老区基金会的几个同志吧？听说赵市长都去陪了？"

吉向东也像似无意地回答："是的，那位秘书长好像是某位党和国家领导人的儿子，赵市长哪能不陪？听说金总为那个基金会捐了不少款呢，金总这个人啊，真是手眼通天哩！"

齐全盛带着明显的讥讽问："老吉，那你说说看，我是不是也该去陪陪那位秘书长？"

吉向东笑道："齐书记，你又拿我开心了，陪不陪是您的事，我哪敢插嘴？！"

齐全盛情绪低落下来，不是装出来的，是真的很低落，那位在星岛宾馆做餐饮部经理的远房外甥女已经将录音带交给了他，肖兵和那位党和国家领导人的态度他已经知道了，于是挥挥手说："我是不陪喽，反正要下台了，没有这个必要了！"看着窗外，过了好半天，还是说了，"不过，如果一个领导人的儿子真有这么大的能量，我看党和国家也就危险喽！"


# 53


灰头土脸的北京吉普下了高速公路，往镜州老城区开时，邹月茹就迷了路，不得不一路打听，寻找自己当年住过的市委公仆一区。七年没到镜州，镜州的变化实在太大了，低矮的平房差不多全消失了，一座座高楼大厦梦幻般地耸立在开阔的大道两旁，让邹月茹眼花缭乱。

市区里的街道变化也很大，单行道又多，尽管路问得八九不离十了，车走起来还是不顺。北岭县前王乡乡政府的那位小司机胆子倒大，对一个个显眼的单行道标志全装看不见，叼着烟只管往前开。成都路的单行道没警察，侥幸闯过去了。开到解放路，碰到麻烦了，一个执勤警察一个手势，将车拦下了，先是一个敬礼，而后，戴白手套的手向驾驶室一伸，"驾照！"

小司机挺牛，根本不掏驾照，"怎么了？怎么了？哥们，知道是谁的车吗？省纪委的！"

警察有些意外，忙去看车牌，看罢，火气上来了，"省纪委的？你这不是北岭县的车吗？省纪委什么时候搬到你们北岭穷山沟去了？是去扶贫的吧？"手再次伸了出来，"驾照！"

小司机仍是不掏驾照，牛气不减，"哥们，你还玩真的了？我说是省纪委还是谦虚了，知道吗？我这是专程送省纪委刘书记的夫人看望刘书记，还要找你们市委齐书记研究工作……"

邹月茹觉得小司机太过分，听不下去了，摇下车窗，对警察道："同志，我们认罚！"又对坐在一旁的陈端阳交代："快掏钱，别搞这种特殊化，被老刘知道可不好，要挨骂的！"

不料，陈端阳准备掏钱认罚，警察偏不收钱，坚持向小司机要驾照。

陈端阳脸上挂不住了，指着手臂打着石膏、下身瘫痪的邹月茹道："同志，我们车上可有残疾人啊，要上医院看病的，就算不是哪位领导同志的专车，你也得行个方便吧？当真要我们打电话给你们市委齐书记吗？如果你真要我这么做，我现在就可以打电话……"

小司机乐了，马上递过了手机，"端阳姐，你打，你打，叫这哥们下岗回家！"

邹月茹厉声制止道："端阳，不许打！"又对小司机命令道："把驾照交出去！"

小司机看看邹月茹，又看看陈端阳，老老实实把驾照交了出去。

警察接过驾照往口袋里一装，指着小司机的鼻子说："小子，我告诉你：我宁愿明天就下岗，今天也得把你收拾好了，看你狠还是我狠！有本事，你就去找市委吧！"说罢，走了。

闹了这么一出意外的插曲，邹月茹情绪变得有些糟：这次来镜州本来就没和刘重天打招呼，车又是陈端阳大老远从他们老家乡政府借的，出这种事真不太好。当真要齐全盛出面讨驾照？那不是活丢脸嘛，七年没到镜州，来一趟竟还要为这种小事麻烦人家，也说不过去嘛。

陈端阳看出了她的心思，安慰说："大姐，这种小事你就别多想了，我处理就是。"

邹月茹又郑重交代："态度一定要好，该交的罚款要交。"

陈端阳点点头，"我明白，大姐，你只管放心好了……"

嗣后，小司机没再惹麻烦，总算把车顺利地开到了公仆一区。

公仆一区变化不大，环境气氛是熟悉的，熟悉到像似从没离开过。进了公仆一区大门，邹月茹认识路了，指挥着小司机左拐右拐，将车开到了齐全盛一家住的八号楼门前。经过自己曾住过的十四号楼时，邹月茹恋恋不舍地看着，脸上带着一丝掩饰不住的哀怨，对陈端阳说，当年他们一家就住这座楼，那时，儿子贝贝还活着，讨喜着呢，和院内大人孩子都搭得上话。话说完，一阵心酸难忍，泪水情不自禁地滚落下来，到齐家八号楼门前下了车都还没干。

这时，时间还不到六点，齐全盛还没下班，只有高雅菊一人在家。高雅菊没想到邹月茹会大老远地跑到镜州来，看到北京吉普后座上的邹月茹，大吃一惊，忙不迭地跑到车前，和陈端阳、小司机一起，将邹月茹连轮椅一起抬下了车。安排邹月茹在楼下客厅坐下后，高雅菊又给齐全盛打了个电话，要齐全盛放下手上的事，赶快回家，说有重要的客人。齐全盛一再追问，客人是谁？高雅菊这才声音哽咽地告诉齐全盛，是邹月茹。齐全盛那边二话不说，挂断了电话。

半小时之后，齐全盛回来了，进门就说："好啊，月茹，我老齐到底是感动上帝了！"

邹月茹含泪笑道："齐书记，看你，怎么这么说？我心里从没记恨过你。"

齐全盛道："月茹，没说真话吧？啊？没记恨我会七年不到镜州来？我那么请你你都不来？还有按摩椅的事——怎么硬让端阳把钱退回来了？就是重天让退，你也可以阻止嘛！"

邹月茹叹了口气，"齐书记，让我怎么和你说呢？你肯定又误会我们重天了！"却又不知该怎么解释，想了想，苦笑道："其实你已经说了，有些事情早不是你和重天能把握的了。"

齐全盛心里有数，"我知道，都知道，重天难啊！刚开始办案的时候，重天坚持原则，有人说他搞政治报复，连我都这样想过；现在

380

又有人说他和我搞政治妥协了，反正是不落好！"

邹月茹激动了，"齐书记，我今天就是为这事来的！重天心里再苦再难，从来都不和我说，怕我担心，我是最近才知道实情的：事情怎么闹到了这一步啊？怎么怀疑起我们重天杀人灭口了？重天有什么大问题需要杀人灭口？齐书记，七年前的蓝天股票受贿案是你一手处理的，情况你最清楚，你说说看，我们重天到底是什么人？会收那四万股蓝天股票吗？会吗？"

齐全盛庄重地道："月茹，你说得不错，重天的为人我清楚，陈百川同志清楚，秉义、士岩同志也都清楚，好人谁也诬陷不了，真相只有一个。关于蓝天股票案的情况，我已经按陈百川和秉义同志的指示认真写了个情况汇报，今天上午专程送省委了，你只管放心好了！"

邹月茹仍疑疑惑惑地看着齐全盛，"齐书记，你……你不记恨我们重天吧？"

齐全盛含泪笑道："月茹，你说我为什么要记恨重天呢？昨天晚上我还和雅菊说：重天的党性、人格、政治道德都是我齐全盛比不了的，都是我要学习的！月茹，这是真心话啊！"

高雅菊接了上来，动情地说："我家老齐还说了，经过这场惊心动魄的风波，总算明白了：在我们中国目前这种特有的国情条件下，要做个无愧于人民、无愧于国家、无愧于政治良知的好干部太难了！如果真让重天这样的好人倒下了，党和国家也要倒下了，天理不容啊！"

邹月茹失声痛哭起来，哭了好一会儿，才拉着高雅菊的手，对齐全盛倾诉道："齐书记，你也是好人，大好人啊，别人不知道，我最清楚！不说你对镜州的贡献了，不说镜州这些年的发展变化了，就说我自己的感受：七年了，你和我家重天闹到了势不两立的地步，在我们面前看了那么多冷眼，可对我还是那么呵护，那么关心，不是一个心地善良的好人，能做得到吗？齐书记，说心里话，我不是没记恨过你，我记恨过，最初两年，看到你我就想起了我家贝贝，就在心里骂你祖宗八代。后来心境渐渐平静了，才客观了，觉得不能怪你，天灾人祸嘛，有什么办法呢？就是我们重天不调离镜州，我没准也会碰上车祸。这才觉得自己有愧啊……"

齐全盛眼中的泪水滚落下来，"月茹，别说了，你别说了，是我有愧啊！今天我也和你交交心：七年前那场车祸也把我的心撞伤了！你是我们市委办公厅的保密局局长啊，我和重天矛盾这么深，都一城两制了，你仍是那么忠于职守，没说过一句不该说的话，没做过一件不该做的事！所以听到你出车祸的消息，我一下子蒙了，当时泪水就下来了！月茹，我齐全盛此生最对不起的一个同志就是你啊！这笔良心债我只怕永远还不清了……"

邹月茹和齐全盛、高雅菊在客厅说话时，陈端阳开始处理驾照的事，扯着小司机，和李其昌套上了近乎，一口一个"李哥"地叫着，跟前跟后，闹得李其昌有点莫名其妙。

李其昌怕影响客厅里难得的谈话气氛，走到门外问："端阳，你怎么回事？看上我了？"

陈端阳笑道："李哥，还真是看上你了哩，这事我想了，非你办不可！"

李其昌明白了，"我就知道有事，说吧，说吧，看我能不能办！"

陈端阳捅了捅小司机，小司机忙把关于驾照的麻烦事说了。

李其昌听罢，二话没说，马上用手机打电话，找到了市交警大队的一位大队长，让那位大队长查一下，解放路今天谁当班？北岭县一位司机的驾照是谁扣的？说到最后，李其昌挺严厉地批评说："……你们不要以为这辆车挂北岭牌照，又是吉普，就欺负人家，就敢乱扣乱罚！知道上面坐的是谁吗？是齐书记请来的重要客人，我们省纪委刘重天书记的夫人，人家七年没来过镜州了，你们这不是给齐书记添乱吗？赶快给我把驾照送来，对那位交警要批评教育！"

小司机极是兴奋地扯了扯李其昌的衣襟，小声提醒道："下岗，下岗……"

李其昌没睬小司机，挂断了电话，对陈端阳开玩笑说："端阳，怎么谢我呀？"

陈端阳把手往嘴上一碰一挥，咯咯笑道："李哥，给你飞一个吧！"

李其昌也笑了起来，"端阳，进城才几年，城里姑娘骗人的那一套就都学会了？！"

大家忙着做晚饭时，陈端阳把驾照的事悄悄和邹月茹说了，告诉邹月茹，问题解决了。因为当着齐全盛和高雅菊的面，邹月茹不好细问，在桌下轻轻拍了拍陈端阳的手，表示知道了。

虽说准备仓促，晚餐还是很丰盛的，李其昌让机关食堂送了些现成的熟菜来，还叫了一个做上海菜的大师傅来帮忙，齐全盛、高雅菊、陈端阳都下了厨，整个八号楼热闹得像过年。

吃过饭后，高雅菊又忙活着收拾床铺，打算让邹月茹一行住在家里。邹月茹不干，说是自己来了三个人，住在这里不方便，坚持要住招待所。齐全盛想想也是，让李其昌打了个电话给欧洲大酒店，安排了两个房间。邹月茹手直摆，说是欧洲大酒店太贵了，影响不好，不合适。

齐全盛深情地说："……月茹，让你去住，你就去住嘛，没什么合适不合适的！五星级饭店也是让人住的嘛，你不住，别人也要住，为什么你就住不得？你现在还是我们市委干部嘛，和重天没什么关系，影响不到重天的！走吧，我送你过去，也陪你看看咱镜州的大好夜景。"

夜色掩映下的镜州美不胜收，一路流光溢彩，一路车水马龙，其繁华热闹程度已远胜过作为全省政治文化中心的省城了。邹月茹百感交极地看着，好奇而关切地向身边的齐全盛询问着，似乎把逝去的七年光阴重了了。七年啊，当她无奈地躺在病床上的时候，镜州在齐全盛这个班子的领导下迅速崛起了，把一个分散的以内陆为主体的中型城市，建成了一座集中的面向海洋的现代化大都市，身边这位市委书记实在是不简单啊，付出了多少心血可想而知。

在太阳广场，车停下了，齐全盛伺候着邹月茹下了车，亲自推着轮椅，将邹月茹推到了五彩缤纷的太阳广场上。夏日夜晚的九点钟，正是广场最热闹的时候，四处都是人。不少纳凉的人们见到齐全盛，纷纷主动和齐全盛打招呼。齐全盛四处应着，点着头。看得出，镜州老百姓对给他们带来了这片新天地的市委书记是满意的，是充满爱戴之情的，起码眼前是这样。

地坪灯全开着，广场中心的主题雕塑通体发亮，无数双大手托起的不锈钢球状物像轮巨大的人造月亮，照得广场如同白昼，音乐喷泉在多彩灯光的变幻中发出一阵阵优美动人的旋律。

邹月茹听出了音乐喷泉的旋律，回首看着齐全盛说："齐书记，是贝多芬的作品！"

齐全盛微笑着点点头，"对，是贝多芬的作品，《英雄交响曲》。"

邹月茹感叹道："齐书记，你就是一个英雄啊，了不起的英雄……"

齐全盛摆摆手，"不对喽，月茹，真正的英雄是人民啊，是镜州老百姓啊，没有他们的拼搏奋斗，就没有镜州的今天嘛！"指着宏伟的主题雕塑，又缓缓说道："咱们这广场叫'太阳广场'，秉义同志来镜州时说了，人民才是永远不落的太阳，创造人类历史的只能是人民，我们不过是历史的匆匆过客，人民的公仆，如果这个位置不摆正，那就无法不犯错误啊！"

邹月茹注意到，说这话时，齐全盛的口气很沉重，先前的自豪感被深深的内疚取代了……

## 54

到欧洲大酒店时，已是晚上十点了，周善本突然来了一个电话，要向齐全盛汇报工作。齐全盛那当儿还不想走，打算陪邹月茹再好好聊聊，邹月茹到镜州来一趟不容易，又是奔他来的，他不能不好好尽尽义务。齐全盛便当着邹月茹的面接了这个电话，问周善本到底有什么急事，非要现在汇报？周善本郁郁不乐地说，基金会的那位肖兵插手蓝天集团的重组了，通过北京国家某部委一位部长秘书给他打了个电话，明确提出，可以考虑金字塔集团的收购方案，这一来，市里对蓝天集团的重组计划只怕难以落实了，他也就很难按原计划向常委会做汇报了。

齐全盛心里一惊，坐不住了，向邹月茹告辞，从欧洲大酒店直接去了市政府。

　　也就在齐全盛走后不到十分钟，邹月茹的弟弟邹旋到了。吃过晚饭后，邹月茹让陈端阳打了个电话，请邹旋抽空到欧洲大酒店来一趟，想和邹旋见个面，谈谈邹旋的那些烂事。

　　邹旋仍是烂得可以，人没到面前，一股酒气先到了面前，在沙发上坐下就说："姐，你也是的，能想到让端阳到穷山沟找这种破车！和我打个招呼啥不解决了？我找辆奔驰去接你嘛！别看刘重天压我，至今没让我提上去，可我哥们多呀，除了杀人案，啥……啥事办不了？！"

　　邹月茹哭笑不得，"小旋，你……你让我怎么说你呢？四十岁的人了，还这么没长进！"

　　邹旋不以为然，"什么叫长进？当官就叫长进啊？姐，你说说，有刘书记这样的姐夫，我还往哪里长进去？人家讲原则啊，六亲不认啊，顺水人情都不做，佩服，让人佩服啊！"手一挥，"不说他了，没劲，不讲究嘛，还说他干什么！"又吹了起来，"我这人就讲究，你家刘书记可以不认我这个小舅子，我还得认你这个姐嘛！姐，既来了就别急着走了，多住些日子，我安排弟兄们轮番给你接风！姐，不是吹，咱这么说吧，在镜州喝它三个月都不会重复的！"

　　邹月茹听不下去了，"喝，喝，就知道喝，一天三场酒，你就不怕喝死啊？！"

　　邹旋叹起了气，"是啊，是啊，喝多了真不好，喝坏了党风喝坏了胃，喝得老婆背靠背！可不喝又怎么办呢？得罪人啊！人生在世图个啥？不就图个热热闹闹吗？都像你家刘书记似的，对谁都不讲究，做孤家寡人啊？我是宁伤身体不伤感情！别，别，姐，你先别急着给我上课，让我把话说完：咱中国可是礼仪之邦啊，我这么讲究，实际上也是弘扬传统文化哩！"

邹月茹这些日子真想和邹旋深入地好好谈谈，不谈看来是不行了，丈夫只要提起她这个宝贝弟弟，气就不打一处来，弟媳妇也老往省城打电话，抱怨邹旋经常醉得不省人事。邹旋却不想谈，她忍着一肚子火，只说了几句，还没接触到正题，邹旋就坐不住了，不停地看表。

邹月茹不悦地问："小旋，你看什么表？这么晚了，还有事啊？"

邹旋趁机站了起来，"姐，不瞒你说，还真有个挺重要的事哩，十一点我安排了一场，在金字塔大酒店，请北京的一帮贵客吃夜宵！姐，你可不知道，我这是好不容易才排上队的，能请这帮贵客吃顿夜宵那可太有面子了！姐，咱先这么说吧，你好好休息，啊？我得走了！"

邹月茹又气又恼，却也无可奈何，无力地挥挥手，"那……那你就继续灌去吧！"

邹旋得了赦令似的，夹起公文包就溜，溜到门口，又回头说了句："哎，姐，接风的事就这么定了，从明天开始，你的活动由我安排，讲究点，别学你家刘书记，见谁都端着！"

邹月茹回道："小旋，我可告诉你：你安排的任何活动我都不会参加的！"

恰在这时，刘重天赶到了，邹旋一转身，差点儿撞到刘重天身上。

刘重天脸上挂着笑容问："怎么了？邹主任要安排什么重要活动

啊？啊？”

邹旋冷冷看了刘重天一眼，"刘书记，没你的事！"说罢，要走。

刘重天一把拉住邹旋，"哎，邹旋，你别忙走，我问你：星星岛上是怎么回事啊？你邹主任当真成赵市长的人了？表忠心就表忠心呗，没必要对我破口大骂嘛，这就不太讲究了吧？"

邹旋一怔，有些奇怪，"刘书记，这……这你都是从哪知道的？你派暗探上星星岛了？"

刘重天笑了笑，"派什么暗探啊？用得着吗？世上没有不透风的墙嘛！"

邹旋也不瞒了，"对，刘书记，我是骂你了，你这么不讲究，我还讲究啥？告诉你吧，我就是赵市长的人了，你气去吧，再气也没有用！刘书记啊，别虚张声势了，不要以为我不知道，你这位同志已经没戏了，再怎么端，省委常委班子也进不去了，北京那边发话了！"

刘重天一点不气，把邹旋往客房里拉，"哦，来，来，到屋里好好谈谈嘛！"

邹旋一把挣开刘重天，"对不起，我马上还有场酒，没时间向你书记大人汇报了！"

邹旋走后，邹月茹摇了摇头，苦笑道："重天，对我家这小弟，我是真没办法！"

刘重天摆摆手，"算了，不提他了，你这宝贝兄弟提不上筷子！"继而又问："怎么突然跑到镜州来了？不是老齐给我打电话，我还不知道！怎么来的？谁给你派的车？"

邹月茹把有关情况说了，特别强调道："……我找老齐谈你的事，不好让老齐派车，原准备租辆车过来，端阳倒机灵，说是从她老家借辆车吧，就借了辆车，到镜州后开上了单行道，违反了交通规则，驾照还被扣了。端阳说是找了老齐的秘书，交警大队马上会把驾照送来。"

刘重天没把驾照的小插曲当回事，和邹月茹谈起了蓝天股票案，得知齐全盛已给省委写了情况汇报，刘重天一点也不感到惊奇，只淡淡地道："我知道老齐会这么做的……"

正说着，门铃响了，刘重天以为邹旋又回来了，起身去开门。开门一看，门外竟站着一帮警衔颇高的警官，把刘重天着实吓了一大跳。一问才知道，警官们竟是为驾照的事来道歉的，主管副局长、支队长、大队长、中队长全来了，还带了不少鲜花和水果，驾照自然也送来了。

小司机实在没有数，真以为自己是什么特权人物了，拿到驾照后，又提起了让那位警察下岗的问题，而那些警官们竟然连连点头，答应要对那位正常执勤的警察同志进行严肃处理。

刘重天心里真不是滋味：一个给乡长开车的小司机，只因偶然给他夫人开了一回车，就拥有了这样的特权，这不又是递延权力现象吗？怎么得了啊？于是，脸一拉，对小司机道："……让谁下岗？我看是你小伙子要下岗了，不好好检讨自己的错误，我就建议你们乡政府让你小伙子下岗！"脸一转，又很不客气地批评起了面前的警官们："同志们，今天你们的值勤交警并没有什么错误，不是要处理的问题，而是要好好表扬的问题！要你们来乱道什么歉啊？你们还有没有原则？有没有立场了？这件事该怎么按交通法规处理就怎么处理，我们认罚！端阳，明天你陪这位小师傅去交罚款，检讨由小师傅做，钱由我来出！"

警官们见刘重天这么讲原则，又一致感慨起来，大发议论，几乎把刘重天夸成了一朵花，纷纷声称他们是如何如何受到了教育。刘重天觉得很肉麻，不耐烦地挥挥手，让他们回去，还坚持要他们把送来的水果、鲜花全带回去。警官们挺窘，你看看我，我看看你，都不愿动手。邹月茹觉得刘重天太过分了，不管刘重天脸色如何难看，还是让警官们把鲜花留下了。

警官们走后，邹月茹抱怨说："重天，怪不得邹旋说你不讲究，你呀，也是真不讲究！"

刘重天没好气地说："都像邹旋这么讲究下去只怕就没有法制，没有规矩了！"

和陈端阳一起帮邹月茹洗澡时，刘重天又批评起了陈端阳，"……端阳，你们乡政府的那位小师傅有特权思想，你有没有呢？我看也是有的吧？怎么想起来大老远的跑到你们北岭县乡政府借车？人家为什么要借给你？还不是因为你在我家当保姆吗？这就是要特权嘛！"

陈端阳不服气地说："大哥，你也不能太认真，现在像你这样当官的有几个啊！"

刘重天道："不少，镜州市有个常务副市长叫周善本，做得比我还要好，是廉政模范！"

正说着周善本，周善本的电话到了。

刘重天伸出湿漉漉的手抓过电话听了听，"嗯嗯啊啊"地说了几句什么，挂上电话后，站了起来，苦笑着对邹月茹道："月茹，真对不起，本来今天想好好陪陪你，尽一下夫妻间的义务，现在看来又不行了，善本和老齐让我马上到市政府商量点急事，真的很急，我得走了！"

邹月茹嗔道："重天，我要指望你尽义务啊，只怕早就变成脏猪了，要走就快走吧！"

刘重天自嘲道："邹旋不是说我没戏了吗？真没戏就好喽，就能好好陪你了！"

赶到市政府周善本办公室，已经快夜里十二点了，齐全盛和周善本都在闷头抽烟。

见刘重天进来，齐全盛马上道歉："重天，真对不起，如果不是碰到这样的急事，我真不愿喊你！你看看，那个肖兵能量多大啊？竟然通过北京国家有关部委把手插到我们蓝天集团来了，让我们考虑金字塔集团的方案！那位部长的秘书明确要求我们明天给他回个话！重天，你说说看，我们该怎么回话？就算考虑他们的意见，也得常委会讨论嘛，常委会还没开！"

刘重天阴着脸，"这个肖兵，我看也太过分了，他以为他是谁？也是党和国家领导人吗？！"从齐全盛那里讨了一支烟，默默抽着，"老齐，善本，我看这事绝不能让步！"

周善本赞同道："对，不行就对那位部长的秘书直说，金字塔的方案不能考虑！"

齐全盛说："他们的方案当然不能考虑，现在的问题是，怎么才能把话说圆？"

刘重天把烟狠狠掐灭，不无杀气地建议道："恐怕是说不圆了，老齐，我看得抓人了！"

齐全盛有些惊讶，愣愣地看着刘重天，"抓人？重天，我们有什么理由？"

刘重天想了想，"怎么没理由？只要敢抓就有理由：政治诈骗！老齐，你给我的那盘录音带就很能说明问题，这个肖兵已经在安排我们镜州市乃至省里的领导班子了！已经任命赵芬芳做镜州市委书记了！我们省委竟然出现第二组织部了！这不是政治诈骗又是什么？"

齐全盛提醒道："重天，你不要冲动，录音带上肖兵说得很清楚，这不是他的安排，而是他父亲的考虑，他父亲可是党和国家领导人啊，向省委进行这样的建议也不是不可以的……"

刘重天看着齐全盛，神色中带有善意的讥讽，"老伙计，你是不是怕了呀？"

齐全盛苦笑道："重天，你说我现在还怕什么？我是不愿让你跟着我担风险！"沉吟了片刻，建议说："重天，我的意见，真抓的话，最好还是先和省委、和秉义同志打个招呼。"

刘重天立即否决了，"这个招呼最好不要打，免得节外生枝，就我们抓，马上抓，以市局的同志为主，我让专案组赵厅长过来配合一下，抓出问题我个人负责！我还就不信那位党和国家领导人会打破中央规定的干部工作程序，直接插手安排我们省、我们镜州的干部，会给他儿子这么大的特权，会让一位三十多岁的小伙子凌驾于我们省市两级政权组织之上，这种事情我还真是头一回听说，太不像话了！"

齐全盛这才下定了决心，"好吧，重天，既然你下定了决心，敢担这个风险，那就马上抓吧，说实话，重天，不是怕你为难，我前几天就想抓了！抓这几个小兔崽子根本用不着麻烦省公安厅，我们市局就对付了！"说罢，抓起红色保密电话机，要通了市公安局值班室……

仅仅半个小时之后，几辆警车便呼啸着冲出市公安局，目标明确地扑向了金字塔大酒店。

抓捕行动是干净利索的，老区基金会秘书长肖兵和跟他从北京一起过来的三个随从人员全在金字塔大酒店凡尔赛宫被当场捕获。肖兵被捕时正上洗手间，发现情况不对，从男洗手间逃到了女洗手间，吓得里面一位女宾大叫"抓流氓"，警察们是在女洗手间将肖兵抓住的。因为情况不明，那夜在金字塔大酒店参与吃夜宵的邹旋和邹旋带来的四个酒肉朋友也同时被扣。

这实在是个意外，刘重天怎么也没想到，那夜竟然会是自己小舅子邹旋做东请肖兵他们的客。

邹旋却理所当然地想到了刘重天，认定刘重天是在向自己下手，故意让他这个东道主难堪，加上当晚跑场子连喝了三顿酒，被铐上时已醉得五迷六道，便在警察手上拼命挣扎，点名道姓大骂刘重天："……刘……刘重天，我 × 你妈，老子喝……喝酒还犯法了？你……你狗日的东西竟……竟敢动用警力治我！告诉你：老……老子这回喝的是……是啤酒……"

架着邹旋的那位警察很有幽默感，开玩笑说："啤酒也不能随便乱喝嘛！"

邹旋很认真，挺着脖子叫："怎么不能随便乱……乱喝？我……我又不是未成年人！"

警察说："未成年人喝酒在咱中国倒不犯法，酗酒闹事可就犯法呀，你在辱骂领导嘛！"

邹旋骂得更凶，"我就得骂！刘重天，我……我和你狗日的没完！你……你这么不讲究，故……故意让……出我的洋相，我他妈的饶不了你，我……×你十……十八代祖宗……"

是夜，整个金字塔大酒店都响彻着邹旋酒精味十足的愤怒吼声。

然而，一觉醒来，邹旋却把夜幕下的这番悲壮的折腾忘了个一干二净。

次日一早，当警察弄清邹旋的身份释放他时，邹旋竟懵懵懂懂地问人家，他们是在哪里发现他的？警察逗他说："在作案现场。"邹旋便很惭愧，连连道歉，说是昨晚又喝多了，也不知歪到哪条沟里去了，感谢人民公安又保护了他一回，还大夸人民公安爱人民。走到门口了，仍没忘记讲究一下，很义气地对那位送他的警察说："伙计，谢谢了，改天抽空一起坐坐啊！"

## 第十六章　摊牌

## 55

得知肖兵被齐全盛、刘重天密谋抓捕，赵芬芳本能的反应是：这两个人都疯了，不计后果了。这实际上表明，他们在政治上已经失望甚至绝望了，正以匹夫之勇进行一次仕途上的滑铁卢之战。这两个疯子想向人们证明什么呢？无非是证明他们如何不惧怕权力罢了。

太可笑，也太幼稚了！一个中国政治家怎么能不惧怕并且崇敬权力呢？明知肖兵是党和国家领导人的儿子，他们照样抓，而且真的就抓了，还不是因为他们是镜州的地头蛇，现在手上有点权力吗？但是，他们手上那点小小的权力触犯了更大的权力，他们手上的小权力就将消失了。肖兵的父亲可以以人民的名义，以组织的名义，以任何冠冕堂皇的借口剥夺他们手上的权力。他们将像升入空中的烟花一样，在瞬间的灿烂之后陷入无边无际的政治黑暗之中。

因此，肖兵的被捕不但没让赵芬芳感到任何不安，反倒让赵芬芳有点说不上来的兴奋，觉得刘重天、齐全盛无形之中的失误，让她意外地又赢了一局。也正是为了要看看刘重天和齐全盛的暗淡政治结局，赵芬芳才对肖兵被捕一事佯作不知，采取了不闻不问的态度。

肖兵被捕的第二天，专题研究解决蓝天集团问题的常委会在市委第二会议室召开了。

赵芬芳准时到会，会前还和齐全盛、刘重天很热烈地讨论了一下北京申奥的事。刘重天似乎有些心急，申奥的话题搭了没几句，试探着问她："哎，赵市长，北京老区基金会有个秘书长叫肖兵，你熟不熟啊？听说你还在星星岛接待过？是不是？"

赵芬芳很随意地道："是啊，接待过，礼节性接待嘛！刘书记，他们好像回北京了吧？"继而，又说起了申奥的事，笑眯眯地对齐全盛道："齐书记，我有个建议，申奥成功后，我们得召集全市各大企业的老总们开个会，给他们提个醒：一定要抓住这次难得的历史机遇，把我们镜州的形象和镜州的产品一起推出去！"

齐全盛应付道："好，好啊，申奥成功不但是北京的机会，也是我们镜州的机会嘛！"

刘重天仍紧追不舍，"赵市长，我得给你打个招呼：这个肖兵我们昨夜抓了！"

赵芬芳佯作吃惊，看了看刘重天，又看了看齐全盛，"哦，抓了？怎么回事呀？"

齐全盛沉下了脸，"是我让公安局抓的，政治诈骗！哦，这事和重天同志无关！"

刘重天忙道："哎，老齐，我们共同决定的嘛，这责任我不会推，敢做敢当嘛！"

赵芬芳心里冷笑：害怕了吧？后悔了吧？嘴上却说："你们二位领导定的事还和我说什么？该怎么办就怎么办呗，党和国家领导人的儿子也没有超越党纪国法的特权嘛,是不是?!"

这时,赵芬芳已看得很清楚了,面前这两个曾经斗得你死我活的老对手到底在政治上公开合流了,在对付她的问题上找到了平衡点,这次市委常委会只怕不会开得太轻松。自己很可能又要面临一次舌战群儒的局面,权力效应还要在这次常委会上充分显现出来,当一把手的绝对权力没平稳过渡到她手上的时候,其他常委必然要继续做齐全盛和刘重天的应声虫,这是毫无疑问的,对所谓的民主集中制,她实在太了解了,这种权力的游戏她已玩了二十二年了。

那么就进行一次最后的斗争吧,也许会议结束后,镜州的政治局面就要有历史性变化了。

然而,尽管想到了刘重天和齐全盛的政治合流,想到了他们彼此之间的共同政治利益,可赵芬芳仍然没想到刘重天会在这次非同寻常的常委会上这么公然庇护齐全盛!身为代表省委查处镜州腐败案的专案组组长、协助齐全盛主持工作的省纪委常务副书记,刘重天竟然立场鲜明地站在齐全盛一边,并且是那么一副咄咄逼人的态势,这就大大助长了齐全盛的嚣张气焰。

总结蓝天集团经验教训时,齐全盛以退为进,主动做了自我批评,承认自己官僚主义作风严重,用人失察,说是自己作为班长,对蓝天集团今天的现状负有不可推卸的责任,尤其在对自己女儿齐小艳的任用上,犯下了严重错误。齐全盛声称,欢迎同志们的批评帮助。

赵芬芳便适时地进行了一番批评帮助,历数了蓝天集团的问题之后,做出了结论:"……蓝天集团是垮在齐小艳手上的,正是齐小艳和常务副市长白可树的紧密勾结,才造成了集团资产的大量流失和严重的腐败问题,才让蓝天集团走到了破产的地步。所以我觉得,齐全盛同志的问题不仅仅像他自己检讨的那样，是什么用人失察的问题，官僚主义的问题。我看还有任人唯亲的问题，一言堂的问题。在干部人事问题上个人说了算，听不得班子其他同志的不同意见，一手遮天，践踏破坏了党的民主集中制原则，错误的性质和后果都是极其严重的。"

刘重天听罢她的发言，也做了发言，在发言中只字不提齐全盛的问题，更谈不上批评齐全盛了，而是把矛头指向了她，毫不掩饰，开口便硬邦邦地说："全盛同志的问题是全盛同志的问题，全盛同志已经主动做了检讨，以后还会进一步检讨总结，所以我在今天这个会上就不想多谈了。今天，我倒想谈谈另一个问题：那就是集体责任的问题！"目光直直地看着赵芬芳，意味深长地问："芬芳同志，我请问一下：你和其他在座常委们有没有问题啊？你们对齐小艳的任用又该负什么责任呢？我看也不是没有责任吧？"刘重天显然是做了精心的准备，从面前的材料里拿出一份发黄的会议记录稿，"哪位同志辛苦一下，把这个任用齐小艳的市委常委会记录念一下？"自说自话把会议记录递给了身边的宣传部部长，"哦，白部长，就请你念一下吧，只念关于齐小艳任用的讨论情况就行了，其他部分就不要念了！先把招呼打在前面，我这并不是要出哪些同志的洋相，而是要澄清一下历史事实，也明确一下大家的责任。"

白部长自知是麻烦事，推辞道："刘书记，任用齐小艳时我还不是常委哩，是不是请当时的常委同志来念呢？"又把会议记录递给赵芬芳，"赵市长，你是老常委了，你来念吧！"

赵芬芳心里火透了，根本不接，看着刘重天问："刘书记，你看有这个必要吗？"

刘重天呵呵笑着，"怎么没必要啊？我看有必要嘛！"说罢，拿回了记录稿，看了看众人，"你们都不愿念，那就由我来念吧！"念了起来："镜州市委常委会记录，一九九八年六月十八日，会议主题：研究干部人事问题，会议主持人赵芬芳。组织部介绍有关干部情况，略过，不念了，好，这里有了，关于齐小艳的任用。齐全盛发言：把这么大一个国有集团企业交给齐小艳这么个女孩子，是不是不太慎重呢？我有些担心。我说同志们啊，你们不要以为小艳是我女儿，就在这个问题上讨我的好，我个人的意见最好再看看，让她把副总经理再干两年再说吧。赵芬芳发言：齐书记，不能因为小艳同志是您女儿就不使用嘛！小艳年轻有为，有知识，有文化，有现代企业管理经验，为人正派，作风扎实，到蓝天集团两年来，兢兢业业，任劳任怨，使集团上了一个台阶，尤其是廉政建设经验，我们政府这边正准备全面推广……"

赵芬芳听着自己三年前那些近乎无耻的发言，心里毫无愧意，脸上仍努力保持着笑意。

刘重天念完了她的发言，又念起了白可树和其他同志的发言，这些发言虽不像她的发言那么过分，但意思是一样的，都赞成任命齐小艳为蓝天集团总经理、董事长，兼集团党委书记。

这时，刘重天的声音提高了，"……针对这种情况，齐全盛再次发言：既然大家都是这个意见，小艳的事就这么定吧！我坚持一点：集团党委书记不能让她干，大权独揽要出问题的！赵芬芳发言：齐书记，你坚持也没用，这是市委常委会，要发扬民主充分讨论嘛！我们都有民主权利嘛，你这个班长也只有一票。齐书记，我不同意你的看法，我觉得还是要权力独揽，权力分散才要出问题呢！同志们，大家想一想，班子不团结的事少了？一个书记，一个老总，一人一条心，工作怎么干？我提议：我们就齐小艳同志党政一肩挑的问题举手表决！"

刘重天放下了记录稿，"好了，不念了，表决结果大家都知道，除齐全盛一票反对，那次到会的常委们全投了赞成票！齐全盛同志怎么不民主啊？这个记录证明，齐全盛很民主，起码在齐小艳任用问题上是很民主的，现在怎么都推到齐全盛同志头上了？我说同志们啊，今天重温一下你们当年的发言，你们有何感想呢？难道就不脸红，不惭愧吗？"

三个当年的老常委无话可说，纷纷做起了自我批评，明确表示自己是有责任的。

齐全盛态度诚恳，再次检讨，说是自己是班长，主要责任还是应该由他个人负。

赵芬芳不为所动，根本就没想过做什么自我批评，吹着茶杯上的浮茶，悠闲地喝水。

刘重天逼了上来，"芬芳同志，你那么主张齐小艳党政一肩挑，现在怎么不说话了？"

赵芬芳看了刘重天一眼，微微一笑，"刘书记，你要我说什么？让我怎么说？啊？"

刘重天也不客气，口气冷峻，"说说你的历史责任，你这个同志当时是怎么考虑的？"

赵芬芳无法回避了，放下手上的茶杯，很平静地道："好吧，重天同志，如果你一定坚持，那我不妨说说。我们的民主集中制是怎么回事，重天同志，你肯定和我一样清楚，体会也许比我还要深刻。我承认，当初对齐小艳的任用是有个民主研究的形式，听起来还蛮像回事，当然，我这个市委副书记也在会上说了不少违心的话。但这些违心话我能不说吗？齐小艳是什么人？是我们市委书记齐全盛同志的女儿，关于齐小艳的任用如果未经全盛同志的同意，能拿到我们常委会上研究吗？既然拿到会上研究了，谁敢反对？谁又反对得了呢？"

刘重天道："问题是，你根本没有反对，而是大唱颂歌，唱得最起劲，近乎——无耻！"

赵芬芳没有跳起来，甚至没有改变说话的语气，"无耻？可能有一点吧！但重天同志，齐全盛同志的工作作风你是清楚的，你很高尚，可你这个高尚的人七年前怎么干不下去了？怎么被迫离开镜州了？在齐全盛同志手下当市长，当市委副书记，能有不同意见吗？我不这样做又怎么办？不要班子的团结了？不顾全大局了？我当然要接受我的前任——也就是你的教训嘛！这教训十分惨痛啊，你不但是离开了镜州，还出了那么一场令人痛心的意外车祸……"

刘重天心被触痛了，厉声打断赵芬芳的话头，"芬芳同志，既然你提到了七年前，那么我请问一下：七年前你都做了些什么？你当时的常务副市长干得称职吗？当我在常委会上和全盛同志产生工作争论时，你这个常委为什么三缄其口？甚至连政府这边早已研究好的事情，你自己提出的事情，你都不明确表态，就眼睁睁地看着我和全盛同志在那里吵！芬芳同志，我请问一下：你心里到底想的什么？你这个常委什么时候尽到过自己的责任？什么时候？！"

谁也没想到刘重天会发这么大的火，会场上一时间静得吓人。

赵芬芳也有些害怕了，七年前的事真没法说，尤其是齐全盛和刘重天这两个尖锐对立的当事人已殊途同归走到了一起，她就更没法说了！那是一次投靠和叛卖，是她从政生涯中一次很不光彩的政治投机，可意会而不可言传，应该成为永远的秘密。于是赵芬芳仿佛没听见刘重天的责问，甚至没多看刘重天一眼，又镇定自如地端起茶杯喝起了茶。

在一片令人心悸的死寂中，齐全盛缓缓站了起来，语气沉重地道："同志们，我再说两句。首先还是要检讨。芬芳同志说得不错，一言堂的问题，违反民主集中制的问题，对我来说都是客观存在，长期存在，我不赖，也赖不掉。过去认识不够，甚至没有认识，镜州大案要案发生后开始思索了，夜不能寐啊，冷汗直冒啊！因为重天同志有想法，不听话，我千方百计排挤重天同志，让唯一一个敢讲真话的同志离开了镜州领导班子。不但伤害了重天同志，也堵塞了言论，造成了今天严重的后果！芬芳同志已经指出来了，她就消极接受教训，不敢再提不同意见了嘛！结果倒好，七年来一片阿谀奉承，一片唯唯诺诺，让白可树、林一达这些坏人进了常委班子，让我女儿，一个二十七岁的黄毛丫头掌握了一个大型国企的命运，把好端端一个大型国企搞到了破产的地步！我这不是一般性的错误，实际上是对国家、对人民犯了罪啊！"

赵芬芳完全撕开了脸，"全盛同志，我看也是犯罪，蓝天集团的损失高达十几个亿！"

老实本分的周善本听不下去了，站了起来，很激动地道："芬芳同志，我可不同意你这个说法！怎么扯到犯罪上去了？老齐错误归错误，成绩归成绩，要辩证地看嘛！我一直搞经济工作，还是比较有发言权的！九年前镜州的经济总量是多少？现在是多少？那时的财政收入是多少，现在又是多少？九年前的镜州是个什么样子，现在又是什么样子？如果同志们有兴趣，我可以简单地汇报一下有关数据：从综合指标看，我们现在的镜州已经相当于九年前的五个镜州了，九年来的平均经济增长率达到了百分之二十一，是全国平均经济增长率的百分之二百二十三，是全省平均经济增长率的百分之一百八十八，人均国民产值和人均国民收入双双进入了全国前五名……"

齐全盛阻止道："哎，善本同志，善本同志，请你坐下，我话还没说完嘛。"

周善本坐下了，仍嘀咕着，"人要讲良心嘛，要实事求是嘛，说话不能这么不负责任！"

赵芬芳认定周善本是齐全盛和刘重天的应声虫，便又瞄上了周善本，放下茶杯道："哎，善本同志，你怎么冲着我来了？犯罪问题是我提出来的吗？是齐全盛同志自己对自己的客观评价嘛，我不过是随便插了句话，你怎么就瞄上我了？你报的那些数据想说明什么？说明齐全盛同志成就很大，因此就不需要为蓝天集团的严重问题负责了是不是？镜州九年来取得的成就，是齐全盛同志的个人成就吗？我们可以这样看问题吗？周善本同志，我告诉你……"

齐全盛敲了敲桌子，"芬芳同志，你能不能允许我把话说完？啊？就算我是犯罪，是个罪犯，你也要给我申诉答辩的机会嘛，更何况我还没被省委'双规'，更没被我们检察机关起诉！"

刘重天严厉地看了赵芬芳一眼，"赵芬芳同志，请你先耐心听齐全盛同志把话说完！"

赵芬芳这才闭嘴不说了，"好，好，全盛同志，你说，你说，我洗耳恭听！"

齐全盛扫视着与会常委们，继续自己的发言："我这个人毛病很多，缺点错误很多，但有一点我是坦荡的，那就是：我对镜州这份事业还是兢兢业业、尽心尽力的，从没想过要以权谋私，也没想过搞一些华而不实的虚假政绩，踩着老百姓的脊梁甚至脑袋往上爬！从主观上说，我从没背叛过最广大人民群众的根本利益，我的确在努力为镜州八百万老百姓的根本利益工作着，梦中梦到的都是工作！"盯着赵芬芳，掉转了话题，"但是，芬芳同志，你呢？这些年是不是也把心思都放在工作上了？好像不对吧？重天同志责问你，到底负了责没有，你不回答，现在我仍然要责问你：你这个同志到底负责了没有？一天到晚心里想的都是什么？！"桌子一拍，"你想的全是你自己！今天，当着重天同志的面，我们也来回顾一下历史：七年前是谁一次次往我家里跑，把重天同志的话添油加醋传给我？是谁提醒我重天同志摆不正位置要结帮抓权？又是谁赤裸裸地再三向我表忠心？芬芳同志，你还要我说下去吗？"

秘密保不住了，赵芬芳被迫应战，"全盛同志，我承认，我是向你反映过重天同志一些情况，可这又错在哪里了？难道就不能反映吗？如果我是添油加醋，你可以不听嘛，你为什么要听呢？为什么听得这么兴奋呢？你主观上是想把重天同志赶出班子嘛，责任还该由你负嘛！"

齐全盛点点头，"芬芳同志，你说得很对，我当时是想把重天同志赶走，责任是该由我负，所以我才要向重天同志道歉，才要好好做检讨！但我仍然要问你：你的责任在哪里？难道可以这样毫不惭愧吗？你这个同志还有没有一点人格啊？还讲不讲一点政治道德啊？"

刘重天不耐烦地摆摆手，"全盛同志啊，你就不要这么苦口婆心了，事实摆在那里嘛，请同志们自己判断好了，今天这个会不是要吵架，而是要解决问题！我看还是回到工作上来吧，看看这个蓝天集团到底怎么办！善本同志，你是不是先谈谈啊？"

周善本摊开了面前的文件夹，把目光投向齐全盛，"老齐，那我就先说说？"

齐全盛有气无力地挥挥手，"说吧，善本，这个重组方案一定要充分讨论，我看可以考虑请田健同志来会上汇报一下，这小伙子为蓝天集团的重组工作下了一番功夫哩！"

赵芬芳觉得有些不对头了，马上问："哎，全盛同志，这是唯一的方案吗？"

齐全盛勉力振作起来，"芬芳同志，难道你还准备了另外的方案吗？"

赵芬芳道："善本同志清楚，金字塔集团还有个方案嘛，早就送给善本同志了！"

刘重天逼视着赵芬芳，"芬芳同志，你一定要讨论金字塔集团的这个方案吗？"

赵芬芳没察觉到刘重天话中有话，坚持道："应该一起讨论，兼听则明嘛！"

刘重天意味深长地看了齐全盛一眼。

齐全盛表态道："可以，金字塔集团的方案就请芬芳同志重点谈一谈吧，可以先谈！"

赵芬芳满意地笑着，"具体方案我谈不清楚，如果同志们不反对的话，我建议请金字塔集团董事长兼总经理金启明同志到会上谈一谈。对镜州民营经济的崛起，全盛同志、重天同志都是有贡献的，现在民营经济已经成了镜州经济的重要组成部分，我国马上又要进入 WTO 了，民营企业必须取得国民待遇，如果金启明有更好的重组方案，我们有什么理由不采纳呢？"

齐全盛没再征求任何人的意见，"好吧，马上通知金启明同志到会上来吧！"

## 56

见金启明走进会议室，刘重天缓缓站了起来，"哦，金总啊，我们到底见面了！"

金启明急走两步，紧紧握住了刘重天的手，挺恳切地说："老市长，应该说是又见面了！你当市长时工作繁忙，应酬太多，不可能认识我，可我却认识你啊，没有你当年扶持民营经济的市政府一号文件，哪有我们镜州民营企业的今天啊，哪有我们现在的金字塔集团啊！"

刘重天哈哈大笑，"金总啊，我们当年那个一号文件的政策看来是让你用足喽？！"

赵芬芳满面笑容接了上来，"刘书记，这还用说啊？政策当然让我们金总用足了，可能还打了一些擦边球，不过金总大方向把握得还算不错，对市委、市政府号召、提倡的事都是积极响应的，架桥修路，捐资助学，好事办了不少，现在还是我们市人大代表哩……"

刘重天点着头，"这我听说了一些，只要是白市长想办的事，我们金总都慷慨解囊嘛！"

金启明像没听出刘重天话语中隐含的讥讽，挺认真地道："是啊，是啊，白可树是常务副市长，还是常委嘛，我的理解是，白可树的要求就是市委、市政府的要求，就是我们齐书记的要求！"冲着齐全盛笑了笑，"齐书记，你说是不是？谁能想到白可树会出这么大的事！"

齐全盛没有打哈哈的兴趣，指着对过的一个空位说："金总，请坐吧，我们这是在开会，赵芬芳市长对你们金字塔集团提出的蓝天重组方案有兴趣，一定要请你来谈谈，现在就请你谈谈吧！对这个蓝天集团，你有什么高招啊？摊开来说，给我们的决策提供点参考意见。"

刘重天也说："金总，既然来了，就别错过机会，把底牌全摊开来，让我们见识一下。"

金启明打开公文包，拿出一份事先准备好的材料，侃侃而谈，从蓝天集团发展过程中的三个阶段，谈到目前的困境；从集团和蓝天科技的畸形关系，谈到国内上市企业普遍存在的控股老子吃儿子的恶劣现状；从蓝天科技的弄虚作假，谈到了整个集团的弄虚作假问题。

刘重天注意到，金启明对蓝天集团各方面的情况了如指掌，报出的一个个数据都很准确。

金启明做出了结论："……实际上，截至去年年底，蓝天集团已经破产，总负债高达二十五亿三千万，其中欠自己的儿子公司蓝天科技八亿七千万，欠各大银行十亿三千万，净欠关联单位各类三角债六亿三千万，而整个集团目前的净资产尚不足十五个亿，也就是说，蓝天集团现在不但不存在什么资产了，净负债十个亿。"看了看周善本，"周市长，我没说错吧？"

周善本埋头看着面前的笔记本，不时地记着什么，头都没抬，"金总，你说，你说！"

刘重天却平静地问："这么说，蓝天集团应该马上进入破产程序了？而蓝天集团一旦破产，欠蓝天科技的八亿七千万无法偿还，势必要连带破产，你们金字塔集团则可以在集团宣布破产之后，并购重组蓝天科技，达到买壳上市的目的，金总，我是不是可以这么理解啊？"

金启明坦然地笑道："老市长，你这个理解不是太准确。前一阶段，本集团董事局是做过这样的战略构想，而且也向周市长和国资局同志汇报过几次。但赵市长回答记者提问时透露了破产消息，引起了一场轩然大波，就让我们深思了：按市场规律办事固然不错，安定团结的大局也不能不考虑，如果没有一个安定的社会局面，什么事情也办不成。因此本集团的这个方案是最新方案，不但是买壳上市做战略投资者的问题，而是重组整个蓝天集团！"

赵芬芳显然啥都有数，敲边鼓道："所以，同志们啊，听听金总的意见没坏处嘛！"

刘重天虽说很意外，脸上仍是不动声色，呵呵笑着，"好，好，很好啊，很有气魄嘛，金总，你们金字塔要吃进整个蓝天集团了？说说看，凭什么呀？又有什么条件呀？你们总不会对蓝天集团的十亿净负债有兴趣吧？商人无利不起早嘛，我相信这里面有你和金字塔的利益！"

金启明庄重地道："不但是利益，更有一份责任！老市长，我进门就说了，没有市政府当年的一号文件，没有党的改革开放的好政策，就没有我的今天嘛，没准我还是政府信息处的一位正科级主任科员哩！金字塔得益于改革开放，就必须支持改革开放，就必须坚定不移地维护改革开放的大局，取之社会，也要回报社会！所以，我和我的集团这次准备承担一些经济风险，进行实质性重组，当然也将在承担风险的同时，光明正大地获取阳光下的利润！"

齐全盛绷起了脸，"不要说这些漂亮话了，说你的具体方案吧，就是你的最新方案！"

金启明看了看文件夹，说了起来："第一步，本集团拟将资产评估为十亿五千万的五星级金字塔大酒店抵押给银行，贷款六至八个亿，加上集团自有资金两个亿，偿清集团对上市公司蓝天科技的欠款，使之实现和德国克鲁特生物工程项目的合作；第二步，抵押克鲁特生物工程项目，二次贷款二至三个亿，并利用蓝天科技的配股款，对蓝天汽车生产线进行技术改造，完善全国销售和服务网点，扭转目前生产和销售上的被动局面。这一来不但救活了蓝天科技，也救活了整个蓝天集团，集团和蓝天科技的破产可能性就不存在了，局面就活起来了。"

赵芬芳显然是在提示金启明，"金总，你刚才说到蓝天科技配股，这是怎么回事？"

金启明道："这我要解释一下：我们金字塔集团的资金进来，克鲁特生物工程就能顺利上马，蓝天科技就变成了一个真正意义上的高科技公司，再也不是依附于集团汽车制造业上的一个冒牌科技公司了，实现大幅度盈利是有把握的，股市上再炒作一下，让股价上去，配个三五个亿进来完全没有问题，况且，还可以搞增发，今年股市很流行的。"

刘重天听明白了，扫视着与会者，"同志们，谁说今天没有救世主了？我看就有，金总就是一个嘛！金总押上价值十个亿的金字塔大酒店，来拯救我们的大型国企了，我这么听下来，还真觉得合情合理！蓝天集团不会破产了，工人不会闹事了，蓝天科技也从一个面临 ST 的垃圾股变成了真正的高科技绩优股，连全盛同志一直念念不忘的和克鲁特的合作也实现了，多好的事啊，我真没有什么反对的理由！"然而，话题一转，却问金启明："你只说了美好的一面，另外一面好像还没说吧？比如，你和金字塔集团将在这番重组中获得什么？仅仅是赞誉吗？"

金启明也不客气，"是的，我和金字塔集团获得的不仅仅是赞誉，还有实际利益。因为蓝天集团和蓝天科技实际上已经破产，所以国有资产这一块就完全不存在了，集团的资产要以零转让的形式过户给金字塔集团，同时金字塔集团也自然获得了对蓝天科技的控股权。由于蓝天科技的净资产也是负数，金字塔集团还将要求在股市上持有流通股的全国股民自愿无偿转让持股数的五分之二给金字塔集团作为补偿。"说到这里，停顿了一下，"另外，在政策上政府要给一些优惠，主要是政府退税，退税总额为集团净负债总额，也就是十个亿，当然，这是可以商量的，并不是一下子就退完，而是在五至十年内退清，慢慢来，可以先征后退，最终补上这个窟窿。"

这些实质性的问题说完之后，金启明又情绪高昂地大谈改革。

齐全盛有些不耐烦了，毫不客气地打断了金启明的话头，请金启明退出了。

金启明走后，刘重天意味深长地开了口："……同志们都听明白了吧？啊？金总和金字塔集团的这番重组完成之后，我们国有大型企业蓝天集团和蓝天集团控股的蓝天科技都不存在了，都被金字塔集团吃掉了，而我们政府还要在五至十年内退税十个亿。全国股民也没占到什么便宜啊，得拿出自己持股数的五分之二奉送给金字塔集团！五分之二是多少，应该是两千万股吧？如果我没记错的话，目前蓝天科技的流通股总额就是五千万嘛！"

周善本提醒道："同志们，我说个情况：蓝天科技昨天的收盘价是每股十五元二角，即使我们国资局持有的四千万国有股一文不值，两千万流通股的市值已经是三亿四千万了。"

刘重天看着周善本，笑道："周市长，又天真了吧？何止三亿四千万啊？我们这位金总是什么人？股市上的高手啊，能呼风唤雨呀，蓝天集团炒股亏掉七亿多，人家赚了四亿多嘛！两千万流通股在他手上，他就是大庄家啊，还不把股价给你炒到几十块去？然后再高价配股，再增发，关于配股和增发，他自己刚才也说了嘛，信心很足，劲头也很大嘛！"

齐全盛接过刘重天的话头，点了题："同志们，这意味着什么？啊？意味着这位金启明先生和他的那个金字塔集团一文不出，白赚了一个蓝天集团和一个上市公司，还要我们政府给政策，退税十个亿！就是说，政府和股民都没得到什么好处，得到好处的只有他和金字塔！"

常委们无不惊愕万分，纷纷议论起来。

赵芬芳在常委们的议论声中，带着明显的敌意又开了口："全盛同志，重天同志，我看话也不能这么说吧？我们不能因为金启明善于资本运作，就妒忌，就戴着有色眼镜看问题嘛。我看这个方案还是很公平的，十个亿的亏损是集团留下来的，是我们市委、市政府任用的干部造成的严重后果嘛，凭什么要让金总和金字塔集团承担？金字塔集团也没有理由承担嘛！"敲了敲桌子，加重了语气，不无教训的意味，"同志们，我们现在搞的是社会主义市场经济啊，民营企业已经是我们社会主义市场经济的重要组成部分了，尤其在我们镜州，已经是三分天下有二了，所以，我们对民营企业和民营企业家的任何偏见、成见都该抛弃了！难道不是吗？！"

齐全盛道："芬芳同志，你说得对，很对，对民营企业和民营企业家我们不但不应该有什么偏见和成见，还要大力扶植，但这不等于说政府就要无原则地让步，就要接受谁的城下之盟，甚至默许某些民营企业对国家和社会的巧取豪夺，让它白手拿鱼，凭空吃掉我们的国营企业！"冲着周善本挥挥手，"善本，你来说说你和田健同志的那个方案吧，你们那个方案不也是要引进民营企业对蓝天集团进行整体重组吗？我们看看这位民营企业家又有什么设想？他和我们的金总有什么不同？"

周善本道："田健同志已经到了，是不是请田健同志也在会上当面汇报一下？"

齐全盛同意了，"好，请田健同志进来吧！"

田健有些畏怯，不像金启明那样自信，进门就说："各位领导，这个方案最好还是由周市长汇报，重组的关系方是我的大学同学，我怎么说都不好，真怕让谁再产生什么怀疑……"

刘重天看了赵芬芳一眼，故意问："田健同志，你是不是被抓怕了？啊？"

田健嘴一咧，"那还用说？为那莫须有的三十万，镜州检察院差点儿整死我！这回看中蓝天集团，有意重组的又是我要好的同学，民营企业集团大老板，我真怕日后又说不清了！"

齐全盛鼓励道："小田，你不要怕，大胆说，决策人是我们嘛！"

田健这才摊开了自己带来的文件夹，"好吧，齐书记，反正重组完成之后我也得走了，就最后为镜州做点贡献吧！大家都知道，平湖市有个著名的民营企业家叫伍三元，前天省报上还有他的消息，十五年前，伍三元大学毕业，不端国家的铁饭碗，创建了一个以修配汽车为主业的三元公司，滚动发展，逐渐完成了资本的原始积累，筹资开发三元牌汽车，现在三元公司已变成了集团公司，资产几十个亿，搞得十分红火。但因为国家要集中力量打造几家大型汽车制造企业，在最近公布的《车辆生产企业和产品公告》里，三元汽车和三元汽车制造厂都榜上无名，这就意味着三元只能生产原有的几款车型，新产品、新车型都不会再批了。而蓝天是大型国企，仍将在汽车制造业最后整合完成前保留生存权，得知这个情况，刘重天书记就给我写了个条子，让我去找伍三元接触一下，接触的结果很理想，可以说是和伍三元一拍即合，三元集团原则同意对蓝天集团进行整体资产重组，同时三元集团放弃三元品牌，和蓝天集团联合开发制造蓝天汽车。"

刘重天打断了田健的发言，插话道："对伍三元这个同志，我要特别介绍一下：这个老板不简单啊，十五年前靠八万元起家，办了个汽修厂，搞汽车开发的第一笔贷款一百六十万还是我在平湖当市长时亲自写条子批给他的，为此被人写了不少状子，告到省纪委、省委。他开发的第一辆车我坐过，像个塑料壳的大玩具，说实在话，连我对他都没有多少信心。可想不到的是，三元同志竟然成功了，他靠市场民间资本的整合，靠其他盈利企业支持，顽强地支撑着，将三元牌汽车搞到了年产十万辆的规模，前两年终于盈利了。他们的生产线投资仅为七个亿，而我们蓝天一个年产五万辆的生产线，投资却高达三十个亿！应该说，三元是市场上的一只矫健的雄鹰，让这只雄鹰飞入蓝天，对蓝天的全面改制是大有好处的，局面也将是双赢的。"

赵芬芳十分意外，责问周善本道："周市长，这个方案我怎么没听你汇报过？"

周善本也不客气，"因为你的注意力都在金启明的方案上了嘛！"

赵芬芳茶杯一蹾，"这有什么好奇怪的？金启明是我市著名企业家嘛！"

刘重天淡淡地说了句："七年前我就讲过一个观点：镜州绝不搞地方保护主义！"

赵芬芳又从另一个角度攻了上来，"重天同志，我看还是地方保护主义，让外地人来重组蓝天并不等于说就不是地方保护主义了。我请问一下：国家宏观的产业政策要不要贯彻执行？国家产业政策既然已决定要打造几个大的汽车制造企业，都不许三元上新款车了，我们把蓝天的牌子借给他用，是不是叫上有政策下有对策呢？这难道还不是地方保护主义吗？"

刘重天郑重地道："芬芳同志，既然你这样责问我，那我就告诉你：我对国家产业政策的理解是：让市场自然淘汰！对现行的很多做法我是很反感的，民营汽车制造业没得到过国家政策和资金的支持，没有取得国民待遇，却顽强地生存下来了，而我们国家用大量资金支持的国营企业，包括我们的蓝天集团，又是个什么情况，大家心里有数！我把话说在这里：今天蓝天集团和三元集团如能顺利实现重组，未来的汽车市场也许还会有蓝天一席之地，如果失去这个机会，仍然不能面对市场，蓝天集团必将是死路一条，今天不死，明天后天也要死！"

齐全盛明确表态："我赞成重天同志这个观点！"

赵芬芳摇了摇头，似乎很无奈地苦苦一笑，不作声了。

刘重天让田健继续汇报。

田健便又继续汇报起来，公布了三元集团的重组条件：将三元集团的优质经营性资产汽车总装厂整体并入蓝天集团，使三元集团得以控股蓝天集团，三元集团所占股份不低于百分之五十一，不高于百分之六十，蓝天债务用其未来利润逐年偿还。对蓝天科技，三元集团同样谋求控股权，现有的四千万国有股中的三千万股要以零转让的形式转让给三元集团。至于和克鲁特的合作，三元集团的设想是：由他们出资一亿八千万收购蓝天科技城，将其改造为我省最大的汽车、摩托车交易中心，而后将这一亿八千万投入蓝天科技，使之成为生物工程项目的第一期启动资金。

田健说完后，收起文件材料，主动退出了会场。

田健走后，周善本又补充道："我提请同志们注意几点：一，如果和三元合作，我们的蓝天集团还会存在下去，当然，股份变少了，也许是百分之四十九，也许百分之四十，这要具体谈；二，政府不必在五年至十年内退税十个亿；三，蓝天汽车品牌保住了；四，买我们股票的股民也不必转让五分之二的持股额给任何一家公司了。基于以上四点，我认为比金字塔集团的条件好多了。"

齐全盛道："还有两点更重要，我要强调一下：其实也是重天同志说过的。一，引进了三元集团面对市场的灵活机制，真正搞活了我们的国有企业；二，给了民营汽车制造业生存和发展的空间，也就是说，我们镜州从今以后将给它以国民待遇，这是符合 WTO 的要求的！更何况伍三元和三元集团的条件比金启明优惠得多，我看就和三元集团重组吧！大家看呢？"

与会者一致赞同，都没发表什么反对意见。

赵芬芳却又站了起来，"同志们，我们是不是再慎重考虑一下呢？"

刘重天道："芬芳同志，全体常委来讨论研究蓝天重组方案，还不够慎重吗？你还想怎么慎重啊？是不是一定要让我们接受金启明的方案才叫慎重呢？"

赵芬芳看了齐全盛一眼，欲言又止，"重天同志，你……你让我怎么说呢？"

刘重天注意到了赵芬芳的眼神，"你今天很坦率嘛，还有什么不好说的？直说吧！"

赵芬芳这才说了，冷冰冰地问："齐小艳在逃，蓝天集团重组的事能不能再等等？"

刘重天讥讽道："等等？芬芳同志，前几天蓝天集团的工人同志坐在月亮广场群访，你却逼着我们开常委会研究重组方案，要我们马上给工人们一个答复，怎么现在又要等等了？"

齐全盛冷笑道："重天同志，你还没看明白吗？前一出叫逼宫，这一出叫摊牌，遗憾的是我们金总出的牌太臭，赵市长又想重新洗牌了！"说罢，手一挥，宣布道："散会！"

直到这一刻，赵芬芳都不知道，她的灭顶之灾实际上已经悄悄来临了……


## 57


齐小艳被王国昌一伙人威逼着走进梅花山时，亲眼看到许多警车呼啸着包围了山庄，大批头戴钢盔的公安、武警人员荷枪实弹从车上跳下来，枪口全冲着山庄，有些像电影里武装突袭的场面。过后没多久，一架武装直升机远远飞了过来，像只巨大的绿蜻蜓，一动不动地吊在山庄上空盘旋，密切监视着山庄的动静，好像还有人在直升机上喊话，喊的什么听不清。

这些情况表明，警方的搜捕行动不是盲目的，是掌握了线索，并做了充分准备的。

然而，即使这样，行动还是泄了密，也不知是不是公安局副局长吉向东干的？齐小艳只知道自己是在吃午饭时很突然被王国昌一伙强行带走的，连脚下的高跟皮鞋都没来得及换。上了梅花山半坡，就看到了盘山公路上的一辆辆警车，被架着爬到山顶时，山庄已经被包围了。

这时，齐小艳已有了不祥的预感，知道自己这一次也许是在劫难逃了，没准会死在王国昌这帮亡命之徒手上。王国昌既不是金启明，也不是吉向东，是个十足的流氓，见面第一天就对她动手动脚，被她狠狠刷了一个耳光。不知是这个耳光起了作用，还是金启明、吉向东另有指令，也就是从那天开始，她从天堂坠入了地狱。贵宾的身份消失了，行动自由也消失了，一天三顿饭全由王国昌手下的马仔送到房间，王国昌不让她离开房间一步。她除了在房间里对着电脑玩电子游戏，就是蒙头睡觉，其处境已无异于被绑架的肉票。山庄的服务人员全换了，熟悉的面孔都不见了，她又哭又闹，骂王国昌是绑票的土匪，大吵大叫要见金启明和吉向东。

王国昌却皮笑肉不笑地告诉齐小艳："别和我说什么金启明、吉向东，他们是哪个林子的鸟啊？我可真不知道！齐小姐，你既然已经在这里住了这么长时间，难道都不知道这里是什么地方吗？告诉你：这里是我们王六顺讨债公司总部，你现在是落到了我们讨债公司手上！"

齐小艳根本不信，"什么讨债公司总部？骗谁啊？这里不是金启明朋友的私人山庄吗？再说，我也没欠过什么人的债，你们少给我来这一套，给我把姓金的叫来，我有话和他说！"

王国昌不接齐小艳的话茬，只谈讨债，"齐小姐，你怎么这么健忘啊？是不是国营企业的老总都有健忘的毛病？你们蓝天集团是不是有个上市公司叫蓝天科技？你们蓝天科技盖科技城是不是欠了市二建承包商杨宏志先生八百万建筑款？杨先生就全权委托我们来讨债了嘛！"

这番话一说，齐小艳倒有点疑惑了，"你什么时候见到杨宏志的？这个人不是失踪了吗？"

王国昌叹息着说："是啊，是啊，是失踪了，被我们讨债公司请到省城休息去了，杨宏志的情况比你糟多喽，欠了华新公司二百九十八万，可能要用两根脚筋抵债了。所以杨宏志要你无论如何也得先替他还了这二百九十八万，救下他的两根脚筋。哦，齐小姐，作为一个信誉卓著的讨债集团公司的业务经理，我得向你说明白：脚筋可不是餐桌上的红烧牛筋啊，割断了，人也就瘫痪了，你愿看着杨宏志先生成为站不起来的废人吗？当真这么没有同情心吗？"

齐小艳在金启明的控制下与世隔绝这么长时间，已很难判断事情真相，便也不想判断了，只道："就算蓝天科技欠了杨宏志八百万，也是蓝天科技欠的，你们找公司要去，我是没有办法，我现在是要钱没有，要命一条，早就活腻了，不行你动手好了！"

王国昌手一摊，一脸的无可奈何，"你们怎么都这么说话啊？连口气都一样！齐小姐，你还是有办法的嘛，你父亲现在还当着镜州市委书记，就不能想办法帮你解决二百九十八万吗？我这里有个账号，请你写封信给你父亲，让他把钱打到这个账号上来，我们就放你回家。"

齐小艳马上想到了金启明，"你的意思是不是说，让我父亲去找金字塔集团的金总借钱啊？"

王国昌乐了，"哎，这倒也是个办法，金字塔集团有的是钱嘛！"

齐小艳完全明白了，"王国昌，是金总让你来的吧？你们也真够顽强的，非要套住我家老爷子不可！其实该说的话我早就说过了，老爷子不听嘛，我有什么办法?！"叹了口气，又说："金启明太不了解我父亲了，我父亲不会接受讹诈，他可以不要我这个女儿，也不会按照别人的指挥棒转，你可以把这话告诉金启明！另外也和金启明说清楚，这种把戏最好别再要下去了，我更不在乎，落到反贪局手上我也没什么好结果，不如在这里休息了。"

金启明真是条毒蛇，什么损招都想得出来。一夜过后，王国昌又来找她了，说是既然如此，那就写个东西吧，就说你是如何惭愧，如何对不起杨宏志，对不起蓝天集团。齐小艳马上想到，他们是让她写遗书，为最终杀人灭口做准备，所以一口回绝了，坚持要和金启明见一面。

王国昌一副无赖嘴脸，仍咬死口不承认认识金启明。

现在，面对警方的大搜捕，王国昌有些慌了，逃跑途中不停地用手机和一个什么人通电话，奇怪的是，这个人既不是金启明，也不是吉向东，而是一个从没听说过的姓涂的老板，齐小艳被推搡着往梅花山上走时，亲耳听到王国昌对着手机一口一个"涂总"地叫，请求那位涂总的指示。那位涂总指示他们越过梅花山撤往海边，说是有艘快艇已在海边等着接应他们。

不料，在山庄扑了空的公安、武警迅速从四面向山上搜索，直升飞机也低空盘旋飞了过来。

这时，齐小艳已被挟持着越过山顶，向面对着海滨的山下走，海面上，真有一艘快艇飞驰过来。然而，这艘快艇已与她无关了，也就在这时候，王国昌最后一次和那位涂总通话，通话结束后，命令两个马仔将她推到了路边的悬崖上，脸上现出了杀机，"齐小姐，看来你要为蓝天集团的负债、为你的惭愧付出代价了——难道你不渴望跳下去，结束烦恼的人生吗？"

齐小艳紧张极了，牢牢抓住身边的两个马仔，失声叫道："谁……谁会相信？王国昌，你……你不要自作聪明！我……我劝你不要一条道走到黑，快……快向警方自……自首！"

王国昌阴笑道："要自首也是你自首，我自首什么？我不过是个讨债公司的业务经理！"

齐小艳以为事情还有转机，"那……那你们就……就让我去向警方自首，现在就自首！"

王国昌仍在阴笑，"不行啊，我们涂老板认为，你最好是自杀，你自杀理由很充分，你很惭愧嘛，对不起党，对不起人民，也对不起你父亲嘛，你房间的电脑里已经打好了一份遗书！现在，面对警方的大搜捕，你插翅难逃，怎么办呢？你眼一闭就从这里跳了下去……"

齐小艳自知难以制止这伙亡命之徒的疯狂了，趁王国昌说话之际，一把推开身边的一个马仔，又拿出了对付市纪委女处长的劲头，拔腿往山上逃，边逃边冲着头上的直升飞机呼叫"救命"。王国昌和那两个马仔怔了一下，立即追了上来，其中一个马仔动作很快，冲到了山上。

齐小艳被迫往山下逃，因为上山时把高跟鞋的后跟拧掉了，鞋后跟总是打滑，几次险些摔下山崖。就是在这种情况下，齐小艳仍是对着空中呼喊，挥手，终于引起了直升飞机的注意。

直升飞机开始降低高度，喊话声也响了起来，然而警方的喊话却不是针对她的，而是针对王国昌。齐小艳很清楚地听到一个中年男人的口音伴着风声在耳边不停地响着："王国昌，王国昌，请你听着，不要负隅顽抗了！你们已经被包围了！你们已经被包围了！如果你们伤害人质，将受到严厉惩罚……"

就在这时，脚下一滑，齐小艳滚下了山崖，坠落到半山腰昏了过去。

醒来后，齐小艳才发现，自己已躺在市公安医院的特护病房中了。

市纪委那位叫钱文明的女处长站在病床前向她宣布了"双规"决定，宣读'双规'决定时，钱文明脸色很不好看，叹着气说："齐小艳，你知道吗？你这一逃，把我、把你父亲都坑死了！"

齐小艳眼中突然汪上了泪，"钱处长，真对不起，我给你们制造了一场噩梦，也给自己制造了一场噩梦，我……我早就盼着你们能把我解救出来了，真的，我现在真是很后悔……"

# 第十七章　长夜无际

## 58

　　市委常委会结束的第二天中午，赵芬芳利用外事活动的间隙约金启明到欧洲大酒店谈了一次，介绍了常委会上的情况，埋怨金启明考虑不周，出手太狠，没给她留下多少回旋的余地。金启明听罢赵芬芳的介绍，却认为三元集团的重组方案虽在意料之外也在意料之中，实际上是齐全盛、刘重天、周善本操纵内定的，只好承认了现实。吃掉蓝天集团的设想不谈了，金启明又换了个话题，要求赵芬芳想办法把新圩海滨国际度假区附近的五百亩市政府规划用地批给金字塔。赵芬芳情绪不太好，摆摆手说，现在不太好办，等她哪天做了一把手再说吧。

　　直到那时，金启明仍认定赵芬芳迟早会做镜州的一把手，正是为了落实赵芬芳一把手的问题，金启明离开欧洲大酒店后才通过北京高层领导的一位秘书去暗中了解肖兵的情况，主要是想知道，肖兵对其父亲到底有多大的影响力？是不是真能成功地将赵芬芳送到镜州市委书记的位置上？肖兵在金字塔被抓后，他也和赵芬芳一样，认定北京那边要干涉，没想到，三天过去了，仍没听到什么动静，就有些怀疑肖兵对其父的影响力了。金启明当时想：如果肖兵对其父亲的影响力不够大，自己可以考虑出面通过关系网助以侧面的影响，哪怕再花些钱也认了。

这样做是值得的，事实证明，赵芬芳一点不比白可树差，对金字塔集团是尽心尽力的，达成默契后，马上按他的要求，对蓝天集团破产的问题公开发表了讲话，又按他的意志提出了由金字塔进行重组的方案，甚至把他请到常委会上去谈，只怕连白可树都不会做得这么好。这位女市长无疑是聪明的，现在她是谁的干部？要依靠谁？为谁服务？怎么服务，心里全有数。金启明相信，只要赵芬芳如愿以偿做了镜州市委书记，一个属于金字塔的新时代就开始了。

然而，五个小时过后，北京的电话打过来了：那位党和国家领导人根本没有一个叫肖兵的儿子！至于那个所谓的老区基金会更是个非法的敛财组织，民政部和公安部正在追查。

接完这个电话，金启明惊呆了，他做梦也没想到，事情竟然会是这么一个结果！肖兵竟然敢打着那位党和国家领导人的旗号招摇撞骗！堂堂市长赵芬芳竟然会被来自北京的几个小骗子骗了！太可怕了，也太可恨了，一千万啊，就这样扔到了水里，连响声都没听到！更可怕的是，这一千万极有可能给赵芬芳带来很大的麻烦，最终还要把他和金字塔集团装进去！

当晚的一场款待军界朋友的晚宴被北京这个报丧电话糟蹋了，金启明只匆匆吃了碗面条便推说有急事，独自赶回了金字塔大酒店的地下室，准备再一次清除政治垃圾了。坐在车里一路往回开时，金启明的心情沮丧到了极点，对赵芬芳的好感一下子消失了，心里想的全是如何金蝉脱壳。事情很清楚，灭顶之灾已经在猝不及防的情况下突然降临了，简直像个晴天霹雳！他今夜的反应稍有迟钝，都将给他自己和他的金字塔集团酿下不可饶恕的弥天大错！

回到D3东区地下室，又想了好久，金启明才尽量镇定着情绪，拨通了赵芬芳家的电话。

赵芬芳接电话时就有些不耐烦，"金总，怎么又是你？是不是又要和我谈话？"

金启明忙说："不是，不是，赵市长，那五百亩地的事，我今天也是随便说说，不一定真买，你千万别放在心上！是……是这么个事：赵市长，我和集团的朋友们商量了一下，觉得我们集团对老区基金会的这一千万捐款，恐怕还要搞个有规模的仪式，光明正大的事嘛，何必搞得这么鬼鬼祟祟呢？再说，我也想好好宣传一下我们金字塔，为我们金字塔做做广告哩！"

赵芬芳正在吃晚饭，嘴里似乎嚼着什么，显然有些不太高兴，"金总，你怎么又变了？啊？不是你自己说不宣传的嘛！是不是因为这次对蓝天集团的重组没实现，就觉得吃了什么亏？就闹起情绪来了？啊？我劝你还是不要这么短视，风物长宜放眼量嘛，只要我在镜州领导岗位上待着，就不会没有你们金字塔集团的发展机遇嘛，你金总要沉得住气嘛！"

金启明由此判断，赵芬芳直到这时还不知道其中内幕，却也不好说破，坚持道："赵市长，这我都知道，可……可我还是想趁机搞点宣传，你来主持，我和肖兵同志都参加……"

赵芬芳这才说："告诉你吧，肖兵恐怕参加不了了，他和北京来的几个人被刘重天和齐全盛抓起来了！"

金启明故作吃惊，"怎么回事？赵市长，你怎么不过问一下？他们可是你的朋友啊！"

赵芬芳笑道："金总，我不过问，肖兵的父亲不过问呀？你就等着瞧好戏吧！"

金启明这才被迫提醒道："赵市长，肖兵毕竟是冲着你来的，我们金字塔集团又捐了一千万给他的基金会，这关系太大了，你务必要打个电话给肖兵家里，起码通报一下情况嘛！"

赵芬芳仍是麻木得很，"我操这份闲心干什么？不才抓了两天吗？多等几天再说吧！"

金启明心里直骂赵芬芳愚蠢，又一次好心劝道："赵市长，肖兵毕竟是在镜州出的事，你也有一份责任嘛，我建议你最好还是向肖兵的父亲说一下，包括肖兵在我市的活动情况。"

赵芬芳这才有所警觉，"金启明，你是不是听到了些什么呀？啊？"

金启明极力掩饰着，"我能听说什么？包括肖兵被捕都是你告诉我的嘛！我是这样想的：如果肖兵是被误抓，放出来后，我们就搞个上档次的仪式，也算是为肖兵恢复名誉吧！要是肖兵真从事了什么违法活动，那我也就不客气了：金字塔集团的这一千万捐款我得报案追回！"

赵芬芳气坏了，"金启明，你……你现在还没过河呀，就……就要拆桥了？啊！"

金启明心里惭愧着，却仍然硬着心肠做自己清除垃圾的工作，他相信在肖兵被捕两天之后，赵芬芳的电话应该被监控了，"赵市长，你的话我真听不明白！给老区基金会捐款，我是按你的要求做的，你说老区人民了不起，在战争年代养育了革命，养育了党，没有老区人民的伟大历史奉献，就没有新中国，就没有改革开放的今天，也就没有我的这座金字塔！你让我对先烈牺牲的土地有所回报，我是冲着老区人民捐了这一千万，肖兵必须把这一千万用于老区人民，否则，我当然有理由追回！"

赵芬芳说："那好吧，那就请你去找肖兵追吧！"说罢，气狠狠地挂上了电话。

金启明放下话筒，怔了好半天，苦苦一笑，默默打开了电脑。

简直是莫大的讥讽，在电脑模拟政治股市上，那支叫赵芬芳的政治股票仍作为他特选的头号绩优股漂着，涨升势头远胜过齐全盛和刘重天，挂牌上市后几乎没有进行什么调整，便直线升入了高远的政治星空。因为赵芬芳这支绩优股的飙升，大盘的综合政治指数已突破了三千点，进入了牛市的主升段，也就是说进入了收获季节。现在这种升势要终止了，——岂但是终止？简直是灾难性的崩盘！这支叫赵芬芳的股票确定完蛋了，因为她从来就不属于强势的北京板块，而是问题股，问题又极为严重，很有可能把大盘拖入令人沮丧的漫长熊市！

金启明怎么也想不通：一个如此聪明的女人，一个已经在市长位子上待了七年的女人，为什么就这么没有眼力，这么没有警惕性，就会眼睁睁上肖兵这几个小骗子的当？她是不是太权欲熏心了？太想当这个一把手了？而他呢？一个精明能干的民间政治家，竟然也在赵芬芳上当时，跟着上了这一大当，付出了一千万，买到的却是一颗随时有可能爆炸的政治炸弹！

肖兵在星星岛游览时已经和他说得很清楚了：这一千万不会都用于老区扶贫，将有五百万用来为赵芬芳活动买官。这话肖兵是不

426

是也和赵芬芳说过？更重要的是，肖兵落到刘重天和齐全盛手上后，会不会也老实坦白，这样交代？如果肖兵做了这样的交代，赵芬芳就死定了！

看来赵芬芳必须暂时摘牌了，只要她不属于强势的北京板块就没有多少投资价值了，更何况她又和刘重天、齐全盛全搞翻了，股票质地大受影响！齐全盛和刘重天这两支股票看来得涨涨了，他们为了对付赵芬芳，进行了政治合流，底部构筑得很扎实，应该启动了，每人先来一个涨停板吧。"很好，"金启明看着电脑，在心里自我赞叹道，"作为一个理智的入市者，就是不能有个人的好恶，更不能用个人的好恶影响到对权力的投资。金钱投资追求利润的最大化，对权力的投资当然也要追求利润的最大化，不产生利润的权力就是不值得投资的权力。"

那么现在是不是又到了买进齐全盛的时候？齐全盛可是支本地老牌绩优股啊，曾和另一支本地股白可树产生过强烈的板块联动效益，这支老牌绩优股最近又刚进行过一次实质性的权力重组，——那可是和未来的省委常委刘重天的权力重组啊，意义不同一般，你可以把它理解为引进了最新的纳米概念。经过重组的齐全盛，有了刘重天和郑秉义的支持，估计不会倒台了，这场廉政风暴过去后仍将稳坐在镜州市委书记的权力顶峰上，股价还会上升。齐全盛当年容不得刘重天，今天肯定也容不得几乎公开夺权的赵芬芳，赵芬芳必定会离开镜州，变成一种不值得投资的权力——当然这里的前提条件是：如果老天保佑，她不出事的话……

正想着赵芬芳，赵芬芳的电话又打来了，口气已不对头了，"金总吗？你现在在忙什么？"

金启明看着电脑，信口胡说道："哦，赵市长，我在路上，正开车去省城……"

赵芬芳厉声道："金启明，你不要给我胡说八道！我打的是你办公室的座机！"

金启明这才明白过来，忙道："我……我这不是马上要……要走吗？！"

赵芬芳顾不上生气了，缓和了一下口气，好言好语道："金启明，你先不要走，你可能也知道了，肖兵他们的事麻烦大了，请你马上到欧洲大酒店来一趟，我们碰头商量一下！"

金启明益发不愿去了，推辞道："赵市长，我真去不了，省城一个朋友等着我呢！"

赵芬芳在电话里叫了起来："金启明，我告诉你，如果我被'双规'了，你也逃不掉！"

金启明仍是装糊涂，"赵市长，这……这都是怎么回事？你怎么会被'双规'呢？"

赵芬芳几乎是在吼："我刚和北京通过电话，肖兵是……是个政治诈骗犯！"

金启明心一狠，淡然说了句："哦，这么说，我真得去报案了！"说罢，放下了电话。

是不是真的去报案？向谁报案？如果去报案，会不会自投罗网呢？这得好好想想。

真不是一次愉快的回忆。自从刘重天带着专案组开进镜州，他的麻烦就没完没了，先是因为白可树的问题，一次次被专案组办案人员找去谈话；嗣后又因为齐小艳的问题暗中被赵芬芳盯着不放；如

428

果赵芬芳被"双规",会不会供出他手下人干的那些勾当?吉向东毕竟什么都向赵芬芳说了——吉向东这个无耻的政治小人不但卖了他和金字塔,实际上也卖了他自己。

然而,细想想,倒也没什么可怕的,不论吉向东向赵芬芳说了什么,都是事出有因,查无实据,只能理解为诽谤。他们唯一能抓住证据的,就是私藏齐小艳。这没什么了不起,齐小艳不是罪犯,他和金字塔都没看到通缉令嘛,况且又是齐小艳主动逃出来的,是吉向东送到他朋友的山庄去的,他出于对一个老市委书记的同情和支持,当然要保护一下,人总要讲点感情嘛。这事传到齐全盛那里,没准会成为他又一次买进齐全盛的机会。至于齐小艳被王国昌威逼着跳下山崖,那也是王国昌的事,根本涉及不到他,境外黑社会组织指挥的犯罪活动,与他何干?

是的,一切全在精密的计划之中,从境外到境内,从省城到镜州,一层层保护网在实施行动时就事先设立起来了,迄今为止,他的手上没沾一滴血,清白得如同天使,谁敢指责他进行了有组织的黑社会犯罪活动?谁敢?!他金启明仍然是镜州市人大代表,著名民营企业家。

更重要的是,金字塔集团和权力结合的基础远没被动摇,叛卖了这个集团的毕竟只有一个吉向东,集团培养的其他干部还在各自的岗位上为集团争取着最大利益,——就在刘重天一手策划公安武警突袭山庄时,仍有集团培养的干部冒着风险送出了这一信息,这不是很让人聊以自慰吗?这场风暴过后,镜州还将是过去那个镜州,杀了一个白可树,新的白可树还会顶上来;倒下一个赵芬芳,还会有新的赵芬芳爬起来;金字塔集团巨大的财富仍将不断收购权力,炒卖权力，创造一种野火烧不尽，春风吹又生的良好局面。只要这种政治体制不进行彻底的改革，所谓的腐败问题就不可能从根本上解决，他和他的金字塔集团就将永远立于不败之地。

当然，这一次的演出看来是要结束了，赵芬芳可能要出事。但是谁也不能否认剧情的精彩，金钱又一次创造了奇迹！谁能想得到呢？在专案组大兵压境，白可树、林一达十几个贪官落入法网的时候，在刘重天高张反腐大旗，磨刀霍霍的时候，赵芬芳竟在风雨中被培养成了金字塔集团的高级干部！如果肖兵不是骗子，如果肖兵的许诺是真的，如果齐全盛和刘重天不在政治上意外地合流，如果齐全盛也被省委"双规"，并进而产生怨恨死死咬住刘重天，进行一场你死我活的大厮杀，如果刘重天公报私仇扶赵灭齐，如果涂老板手下的马仔们再干得漂亮些，本来可以不这样结束！天哪，他给他们提供了一个多么好的剧本啊，他们偏偏不这样演出！

金启明用一声深长悠久的叹息，为自己的好剧本打上了最后一个句号。

夜里十点多，已是心静如水的金启明摸起电话，要他的首席法律顾问来一下。

等候法律顾问时，金启明用电子炸弹炸毁了电脑里的模拟政治股市，删除了一切和这场政治风波有关的资料，又对只有自己掌握的秘密档案做了最后一遍处理。

金字塔集团首席法律顾问刘大律师走进门时，金启明已在平心静气开支票了。

刘大律师注意到，这两张支票的面额都很大，一张一百万，一张竟是三千万。

金启明把两张支票一起交给了刘大律师，面无表情地说："拿着吧，刘大律师，一百万给你，是我预付给你的出庭辩护费，另外三千万请你用来请客送礼，搞关系，准备打官司！"

刘大律师接过支票，惊愕地看着金启明，"金总，这……这又是哪里出乱子了？"

金启明笑了笑，"刘大律师，你不要怕，目前还没出乱子，但我担心会出乱子，出大乱子！我可能被刘重天、齐全盛一伙诬陷，我们金字塔集团也很可能被他们诬陷啊！"

刘大律师明白了，"金总，你真厉害，又防到了他们前面！"说着，将那张三千万的支票收了起来，却把一百万的支票还给了金启明，挺恳切地说："金总，我是您聘请的首席法律顾问，有义务为您和金字塔集团提供法律支持，况且，每年十五万的法律顾问费您全如期支付了，我和我的律师事务所又没为您和集团出过多少力，您这笔辩护费钱我就不能再收了。"

金启明扶着刘大律师的肩头，将支票拍放到刘大律师手上，"刘大律师，你不必这么客气，我重申一下，一百万只是预付，官司打完后，集团另有厚报，我的财务总监会找你的！"

刘大律师这才将一百万支票收起来了，"好吧，金总，那我就恭敬不如从命了。"

金启明带着一脸神圣不可侵犯的庄严，开始交代任务："刘大律师，如果官司打起来，你就要有必胜的信心，就要做无罪辩护，就要准备把它打到省城去，打到北京最高人民法院去！该去找什么人，你心里有数，我就不多说了，给你的钱你一定要花出去，不要给我省，你和你未来的律师团都没有省钱的义务，三千万不够，再找我的财务总监支。要在法庭上讲清楚，我金启明白手起家创造了镜州改革开放的一个奇迹，我和金字塔集团在夹缝中创业奋斗取得了今日的辉煌！要让法官和全社会的人们都知道，在中国搞民营企业不容易，政府部门的一个小小的科长甚至股长都能卡住我的脖子，把我掐死在摇篮中。有一个例子我过去和你说过，你可以继续举出来：早年我们营业部搞装潢竟有五六批穿制服的人员来强行收费。在这种情况下，我怎么办？金字塔怎么办？只有一条路可走嘛，那就是顺应国情，请客送礼，甚至给某些贪官污吏送钱！这样一来，我就有问题了，集团就有问题了，就有人会说我收买权力……"

刘大律师会意地笑了，热烈地迎合道："金总，你说得对，太对了，实际上你和金字塔集团是任权力宰割的羔羊，是目前这种严重腐败现象的长期受害者和最大的受害者……"

金启明挥挥手，微笑着打断了刘大律师的话，"所以，你们要抓住这么一个重心：我和我这个金字塔集团在市场经济机制还不健全的情况下，在民族私营企业不享有国民待遇的情况下，在权力寻租已成为普遍现象的情况下，靠自己的顽强和执着走到了今天，你和律师团的结论应该是这样的：这是一个中国民营企业家靠资本实力追求社会主义市场经济真理的故事，哦，刘大律师，对不起，作为一个当事人，我要求你对我下面叙述的事实如实记录！"

刘大律师连连应着，"好，好。"忙不迭地掏出记录本，开始为自己已经获取并且还将继续获取的丰厚报酬，认真工作起来……

# 59

三元集团董事长兼总裁伍三元是个雷厉风行的人，得知镜州市委、市政府的重组意向后，放弃了即将开始的欧洲之旅，风风火火赶到了镜州，和常务副市长周善本、田健以及市经贸委、市国资局开始了有关蓝天集团重组的实质性谈判。当晚，齐全盛和刘重天在国际度假中心会见并宴请了伍三元一行，热情鼓励了一番，预祝双方谈判成功，努力争取一个双赢的局面。

宴会结束时已经快十点了，刘重天拉着齐全盛上了自己的车，悄悄告诉齐全盛，说是要去看一个人。车一路驰往市公安医院时，齐全盛才知道，刘重天提议看的这个人竟是自己的女儿齐小艳，心里禁不住一阵感动，怔怔地看着刘重天，好半天没说一句话。

然而，进了公安医院大门，齐全盛又有些犹豫了，不由自主地停住脚步，迟迟疑疑地对刘重天说："……重天，算了吧，我看还是别去了，去了影响不太好，被人家知道，又要攻击我们搞政治妥协了！小艳的事，你就让专案组公事公办吧，我们最好都不要管！"

刘重天苦笑道："老齐，怎么能不管呢？小艳毕竟是你女儿，又……又是这么个情况！"

齐全盛疑惑了，盯着刘重天问："什么情况？重天，你不说小艳已经过了危险期了吗？"

刘重天沉默片刻，缓缓开了口："老齐，首先我要向你检讨，在小艳的问题上，我失职了，我们专案组什么地方都查过了，就是没想到她会被金启明、吉向东藏到山里去，还是你提醒了我。更要命的是，赵厅长他们采取行动时，没保护好小艳，到底让小艳出事了……"

齐全盛打断刘重天的话头道："这些事我都知道了，你老兄就别再说了，她是自己逃出去的，是自作自受，根本怪不到你！你直说好了，是不是小艳生命还有危险？是不是？"

刘重天摇摇头，"危险期真是过去了，但后遗症是严重的，很严重，医生今天告诉我，小艳从山上坠落下来时，后背着地，脊骨严重受损，已经无法复原，瘫痪已……已成定局……"

齐全盛惊呆了，"这……这就是说，小艳一……一生都离不开轮椅了？啊？"

刘重天点了点头，"老齐，现在小艳还不知道，你……你最好也不要在她面前说。"

齐全盛仰望夜空，怔了好半天，叹息着问了句："重天，这……这是不是报应啊？"

刘重天马上明白了齐全盛的意思，忙道："哎，老齐，千万别这么说，我们都是共产党人，怎么能信这一套呢？！月茹当年出车祸是意外，今天小艳从山上摔下来也是意外嘛！"

齐全盛毅然回转身，不无哀伤地道："算了，重天，那……那我们还是回去吧！既然……既然已经是这个情况了，就别看了！你相信我好了，我……我会正视这个现实，也会正确对待的，你和月茹七年不都挺过来了吗？我……我也会挺过来的……"

刘重天不好继续勉强，叹了口气，随着齐全盛转身往门外走。

上车后，齐全盛又木然地开了口，声音沙哑而苦涩，"绑架者的情况，弄清楚了吗？"

刘重天通报道："弄清楚了，赵副厅长汇报说，是通缉犯王国昌组织实施的犯罪，王国昌是黑社会组织的头目，手上有几条人命，绑架杨宏志，搞死祁宇宙，都是此人一手策划的。"

齐全盛看着车窗外的夜景，很明确地问："怎么？和金启明、吉向东就没关系吗？"

刘重天很客观，"根据掌握的情况看，还真和金启明、吉向东无关。王国昌的老板姓涂，叫涂新刚，是香港一个黑社会组织的骨干分子。王国昌一伙人在镜州被捕后，这位涂新刚得到风声，便由香港逃往了南美，现在可能在巴西，目前，香港警察和国际刑警都在追捕……"

齐全盛把目光从车外收回，有些恼火地盯着刘重天，"重天，你是不是太书生气了？啊？境外黑社会组织怎么会对镜州这么感兴趣？怎么会对你这个省纪委书记这么感兴趣？非要陷害你，把你往死里整？啊？为什么要挟持小艳要挟我？这明显涉及到金字塔集团的利益，幕后指挥者只能是金启明、吉向东！重天同志，我看一个都不能饶恕，应该来一次大收网了！"

刘重天想了想，"老齐，你分析得有道理，我也这样推测，可你老兄要记住，我们是一个法制的国家，必须依法办事，没有犯罪嫌疑人的犯罪证据，任何分析和推测都是无力的！"

齐全盛怒道："怎么没有？齐小艳是不是落到了金启明、吉向东手上？齐小艳给我的两封信是不是金启明逼她写的？小艳又是怎么落到王国昌这伙人手上的？这还不可以抓人吗？这是刑事犯罪，已经不是你们专案组的事了，今夜你不抓人，就由我们市局来抓吧！"

刘重天劝道："老齐，你冷静点，我的意思不是不抓，而是等掌握了更有力的证据再抓，再说，金启明还是市人大代表，市人大不开会撤销他的代表资格，我们抓他就是犯法！我看可以考虑先对吉向东实行'双规'，金启明就是要抓，也要等市人大开过会再说，你看呢？"

齐全盛勉强同意了，却又发泄说："重天啊，这个市委书记我反正是干不长了，要按我过去的脾气，今夜就他妈的查封金字塔集团，把金启明、吉向东从他们的狗窝里全揪出来……"

刘重天半开玩笑半认真地道："老伙计哟，没准我也干不长了，如果那位党和国家领导人不讲原则，护着他的宝贝儿子，我可能就犯了非法拘捕罪，很可能在你前面先下台哩！"

齐全盛认真了，"重天，你怎么又来了？我不是说过了吗？抓肖兵和你没关系，完全是我们镜州市的事情，是我这个市委书记下令让公安局采取的行动，让那位领导人和我算账吧！"

事实上，直到这一刻，刘重天和齐全盛都还不知道肖兵的真实身份，两人都还担着莫大的政治风险。肖兵被捕后，仍以党和国家领导人的儿子自居，派头摆得十足，随肖兵同时被拘捕的三个北京人也证实了肖兵的特殊身份。面对录音带，肖兵坦承不讳，说是因为酒喝多了，无意中泄了密，要镜州市委办他的泄密罪。刘重天和齐全盛都知道，对这种酒后胡言，泄密罪是办不了的，要么立即放人，要么落实肖兵的犯罪事实，拿到犯罪证据，再向省委和党和国家领导人汇报。人既然已经抓了，当然不能这么放，也只能干到底了。于是，今天一早，齐全盛便亲自安排市局一位副局长带着几个办案人员按肖兵名片上的办公地点直扑那个老区基金会。

在公仆一区齐全盛家分手时，齐全盛又想到了这件事，忧心忡忡地对刘重天建议说:"……重天啊,你看是不是由我打个电话给秉义同志呢?肖兵这件事关系毕竟太重大了。"

刘重天头直摇,"别,别,老齐,这个电话你还是不要打,正因为关系重大,我们才不能向秉义同志汇报!汇报给秉义同志,让秉义同志怎么办?调查人员不是已经派到北京去了吗?先了解清楚再说嘛,就算肖兵没有其他的犯罪活动,也不能在镜州搞第二组织部!"最后又好心地说了句:"哦,对了,老齐,小艳瘫痪的情况,你最好暂时不要告诉雅菊。"

齐全盛心情沉重地点点头,和刘重天握了握手,转身走进了自家的院门。

不料,就在刘重天钻进车内,准备离去时,一辆警车打着大灯,冲到面前戛然止住了。

刘重天本能地意识到又发生了什么紧急的事情,摇下车窗问:"怎么回事?"

前往北京的那位李副局长立即从警车里弹了出来,"哦,是刘书记啊,你怎么也在这里?我来向齐书记汇报!我们真搞对了,这个肖兵根本不是党和国家领导人的儿子,而且……"

刘重天眼睛一亮,"好了,不要在这里说了,到齐书记家再说吧!"

到了齐家客厅,李副局长连口水都没喝,便开始汇报:"齐书记、刘书记,你们的眼睛真厉害,一眼就看穿了这个骗局!肖兵这个人太可笑了,别说不是什么党和国家领导人的儿子,连股长的儿子都不是!他父亲前年刚去世,一生当的最大的官是村民小组组长!那个老区基金会倒还真有,不过,没进行过社团登记,在北京一座豪华大楼里办公，名气很大，基金会下面还有个实业总公司，挺能唬人的。业主说他们迟早要进去，有些线索就是业主提供的，为保险起见，我们又找了北京公安局，北京公安局的同志说，他们已经注意到这伙人的可疑情况了，正准备立案侦查。肖兵的真名叫洪小兵，曾在北京武警部队当过两年兵，因冒充武警部队首长的儿子，涉嫌从事诈骗活动，被军事法庭判刑两年，开除军籍，目前的身份是农民……"

这太富有喜剧色彩了，刘重天和齐全盛禁不住哈哈大笑起来，笑出了眼泪。

李副局长接着说了下去，表情渐渐严肃起来，"……二位领导，你们不要笑，这伙骗子的能量不小哩，来往的全是地方政府的党政官员！依法搜查时，他们实业总公司的一个副总经理正好撞到了我们的枪口上，我们突击审讯了一下，这家伙全招了：他们可不是简单的诈骗，还替人跑官买官，竟然还让他们买到了几个！其中就包括我们镜州的一位主要领导干部！"

齐全盛不动声色地看了看刘重天，"是我们那位想当一把手的赵芬芳市长吧？"

李副局长道："是，赵芬芳买镜州市委书记，由金启明的金字塔集团代为付款一千万！"

刘重天平静地问："仅仅是那位副总经理的供词吗？还有没有其他相关证据？"

李副局长从卷宗里拿出一份复印名单，"有！二位领导，请你们自己看吧，这份升官表上第二页第三名就是赵芬芳，写得很清楚，现任镜州市市长，市委副书记，希望职务为镜州市委书记，括号里还特别注明了：省城市委书记亦可考虑，其他地级市的市委书记不在考虑之列。付款账目表在后面第五页，也说得很清楚，八十万用于捐助两所希望小学，八百五十万为基金会下属实业总公司项目利润，七十万为买官费用，账目表上注的是赵芬芳项目专用交际费。"

齐全盛把升官表和账目表看罢，默默递给了刘重天，说了句："她到底走到了这一步！"

刘重天认真看完，沉着脸怔了好半天，"啪"的一声，把材料拍放在茶几上，"卑鄙！"

齐全盛"哼"了一声，"这也在意料之中，权欲熏心了，不顾一切了，连脸都不要了！"

刘重天仍在深深的震惊之中，讷讷道："是啊，是啊，怪不得她和金启明打得一团火热，这么为金启明摇旗呐喊，原来是要金启明为她掏钱买官！竟然买到肖兵这伙政治骗子手上去了，一千万竟然让人家净赚了八百五十万，这一点只怕她和金启明都没想到过！"

齐全盛又记起了金启明，"重天啊，我看这个金启明好像可以抓了！"

刘重天想了想，"恐怕还不行，起码在对赵芬芳采取措施之前不能抓，会打草惊蛇的。"

齐全盛认可了刘重天的分析，"那么，我们就向秉义同志和省委汇报一下吧！"

刘重天点点头，"好吧，尽快汇报，我们最好辛苦一下，连夜去趟省城！"

出门去省城之前，齐全盛和刘重天再三向李副局长交代，对赵芬芳用金启明的钱买官一事，务必要严格保密，如发生泄密的情况，唯他是问。李副局长说，他知道这件事很严重，在北京时就向知情的办案人员这样交代过。同时建议，对金启明上手段，实行二十四小时监控。齐全盛和刘重天商量了一下，同意了，但仍要求李副局长对金启明实行监控时不动声色。

同车赶往省城的路上，刘重天颇有感触，对齐全盛开玩笑说："老齐啊，我怎么也想不到，镜州专案会办出这么个结果，没把你这个老对手、老伙计办进去，倒是把赵芬芳办进去了！"

齐全盛也开玩笑道："重天，你别贪天之功为己有，赵芬芳是你办进去的吗？是她自己跳出来的嘛！她太想当一把手了！"这话说完，开玩笑的心思却没有了，脸沉了下来，像是自问，又像是问刘重天，"我是不是也有责任呢？她怎么就会走到这一步？怎么会呢？"

刘重天本来想说：你是有责任，你这个市委书记如果不把手上的权力搞到绝对的程度，如果能真正实行民主集中制，集体领导，赵芬芳也许就不会这么热衷于当一把手了。然而这话太刺激，现在说也不好，刘重天便忍着没说，只道："从根本上说，赵芬芳从来就不是一个共产党人，就是一个政客而已，她走到今天这一步是在情理之中的。"

齐全盛连连摆手，"不对，不对，重天，我还是有责任的！七年前我向陈百川要绝对权力，七年中我这个市委书记说一不二，给赵芬芳的印象太深刻了！她就产生了错误认识，以为当了一把手就可以一手遮天，就可以为所欲为，所以才不顾一切地要做一把手！"

刘重天没想到，齐全盛会如此剖析自己，动容地一把拉住齐全盛的手，"老伙计，这也正是我想说又不好说的哟！你能自己认识到这一点，说明你不糊涂嘛！"却又道："但是，不能一概而论，这里有个本质上的区别：你向陈百川要绝对权力是想为镜州的老百姓干大事，干实事，也真把这些大事、实事干成了；而赵芬芳谋求绝对权力想干什么呢？恐怕不是为镜州的老百姓干事吧？她只会为金字塔、为金启明干事！蓝天集团重组的事实已经证明了这一点！"

齐全盛感慨道："老兄，这就是问题的可怕之处啊，如果真让赵芬芳这种人掌握了这种不受制约的绝对权力，我们这个国家、我们这个党、我们这个民族就太危险了，太危险了……"

刘重天说："赵芬芳掌握了绝对权力可怕，别人掌握了这种绝对权力也同样可怕啊！"

在两个老搭档推心置腹的交谈中，专车驰入了夜幕下沉睡的省城。

车上省城主干道中山路时，刘重天看了一下表，这时，是凌晨四时二十分。

这个时间很尴尬，虽说黎明就在眼前，长夜却仍未过去，叫醒省委书记郑秉义汇报工作显然不合适，况且郑秉义也不可能在这个时候召集省委常委开常委会，研究赵芬芳的问题。刘重天便让司机将车开到了自己家里，要齐全盛先到他家休息一下再说。车到刘家楼下，齐全盛怕叨扰邹月茹，坚持要和司机一起在车上休息。刘重天说什么也不依，硬拉着齐全盛进了自己家门，动手为齐全盛下面条，还从冰箱里拿了些熟菜，几瓶啤酒，和齐全盛一起悄悄喝了起来。

尽管二人轻手轻脚，邹月茹还是被惊动了。

睡房和客厅之间的门半开着，邹月茹从半开着的门中看到了背对她坐着的丈夫刘重天，看到了侧面坐着的齐全盛，觉得十分惊奇。她怎么也想不到，丈夫会在深夜将齐全盛带到家里，而且又这么亲密无间地坐在他们家桌上一起喝酒，一时间，恍若置身于一个十分久远的旧梦之中。

是的，实在太久远了，只有九年前他们一个书记一个市长刚到镜州一起搭班子的时候才有过这种情景，才这么亲密无间地在一起喝过酒。那时她还是个健全的人，她给他们炒菜，给他们斟酒，然后就默默地在一旁坐着，听他们说些工作上的事：怎么把镜州搞上去，怎么规划发展这个面向海洋的大都市。说到激动时，两个大权在握的男人会像孩子一样扒着脖子搂着腰，放荡无形，呵呵大笑。她记得，齐全盛借着酒意说过这样的话："合作就是要同志加兄弟，同志讲原则，兄弟讲感情，有这种同志加兄弟的关系，就不愁搞不好这个镜州……"

眼泪不知不觉流了下来，窗外的天光已经放亮，邹月茹在床上再也待不住了，抓着床上的扶手，一点点摸索着，想坐到床前的轮椅上，摇着轮椅走到这两个男人面前，像九年前那样尽一下主妇的义务。不料，瘫痪的身子太不争气，手已经抓住轮椅了，却还是软软地倒在了地上。

这番动静惊动了刘重天和齐全盛，两个男人放下手中的酒杯，全跑了过来搀扶她。

邹月茹含泪笑着，"齐书记，我……我没事，我还想亲手给你们炒个菜……"

## 60

夜幕一点点隐去，黎明的曙光渐渐逼到了窗前，死亡的气息已清晰可辨了。

是政治上的死亡，无法避免，也无法挽救，连金启明都看出来了，都在准备后事了，她赵芬芳又何尝看不出来？她失足落成千古恨，已经制造了中国政坛上的一个巨大丑闻！

天哪，这是多么可怕的失足，多么不可饶恕的失足，连上帝都不会原谅她！她已经是市长了，而且做了七年市长，为什么非要这么迫不及待做一把手呢？如果这是别人为她设套，逼她不得不往这个陷阱里跳还有情可原，她是自己给自己做下了绞套，自己吊死了自己。

政治死亡始于一个错误的判断，齐全盛和刘重天的历史关系把她的思维引入了歧途。按常理说，杀气腾腾扑向镜州的刘重天必将置齐全盛于死地而后快，对齐全盛绝不会手软；而齐全盛以他的风格个性，也必将竭尽全力进行政治反扑，咬得刘重天遍体鳞伤；一次渔翁得利的政治机会是显而易见的。然而出乎意料之外的是，刘重天的后台老板郑秉义制约了刘重天，齐全盛的后台老板陈百川则把住了齐全盛，两个后台老板之间的政治妥协和政治默契，遏止了这场本应惨烈无比的政坛血战。于是她这个善于进行政治赶海的可怜渔翁就倒了大霉，被鹬的长嘴钳住了喉咙，被蚌夹住了双腿，被无可奈何地拖进了生死难卜的政治泥潭。

事情搞到这一步倒还并不可怕，凭她的机智，凭她多年政治赶海的经验，也许还有一条生路可走，可她真是太不清醒了，已经身陷泥潭之中了，竟又饮鸩止渴，上了肖兵这条贼船。

肖兵是两年前在北京开会时认识的，是个什么会已经记不住了，能记住的倒是长城饭店的那次宴会。宴会的东道主是她二表哥，一个土里土气的邻省县级市副市长，她向来看不起这个只会拍马屁的二表哥，本不屑于去凑这种热闹，可二表哥非让她去捧捧场，说是要介绍个重要朋友和她认识一下。这个朋友就是肖兵，一个文文静静的小伙子，随和中透着傲慢，面对上万元一桌的山珍海味，吃得很少，话说得也很少。二表哥简直像肖兵的儿子，频频举杯，恭敬地向肖兵敬酒，一口一个"汇报"，一口一个"请示"，送肖兵上车时，腰几乎就没敢直起过。她觉得很奇怪，待肖兵挂着军牌的奔驰开走之后才问："这是什么人？值得你这么低三下四？"二表哥亮出了肖兵的底牌：人家竟是一位党和国家领导人的儿子，能在北京接见他们一次可真不容易啊！

那时，赵芬芳还没想到这位党和国家领导人的儿子会给她的仕途带来什么决定性的影响，心里没把肖兵当回事，只把它看作自己人生旅途中的一次偶然奇遇。真正让她知道肖兵使用价值的时候，已是今年三月份了。三月份的一天，她突然接到二表哥一个电话，说是要带团到镜州考察学习，见面才知道，二表哥竟然从排名最后的一个副市长，一跃成了市委书记。尽管是县级市的市委书记，总是一把手，颐指气使，意气风发。私下闲谈时，二表哥透露了一个惊人的秘密：正是那位肖兵把二表哥送上了这个县级市一把手的位置。二表哥很替她抱不平，说是七年市长了，早该动动了，问她能不能让镜州的企业捐个千儿八百万给肖兵，往上再走一步？她当时笑而不语，努力保持着一个经济大市市长的矜持，心里却掀起了从未有过的狂风巨澜。

一个月后去北京参加经济工作会议，她忍不住按肖兵两年前留下的名片给肖兵打了个电话，然而时过境迁，电话变成了空号。她没办法了，又打电话找二表哥，终于讨到了肖兵的新电话。和肖兵在电话里约了三四次，才如愿在北京饭店贵宾楼完成了一次政治宴请。在这次宴请中，她成了两年前的二表哥，镜州经济大市市长的矜持和尊严全没了，只管赔笑，笑得脸上的肌肉都僵硬了。也就是在那次宴请之后，她开始了和肖兵的实质性接触，说出了自己心头的渴望。肖兵因为她二表哥的关系，没有怀疑她的诚意，理所当然地把她纳入了自己的操作项目之中，明确告诉她：找个企业捐个一千万，五百万为她搞进步项目，五百万捐给老区人民。于是，便有了后来肖兵一行的两次镜州之行和金启明金字塔集团对老区基金会的一千万捐款。

不可原谅的致命错误就这样犯下了，肖兵成了她命运之中的克星，一下子克死了她。

八个小时前，那位党和国家领导人办公室已做了严正回答，领导人根本没有这个儿子，这是一起严重的政治诈骗事件，领导人办公室要求镜州方面立即拘捕肖兵，予以严格审查，并将审查情况及时报来。她当时还不相信，说是看到过肖兵出示的和领导人的合影。领导人办公室的同志说："这种事过去就发生过，那是电脑合成制造出来的假照片，你们的技术部门完全可以鉴定出来。"

嗣后的八个小时是阴森而漫长的，赵芬芳觉得，黑夜中的时间在无形之中已变成了一部残酷的绞肉机，把她生存的希望一点点搅没了：金启明嗅到了危险的气息，开始金蝉脱壳了；齐全盛、刘重天安排市公安局李副局长带人飞赴北京了，真相大白已在预料之中；二表哥那里也出了事，打电话找二表哥试探虚实时，接电话的却是二表嫂，二表嫂在电话里小心翼翼地说，昨天下午纪委书记突然把二表哥找去谈话，直到今天都没回来。再打电话给齐全盛、刘重天，二人竟然都不在家——深更半夜不在家，会到哪里去？唯一的可能就是去省委汇报。也许李副局长已从北京回来了，已经把肖兵的老窝掏了。再打电话找吉向东时，吉向东却没了踪影。

赵芬芳心里凉透了，分明感到灭顶之灾正在房内电子钟的"滴答"声中悄悄来临。

就是在这样的揪心夺魄之夜，丈夫钱初成仍是彻夜不归，而且连个电话都不来，她身边连个商量倾诉的对象都没有！打手机钱初成的电话关机，打呼机钱初成不回机。这个臭男人肯定又钻进了那个小婊子的被窝，像往常一样故意躲她！她已走上了万劫不复的绝路，这个臭男人竟还在另一个女人怀里寻欢作乐，这使她不但在政治上完全绝望了，也对生活完全绝望了。

黎明前的最后一刻，赵芬芳什么都不想了，满眼含泪给远在美国的儿子勇勇打了个电话。

勇勇也是个不争气的东西，真是什么种结什么果，有什么样的老子便有什么样的儿子，二十多岁的大人了，却还是这么不懂事，没问问妈妈突然打电话来有什么大事，开口又是他的汽车，要她尽快想法汇八千美元过去，说是已看好了一台二手跑车，在国内价值几十万。

赵芬芳泪水爆涌出来，再也控制不住情绪了，气愤地骂了起来："……钱勇，你还是不是个东西啊？啊？除了问我要钱，就不能说点别的吗？你知道不知道，妈这一夜是怎么过来的？妈在想些什么？你老子只知道他自己，你也只知道你自己！你……你们谁管过我的死活？！"

钱勇被骂呆了，过了好半天才赔着小心问："妈，你是不是又……又和我爸干架了？"

赵芬芳先还压抑着呜咽，后来便对着电话哭出了声，越哭越凶。

钱勇害怕了，"妈，你别哭，不行就和我爸分手算了，这样凑合也⋯⋯也没意思⋯⋯"

　　赵芬芳停止了哭泣，哽咽着说："勇勇，不要再说你爸了，还是说说你吧，你这阵子还好吗？是不是按你爸的要求去打工了？还有你那个女朋友，能跟你走到底，过一辈子吗？"

　　钱勇在电话里说了起来，足足说了有十几分钟，主要话题全在自己那位台湾高雄的女朋友身上，对打工问题绝口不谈，且又婉转地提到，是他女朋友看上了那台二手跑车。

　　赵芬芳叹息着说："勇勇，你的心思我知道，这台跑车你可以买，买了也可以送给你女朋友，但不能用我给你的钱，你必须自己去打工，哪怕是到餐馆端盘子洗碗。要记住，你是大人了，已经独立生活了，不能再靠妈了，你爸靠不住，妈也不能⋯⋯不能养你一辈子啊。"

　　钱勇可怜巴巴地问："妈，这么说，你⋯⋯你不会再给我寄钱了？是不是？"

　　赵芬芳流着泪道："不，不，勇勇，妈还会最后给你一笔钱，是妈的全部积蓄，一共五十四万美元，妈已经在去年去美国考察时悄悄存到了休斯敦花旗银行，是用的你的名字，密码我会让你姥姥日后告诉你。不过，这笔钱不是给你寻欢作乐的，是留给你将来创业的！你一定要记住：不拿到绿卡绝不要回国，如果有机会获得美国国籍，一定要牢牢抓住！在任何时候都不要相信国内的政治宣传，包括妈妈过去和你说过的一些话。勇勇，这意思你能听明白吗？"

　　钱勇没听明白，"妈，你今天怎么了？咋尽说这些话？过去你不是说过吗？最好的发展机遇在中国，在大陆。你还说国内正从全世界招揽人才，海外归国的人才从政的机遇很好⋯⋯"

赵芬芳厉声打断了钱勇的话头，"只要这个政权一天不垮台，你就一天不要回来，更不许从政！中国政治是部残忍的绞肉机，我不愿看着你被绞成一团肉酱，这话你一定要记住！"

钱勇不敢多问了，信口扯了些别的，还扯到了好莱坞的一部新电影上，最后的话题又转到了钱上，"……妈，那五十四万美元我什么时候才能拿到啊？你不知道，现在学生办公司的事多着呢，如果这五十四万美元现在给我，我就不要打工了，可以考虑马上成立一家公司……"

赵芬芳再也听不下去了，默默放下了电话。

对儿子的期望也成了泡影，赵芬芳开始怀疑自己这一生不遗余力的奋斗到底值不值？为政治奋斗，眼看要当上市委书记了，却又无可奈何地栽进了致命的政治深渊。为儿子奋斗，却培养了这么一个只会花钱的纨绔子弟——仅收受外商五十四万美元这一件事，就足以判她的死刑了，她冒了这么大的风险，换来的除了伤心失望，还是伤心失望，天理不公啊……

然而，毕竟是自己的儿子，自己身上掉下的肉，哪怕是个白痴，这五十四万美元也足够他过未来的余生了，作为一个舐犊的母亲，她尽心了，尽职了，到九泉之下也无愧无悔了。

漫长的不眠之夜终于过去了，心如止水的赵芬芳喝了杯牛奶，洗了洗脸，对着镜子细心打理一番之后，夹着公文包照常出门，上了来接自己上班的专车。唯一的不同是，这天上车前，赵芬芳冲着自己已住了近十年的市级小楼格外留意地多看了几眼。赵芬芳自杀之后，给赵芬芳开车的司机回忆说，当时他就注意到，看小楼的那一瞬间，赵芬芳的眼神中充满眷恋。

# 第十八章　太阳照样升起

## 61

赵芬芳生命的最后一天并不平静，市物资集团几十名离退休老同志堵在市政府大门口，斗胆拦住了她的专车，要向她"汇报工作"。赵芬芳没听几句便明白了事情原委：这帮老同志原是市物资局机关干部，属事业编制，物资局改制为企业集团后，他们的退休工资发放突然成了问题，企业集团往外推，劳动保障部门不愿接，扯皮已经扯了一年多了。

赵芬芳心情本来就不好，火气格外的大，坐在车上斥责老同志们说："……这事也要我亲自管吗？谁扯皮你们就去找谁！如果这种小事也要我管，我这个市长就不要干了！"

老同志们说："赵市长，这不是小事啊，我们半年没拿到退休金了，要饿肚子了！"

赵芬芳不为所动，手一挥，"走吧，走吧，找你们原单位去，他们会给你们说法的！"

老同志们忍无可忍，把车团团围住了，非要她这个当市长的给他们一个说法不可。

赵芬芳偏不给这个说法，车门一关，让司机给有关部门打了一个电话。

没多大工夫，一帮警察及时赶到了，又是组织警戒线，又是驱赶拉扯，总算把几十个老同志从车前弄开了。然而老同志们固执得很，站在警戒线外仍不离去，点名道姓大骂赵芬芳。

赵芬芳知道让老同志们站在政府门前这样骂影响不好，车进政府大门后，对负责的警官指示说："不能让他们这么无法无天地闹，你们马上给我调辆大公交车来，找个借口把他们装上车，开到城外垃圾处理厂附近，把他们赶下车，让他们跑跑步，好好锻炼一下身体！"

警官觉得不妥，小心地质疑道："赵市长，他们岁数都这么大了，这……这合适吗？"

赵芬芳不耐烦地道："没什么不合适，正因为岁数大了，身体才要多锻炼！去吧，去吧，赶快去办，可以和他们说，这是我的指示，哦，带他们去原单位解决问题……"

进了市政府大楼十楼办公室，已经快九点了，办公厅王主任过来汇报一天的工作安排。

赵芬芳没容办公厅主任开口便阻止了，脸色很不好看，"王主任，今天的所有工作安排全部给我取消吧，啊？我要到医院全面检查一下身体，这样拼下去不行了，把命都要送掉了！"

办公厅主任很为难，站在赵芬芳面前直搓手，"赵市长，这……这许多都是急事啊，国际服装节的筹委会主任是你，明天就要开幕，许多贵宾已经到镜州了；蓝天集团的重组谈判也开始了，齐书记、刘书记都出面热情接待了伍三元，你当市长的不出一下面恐怕也不合适，周市长也希望你出一下面；还有，美洲银行代表团上午十时抵达镜州，也要接个风……"

赵芬芳一声叹息，满脸悲哀，"王主任，你能不能不要说了？啊？能不能就给我一天的自由，哪怕一上午的自由呢？"想了想，"我看这样吧，这些活动全由周善本同志代我参加，善本是常务副市长嘛，也有这个责任和义务嘛！好了，好了，走吧，通知一下周善本。"

办公厅主任仍不愿走，"赵市长，你……你不知道，周市长昨夜又进医院了……"

赵芬芳面无表情，"周市长太娇气，经常进医院嘛，你把他请出来不就完了？！"

办公厅主任走后，赵芬芳关上门，开始紧张清理自己的办公桌，把一些有可能给她带来麻烦的文字材料全放到碎纸机里打碎，放水冲入了马桶。又把藏在办公室内的八张存折一一找了出来，放进了自己的公文包。而后通知司机，要司机把车开到楼下门厅，说是要出一下门。

也就在临出门前，省政府办公厅的电话到了，是一位挺熟悉的办公厅副主任打来的，口气温和，很像一次正常的工作安排。副主任和她聊了几句天，才说了正题，说是今天下午关省长到平湖检查工作，要顺便到镜州看看，听听国际服装节的布置情况，请她先准备一下，组织一次专题汇报，并安排晚餐。副主任再三嘱咐赵芬芳，在关省长到来前，务必不要离开办公室。

赵芬芳心里有数，马上要来镜州的不可能是关省长，应该是省委常委、省纪委书记李士岩，甚至是省委书记郑秉义，按时间测算，省委常委会应该在今天上午召开，现在恐怕还在开着，对她实行"双规"的决定也许已经做出了。当然，因为她是政府口干部，没准关省长也会一起过来，但关省长就是来了，也不会是来听她的汇报，必然是代表省委对她宣布"双规"的决定。

时间已经以分秒计算了，她再也不能耽误了，拿起公文包出了门。

下楼上车没受到任何阻拦，车出市政府大门也没受到任何阻拦，一切都还正常。

上了解放路，情况好像有些不太对头了。倒车镜中显示，一台进口子弹头汽车总在不紧不慢地跟着，像个甩不掉的尾巴。赵芬芳想了想，让司机突然拐弯，就近插上了一条僻静的小巷。身后的子弹头汽车也立即拐弯，跟着她的车开进了小巷。

司机也发现了异常，对赵芬芳说："赵市长，后面这台车好像盯上我们了。"

赵芬芳看了看倒车镜，故作镇静道："哦？不会吧？它盯我们干什么呀？啊？"

司机并不知情，觉得自己受了污辱，放慢了车速，"敢盯我们的车？我停下来问问！"

赵芬芳阻止了，"算了，算了，别给我找事了，开你的车吧！"

车出小巷，上了海滨二路，在海滨二路上开了十几分钟，到了有名的海景小区，赵芬芳让司机把车停在小区内的一座居民楼下，自己夹着公文包上了楼。上楼前，不动声色地回头看了一下，却没看到那台跟踪的子弹头，一颗心才又重新放回了肚里。

因为昨夜就打了电话，和母亲约好了，母亲正在家里等她，见面就唠叨起了房子装修的事，说是贵了，地砖不防滑，工程质量也有问题，住进来才半年，地板就有裂缝了。老太太要当市长的女儿好好管管，不能让装潢公司这么做假耍滑，坑害老百姓。赵芬芳扮着笑脸，频频应着，待母亲唠叨完了，才把八张存折拿了出来，递到了母亲手上，"妈，你拿着，这是我过去用你的名字替你存的九十万，你收好了。"

母亲吓了一跳，"九十万？芬芳，你……你和钱初成都是国家干部，哪来的这么多钱？"

赵芬芳凄然一笑，"妈，你别问了，就算我对你的一点孝心吧！钱初成你不要再提，从今以后，就当没这个女婿好了！另外，这九十万的事，你和任何人都不能说，包括我爸！"

母亲明白了，紧张地抓住赵芬芳的手，"芬芳，你……你是不是出问题了？啊？"

赵芬芳强作笑脸，"也没什么了不得的大问题，还不是齐全盛他们搞我的小动作嘛！"

母亲出主意道："芬芳，那你也别饶了这个姓齐的，得抓住他的小辫子死劲揪，往死里揪！省里不是正在查他吗？你别和他客气！妈的经验是，越是在这种时候越是不能服软……"

赵芬芳知道母亲叨唠下去会没完没了，打断母亲的话头道："妈，你别说了，我知道该怎么对付！倒是你，要记住了，这九十万的事绝不要说是我给的，就说是你炒股赚的，不管谁找你，和你说什么，你都不要承认，千万别辜负了我这做女儿的一片心意啊！"

母亲抹着泪，连连点头，"这我懂，我懂，我要说是你给的，不……不给你造罪吗?!"

赵芬芳欣慰地说:"好,妈,你能明白就好。另外我还给勇勇在国外存了一笔美元,准备给勇勇几年后创业用,密码在这里,你看一下,牢牢记在心里,到时候告诉勇勇……"

母亲这才发现,女儿碰到的情况可能很严重,泪眼婆娑地问:"芬芳,你……你这到底是……是怎么了?啊?问题是不是很严重?会……会去……去坐牢?啊?你说实话!"

赵芬芳迟疑了一下,含泪点了点头,"是的,可能会被他们判个三……三五年。"

母亲一把搂住赵芬芳哭了,"芬芳,你别怕,到时候,妈……妈去看你,啊……"

恋恋不舍地和母亲告别之后,再上车时,赵芬芳终于松了口气:该办的事都办完了,作为一个母亲,她对得起远在美国的儿子了;作为女儿,她对得起生她养她的父母了;那么,这个世界还有什么可留恋的呢?她该乘风归去了。

赵芬芳命令司机将车开到望海崖风景区。

司机这时已发现赵芬芳神情异常,觉得哪里不太对头,一边开着车,一边小心地问:"赵市长,不……不是说好到你母亲家看看,就去人民医院检查身体的吗?怎么又去望海崖了?"

赵芬芳脸一拉,"不该你问的事就不要问,开快点,就去望海崖!"

万没料到,快到望海崖风景区大门口时,那辆尾随不放的子弹头车又突然出现了,从后面的岔路上一下子插到了赵芬芳的车前,迫使赵芬芳的车在距风景区大门不到五十米的地方停了下来。更让赵芬芳吃惊的是，子弹头里走下的竟是主管全市政法党群工作的王副书记！

王副书记下车后，呵呵笑着走了过来，"赵市长，怎么到这里来了？走，快回市政府，我得和你商量个重要的事！这夏季严打呀，还得你们政府这边多配合哩！你都想不到，你们政府接待宾馆竟也有嫖娼卖淫问题，这事我得向你通报一下，别和你们政府闹出什么不愉快……"

赵芬芳完全清楚了：自己已经在省委和省纪委的密切监控之下了。

王副书记还在那里演戏，"赵市长，你都不知道问题有多严重呀，影响太恶劣了……"

赵芬芳挥挥手，"好了，王书记，上车，到我办公室再说吧！"

重回市政府十楼办公室，行动自由实际上已经丧失了。王副书记一步不离地跟着，和她大谈夏季严打工作的情况，政府接待宾馆嫖娼卖淫的情况，说到无话可说了，又扯起了市党史办主任老祁的癌症，说是老祁没几天活头了，问赵芬芳是不是也抽空去看看？

赵芬芳强打精神应付着，不停地喝茶，一杯茶喝到毫无滋味了，又泡了一杯。

第二杯茶泡好，赵芬芳神情自然地走进了卫生间，走到卫生间门口，还回头冲着王副书记嫣然一笑，讥讽地问了句："王书记，你是不是跟我到卫生间继续聊啊？啊？"

王副书记一下子窘红了脸，"赵市长，你看你说的，你随便，啊，随便……"

疏忽就这样发生了，上午十点接到省委的电话后，王副书记想到了赵芬芳可能出逃，可能跳海自杀，却没想到赵芬芳在被死死盯住的情况下，会在他眼皮底下跳楼。出事之后才知道，赵芬芳办公室的卫生间竟通往一个不起眼的小阳台。王副书记调到镜州工作不到两年，因为在市委这边，和赵芬芳接触不是太多，到赵芬芳的办公室更没有几次，且因为赵芬芳是女同志，从没用过她的卫生间，不可能知道楼房结构，因此发生这种疏忽也是可以理解的。

　　赵芬芳终于争取到了最后的死亡机会，走进卫生间后，马上锁了门，对着镜子从容地理了理头发，整了整衣裙，才坦然走到了摆满盆景、鲜花的小阳台上。纵身跳下去之前，赵芬芳站在小阳台上向市政府门外的月亮广场看了许久、许久。嗣后调查证明，赵芬芳在阳台上站了足有五分钟。当天的值班门卫无意中看到了她，还以为这位爱花的女市长又在阳台上浇花了。

　　这五分钟赵芬芳到底想了些什么，已经无法考证了，这天在镜州市政府大楼内办公的公务员们只记住了一个事实：二〇〇一年六月二十六日上午十一时四十八分，中共镜州市委副书记、镜州市人民政府市长赵芬芳身着一袭白色进口香奈儿时装套裙飘然落地，当场毙命。

　　二〇〇一年六月二十六日十二时四十二分，也就是赵芬芳跳楼自杀五十四分钟之后，由省委书记郑秉义，省委常委、省纪委书记李士岩，省纪委常务副书记刘重天，镜州市委书记齐全盛等人专车构成的浩荡车队，由省公安厅警车开道，一路呼啸，冲进了镜州市政府大门……

# 62

二○○一年六月二十六日是一个注定要被镜州市老百姓记住的日子，也是一个注定要进入镜州市历史史册的日子。这一天，镜州市人民政府的市长赵芬芳背叛人民，畏罪自杀；同在这一天，常务副市长、廉政模范周善本的生命之火也燃到了尽头，骤然熄灭了。

一天之内死了两个市长，死得又是如此截然不同，给人们带来的震撼是十分强烈的。

嗣后回忆起来，许多知情者还认为，周善本的猝死与赵芬芳有着很大的关系。

那天上午九时二十分，办公厅王主任焦虑不安地从市政府赶到人民医院干部病房，如实向周善本转达了赵芬芳的指示。当时，人民医院的两个教授级医生正在和周善本谈话，说周善本长期疲劳过度引起的亚健康状况已到了很严重的地步，绝不能再持续下去了，如果再不好好休息，对身体进行必要调整，很可能会引起心力衰竭，出现意外。见王主任又要周善本去参加这个会，那个会，两个医生都不太高兴，其中一位女医生挺不客气地责问王主任说："……王主任，你们怎么总是拿周市长练？是不是因为周市长好说话？还管不管周市长的死活了？！"

王主任心里也有气，顾不上再照顾赵芬芳的面子了，当着两个医生的面就向周善本诉苦："……周市长，你不知道，赵市长今天好像有什么情绪，啥事都不愿管了，连我的汇报都不愿听，市里这一摊子急事没人处理又不行，你说让我怎么办啊？周市长，你毕竟是常务副市长，就是赵市长今天不让我找你，我也得找你，我……我真是没办法啊……"

周善本怕王主任再说下去影响不好，苦笑着换下了身上的病号服，穿上了自己原来的衣服，"好，好，王主任，别说了，我去，我去，只要赵市长指示了，我执行就是，走吧！"

女医生追到门口交代："哎，周市长，把几件急事处理完，你可得马上回医院啊！"

周善本回转身频频向女医生招手，嘴里连连应着："好，好，梁大夫，我知道了！"

没想到，这竟是永诀。女医生几小时后再见到周善本时，周善本的心脏已停止了跳动。

从九时三十二分走出医院大门，到当天中午十三时二十二分咽气去世，周善本生命的最后时刻也和赵芬芳一样，是按分秒计算的，在这三小时五十分钟里，周善本紧张得如同打仗。

这天，年轻的秘书三处副处长柳东和周善本一起经历了这难忘的三小时五十分钟。

第一件事是赶到国际服装节筹备中心，听取服装节筹备工作的最后一次汇报。

因为时间很紧，周善本一进门就把手表摆到了会议桌上，有气无力地声明说："赵市长身体不好，不能来了，我今天手上的事也不少，会风要改改，这个会最多只能开一小时。同志们的汇报尽量短一些，材料上已经有的东西通通不要再说了，我带到车上自己看。"结果，仅开了四十分钟，这个会就结束了。周善本针对汇报中存在的问题，代表赵芬芳做了几点指示，特别提醒大家注意开幕式群众场面的控制，不要出现意外的混乱和焰火之夜的防火安全问题。

离开会场时，周善本让秘书柳东把一堆会议材料抱上了车。

第二件事是蓝天集团的重组谈判，这事周善本本来就放不下心，在医院里仍在遥控指挥。

三元集团的伍三元是个精明过人的商人，并不是扶贫帮困的救世主。谈判框架敲定下来之后，三元方面已经得到的东西寸步不让，没拿到的东西也想拿，突然提出要把原定零转让给他们的三千万股蓝天科技国有股更改为四千万股。偏在这时候，受了委屈的田健又要出国去投奔他的德国老师克鲁特，准备将来作为克鲁特方面驻中国的首席代表，在 WTO 之后开发中国大陆市场，德国方面的邀请函据说已经到了，田健已没有心思代表蓝天集团从事谈判工作了。

蓝天集团重组谈判的地点在市国资局，周善本赶到国资局，把伍三元找到局长办公室单独谈了一次，软中带硬警告说："伍总，你不要得陇望蜀，如果你们三元集团从此之后不打算从事新车开发了，可以考虑放弃这次重组，我们镜州市政府可以公开进行重组招标。"逼着伍三元答应回到已定的谈判框架上来。对田健要走的事，周善本绝口不谈，临上车时，才对田健说："你的事，我们找时间单独谈，我请你喝酒，把心交给你，也希望你把心交给我，我的要求很简单：起码现在不能走，镜州一些贪官污吏对不起你，让你吃了苦头，但镜州广大干部群众没有对不起你，我周善本没有对不起你，希望你最后帮我一把。"田健也有难言之苦，说是伍三元是自己大学同学，又这么难对付，不论谈判最终结果如何，自己都说不清。周善本说："你不要怕说不清，出了任何问题都由我担着，你只管放心去谈好了，真该让的步就让嘛！"

从市国资局出来已经是十一时零五分了。

办公厅王主任又从镜州国际机场把电话打了过来，汇报说，美洲银行代表团乔治先生一行五人已下飞机，他和迎宾车队现在已上了机场高速公路，正开往拟定下榻的欧洲大酒店。

周善本又忙不迭地驱车往欧洲大酒店赶。

秘书柳东建议周善本不要去了，周善本不同意，对柳东说："赵市长不去和人家见一下面，我这个常务副市长就非去不可了，外事无小事，这是不能马虎的。美洲银行有意在中国进入 WTO 之后抢滩镜州，此举不但对美洲银行意义重大，对我们镜州意义更加重大。"

去欧洲大酒店的路上，周善本一直在看国际服装节的材料，其间还接了田健一个电话。

十一时二十分，美洲银行代表团一行五人到了欧洲大酒店，周善本率着市政府秘书长和一干陪同人员在大堂迎接，其后安排迎宾午宴。午宴十一时四十分开始，柳东注意到，周善本除了礼节性地向客人敬酒时喝了小半杯法国干红，几乎没吃什么东西，就先一步退席了。

十二时十分，周善本再次上了车，掉头赶往海滨国际度假区，会见省证管会秦主任一行，准备在吃饭时向秦主任通报蓝天科技股票操纵方面的问题。

不料，在赶往国际度假区的路上，碰到一帮老头、老太招手拦车。

周善本远远看到前面的路边聚着这么多人，本能地意识到发生了什么意外，尽管心里急着赶往国际度假区，还是吩咐司机减速停车。停下车一看才知道，原来是两个老太太中暑晕倒了，同行的老头、老太们在拦车救人，据说已经拦了好半天了，就是没有一辆车愿意停下来。

　　周善本想都没想，便让柳东打电话给已在等候的秦主任，说是自己还要晚一会儿到，同时，吩咐司机把中暑的两个老太太抬上车，马上就近送医院。司机知道周善本的作风，不敢怠慢，打开车门，帮着把两个中暑老太太抬上车后，让周善本在这里等着，自己把车开走了。

　　司机开车走后，周善本见这帮老头、老太一个个灰头土脸，汗流浃背，和气而关切地说："……这么热的天，又是个大中午，你们这些老同志还跑出来搞什么旅游活动啊，肯定要有人中暑的嘛，可以等天凉爽些再出来旅游散心嘛！"

　　这话一说，马上炸了锅，老头、老太们一个个点名道姓骂起了赵芬芳，有的边骂边哭。

　　听老人们七嘴八舌一说，周善本才弄明白了，原来这帮老同志并不是自己出来搞什么集体旅游活动的，竟然是因为当面向赵芬芳索要活命的养老金，就被赵芬芳专门派去的公交车运到距城区二十公里以外的独山脚下垃圾处理场当垃圾扔了。老人们反映说，他们是十点多钟被扔到垃圾处理厂门口的，在四五十度的烈日暴晒下走了两个多小时，才勉强走到这里。

　　周善本一时间震惊得不知说什么才好：天哪，身为一市之长，做这种丧尽天良的缺德事让我们的老百姓怎么理解啊？这是人民政府干的事吗！你赵芬芳还是不是个共产党人？还有没有一点人性和良知？怎么能这么对待上访的老同志呢？这些老同志的年龄都可以做你的父母了！

　　周善本悲愤交加，却又不好当着这些老同志的面痛斥赵芬芳，只得动情地连连拱手，向面前这些灰头土脸的老人们道歉："老同志们，对不起，政府对不起你们，我这个常务副市长对不起你们！这件事我回去后一定弄清楚，不管是谁干的，我……我都让她来给你们道歉！"

老人们纷纷道：

"周市长，这不是你的事，用不着你道歉，我们回去找赵芬芳算账！"

"周市长，我们知道，你是大好人，是咱们省的廉政模范！"

"周市长，今天你能把车停下来，送我们的人去医院，就说明你是什么人了！"

"周市长……"

"周市长……"

周善本眼中的泪水夺眶而出，在脸上肆意流着，"别……别说了，老同志们，别说了！不管今天这事是谁干的，镜州市人民政府都有责任，我周善本都有责任！为什么？因为我们这个政府是人民政府，是……是为人民服务的政府，不是……不是没心没肺，祸害人民的政府！"

周善本从柳东手里要过手机，亲自给市公交公司打了个电话，要公交公司调度室马上派一台四十座的空调车过来，将这些老同志全接回去，并且逐门逐户全部安全送到家。

天真热，路边没有一处可遮阳的地方，老人们却似乎把酷暑全忘记了，等公交车的时候，围着周善本说个不休，又自然而然地说起了他们养老金的发放问题。周善本头顶烈日，在密不透风的人群中不时地擦拭着脸上、脖子上不断流出的汗水，认真倾听着，还让秘书柳东做了记录，最后对老人们表示说，回去以后马上协调解决这件事，让老人们三天以后找柳东听回话。

柳东这时已发现周善本的情况不太对头了，大声说："哎，哎，同志们，周市长今天可是从医院出来的，身体情况很不好，请大家散开点好不好？别让周市长也中了暑，倒在这里！"

老人们马上散开，几个带扇子的老人自己一身大汗，却拿着扇子对着周善本不停地扇。

在骤起的阵阵热风中，周善本眼中的泪水又一次爆涌出来：多好的老百姓啊，多善良的老百姓啊，他不过是做了点自己该做的分内的事，不过是负起了一个常务副市长应该负起的责任，给了他们一个应该给予的承诺，他们就感动了，就满足了，就这样善意地对待你。

这时，司机把车开了回来，请周善本上车。

周善本站在车前迟疑着，仍是一副不太放心的样子，"不要急，再……再等等吧，等……等公交车来了，把……把这些老同志们接走后，我……我们再走吧！"

老人们不依，硬把周善本往车里推：

"周市长，你快走吧，你事多！"

"周市长，你都下命令了，公交公司能不来车吗？"

"周市长，你放心，就是不来车，我们也不会怪你的！"

"周市长，你多保重，一定要多保重啊，你的脸色太难看了！"

"周市长，你快回医院歇着吧……"

周善本这才勉强上了车，上车后就歪倒在了后座上。

车缓缓启动时，周善本又支撑起自己半边身子，最后向老人们招了招手。

老人们的拦车处距国际度假区还有三公里，周善本上车之后还是想到度假区见省证管办秦主任的，时间应该是十三时十分左右，市政府办公厅王主任突然来了一个电话，说是发生了一件大事，电话里不好说，省委领导同志要求周善本停止手上的一切工作，立即赶往市政府。

周善本没心思打听发生了什么大事，歪在后座上无力地做了一个手势，让司机掉头。

这就到了一个人民公仆生命的最后时刻。这个时刻是在周善本返回城区的路途中无声无息悄然来临的。谁也说不清周善本准确的死亡时间，只知道这个老实厚道的常务副市长，这个不断为另一类"公仆"擦屁股的常务副市长，这个被不少人私下视为最窝囊的常务副市长，是在由国际度假区通往城区的路上猝然去世的。车到市政府门厅上停下，秘书柳东从前门下车，给周善本开门时才发现，歪在座位上的周善本已气息全无。这时是十三时二十二分。

秘书柳东惊呆了，几乎是一路哭喊着冲进了市政府第一会议室，向坐在会议室的一大帮省市领导们汇报说："周市长死了，死在车上了，他……他是累死的，活活累死的啊……"

仿佛扔下了一颗重磅炸弹，会议室一下子被炸翻了天。

刘重天于众人的极度震惊之中第一个反应过来，噙泪冲出了会议室。

继而，齐全盛、郑秉义、李士岩和所有省市领导同志也脚步纷杂地拥出了会议室。

然而，一切已经无法挽回了……

## 63

阵阵散开的礼花，把镜州的夜空装点得一片绚丽，夺去了星月应有的灿烂光华。暗蓝色的苍穹下，一座沉浸在节日气氛中的不夜大都市在尽情狂欢。露天时装表演台上，来自国内外的一支支著名时装表演队在表演，明亮的聚光灯不时地打在那些中外模特儿身上，造出了一种流动的美，变幻的美，朦胧的美，实可谓千姿百态。T型表演台下，万头涌动，烛光点点，宛如落下了满天繁星，国际服装节主会场——太阳广场于这个节日之夜展现了太阳般的辉煌。

"这是属于人民的节日，"郑秉义站在市委大楼观景台上评价说，"说到底，我们的一切奋斗牺牲都是为了人民的利益，除了广大人民群众的根本利益，我们没有自己的利益。"把目光从太阳广场上缓缓收回来，看着刘重天、齐全盛和身边的其他干部，继续说，口气渐渐严厉起来，"但是，我们这个党的七千万党员呢？是不是都认同了我们党的这个性质啊？我看不见得！赵芬芳、白可树、林一达这些腐败分子就不认同嘛，他们从来就没有代表过广大人民群众的根本利益，他们代表的是他们的一己私利！他们不是人民的公仆，是人民的老爷！"

刘重天插上来说了一句："尤其是赵芬芳，太恶劣了，连基本的做人良知都丧失了！"

郑秉义近乎愤怒地说："可就是这种人，竟然一步步爬到了市长的高位，还恬不知耻跑到北京去买官，梦想当什么市委书记！这是哪里出了问题？我们就不该冷静下来，多问几声为什么吗？要深刻反省，深刻检讨啊，同志们，包括我在内！我主持省委工作也有几年时间了，对这个赵芬芳就没有什么警觉嘛！同志们，请你们想想看，如果我们党内都是赵芬芳、白可树这种人，我们这个党还有什么希望，我们这个国家、这个民族还有什么希望？根本没有希望！"

齐全盛恳切地检讨说："秉义同志，不论是赵芬芳、白可树，还是镜州其他干部出的问题，我都有责任，我这个班长没当好，辜负了您和省委的期望，犯下了许多不可饶恕的错误！"

郑秉义也不客气，抱臂看着空中又一轮绽开的礼花，严肃地批评说："全盛同志，你是犯下了许多错误啊！白可树不去说了，你给省委的检讨中剖析得比较客观。赵芬芳又是怎么回事呢？和你齐全盛搭了七年班子，不是七天，七个月，是七年啊，这个人的恶劣品质就一点没看出来？我看不会吧？你为什么不批评，不教育？原因很简单，这个市长听话嘛，没原则嘛！"

刘重天赔着小心解释说："秉义同志，老齐也要有个认识过程嘛，镜州腐败案发生后，老齐就看出赵芬芳的问题了，比我还早一步看出来了，老齐是坚持了原则，进行了斗争的。"

郑秉义认可了刘重天的话，沉默片刻，一只手拉过刘重天，一只手拉住齐全盛，感慨地说："重天、全盛同志，为此，我要谢谢你们！关键的时刻，你们都站稳了立场，经住了政治风雨的考验，你们两个同志讲党性、讲原则、讲做人的人格，讲共产党人的道德，才没把这场严峻的反腐败斗争变成一场复杂的人事斗争，没有使局面失控！"

齐全盛坦诚地道："秉义同志，哦，对了，还有士岩同志，话我看也可以这么说：首先是你们省委领导同志头脑清醒，把住了舵，才没翻船啊！今天我得向你们二位领导承认，我曾对你们有过怀疑，对重天有过敌意，如果你们不坚持原则，不实事求是，事态可能就会向另一个方向转化了，我很有可能会丧失道德的底线，而赵芬芳没准又一次成为得利的渔翁！"

郑秉义被齐全盛的坦诚感染了，和气地问："老齐，有一阵子灵魂的搏斗很激烈吧？"

齐全盛承认道："很激烈，生死抉择啊，什么都想过了，甚至想到过被诬陷，进监狱。"

李士岩插上来道："老齐啊，被诬陷的不是你啊，是重天同志嘛！你知不知道？有些人层层设套，就是要把重天往死里整，为了坚持这个原则，我就伤害了重天同志啊，甚至一度考虑过把重天从镜州撤下来！还是秉义同志有政治定力啊，关键时刻没动摇，支持了重天。"

齐全盛连连道："士岩同志，我知道，都知道了，重天真了不起啊，硬是没倒下！"

李士岩拍了拍刘重天的肩头，"重天，我呀，再次向你道歉，也请你谅解！"

刘重天笑道："好了，好了，都过去了，士岩同志，这事你就别再提了！"

郑秉义又想了起来，"哦，对了，重天，全盛，还有件事我要特别表扬你们的，就是对待肖兵的问题。你们做得好，做得对，有立场，有大无畏的政治勇气，值得充分肯定哩！"

刘重天笑问："秉义同志，这我倒要问一下了：如果我和老齐早一点向你汇报，再假设一下，如果肖兵不是骗子，当真是某位党和国家领导人的儿子呢？你和省委又会怎么处理？"

467

郑秉义想都没想，"还能怎么处理？和你们一样处理！中国共产党没有特殊党员，中华人民共和国也没有特殊公民，只要无私，就能做到无畏！你们已经证明了这一点嘛！"

李士岩感叹说："重天啊，秉义同志说得对，只有无私才能无畏！如果我们每一个党员干部都能像你和全盛同志一样无私无畏，你所说的那种递延权力问题就不会存在了……"

郑秉义注意地看了刘重天一眼，"递延权力？很有新意的提法嘛，是你的新发现？"

刘重天摆摆手，"怎么是我的新发现？实际上是早就存在的一种很普遍的腐败社会现象嘛，几乎涉及到我们每一个党员干部，我感受很深。一个乡政府的司机因为给我爱人开了一次车，就有了这种递延权力，明明违反了交通规则，人家公安局领导倒主动登门道歉……"刘重天把办案期间看到的想到的林林总总怪现象说了说，得出了一个结论："……秉义同志，对我们领导干部严格要求是必须的，但领导干部本人的洁身自好并不能保证不出腐败问题啊。如果不警惕，不在制度上堵住漏洞，我们手上的权力就很可能经过亲友、身边工作人员之手，完成利益的交换。我和老齐都吃了这方面的苦头，我过去的秘书祁宇宙打着我的招牌干了不少坏事，老齐吃的苦头就不说了，刚到镜州时，我真以为老齐问题很严重呢！"

郑秉义倾听刘重天述说时，一直看着夜空的礼花，待刘重天说完后，才把身子转了过来，"重天，看来镜州这个案子你没白办，不但工作上有成绩，思想上也有收获！这个递延权力现象看得准，看得深，我建议你再好好想想，写篇大文章，放开来写，我让省报给你发！"

这时，几发最亮丽的礼花弹打到了市委大楼上空，金花绽开，银雨飘逸。

郑秉义让秘书跑过去关了灯，切除了光源，面前的夜空更显得五彩缤纷了。

刘重天看着落地窗外的绚丽景象，讷讷说了句："善本要是也能站在这里该多好啊！"

齐全盛深深叹了口气，"天道不公啊，让这么个大好人英年早逝了……"

这个话题太沉重了，一时间，没任何人答话，黑暗中响起了一片嘘唏，几声叹息。

过了好一会儿，郑秉义沉甸甸的声音响了起来："我有个建议：打破惯例陈规，由你们镜州四套班子集体出面，搞个简朴隆重的遗体告别仪式。要组织镜州全市副处以上的党政干部都来参加，向善本同志告别，不准请假！让同志们都好好看一看善本同志，好好学习善本同志的这种廉政奉公、勤政为民的公仆精神，如果没有特别重大的事情，我和关省长全来参加。"

李士岩进一步建议道："老齐，重天，你们考虑一下，是不是可以把善本同志的事迹事先整理出来，在遗体告别仪式上发一下？也在省市报纸上发一下？"

这也正是齐全盛和刘重天想办的，二人当即表示，一定会尽力做好这件事。

市政府秘书长本来远远站在一旁，可听到省市领导们做出了这么一个决定，走过来提醒道："郑书记、李书记，有个情况我得反映一下：从昨天下午开始，已经有不少市民把电话打到我们市政府来了，纷纷打听什么时候给周市长开追悼会。另外，周市长家门口的巷子里，花圈花篮也摆满了。如果四套班子搞这么大规模的告别仪式，恐怕也要考虑到市民群众……"

郑秉义手一挥，动情地说："市民群众凡自愿来参加遗体告别活动的，一概不要阻拦！我们就是要让广大镜州老百姓知道，尽管这个镜州发生了性质严重的腐败大案，败类市长赵芬芳从十层楼上跳下来了，摔死掉了，但是还有像善本同志这样的好干部在努力奉献着，在为他们置身的这座辉煌城市，在为他们的昨天今天和明天拼命奋斗，流血流汗流泪！"

这评价公道客观，真挚感人，齐全盛和刘重天泪水一下子盈满了眼眶……

十天之后，向周善本遗体告别仪式在镜州市政府门前的月亮广场隆重举行。

尽管事先已预料到会有许多市民赶来参加，但齐全盛和刘重天仍没想到来的人会这么多。镜州四套班子副处以上干部集体告别不算，从早上布置会场开始，到下午三时灵车送别为止，月亮广场人山人海，流动中的凭吊市民不下十万人次，为镜州开埠三千年以来从未有过的奇观。博古通今的史志办主任考证说，史载：明万历年间，古镜州一汤姓县令亲率百姓造堤防治海患，被海浪冲走，万民哭滩，震动朝野，嗣后悠悠岁月，竟再没出现过一个清官。

郑秉义和关省长专程从省城赶来了，还带来了省委、省政府一帮干部。

告别仪式通过电视转播车在全省范围内进行了现场实况转播，郑秉义代表省委、省政府发表了重要讲话，指出："周善本用他的奉献精神为我们广大党员干部树立了一个标杆，怎么全心全意为人民服务？仅仅在大会小会上说空话走形式，上报纸上电视，还是深深扎根在人民群众之中，脚踏实地地为人民群众解决实际问题？"谈到赵芬芳临死的最后一天，竟把半年拿不到退休金的一帮老同志扔到垃圾处理场时，郑秉义愤怒地说："……同志们，这是一个何等强烈的对比啊？！最优秀的同志在我们党内，最无耻的败类也在我们党内，这就是我们这个党目前的现状！今天，面对善本同志的遗体遗像，面对覆盖在善本同志身上的这面熟悉的党旗，让我们都扪心自问一下：我们到底是赵芬芳，还是周善本？到底是要做周善本，还是要做赵芬芳？我们身上哪一部分像周善本，哪一部分又像赵芬芳？我们应该怎么慎重使用人民交给我们的沉重权力？是以权力为梯子，爬到人民头上做人民的老爷，喝人民的血，吃人民的肉，再把人民当垃圾一样扔掉，还是像善本同志那样，俯下身子，负起重轭，为人民拉犁负重，做牛做马？这是一个问题，严峻的问题呀，同志们！"

这时，不远处自发吊唁的人群中突然打起了巨大的白色挽带，挽带上写着两行醒目的大字："有的人死了他还活着；有的人活着他已经死了！周市长精神不死！"

郑秉义马上看到了那幅挽带，手向挽带举起的方向指了指，眼含泪水，带着不无凄婉的语气说："……请同志们记住这幅挽带上的话，一定要把善本同志不死的精神继承下来，给我们这个党争气增光啊！战争年代血与火的考验不存在了，但是，我们中国共产党人在战争年代和人民群众血肉联系的优良传统不能忘，更不能丢啊！我们这个党在战火中没有倒下，也绝不能倒在腐败的深渊泥潭中！同志们，请大家牢牢记住：人民雪亮的眼睛永远在盯着我们，永远，永远……"

# 64

　　随着豪华游艇的逼近，视线前方的礁岛变大了，星星岛由万顷碧波中的一颗星星，迅速成长为一块郁郁葱葱的陆地。岛上古色古香的楼台亭阁，掩映在浓浓绿荫中的小山村，渐渐变得清晰可辨。邹月茹注意到，山村上空有丝丝缕缕如烟似雾的炊烟飘渺升腾。

　　"快到了，老齐两口子肯定已经在岸边等了。"刘重天扶着轮椅，立在邹月茹身后说。

　　邹月茹回过头嘱咐道："重天，我可再说一遍，不愉快的事这次可都不准提哦！"

　　刘重天笑道："看你，还是不放心！我和老齐都没有你想象的那么脆弱！"

　　邹月茹很认真，"不是脆弱，我也不是指你，而是指老齐。重天，你想啊，老齐已经主动向省委打了引咎辞职报告，马上要下来了，这又背上了个严重警告处分。他女儿小艳已经瘫在那里了，还被法院判了十年刑，他心里不会好受的。"

　　刘重天心里有数，"我知道，所以我们才到他老家度假休息两天嘛！"

　　邹月茹嗔道："不是说为了陪我出来散散心吗？原来还是为了你的老搭档呀？"

　　刘重天笑了笑，"这不矛盾，可以兼顾起来嘛！"叹了口气，"老齐心里不好受，我心里也不好受啊，我专门找陈立仁问了一下，根据小艳的身体情况和认罪态度，是不是有可能保外就医？陈立仁说，小艳到案后认罪态度很好，渎职受贿问题都交代了，可有逃脱'双规'的恶劣情节，法院判决就没有从宽，但鉴于她身体情况，保外就医的机会还是很大的。"

邹月茹说："这事最好别和老齐提，能帮着说说话，就说说吧，你现在是省委常委了。"

刘重天道："省委常委怎么了？就能为所欲为了？小艳的事还得依法办，我不便多说。"

说话之间船靠岸了，齐全盛和高雅菊都在岸边旅游码头上等着。

推着邹月茹下了船，刘重天开口便说："老齐、雅菊啊，国庆节这两天，我和月茹可就在你们老家过了，两天之内，服从命令听指挥，一切听你们安排！"

邹月茹笑着叫了起来，"哎，哎，重天，怎么是两天啊？国庆节有七天长假嘛！"

齐全盛接过刘重天手上的轮椅，半开玩笑半认真地说："月茹，你以为重天也是我啊？我现在清闲了，重天可更忙了，省纪委书记，省委常委，能在这小岛上待满两天就很不错了。"

刘重天直笑，"老齐，你放心，在省城我就向月茹做了保证，一定在你们这个星星岛上看一回星星，待足两天，和你老伙计一起钓钓鱼，喝点酒，好好唠唠。哦，对了，我那篇谈绝对权力和递延权力问题的文章还得请你看看，提点意见，这可是秉义同志特别关照的哩！"

嗣后的两天是愉快的，二○○一年这个国庆节成了和睦友好的节日，心心相印的节日。两个老搭档和两个在九年政治风雨中结下了无数恩恩怨怨的家庭，在这个举国同庆的日子里殊途同归，再度聚到了一起。两个女人白天黑夜在一起，像一对要好的亲姐妹，说呀，笑啊，仿佛两个家庭从未有过什么不愉快的经历，说的话题也很轻松，时装啊，股票啊，物价啊……

然而，即使在这种难得的休假的日子，两个男人的话题仍然是那么沉重。

齐全盛说："……重天，善本的死震动了田健，田健在善本的遗体告别仪式上痛哭失声啊。前几天，我亲自找小伙子谈了谈，和他说了，希望他留下来，出任重组后的蓝天集团副总裁兼蓝天科技公司总经理。田健这小伙子同意了，决定不走了，留在蓝天，留在我们镜州。"

刘重天问："老齐，那你呢？想好了没有？是不是也留在镜州？秉义同志让我代表他，也代表省委再征求一下你的意见：两个去处随你挑，或者留在镜州做市政协主席，或者去省党史办做主任。我个人的意见，你最好不要去做省党史办主任，还是留在镜州做政协主席比较好，以后可以给新班子当个高参嘛。你毕竟是老镜州了，镜州又是在你手上起来的。"

齐全盛没谈自己，却问："重天，怎么听说马上要来的书记、市长都很年轻？"

刘重天道："是的，是这情况，省政府秘书长白明玉任市委书记，三十八岁；省经委常务副主任孙少林任代市长兼市委副书记，三十六岁；这两个年轻同志都有海外留学经历，回国后又在不同的工作岗位上锻炼过，已经准备进行公示了，如果公示情况良好，就这么定了。"

齐全盛感慨说："这我真没想到！秉义同志和省委真有气魄啊，

派了这么年轻的两个同志来做镜州的党政一把手！重天，能透露一下吗？秉义同志和省委这么安排是怎么考虑的？"

刘重天想了想，透露道："秉义同志在常委会上说，镜州的经验证明，一个相对稳定的领导班子对一个地区的经济发展是有好处的。尽管镜州发生了严重的腐败问题，尽管齐全盛同志犯了严重错误，但是请同志们不要忘了：就是在这种情况下，镜州经济仍在高速增长，现在的镜州相当于九年前的五个镜州，镜州平均年经济增长率达到了百分之二十一，是全国年平均经济增长率的百分之二百二十三，是全省年平均经济增长率的百分之一百八十八，全省唯有这个镜州没有失业下岗的压力。"

齐全盛摆摆手，"这不是我个人的功劳，是镜州干部群众觉悟高，干得好……"

刘重天说："哎，老齐，你先听我说完嘛！所以秉义同志说，权力失去监督的深刻教训要汲取，但镜州发展经济的成就也要充分肯定，成功的经验必须坚持。白明玉、孙少林这个年轻的班子一旦建立，轻易就不要再动，班子换得过于频繁，就免不了有人急功近利，就会有人闹政治地震，这对经济发展，尤其是像镜州这样的发达地区的经济发展是非常不利的。"

齐全盛口服心服，"说得好，秉义同志说得好啊，实事求是，目光远大！"

刘重天捅了捅齐全盛，"那你呢？就不愿留在镜州给两个年轻人做做顾问？"

齐全盛摇摇头，"算了吧，重天，还是放手让年轻人自己干吧，我的时代过去了。"

刘重天有些奇怪，"当真要去省党史办？你老兄这屁股就坐得住？"

齐全盛沉默了好一会儿，才郑重地说："坐得住！重天，我觉得还是到省党史办比较合适，秉义同志上次和我谈话时就向我建议过，要我好好回顾总结一下我省这二十二年改革开放的历史。革命战争年代和建国后前三十年的历史搞得差不多了，改革开放这一块很薄弱，经验没有说足，教训也没有谈够，尤其是像镜州这种高度发达的地区，没有很好地总结。"

刘重天看着齐全盛，笑问道："你老伙计该不是闹情绪吧？啊？"

齐全盛也笑了，"开始倒是闹过几天情绪，我和秉义同志说了，引咎辞职，承担责任，以后什么都不干了，就在海里的这个小岛上数星星了。秉义同志不答应，怪我将他的军哩！"

刘重天会意地一笑，"这我听秉义同志说过，所以秉义同志一再让我做你的工作。"

齐全盛感慨道："其实，重天啊，这也并不全是闹情绪，我也想开了，人这一生不就这么回事吗？拼搏过，奋斗过，也就算了。前阵子我还和雅菊说，我十四岁之前没离开小岛一步，常坐在海边礁石上看星星，想象着海那边的世界到底有多大。做梦都盼着离开小岛到大陆上的大世界去闯荡。这一闯不得了啊，三十多年过去了，现在呢，真盼着回来过清静的日子。"

刘重天哈哈大笑，"老齐，你真想在这小岛入定成佛我也不拦你，可我和你打赌：用不了一个月，你就待不住了！你老伙计能舍弃大海那边的精彩世界？能舍弃凝聚着你心血的这番改革事业？打死我我也不相信！你就好好休息一阵子，到省城来吧，我和秉义同志给你接风！"

齐全盛眼圈红了，"好吧，重天，你和秉义同志就在省城等着我吧！"

案情通报是不可避免的，刘重天告诉齐全盛：白可树已被一审判了死刑，同案三十二名犯罪嫌疑人也被判处了从死缓到十年八年刑期不等的有期徒刑，蓝天集团腐败案已基本结案。

齐全盛问："怎么听说在法庭上出了点意外？林一达把起诉的检察院的军给将了？"

刘重天承认说："是有这事，出现了一个小挫折。这个林秘书长太滑头了，反贪局审讯时，他什么都承认，有的没有的，他都故意胡乱承认，到法庭上全翻供了，说是屈打成招。我一看不对头，马上让陈立仁向法庭提出：主动撤回起诉，补充侦察。"

齐全盛又问："金字塔集团的那位金启明呢？啊？这个教父级的人物什么时候起诉啊？"

刘重天道："下一步也准备起诉了，省政法委决定，由平湖检察机关起诉，法院公开审判。估计在法律上会有一场恶战，金启明和金字塔集团组织了一个强大的律师团，为金启明和金字塔集团进行无罪辩护，而且已经在全国各地大造舆论了。秉义同志为此专门召集有关部门的同志开了个会，明确指示：对金启明涉黑犯罪集团案的起诉审理不能受任何外界舆论的影响，一定要依法办事，以事实为根据，以法律为准绳。秉义同志还告诫大家，要有充分的思想准备，准备奉陪金启明的这个了不得的律师团，把这场官司打到北京最高人民法院去。"

齐全盛讷讷道："好，好，不能让金启明和金字塔集团滑掉，这种恶势力一定要打掉！"

后来，齐全盛又对其他涉案人员的情况问了不少，可就是没提自己已被判了十年徒刑的女儿齐小艳，一直到刘重天夫妇离开星星岛都没提起过，就像没有这个女儿似的。

离别时，刘重天忍不住还是说了，是把齐全盛悄悄拉到一旁说的，"老齐，小艳的事我专门把陈立仁找来问了一下，保外就医估计没什么问题，现在情况也很好，你们不要担心。"

齐全盛一把握住刘重天的手，声音哽咽了，"重天，谢谢你，谢谢你对我的理解和关心！小艳犯罪有她自己的原因，但说到底还是毁在我手上的！我……我如果不当这个市委书记，不大权独揽，赵芬芳、白可树这些坏人也不会这……这么捧她！"怕不远处的高雅菊和邹月茹看到自己流泪，齐全盛背过了身子，又尽量镇定地说："重天，对瘫痪病人的护理，你有经验，什么时候和我好好说说，传授一下。小艳早就离了婚，独身一人，我和雅菊不能不管啊！"

刘重天看着坐在轮椅上的邹月茹，鼻子一酸，强忍着泪点了点头，"好，好……"

齐全盛揩去了眼里的泪水，恢复了平静，拍打着刘重天的手背，很恳切地说："重天，真这么急着走吗？啊？你看你家月茹这两天玩得多高兴啊，七天长假嘛，就不能再留一下？"

刘重天无奈地笑了笑，"不行啊，老伙计，能有这两天的清闲我就很知足了，省电子集团又出问题了，我们关省长的秘书和儿子涉嫌集体贪污，数额巨大，我今天晚上就要听汇报，这是来时就定好的。"

齐全盛明白了，叹息道："什么时候你这个省纪委书记能闲下来没事干该多好啊！"继而，又说："重天，知道吗？社会上最近又有新议论了，说我们镜州又发生了一场政治大地震哩，这震源呢，在省城，在北京。你我都有后台，我想是指秉义同志和陈百川同志，说我们双方的后台达成了什么政治妥协，所以你刘重天放了我一马，我呢，也放了你一马……"

刘重天说："省城传得更邪乎了，说秉义同志会作秀哩，拿善本同志的死大做文章，是想掩盖镜州腐败大案的恶劣影响。还有人说了，秉义同志弄了两个三十多岁的小伙子到镜州出任党政一把手，是老谋深算，志在长远啊！"挥了挥手，"让他们说去好了，谁能去堵他们的嘴呢？不过，事实和真相绝不会因为这些风言风语而有任何改变，历史也绝不会把这些风言风语记到它的史册上。地球不还在正常转动嘛，老齐，你看，看嘛，这太阳不照样升起吗？！"

是的，太阳照样升起！

是新世纪又一天的崭新的太阳。

东方天际的满天云霞和壮阔的海面被冉冉升起的太阳映照得一片艳红，一片滚沸。

朝阳如血……

海水如血……

二〇〇一年八月写于北京、徐州
二〇〇七年二月修定于南京碧树园

479

# 后　记

　　作家出版社推出我的政治小说纪念版，收入了我一九九六年至二〇〇六年间创作的七部长篇政治小说，编辑省登宇兄嘱我梳理一下这些作品相关情况，特记之。

　　《人间正道》写于一九九六年，是我挂职徐州市人民政府副秘书长期间"中年变法"的开端之作。也是从这部作品开始，我介入了电视剧改编，小说家之外多了一个编剧身份。《人间正道》是我改编自己的第一部长篇小说同名电视连续剧。

　　小说一九九六年在《当代》杂志第六期全文发表，人民文学出版社出版。发表出版后，引起了一场对号入座风波，江苏几十名官员联名告我，有关方面要求我修改小说，我拒绝了。以后为了不找这种麻烦，我也不再到任何地方实地挂职了。本来江苏省人民政府已下文要我到省交通厅任职，但我最终没去上任。

　　同年，同名电视连续剧《人间正道》由中央电视台中国电视剧制作中心投资拍摄，一九九八年在中央电视台一套黄金时间播出。

　　导演潘小扬，主演鲍国安、廖京生、宋春丽、姜华等。

　　小说获中宣部"五个一工程"奖、国家图书奖提名奖。

电视连续剧获中宣部"五个一工程"奖、飞天奖一等奖、金鹰奖最佳电视剧奖。

这部小说由人民文学出版社、长江文艺出版社、江苏文艺出版社、中国言实出版社、作家出版社、新华先锋·北京联合出版公司等出版单位多次再版重印。

《中国制造》写于一九九八年。《人间正道》引发的那场对号入座风波让我开始思考当代中国政治体制和改革开放过程中的深层次矛盾。小说塑造了一个经济发达市新老两任市委书记的形象,以及他们交班过程中发生的一系列冲突,讲述了一座大城市崛起过程中的辉煌与阴影。腐败与反腐败第一次进入我的文学视野。

小说发表于《收获》杂志一九九九年第一、二期,一九九八年由作家出版社出版。

二〇〇〇年《中国制造》由我根据小说改编为电视剧《忠诚》,二〇〇一年在中央电视台一套黄金时间播出。

导演胡玫,主演张国立、焦晃、刘蓓等。

小说获中宣部"五个一工程"奖、国家图书奖、上海文学艺术大奖。

电视剧获中宣部"五个一工程"奖、飞天奖、金鹰奖优秀电视剧奖。

人民文学出版社、江苏文艺出版社、新华先锋·北京联合出版公司、群言出版社、时代文艺出版社、吉林出版集团公司、春风文艺出版社、作家出版社等出版单位嗣后多次再版重印。

二〇一六年《中国制造》法文版由法国 Gallimard 出版社出版。

二〇一八年《中国制造》阿拉伯文版由黎巴嫩阿拉伯科学出版社出版。

《至高利益》写于二〇〇〇年，是一部揭示政绩工程内幕的政治小说。小说主人公李东方面对上届班子留下的政绩危局，忍辱负重，为前两任领导擦屁股，自己却一次次陷入政治窘境与险境之中，这是一部真正意义上的反腐小说。

小说二〇〇〇年由作家出版社出版，二〇〇二年获国家图书奖。

二〇〇二年小说由我改编为同名电视剧，二〇〇四年在中央电视台一套黄金时间播出。

导演巴特尔，主演孙海英、程煜、张先衡等。

长江文艺出版社、江苏文艺出版社、新华先锋·北京联合出版公司、时代文艺出版社、春风文艺出版社、吉林出版集团公司、作家出版社等出版单位嗣后多次再版重印。

《绝对权力》写于二〇〇一年，是一部思索权力监督问题的政治小说。绝对权力必然导致绝对腐败，一场权力追逐的"三国演义"在这部小说中精彩上演。

小说全文发表于上海《小说界》二〇〇二年第一、二期，同年由作家出版社出版。

二〇〇三年小说由我改编为同名电视剧，二〇〇四年在湖南卫视黄金时段首播，嗣后在全国各卫视台反复轮播，创造了同时期最高收视纪录。

导演蒋绍华、成浩，主演唐国强、斯琴高娃、高明、施京明等。

江苏文艺出版社、新华先锋·北京联合出版公司、时代文艺出版社、春风文艺出版社、吉林出版集团公司、作家出版社等出版单位嗣后多次再版重印。

二○○二年《绝对权力》韩文版由韩国 KeeIsan 出版社出版。


《国家公诉》写于二○○二年,是一部有关灾难、腐败与法治的政治小说。

小说全文发表于《收获》二○○三年第一、二期,同年由作家出版社出版。

二○○三年由我改编为同名电视剧,并由我投资出品,同年在江苏、上海、浙江三家电视台首播,嗣后在全国多家卫视台上星反复播出,一直保持较高收视率。

这是我首次尝试自编、自投、自拍,完全自主操作一个项目。

导演蒋绍华,主演斯琴高娃、高明、吕凉、陈逸恒、郭凯敏等。

江苏文艺出版社、新华先锋·北京联合出版公司、时代文艺出版社、春风文艺出版社、吉林出版集团公司、作家出版社等出版单位嗣后多次再版重印。


《我主沉浮》写于二○○三年。一位中国省长的奋斗史,几多辛酸,几多血泪。一个经济大省和一群政治经济精英的沉浮故事,几多悲壮,几多诡异。一切都在演变,一切都无定数,不论功臣还是罪人,他们曾共同创造了历史,引领一个民族在不断探索中走到了今天。这是一部我自己比较偏爱的政治小说。

小说全文发表于《收获》二○○四年第二、三期,同年由作家出版社出版。

二〇〇四年由我改编为同名电视剧,并由我投资出品,同年在江苏、上海、浙江三家电视台首播,嗣后在全国二十多家卫视台上星反复播出。

这是我第二次自编、自投、自拍,自主操作一个项目。

导演蒋绍华,主演陈逸恒、吕凉、何麟、王静等。

江苏文艺出版社、新华先锋·北京联合出版公司、时代文艺出版社、春风文艺出版社、吉林出版集团公司、作家出版社等出版单位嗣后多次再版重印。


《我本英雄》写于二〇〇四年,是《我主沉浮》的第二部,本来还准备写第三部,但因形势变化,未能持续下去。这部政治小说讲述了一帮高官面对一场重大经济灾难时的自救与自省。小说探索了这个决策政治群体鲜为人知的决策内幕。

小说全文发表于上海《小说界》二〇〇五年第三、四期。同年由作家出版社出版。

二〇〇六年由我改编为同名电视剧,并由我投资出品,历经三年审查,于二〇〇九年在上海、江苏、浙江地面台播出,这是我影视作品中唯一一部未被许可上星播出的电视连续剧。

这是我第三次自编、自投、自拍,自主操作的项目。

导演蒋绍华,主演陈逸恒、尹铸胜、王静、何麟等。

江苏文艺出版社、新华先锋·北京联合出版公司、春风文艺出版社、作家出版社等出版单位嗣后多次再版重印。

这些作品是时代的记录，写作时我没想到它们会有这么长久的生命力，能够有幸一直存活在读者的阅读视野里。这也让我产生了困惑：这到底是作品的生命力使然，还是我们时代的政治生活缺少变化？嗣后这类题材受到限制，创作中止，直到二〇一六年我携《人民的名义》重新归来。不过，那已是另外一些故事了……

二〇二三年四月二十五日

## 图书在版编目（CIP）数据

绝对权力：纪念版 / 周梅森著 .—北京：作家出版社，2023.7
（2023.7重印）
ISBN 978-7-5212-2294-4

Ⅰ.①绝…　Ⅱ.①周…　Ⅲ.①长篇小说—中国—当代　Ⅳ.① I247.5

中国国家版本馆 CIP 数据核字（2023）第 072571 号

## 绝对权力：纪念版

作　　者：周梅森
责任编辑：省登宇　周李立
装帧设计：TT Studio
出版发行：作家出版社有限公司
社　　址：北京农展馆南里 10 号　　　　邮　　编：100125
电话传真：86-10-65067186（发行中心及邮购部）
　　　　　86-10-65004079（总编室）
E-mail:zuojia @ zuojia.net.cn
http://www.zuojiachubanshe.com
印　　刷：北京盛通印刷股份有限公司
成品尺寸：145×210
字　　数：420 千
印　　张：15.25
印　　数：7001—10000
版　　次：2023 年 7 月第 1 版
印　　次：2023 年 7 月第 2 次印刷
ISBN 978-7-5212-2294-4
定　　价：68.00 元（精）